Kristina Moninger
Alles, was wir liebten

AF178741

TINTE
&
FEDER

Das Buch

Anna und Fitz, die erste große Liebe – zwei, die irgendwie unzertrennlich schienen. Bis zu jenem Tag, an dem Anna flüchtete. Vor Fitz, ihrer Freundin Caro, ihrer Verantwortung und allem, was sie liebte. Erst Jahre später kehrt sie unerwartet nach Hause zurück. Doch in ihrer früheren Heimat führen alle Spuren auch unweigerlich zu Fitz. Die Begegnung mit ihm lässt die intensiven Gefühle zwischen ihnen wieder aufflammen. Anna begreift, dass es eine zweite Chance nur geben kann, wenn sie sich endlich den schrecklichen Ereignissen der Vergangenheit stellt. Doch wann ist es zu spät, um zu bereuen?

Die Autorin

Kristina Moninger wurde 1985 in Würzburg geboren und hat eine glückliche Kindheit in einem kleinen Dorf auf dem Land verbracht, in dem sie auch heute noch mit ihrem Mann und ihren fünfjährigen Zwillingen lebt. Nach einer kaufmännischen Ausbildung hat sie ein Übersetzerstudium abgeschlossen. Dieses hat sie erstaunlicherweise nicht nur fremde Sprachen, sondern besonders ihre Muttersprache lieben gelehrt und war letztlich der Auslöser dafür, eine lange schlummernde Idee auf Papier zu bringen.

Und da die Autorin das Schreiben nicht mehr losgelassen hat, stiehlt sie seither dem turbulenten Alltag mit Kleinkindern Minuten und verwandelt sie in Worte, aus denen Geschichten werden. Keine autobiografischen, aber doch solche, deren Themen ihren eigenen Emotionen entspringen.

KRISTINA
MONINGER

Alles, was wir liebten

ROMAN

Deutsche Erstveröffentlichung bei
Tinte & Feder, Amazon Media EU S.à r.l.
38, avenue John F. Kennedy, L-1855 Luxembourg
Juni 2019
Copyright © der deutschsprachigen Ausgabe 2019
By Kristina Moninger
All rights reserved.

Umschlaggestaltung: bürosüd⁰ München, www.buerosued.de
Umschlagmotiv: © Rudchenko Liliia / Shutterstock; © Amanita Silvicora /
Shutterstock; © MaLija / Shutterstock; © Ton Weerayut Photographer /
Shutterstock
1. Lektorat: Ute Köhler
2. Lektorat: Rainer Schöttle
Korrektorat: Traudl Kupfer/DRSVS
Gedruckt durch:
Amazon Distribution GmbH, Amazonstraße 1, 04347 Leipzig /
Canon Deutschland Business Services GmbH, Ferdinand-Jühlke-Str. 7,
99095 Erfurt /
CPI books GmbH, Birkstraße 10, 25917 Leck

ISBN: 978-2-91980-078-0

www.tinte-feder.de

Für Tante Anna
Wo immer du jetzt bist

You are my fate, this once and always
Atticus

PROLOG

Fitz, ~~Lieber Fitz~~ geliebter Fitz,
Papier ist geduldig, starrt einen nicht an und macht keine Vorwürfe.

Ich schreibe dir, weil ich sie loswerden muss. Ganz tief in meinem Innern nagt die Befürchtung, etwas Furchtbares getan zu haben. Deshalb schreibe ich diesen Brief. ~~Ein Jahr nach meiner überstürzten Abreise.~~ Ich frage mich, wie lange es dauern wird, bis ich es dir ins Gesicht sagen kann. Vermutlich werde ich dazu nie den Mut aufbringen. Du warst bereits an unserem letzten Abend so kalt und all die Wärme zwischen uns war weg, als wäre sie nie da gewesen. Als wäre der Sommer längst vorüber und ich hätte es vergessen und laufe mit bloßen Füßen erschrocken durch Schnee und Eis. ~~Ich könnte es nicht ertragen, dich noch einmal so zu sehen. Auch wenn du alles Recht der Welt hättest, mir all die Kälte dieser Welt entgegenzubringen.~~

Ich bin schuld, Fitz. Ich ganz allein, das spüre ich. Ich hasse es hier, ich will zu dir. Aber es

9

geht nicht mehr. Dafür ist zu viel geschehen und dafür habe ich bereits jetzt zu lange gewartet.

Ich muss ~~jetzt~~ **für immer** damit leben, ohne dich zu leben. Es ist so schwer, ohne dein Lachen. Ohne mit dir auf die Berge zu steigen und dir das Klettern beizubringen. Hör nie damit auf, bitte.

Dass das Leben anders geworden ist, muss ich dir nicht sagen. Schließlich fehlt jemand auf dieser Welt. Aber ich hatte keine Ahnung, wie viel weniger schön das Leben ohne dich ist. Eigentlich will ich es gar nicht mehr kennen ohne dich. **So sieht Strafe aus, nicht wahr?**

Ich wünsche mir nicht, dass du mir verzeihst. Ich kann es ja selbst nicht. Ich wünsche mir nur, dass du <u>mich nicht ganz vergisst.</u> Bitte sag, dass du dich noch gern erinnerst. Ich denke an dich, Fitz. Jeden Tag. Viel zu oft. Immer noch.

Ich wünschte mir, ich könnte dich an den Taschen deiner Jeans festhalten und zu mir ziehen. Aber ich darf mir nur wünschen, dass es dir gut geht. ~~Das reicht.~~ Das muss reichen.

~~Oft~~ Manchmal ~~Immer~~ kommt es mir vor, als hätte es uns gar nicht gegeben. Wenn da nicht dieses Stechen in meiner Brust wäre, das mir schmerzlich bewusst macht, dass du es warst, der mir immer ein gutes Bauchgefühl gegeben hat.

Es tut mir so leid, Fitz. Ich wollte dich nie verlassen und habe es doch getan.

Ich habe es nicht verdient, dass du mir verzeihst. ~~Das heißt aber nicht, dass ich mir nichts mehr wünsche.~~

Aber ich liebe dich. Ich liebe dich so sehr.

1

In jedem von uns steckt ein Feigling und ein Held. Meistens sind wir keins von beiden. Sosehr wir uns auch darum bemühen, das eine nicht zu sein und das andere zu werden. Die Welt ist nicht schwarz oder weiß. Sie ist bunt und ungerecht. Unberechenbar und fehlerhaft wie wir Menschen. Den Unterschied kann man nur machen, wenn man seine Fehler einsieht. Und selbst dann ist es immer noch ein weiter Weg, die eigene Schuld auch anderen einzugestehen.

Das Datum ist überall. Als müsste es mich daran erinnern, auf keinen Fall zu vergessen, was für ein Tag heute ist. Anklagend richtet es seine Blicke vom Wandkalender im Lehrerzimmer direkt auf mich, ermahnt mich von der Tafel der 8c, deren Klassenlehrerin ich bin, leuchtet mir im Auto von der Anzeige hinter dem Lenkrad entgegen. Allgegenwärtig ist dieser Maitag, der niemals nur *irgendein* Tag sein kann. Ich starre auf die roten Zahlen auf der Armatur, bis sie irgendwann ineinander verlaufen und zu einem einzigen glimmenden Batzen werden. Mein Wagen steht einsam auf dem Lehrerparkplatz vor dem städtischen Gymnasium in München. Das Radio läuft. Die Sechzehn-Uhr-Nachrichten. Und wieder dieses Datum. Zehn ganze Jahre. Ich sitze schon zu lange hier und kann mich nicht rühren. Die Vergangenheit besteht aus Säure, die mich

11

langsam von innen heraus zersetzt. Sie ist ein Müllhaufen, der wächst und wächst und mich irgendwann unter sich begraben wird. Ich bin so sehr darauf konzentriert, mich zusammenzureißen, mich endlich zu besinnen, loszufahren, dass ich ihn nicht kommen sehe.

Und so zucke ich heftig zusammen, als es an der Scheibe klopft. Christoph runzelt die Stirn über seinen schmalen, hellen Augenbrauen und streicht sich mit der Hand durchs Haar. Ich fühle mich wie festgeklebt an Ort und Stelle, es dauert einige Sekunden, bis ich in der Lage bin, das Fenster herunterzulassen. Ich starre an ihm vorbei auf den Backsteinbau, dessen Gänge ich schon drei Jahre entlanglaufe, seit meinem Referendariat als Lehrerin für Deutsch und Erdkunde. Kein einziges Mal habe ich mich dabei heimisch gefühlt.

»Ist alles in Ordnung bei dir? Ich beobachte dich schon seit zehn Minuten! Springt die Kiste nicht an?«

Ich will lachen, aber es kommt nur ein seltsames Glucksen aus meiner Kehle.

»Anna?«, fragt Christoph prüfend und streckt seinen Kopf zu mir durch die Scheibe.

»Was machst du hier? Hast du nicht schon längst Unterrichtsschluss?«, frage ich schließlich heiser.

Christoph, mein bester Freund und Kollege, kratzt sich an der Stirn. »Habe schon mal angefangen, zu korrigieren. Zu Hause komme ich ja zu nichts …«

Ich seufze. »Ärger mit Victoria?«

Er zuckt mit den Achseln.

Es hat eine Zeit gegeben, in der ich mir habe einreden wollen, dass Christoph und ich ein Paar werden könnten. Lange vor Victoria, vor Mira und den ein, zwei Freundinnen davor. Aber zwischen uns hat es nie gefunkt. Obwohl Christoph attraktiv ist, mich zum Lachen bringt und als Einziger zumindest eine Ahnung davon hat, warum ich einen Stapel unverschickter

Briefe in meinem Handschuhfach verstecke. Über den einen linkischen und mehr als peinlichen Kuss, den wir damals noch im Studium vor über acht Jahren getauscht haben, können wir mittlerweile herzlich lachen. Es hat nicht an Christoph gelegen, es hat nicht an mir gelegen. Es liegt an Fitz.

Fitz … Der Name ruht schwer auf meiner Zunge. Viel zu schwer, um ihn laut auszusprechen. Ich erlaube es mir selten, an Fitz zu denken. Nur einmal im Jahr an diesem bestimmten Tag, an dem ich so tue, als gehörte er weiterhin zu meinem Leben. An dem ich Briefe schreibe und mir einbilde, die Vergangenheit wäre mehr als nur zerbrochenes Glas.

»Kann ich dir irgendwie helfen?«, fragt Christoph besorgt.

»Nein, es ist nur … diese Zeit im Jahr. Ich hoffe jedes Jahr, dass es besser wird, aber es wird nur schlimmer. Meine Mutter hat gestern angerufen, aber natürlich nicht nur, um mir zu sagen, wann sie mich mit meinem Vater wieder besucht, vielmehr, um sich zu vergewissern, dass ich auf keinen Fall nach Hause komme. Wie jedes Jahr um diese Zeit.« Sie hält an diesem Ritual fest, obwohl ich bisher in all den Jahren nie wieder hingefahren bin – weder im Mai noch zu anderen Jahreszeiten.

»Sag Bescheid, wenn ich irgendwas für dich tun kann!«, wiederholt er sein Hilfsangebot.

»Schon gut, ich komme allein klar, danke. Ich fahre jetzt heim und lege mich ein wenig aufs Ohr. Wir sehen uns morgen, zum Frühstück?«

»Ist Rita dabei?«

Ich nicke.

Christoph rollt mit den Augen. »Sie wird mir endlose Vorträge halten und mich zwingen wollen, Victoria vor die Tür zu setzen.« Er brummelt etwas Unverständliches, streckt sich dann und legt die Hände aufs Autodach.

»Du kommst doch trotzdem, versprochen?«

»Versprochen«, knurrt er.

Ich hebe den Blick und sehe kurz in den Innenspiegel. Fremd sieht das Gesicht aus, das mir entgegenblickt. Die einst so hohen, festen und fülligen Wangen sind dünn geworden, der Blick aus meinen graublauen Augen ebenfalls. So als hätte sich die Farbe darin über die Jahre ausgewaschen wie ein zu häufig getragenes Kleid. Vom Leben oder der Sonne verblichen. Der Ansatz meiner knapp schulterlangen, glatten Haare ist markanter als früher, die Längen dunkelblond gefärbt. Ich habe noch immer ein trotzig hervorstehendes Kinn, dichte schwungvolle Augenbrauen und ein breites Lächeln, wenn ich denn mal lächele.

Erst als ich den Motor meines blauen Golfs starte, lässt Christoph sich abwimmeln. »Ruf an, wenn du zu Hause angekommen bist.«

Zwanzig Minuten später habe ich mich durch die Stadt gequält und parke etwa hundert Meter von meiner Wohnung entfernt. Ich lebe in einem schmalen Altbau, der sich zwischen zwei größere Mietshäuser quetscht und so aussieht, als hätte man Tetris mit ihm gespielt und ein schmales langes Stück Bauklötze in ein winziges Loch inmitten prunkvoller Bauten gesetzt. Das Gebäude wirkt ein wenig bemitleidenswert, fehl am Platz, und genau deswegen wohne ich gern hier. Ich habe zwei Zimmer, ein winziges Bad und einen Balkon hinaus in einen Hinterhof, in dem drei Apfelbäume sich mit undefinierbaren Unkrautgewächsen den Platz teilen. Nichts ist hier so wie an dem Ort, an dem ich aufgewachsen bin. Und ich habe mich nicht daran gewöhnt. Manchmal klettere ich die Feuerleiter hinauf aufs Dach, um einen Blick auf die entfernten Berge zu erhaschen und mir klar zu werden, dass ich damit leben muss, sie zu vermissen. Ich habe Heimweh. Immer noch. Auch nach all den Jahren.

Ich schleppe mich die Treppen bis ins dritte Obergeschoss hoch und bin dankbar, niemandem zu begegnen. Seufzend lasse ich mich ein paar Minuten später auf meine Zweiercouch fallen. An der Wand hinter mir tickt die Uhr so laut, weil es sonst zu still ist in meiner Wohnung und in meinem Leben. Die Uhr läuft weiter, die Erde dreht sich und ich verstecke mich noch immer in der Anonymität der Großstadt. Ich befinde mich seit Jahren im Winterschlaf und traue mich nicht heraus, aus Angst davor, dass der Sommer nur vorgetäuscht ist. Denn es hört nicht auf, sich anzufühlen, als hätte ich gar nichts anderes als ewigen Winter verdient. In der ersten Zeit in München habe ich mir noch eingeredet, dass es an der Zeit liegt. Dass man nur Zeit ins Land gehen lassen muss, um Veränderung zu erzielen. In Gedanken, Gefühlen und Träumen. Aber ich weiß schon lange, dass das nicht stimmt. Zeit ist so verdammt relativ. Ein Jahr kann eine Ewigkeit sein oder kürzer als ein Fingerschnipsen. Zehn Jahre können die Welt verändern oder dafür sorgen, dass sie in gewisser Hinsicht stehen bleibt.

2

DAMALS

Elf Jahre zuvor

Ich war achtzehn Jahre alt und ständig pleite. Meine Freundin Caro und ich besserten unsere Bargeldbestände mit Kellnern auf und Caro pflegte nebenher ihre Männerstatistik. Sie hatte es sich zum Ziel gesetzt, sich einmal durch die ganze Republik zu flirten (um es nett, jugendfrei und freundlich auszudrücken – man hätte auch vögeln sagen können), und dafür waren die von Touristen gut besuchten Volksfeste bestens geeignet. Mir ging es mehr darum, das Geld für den Sommerurlaub zusammenzubekommen.

Der erste Abend der Saison war gut gelaufen und ich wartete müde hinter dem Zelt darauf, dass Caro sich von ihrer neuesten Bekanntschaft aus Hanau trennte. Weder sie noch ich hatten einen blassen Schimmer davon, wo Hanau sein sollte, aber offenbar fehlte ihr die Stadt noch in ihrer Sammlung. Ich hatte meine Schuhe längst ausgezogen und betrachtete seit einer Viertelstunde gelangweilt das Loch in meinem linken Socken.

»Hier bist du«, rief mir Caro entgegen. Sie zupfte ihre weiße Bluse aus der engen schwarzen Hose, zog an den oberen beiden

Knöpfen und wackelte mit ihrer linken Hand vor meiner Nase herum.

»Wieso warst du noch so lange da drinnen?«, wollte ich von ihr wissen. »Ich warte seit einer Ewigkeit hier auf dich.«

»Man nimmt eben mit, was man kriegt«, sagte sie und grinste.

Ich schüttelte lächelnd den Kopf und schlüpfte lustlos wieder in meine Sneakers. »Und, war wenigstens was Passendes dabei? Oder bleibt es bei Hanau?«

Sie winkte ab. »Heißer Typ aus Frankfurt, pass auf, ich zeig ihn dir.« Sie beugte sich nach unten, sodass ihr federleichtes, blondes Haar über ihre Schulter fiel, und zog an der Zeltplane, streckte mir ihren kleinen, festen Hintern entgegen.

»Ich sehe nichts außer deinem Arsch.«

»Dann steh auf!«, kommandierte sie gewohnt unbeeindruckt.

Mühsam rappelte ich mich auf und streckte meinen Kopf neben ihren in das Zelt, das bereits ziemlich leer war. Ich sah nur noch ein paar Mädchen vom Aufräumtrupp, einen Tisch mit einem Junggesellenabschied – auf den Caro nun auch deutete. Hoffentlich hatte sie es wenigstens nicht auf den Bräutigam abgesehen. Doch dann versperrte mir irgendjemand die Sicht, bevor ich wusste, wen Caro sich angelacht hatte.

»Hey, mach, dass du wegkommst«, schrie Caro.

Aber die schwarze Gestalt – ein Kopf war nicht zu sehen, nur ein paar alte, speckige schwarze Stiefel über dem abgewetzten Saum einer zu langen Hose – drückte sich gegen die Zeltwand, sodass Caro zuerst das Gleichgewicht verlor und auf einen der Müllsäcke fiel. Als sie versuchte, sich an den Hosentaschen meiner Jeans festzuhalten, zog sie mich mit nach hinten. Genervt rappelte sich Caro wieder auf und verkündete: »Ich geh wieder rein.« Ich schüttelte lächelnd den Kopf. »Viel Spaß mit Frankfurt.«

Während Caro wieder nach drinnen verschwand, folgte den Stiefeln unter der Plane ein Mann, krabbelte unter dem Zelt hervor, stellte sich als »Fritz Kellermann« vor und ich verstand nur »Fitz«. Das R war verloren gegangen und sollte auch nicht mehr auftauchen. Ein Buchstabe, der nie zwischen uns stehen sollte.

»Ist das dein Name?«, platzte ich als Antwort heraus.

»Nein, so heißt der Schnaps, der mich so betrunken gemacht hat.« Die Worte kamen langsam und träge aus seinem Mund. Er rollte mit den Augen, schüttelte etwas genervt den Kopf und sang leise, aber dafür schief: »Schnaps, das war sein letztes Wort.«

»Ich bin Anna«, sagte ich.

»Anna?«, wiederholte er und lachte. »Von hinten wie von vorn.«

»Ja, sehr originell, den habe ich noch nie gehört.«

»Der ist aber auch immer gut, oder nicht?«

»Ja, also Fitz oder Fritz, Anna von hinten wie von vorn geht jetzt nach Hause. Guten Suff noch!«

»Hey, warte mal!«

Er stützte sich auf den Unterarm und versuchte aufzustehen, wobei er schmerzverzerrt das Gesicht zu einer Grimasse verzog. Ich blieb stehen und wusste selbst nicht so genau, warum.

»*Anna,* du kannst mich doch nicht so hier liegenlassen! Mein Bein tut verdammt weh und ich bin gar nicht so betrunken, wie ich aussehe.«

»Dann ruf dir doch ein Taxi.«

»Dazu müsste ich wissen, wo mein Handy ist.«

Ich seufzte. »Ich bringe keine besoffenen Touris nach Hause. Hier … ruf jemanden an.« Ich streckte mein Handy dorthin in die Dunkelheit, wo ich ihn vermutete, beugte mich noch etwas weiter herunter, aber nichts passierte.

»Könntest du mich nicht doch bitte heimbringen?«, knirschte er.

»Ich bin mit dem Rad da.«

»Das ist doch gut, das kriegen wir hin. – Du vorn, ich hinten«, gluckste er nach einer kurzen Pause.

Langsam gewöhnten sich meine Augen an die Dunkelheit. »Wenn du noch mal Witze über meinen Namen machst, lass ich dich hier«, drohte ich und steckte das Handy wieder in die Hosentasche.

»Sorry«, knurrte er. »Kommt nicht mehr vor. Also hilfst du mir? Bitte!«

»Na gut, wohin?« Irgendwie schaffte er es, sich schräg auf den Sattel zu setzen und die Balance zu halten. Ich krallte mich am Lenker fest und es wackelte ordentlich.

»Ich wohne in der Tanke.«

Ja, klar. »Oh Mann, ich kann dich auch hierlassen«, stöhnte ich.

»Ne, ehrlich. Ich wohne da.«

Sein Blick war auf einmal sehr ernst. So ernst, dass ich mir gar nicht mehr vorstellen konnte, dass er so etwas wie »Anna – von hinten wie von vorn« überhaupt dachte.

»Habe mit meiner Tante die Tanke als neuer Pächter übernommen.«

»Wo kommt ihr denn her?«, wollte ich wissen.

»München«, gab er knapp zurück.

»Und wie kommt man von München nach Seelingen?«

»Mit dem Auto«, antwortete er. Aber es war kein Witz. Er schaute immer noch verdammt ernst aus. Nüchtern und ernst.

»Ich meinte eigentlich, wie es einen in so ein Nest verschlägt, wenn man …«

»Das hab ich schon verstanden«, erwiderte er biestig.

Abrupt blieb ich stehen und starrte ihn an. Er lächelte nicht und langsam wurde ich sauer. Eigentlich wollte ich nur in mein Bett, ich war hundemüde. Und als Dank für meine Hilfsbereitschaft bekam ich pampige Antworten auf harmlose Fragen.

Ich hielt zwar den Lenker noch fest, aber es fehlte nicht mehr viel, dass ich wütend das Rad mitsamt diesem arroganten Kerl umkippte und ihn hier am Straßenrand liegen ließ.

Er kam mir zuvor. »Ich schaff das auch allein«. Er hüpfte etwas ungelenk, aber entschlossen vom Rad auf sein gesundes Bein, stützte sich kurz auf den Fahrradsitz und humpelte weg. Mit Schmerzen, so viel war klar.

»Hey«, rief ich. Aber er schaute sich nicht um. Gab keine Antwort. Tat schlicht so, als wäre ich gar nicht da.

Wütend verpasste ich dem Rad einen Tritt und fragte mich, warum ich überhaupt so sauer war. Er war eben ein Idiot. Ein besoffener, griesgrämiger Spinner. Ich sollte froh sein, ihn los zu sein.

War ich aber nicht. Ich drehte das Rad um, setzte mich darauf und hatte dann doch das Gefühl, als würde er mir hinterherschauen. Aber jetzt war ich zu stolz, um mich umzudrehen.

3

Fitz, ich habe dich noch immer nicht vergessen. Ich beginne nur zu vergessen, wie es war, dich zu haben. An meiner Seite, in meinen Armen, am tiefsten Punkt in meinem Herzen. – Anna

Das Klingeln meines Handys reißt mich abrupt aus der Vergangenheit zurück an Ort und Stelle. Erschrocken blinzele ich.

Das Klingeln steigert sich zu einem nervtötenden Ton, ein unaufhörliches, penetrantes Bimmeln. Genervt stehe ich auf, gehe in den Flur und ziehe das Handy aus der Tasche.

»Ja?«

»Anna? Hier ist Hilde. Wir haben ein Problem! Elisabeth ist krank geworden und wir haben heute niemanden für die Nachtschicht. Könntest du einspringen? Wenigstens ein paar Stunden?«

Oh nein, denke ich und betrachte sehnsüchtig mein Sofa. An keinem anderen Tag im Jahr ist meine kleine Wohnung so sehr ein Zufluchtsort wie heute. Ich will mich einigeln, mich verkriechen, am liebsten verpuppen und als jemand anders geboren werden. Flügel bekommen, um der ganzen Situation davonfliegen zu können.

»Klar, kein Problem«, erkläre ich matt und zwinge mich dazu, das Sofa als das anzusehen, was es ist: ein gepolsterter Kasten aus Holz, den ich so oder so irgendwann verlassen muss.

»Danke.« Hildes Erleichterung ist deutlich zu hören.

»Wann soll ich da sein?«

Als wir aufgelegt haben, entscheide ich mich, es als positives Zeichen zu sehen. Die Nachtschicht wird mir guttun, viel zu viele fremde Probleme, um sich mit den eigenen beschäftigen zu können. Ich werde die ganze Nacht keine Zeit haben, an früher zu denken. Dann sind die kritischsten Stunden des Jahres vergangen und ich kann wieder dreihundertvierundsechzig Tage lang verdrängen, dass es Fitz, Johanna und Caro gibt. Gegeben hat.

Die Suchthotline ist ein wichtiger Bestandteil meines Lebens geworden. Die ehrenamtlichen Stunden dort geben mir immer ein gutes Gefühl. Wie nach einem langen Lauf, die Beine brennen, aber das Hochgefühl entschädigt für alles.

Früher als vereinbart tauche ich am Isartor auf. Dort bei Tal 19 ist das Büro der Suchthotline, für die ich dreißig Stunden im Monat Menschen mit Suchtproblemen und deren Angehörige am Telefon berate. Ich grüße ein paar bekannte Gesichter und schleiche mich dann möglichst unauffällig in das kleine Büro. Mechanisch beginne ich, den Arbeitsplatz auf mich einzustellen. Ich drehe den Stuhl nach unten, ratsche die Armlehnen so weit wie möglich vor und ziehe das Telefon nach vorn. Ich hasse die Headsets, die alle freiwilligen Helfer außer mir hier gern verwenden. Ich weiß nie, was ich mit meinen Händen anfangen soll, wenn ich so ein Ding auf dem Kopf habe, und habe deshalb die Tastatur des PCs vor mir schon zweimal mit Kaffee getränkt. Meine Finger brauchen immer etwas zum Spielen. Außerdem fühlt es sich mit einem Headset auf dem Kopf nie so nach *echtem* Telefonieren an.

Die ersten zwei Anrufer sind Jugendliche, die sich einen Scherz erlauben. Ich wimmele sie recht schnell ab und spreche dann über eine halbe Stunde mit einer Frau, die fürchtet, unter Kaufsucht zu leiden. Ich gebe ihr ein paar Hilfestellungen, rate ihr, sich professionelle Unterstützung zu suchen, und lausche geduldig ihren Erzählungen. Ich gebe keine direkten Ratschläge, das gehört zum Prinzip der Suchtberatung. Die Hemmschwelle für einen Anruf bei uns ist für viele Süchtige niedriger, als wenn sie sich unmittelbar persönlich an die Beratungsstellen wenden müssten. Wir sind der erste Anlaufpunkt, an dem sie sich ihren Problemen stellen. Unsere Aufgabe ist es, sie zu ermutigen, weiter tätig zu werden.

Danach ist es eine Stunde lang still. Ich beantworte ein paar E-Mails, schreibe nebenher eine Nachricht an Rita und schalte das Radio ein. Schalte es wieder aus, wische Staub und überlege mir ernsthaft, die Fenster zu putzen. So sehr fürchte ich meine eigenen Gedanken. Beschäftige die Finger, dann kannst du es ertragen, sage ich mir selbst. Kurz nach zehn Uhr klingelt die Hotline erneut. Ich melde mich und dann herrscht zunächst Stille am anderen Ende der Leitung.

Erst als ich schon auflegen will, weil ich den Anruf für einen weiteren schlechten Scherz halte, erklärt eine kratzige, genervte Stimme: »Sie hatte ich noch nie am Telefon! Ich möchte gern die andere sprechen. Die mit dem Akzent. Die nicht aus München ist.«

Die Stimme erscheint nicht vertraut, aber etwas daran versetzt mich sofort in Alarmbereitschaft. »Es tut mir leid, meine Kollegin ist leider erkrankt«, antworte ich freundlich.

Wir geben unsere wahre Identität nicht preis. Hier bei der Hotline heiße ich Marianne. Rein zeitaltermäßig passt das recht gut zu den anderen Namen, alle Ehrenamtlichen außer mir selbst sind entweder Hausfrauen mittleren Alters oder bereits im Rentenstand.

»Dann sagen Sie mir die Privatnummer Ihrer Kollegin«, fordert die Frau.

Wieder dieses leichte, nervöse Kribbeln in mir. Die Art, wie sie die Stimme beim Sprechen hebt und senkt, löst irgendeine unterschwellige Erinnerung aus, die ich nicht zu fassen bekomme.

»Tut mir leid, das ist nicht möglich. Wir schützen Ihre Privatsphäre und auch die unserer Mitarbeiter. Aber vielleicht kann *ich* Ihnen helfen.« Ich bemühe mich, mir meine Irritation nicht anmerken zu lassen.

»Sie ist sonst jeden dritten Donnerstag im Monat da.«

Seit ich hier tätig bin, hat sich mein Gefühl für Stimmfarben, Akzente, sprachliche Eigenheiten und das Erinnerungsvermögen an den Klang fremder Menschen geschärft. Eine Stimme bleibt mir viel besser im Gedächtnis als ein Gesicht.

»Heute ist der dritte Donnerstag im Monat, warum ist sie nicht da?«

Die Frau klingt zunehmend verzweifelt und ich weiß inzwischen ganz sicher, dass ich ihre Stimme kenne. Auch wenn der Verdrängungsmechanismus in meinem Kopf die Gewissheit noch nicht zulassen will. »Das ist richtig, aber leider ist sie heute krank. Wenn Sie möchten, können Sie auch gern mit mir sprechen.«

»Seit Jahren ...« Sie seufzt. »Ich brauche ...«

»Ich höre Ihnen zu«, versuche ich zu motivieren.

»Aber Sie kennen meine Geschichte doch gar nicht«, empört sich die Dame.

»Sie dürfen mir Ihre Geschichte gern anvertrauen.«

Sie zögert. Ich fange an, mit dem Kabel am Telefon zu spielen, unterbreche mich dann aber selbst, weil man das Knacken in der Leitung hören kann und ich die Anruferin nicht aus dem Konzept bringen möchte.

»Er ist schuld, er ganz allein. Wenn er sie nicht dahin geschleppt hätte. Sie war meine einzige Tochter.« Zusammenhanglos und keuchend kommen die Sätze aus dem Apparat.

Sie kann es nicht sein, oder? Unmöglich …

»Seit Jahren spreche ich mit Elisabeth über meine Tochter und ausgerechnet heute, am Jahrestag … verstehen Sie …«

Elisabeth hat ihr ihren richtigen Namen genannt? Ich will meinen Verstand zwingen, darüber nachzugrübeln, nicht über das viel entscheidendere Detail. Jahrestag, Jahrestag, Jahrestag, hallt es in meinem Kopf wie ein grausames Echo.

»Johanna?«, flüstere ich zum zweiten Mal an diesem Tag. Und beiße mir dann heftig auf die Lippe.

»Wie bitte? Haben Sie gerade Johanna gesagt?« Die Stimme der Frau überschlägt sich und steigert sich mit jedem Wort zu einem schrilleren Kreischen.

»Nein.« Es gelingt mir, mich rechtzeitig zu fangen. »Ich sagte Jahrestag. Welcher Jahrestag?«

Wieder zögert sie. Sie vertraut mir nicht und ich wünsche mir nichts mehr, als dass sie von sich aus das Gespräch beendet. Wenn sie ist, für wen ich sie halte, dann kann und darf ich keine einzige Sekunde länger mit ihr sprechen. Zum Schutz. Für sie. Und für mich.

»Ich glaube nicht, dass ich mit Ihnen über Johanna reden möchte«, erklärt sie, räuspert sich und fügt entschlossen hinzu: »Ich werde warten, bis Elisabeth wieder da ist.«

Johanna. Aus ihrem Mund, nicht aus meinem. Unbemerkt habe ich mir das Telefonkabel fest um mein linkes Handgelenk gewickelt. Wie eine Schlange drückt es gegen meine Haut und ich ziehe etwas fester daran. Der Schmerz sorgt dafür, dass ich langsam weiteratme.

»Wollen Sie mir Ihren Namen und Ihre Nummer geben, damit ich Elisabeth Bescheid geben kann?«, frage ich, völlig entgegen allen Regeln. Wir fragen nicht nach Namen, nach Identitäten und wir bieten keine Rückrufe an.

Doch da hat die Dame bereits aufgelegt. Ich weiß auch so, wer sie ist.

4

DAMALS

Mein Leben ratterte lautlos im Leerlauf. Es gab kein richtiges Vorwärtskommen und kein Zurück. Das Abitur hatten Caro und ich erfolgreich hinter uns gebracht. Wobei unsere Definition von erfolgreich sich um ein paar Punkte hinter dem Komma unterschied. Für meine Pläne war die Zahl hinter der eins zu hoch, für Caros geplante Weltreise mit offenem Ende wäre nicht einmal ein Schulabschluss nötig gewesen, und so war sie höchst zufrieden. Das Warten allerdings vereinte uns. Caro wartete darauf, dass sie genug gespart hatte für die ersten Langstreckenflüge, ich wartete auf den gewünschten Studienplatz. Es kam mir vor, als dauerte dieses Warten ewig, und zugleich hatte ich Angst vor dessen Ende und vor der endgültigen Entscheidung, die ich dann würde treffen müssen. Zeitschinden wurde zu meiner Lieblingsbeschäftigung. Es war das erste Mal in meinem Leben, dass ich mich fühlte wie ein Tier während des Winterschlafs. Ich erwartete den Sommer sehnsüchtig und hoffte dabei doch, dass der Winter nie enden würde. Weil es so bequem war, sich nicht anstrengen zu müssen. Und weil ich insgeheim wusste, dass ich gern an diesem friedlichen Zipfel bayerischer Erde war, der alles hatte, aber eben keine Uni, an der man Medizin studieren konnte. Mein Berufswunsch stand meiner engen Verbundenheit zu diesem Ort entgegen. Das eine ging nicht mit dem anderen und so sahen meine Zukunftspläne und mein Heimatbewusstsein einander fest in die Augen und warteten darauf, wer zuerst blinzelte und aufgab.

Wenn ich nicht kellnerte, machte ich ein halb offizielles, schlecht bezahltes Praktikum beim Hausarzt und erweiterte meinen Horizont durch das Assistieren bei Fußnagelentfernungen, ärgerte mich mit Krankenkassen herum und händigte mehr oder minder arbeitsunfähigen Arbeitern gelbe Scheine aus.

Am Morgen nach dem ersten Zusammentreffen mit Fitz saß ich im Blumenladen meiner Mutter und fühlte mich völlig verkatert, seltsam ernüchtert zugleich und ein wenig kribbelig. Ich schob es darauf, dass ich immer noch keine Antwort aus München hatte, ob es mit einem Nachrückplatz zum Sommersemester klappen würde.

»Träumst du, Anna?«

»Nein, ich denke nach«, antwortete ich, drehte mich auf dem Stuhl nach links und nach rechts, immer wieder so weit, bis das alte klapprige Ding knackte und knarrend in seiner Position verharrte. Dann wechselte ich die Richtung.

Meine Mutter nahm eine Handvoll zarter Zweige und wickelte sie geschickt zu einem Kreis, der binnen weniger Sekunden aussah wie ein dichtes volles Nest. Sie winkte mir zu, ich drehte mich nach rechts und reichte ihr die Vase vom Holztisch. Vorsichtig steckte sie Lenzrosen, Narzissen, Tulpen und Schachbrettblumen in die Zweige. Es war so beruhigend, ihr dabei zuzusehen.

»Bringst du den rüber zu Helma?« Sie streckte mir den fertigen Blumenstrauß entgegen.

Ich griff nach dem Strauß und wollte nach draußen gehen, als sie mir zurief: »Und bring nachher noch den Karton auf der Theke raus zur Tankstelle.«

»Zur Tankstelle?«

»Ja, der neue Pächter will kleine Sträuße für seine Kunden anbieten und hat für heute ein halbes Dutzend zur Probe bestellt.«

»Mach ich gern«, antwortete ich. Und ausnahmsweise meinte ich es sogar so. Etwas beschwingter schlurfte ich durch den Kies hinüber zu Helma, die mir seufzend mitteilte, dass Caro sich im hoteleigenen Schwimmbad aufhielt.

»Ich sehe mal nach ihr«, sagte ich und ging über die Wendeltreppe ins Untergeschoss des kleinen Hotels, in dem Schwimmbad und Sauna ihren Platz hatten. Helma nahm es gelassen, dass ihre Tochter den Gästebereich belagerte, von ihrem Vater durfte sie sich allerdings nicht dabei erwischen lassen. Er hielt sie ohnehin für den größten Nichtsnutz auf Erden.

Caro trieb regungslos auf dem Rücken im Wasser.

»Hey.«

»Pssst, ich habe die Kopfschmerzen gerade so im Griff. Ich darf mich auf keinen Fall bewegen.«

Ich schüttelte den Kopf, streifte die Schuhe ab, zog mir das T-Shirt über den Kopf und schlüpfte aus meiner Hose. Nur in Unterwäsche stieg ich ins warme Wasser, schwamm zu Caro und legte mich neben sie auf den Rücken.

»Wilde Nacht?«

»Ja, ziemlich. Wir haben uns an der Tanke noch was zu trinken geholt und dann sind wir ganz schön versumpft.«

»War da noch jemand?«, frage ich vorsichtig.

»Klar, sonst hätten wir ja nichts kaufen können!« Sie starrte weiter an die Decke mit dem künstlichen Stuck.

»Ich meine ja nur, hast du jemand Besonderen gesehen?«

»Besonderen? In der Tanke? Hast du getrunken oder ich?«

Ich versuchte abzulenken, also fragte ich: »War es wenigstens heiß?«

»Na ja, Köln letzte Woche war besser. Frankfurt brauche ich nicht mehr unbedingt.« Sie lachte und drehte sich dann so ruckartig auf den Bauch, dass mir das Wasser in den Mund schwappte und ich das Gefühl hatte, einen halben Liter Chlorwasser zu trinken.

»Iih, pass doch auf.«

Caro, von den meisten Dingen im Leben ebenso stoisch unbeeindruckt wie ihre Mutter, ging gar nicht darauf ein. »Und bei dir? Bist du gleich nach Hause?«

»Ja, bin ich.« Stimmte ja auch fast. Von Fitz wollte ich ihr nichts erzählen.

»Was machen wir heute? Nachher JUZ?«

»Vielleicht, ich muss noch 'ne Lieferung ausfahren. Aber dann könnten wir uns dort treffen.«

»Ich muss auch raus hier. Mein Alter kommt gleich vom Großmarkt zurück. Wenn der mich hier erwischt …« Sie schlug theatralisch auf die Wasseroberfläche, sodass es laut patschte. »Hält er mir nur wieder einen Vortrag über Werte, Fleiß und Ziele im Leben.«

Wenig später saß ich auf meinem Rad und fuhr zur Tankstelle, zermarterte mir den Kopf, was ich Schlagfertiges oder Geistreiches von mir geben konnte, wenn mir Fitz begegnete. Bis auf ein dämliches »Hätt ich dich heut erwartet, hätt ich Blumen gebracht« wollte mir nichts einfallen, und so hoffte ich darauf, ihn einfach nicht zu treffen.

Aber er war da. Er streckte mir zum zweiten Mal innerhalb von zwölf Stunden seine dreckigen Stiefel entgegen, diesmal lag er unter einem grauen Mercedes.

Ein wenig unschlüssig, ob ich jetzt etwas sagen sollte oder nicht, lehnte ich mein Fahrrad an die Wand, die die Werkstatt von dem Verkaufsraum der Tankstelle abgrenzte, nahm den

Karton herunter und drückte mit der Schulter die schwere, halb verglaste Tür auf.

Drinnen war alles wie immer und doch anders. Es roch nicht mehr nach Rauch wie früher und die Trockenblumen in den verstaubten Vasen im Schaufenster waren gewichen. Aber die Wände waren noch immer vergilbt und das schiefe Regal hinter dem Verkaufstresen zur einen Hälfte mit Zigaretten und zur anderen mit Hermespaketen übersät. Das Lächeln der Verkäuferin hinter der Theke war freundlich. Sie war stark geschminkt, hatte ein längliches Gesicht mit einer markanten Nase und große dunkle Augen. Ihre von grauen Strähnen durchzogenen Haare wurden im Nacken von einer Spange zusammengehalten.

»Hallo, ich bin Anna vom Blumenlädle und bringe Ihre Bestellung«, sagte ich. War das Fitz' Mutter? Unwillkürlich suchte ich in ihrem Gesicht nach Ähnlichkeiten.

»Hallo, Anna. Vielen Dank. Kann ich gleich bar bezahlen?«

»Sicher«, antwortete ich und reichte ihr den handgeschriebenen Beleg meiner Mutter. Während sie das Geld abzählte, warf ich einen vorsichtigen Blick nach draußen, konnte aber von meiner Position aus noch nicht einmal Fitz' Füße erkennen.

Dafür stieß ich beinahe mit ihm zusammen, als ich nach draußen ging.

Er war kein bisschen überrascht, mich zu sehen, und auf einmal war da wieder ein Lächeln. Die seltsame Ernsthaftigkeit und das Grobe an seinen Gesichtszügen von gestern Nacht war verschwunden.

»Hallo Anna.«

»Hallo Fitz oder Fritz«, sagte ich.

Er grinste. Ich grinste zurück, biss mir auf die Lippe.

»Braucht dein Drahtgestell ein wenig Diesel?«, bemerkte er mit einem Seitenblick auf mein Rad an der Wand.

»Was macht dein Fuß?«, fragte ich statt einer Antwort.

»Es geht. Hat eine ganze Weile gedauert, bis ich zu Hause war.«

»Selbst schuld.«

Es huschte ein Schatten über sein Gesicht, er zuckte kurz, aber er grinste weiter. Wenngleich ein wenig abgeschwächt.

»Ist das deine Mutter, da drinnen?«

»Nein, das ist Angela, meine Tante. Sie hilft mir ein wenig, bis … bis das Ganze hier so anläuft, wie ich mir das gedacht habe.«

»Ah, okay, also dann … Falls du wieder mal ein Fahrradtaxi brauchst …«

»Oder Blumen?«, antwortete er.

»Ja, oder Blumen. Dann weißt du ja, wo du mich findest.«

»Nein, wo finde ich dich denn?«

»Im JUZ. Beim Bäcker links in Richtung Alpinbad.«

»Was schenkt man eigentlich einer Floristentochter? Nur für den Fall, dass ich mich entschuldigen möchte, dass ich ein wenig daneben war gestern. Blumen wohl kaum, oder?«

»Steine«, erwiderte ich spontan. »Ich sammele Steine.«

»Das habe ich auch – als ich drei war«, kam es hämisch zurück.

Ich zog halb beleidigt eine Schnute. »Steine von den Gipfeln erklommener Berge. Zu Fuß wohlgemerkt, nicht mit der Seilbahn.«

Er drehte sich um und deutete vage auf die weißen Berggipfel hinter uns. »Das machst du also gern?«

»Ja, das mache ich gern«, bestätigte ich und sah ihm ins Gesicht. Die kleinen braunen Stoppeln und Schatten an seinen Wangen waren mir am Vortag gar nicht aufgefallen. Auch nicht, dass seine Haare eine Mischung aus blonden und braunen Farbtönen waren. Ein wenig so, als hätte man mit einem Wassermalkasten wahllos mit beiden Farben herumgespielt, sie mit dem Pinsel vermischt. Die Hälfte der schulterlangen Pracht trug er offen, der Rest steckte zu einem kleinen Knoten gebunden auf seinem Hinterkopf.

Er nickte und starrte mich eine gefühlte Ewigkeit an. Dann streifte er die linke Hand am Blaumann ab und sagte: »Bis bald, Anna.«

»Bis bald.«

5

Du musst wissen, wenn ich könnte, würde ich mit dir reden. Aber es geht nicht. Mir fehlt die Stimme dazu, die Worte wollen nicht kommen. Ich habe es so oft versucht, vor dem Spiegel, in der Dusche, auf dem Weg zur Uni. Und immer klingt es falsch. All meine Worte sind endlose Ausreden. Die Wahrheit ist, ich bin weggelaufen. Punkt. – Anna

Rita und Christoph sitzen mir gegenüber, aber ich nehme sie kaum wahr. Ich bin übernächtigt, gereizt, bis in die letzte kleine Nervenzelle angespannt.

Rita kippt wie immer mit dem billigen weißen Stuhl nach hinten, bis er an die Wand prallt, und lässt sich dann wieder nach vorn fallen. Sie schaut mich von unten herauf an, so als würde sie über den Rand einer Brille schauen, die Augenbrauen hat sie bis zu ihrem kurzen Pony hochgezogen. »Bist du überhaupt da?«

Ich strecke ihr ein Brötchen entgegen. »Marmelade?«

»Ich will kein Brötchen, ich will wissen, wo du mit deinen Gedanken bist!«

»Wo soll ich sein? Hier, bei euch!« Das ist gelogen. Ich bin überall, nur nicht hier. Meine Gedanken sind ein aufgeregter Schwarm Vögel, der sich irgendwo im Nirgendwo zwischen

Gegenwart und Vergangenheit verirrt hat. Aber das kann ich Rita nicht sagen. Ich habe den Zeitpunkt verpasst. Auf unserem gemeinsamen Weg, dem Pfad unserer Freundschaft, habe ich mir Scheuklappen aufgesetzt und so getan, als gäbe es sie nicht. Die vielen Abzweigungen, an denen ich hätte stehen bleiben und Rita erzählen können, dass es da diese nebulöse Erinnerung gibt, die ich nicht zu greifen bekomme. Etwas in meiner Vergangenheit, das wichtig ist und sich dennoch nicht aufklaren will.

Dumpf, wie unter dicken Schallschutzkopfhörern, nehme ich wahr, wie Rita und Christoph Worte wechseln. Ich kann doch nicht jetzt damit anfangen, ihr zu gestehen, dass ich ihr etwas verschwiegen habe. Unmöglich, ihr nach der langen Zeit plötzlich von der einzigen Liebe meines Lebens zu erzählen. Rita wäre tödlich beleidigt. Und eigentlich gibt es ja auch nichts mehr zu erzählen.

Rita wackelt mit ihrer Hand vor meiner Nase herum und sorgt dafür, dass ich mich wieder auf die beiden konzentriere. »Jetzt lass sie doch mal, du warst gestern bei der Hotline, oder?« Christoph schreitet ein und wirft Rita einen bösen Blick zu, dem sie mühelos standhält.

Sie blitzt zurück und Christoph murmelt etwas, das wie »harte Nacht« und »Lass sie doch mal« klingt. Die gute Seele.

Rita wäre aber nicht Rita, wenn sie es dabei bewenden lassen würde.

»Weißt du«, erklärt sie und drückt den langen, mit Glitzersteinen besetzten Nagel ihres rechten Zeigefingers unter ihr Kinn. Ihr kurzer, schwarzer Bob wippt, während sie den Kopf hin und her wiegt. »Manchmal, Anna, da blitzt was auf bei dir, so etwas ... ich weiß auch nicht, Tieftrauriges, und dann frage ich mich jedes Mal, warum du mir nicht einfach sagst, was das ist. Wir kennen uns jetzt zehn Jahre, aber in Momenten wie jetzt habe ich das Gefühl, dich nicht durchschauen zu können.«

Ich zucke mit den Achseln und stochere lustlos in meinem Eierbecher herum. Ich kann nichts essen, geschlafen habe ich nach dem Nachtdienst sowieso nicht mehr viel und alles ist plötzlich wieder so leer und sinnlos wie damals, bevor ich hierhergekommen bin. Und daran ändern nicht einmal meine besten Freunde etwas.

»Durchschauen«, brummt Christoph.

Rita wirbelt herum. »Ja, dich durchschaue ich dagegen sehr gut. Christoph Weidner. Denkst du ab und zu eigentlich noch an Mira, die du so überaus freundlich abserviert hast? Ich würde mich schämen …«

Christoph rollt verzweifelt mit den Augen.

Aber von mir braucht er heute keine Schützenhilfe zu erwarten.

»Es ist mein Leben, Rita. Es geht dich überhaupt nichts an, was ich mache und mit wem ich Schluss mache.«

»Ha! Ich bin deine Freundin. Wenn es mich nichts angeht, wen denn dann?« Rita knallt das Glas so heftig auf den Tisch, dass der Orangensaft auf die Tischdecke spritzt. Was sie völlig kalt lässt.

Manchmal glaube ich, dass Rita und ich uns so gut verstehen, weil sie ein bisschen wie Caro ist. Dabei ist Rita eigentlich eine enorme Steigerung zu Caro. Sie ist der ehrlichste Mensch, den ich kenne. Was nicht immer als Kompliment zu verstehen ist. Denn Rita platzt mit unangenehmen Wahrheiten so ungehemmt und schonungslos heraus, als wäre sie eine überreife Tomate, in die man nicht gefahrlos beißen kann. Sie verspritzt ihre fruchtigen Weisheiten und Ansichten ohne Rücksicht. Was nicht heißt, dass ihr das manches Mal nicht ordentlich leidtut. Denn sie ist gleichzeitig einer der wenigen Menschen, die ich kenne, die sich ohne falsche Scham und Zurückhaltung entschuldigen können.

»Du hast Mira drei Monate vor der Hochzeit sitzengelassen, ohne ihr zu erklären, warum. Was denkst du, wie es ihr damit geht? Und jetzt hast du Victoria, dieses Hühnchen ohne Darm im Leib! Sie ist so langweilig, da musst du beim Sex doch einschlafen! Die hat nicht einen Tropfen Blut!«

»Schön, dass du jetzt aufgezählt hast, welche Organe Victoria fehlen und wie es sich mit ihrem Blutkreislauf verhält! Können wir uns jetzt wieder auf Anna konzentrieren?«, poltert Christoph, für sein ruhiges Wesen unverhältnismäßig laut.

Normalerweise hätte ich das getan, was ich in den letzten Wochen immer wieder versucht habe: vermitteln. Dabei stehe ich mehr zwischen meinen Freunden, als Rita ahnt. Auch ich bin ohne ein Wort der Erklärung abgehauen.

Ich werfe Christoph einen Blick zu, der sagen soll: Siehst du, deswegen kann ich es ihr nicht sagen. Aber er ist zu beleidigt. Vielleicht ist er tatsächlich schon beim Sex mit Victoria eingeschlafen. Ich muss trotz all meiner Trübsinnigkeit ein wenig grinsen.

»Ich fahre nach Hause, am Wochenende«, platze ich heraus.

Wäre ein Komet auf meinem Küchentisch gelandet und ein grünes Männchen herausgestiegen, Christoph und Rita hätten nicht blöder dreinblicken können.

»Wie? Nach Hause, nach Hause? So richtig? In die Berge?«, stammelt Rita.

»Echt jetzt?«, fragt Christoph.

»Ja«, sage ich und stopfe mir schnell den Rest Ei in den Mund.

Rita kneift die Lider zusammen, rückt näher und blickt mir aus so geringer Entfernung in die Augen, dass ich die Ränder ihrer leicht bläulichen Kontaktlinsen erkennen kann.

»Was willst du da?«

Ja, was will ich da …? So genau weiß ich das selbst noch nicht, ich weiß nur seit gestern, seit dieser Anruferin, dass ich nach Hause muss. Alles in mir drängt nach draußen, bahnt sich seinen Weg und ich habe Angst, zu explodieren. Angst davor, dass all diese verdrängten Gefühle irgendwann dafür sorgen, dass ich verrückt werde. Einen Plan habe ich nicht, ich weiß nur, dass ich nach Hause muss. Ungefähr genauso dringend, wie ich damals wegmusste.

»Ich besuche meine Eltern. Ich muss ein paar Dinge regeln!«

Das kauft mir Rita nicht ab, Christoph schon gar nicht.

»Oh Gott, es ist doch nicht jemand gestorben?«, kreischt Rita, schmeißt sich über den Tisch und umarmt mich heftig.

»Doch. Also nein, es ist niemand gestorben«, brumme ich in ihr T-Shirt. Sie riecht so vertraut nach einem ihrer furchtbaren Billigparfums, dass ich sie gar nicht mehr loslassen will. Rita, mein Rettungsanker im Sumpf der Großstadt. Meine erste Freundin nach Caro. Rita würde Caro lieben und Caro würde Rita lieben, schießt es mir durch den Kopf. Einen Moment lang fühle ich einen völlig sinnlosen Zwicker Eifersucht. Bislang waren die beiden fein säuberlich in getrennte Hälften meines Lebens eingeteilt. Ohne Schnittmenge. Seit diesem Telefonat gestern vermischt sich alles miteinander und ich bekomme keine saubere Trennung mehr hin. Die Linien sind schwimmend und ich wundere mich, dass das überhaupt so lange gedauert hat. Schließlich ist das mein Leben. Das vorher und das nachher. Das damals und das jetzt.

»Kann ich dich da mal besuchen?«

»Nein!« Viel zu hastig und unüberlegt.

Rita zieht die Augenbrauen hoch. Schnell beleidigt ist sie nicht, aber meine rasante Antwort gibt ihr offensichtlich zu denken.

»Du verlässt München doch höchstens, um dich einmal im Jahr irgendwo an einen Strand zu legen. Was willst du Stadtpflanze denn in den Bergen?«, argumentiere ich schnell und füge dann noch hinzu: »Für dich ist doch Unterhaching schon die Provinz.«

»Übertreib mal nicht maßlos«, sagt Rita halb beleidigt. »Ich möchte deine alte Heimat wirklich gern kennenlernen. Stadtpflanze hin oder her.«

»Lohnt sich doch gar nicht«, beeile ich mich zu sagen. »Ich bin sehr bald wieder da. In ein paar Tagen.«

»Schade«, seufzt sie. »Ich akzeptiere, dass du mir nicht sagen willst, was los ist, aber ich interessiere mich dafür, okay? Weil ich dich liebhabe. Also, falls du mir irgendwann mal sagen willst, warum du vor zehn Jahren so Hals über Kopf nach München gezogen bist, dann hau es raus. Ich bin für dich da, okay?«

»Okay«, antworte ich und schlucke.

Rita hebt wieder eine Augenbraue und schielt zu Christoph. Zum Glück schaltet er schneller als üblich und sagt rasch: »Das gilt für mich natürlich auch.«

Rita scheint zufrieden. Ich rühre noch eine Weile in meiner Tasse herum und bin dankbar, dass Christoph und Rita sich wieder über andere Dinge unterhalten. Sie werfen mir immer wieder einen verstohlenen Blick zu, aber meine Gedanken sind flatterhaft. Ich höre die Stimme von gestern Abend und sehe mich im Geiste wieder aus dem Büro stürmen, eine hastige Entschuldigung murmelnd. Fragmente von Erinnerungen, die ich so lange zurückgehalten habe, brechen aus mir heraus, wie Gesteinsbrocken aus massiver Felsformation. Wie passend dieser Vergleich ist, wird mir erst bewusst, als ich heftig zusammenzucke und mir der Löffel aus der Hand fällt.

Einen Augenblick lang ist sie da gewesen, so real und lebendig wie seit zehn Jahren nicht mehr. Johanna. Direkt vor mir. Langes kastanienbraunes Haar, diese mandelförmigen Argusaugen und ein hämisches Lächeln auf den Lippen. Ich sehe ihre dünnen Beine in den hautengen Jeans und darunter die braunen Schnürstiefel mit dem grauen Absatz, die wir ihr gekauft haben. Erst als ich Ritas Finger auf meiner Hand spüre, begreife ich, dass es ein Trugbild sein muss. Fitz' Schwester hat die Schuhe nicht getragen an diesem Abend. Wenngleich alles andere im Hochnebel wabert und ich nicht zulasse, dass sich das Bild schärft, so meine ich, diese eine Sache sicher zu wissen. Sie hat keine Wanderschuhe getragen. Denn sonst wäre alles vielleicht ganz anders verlaufen.

6

Vermisst du sie sehr, Fitz? Natürlich tust du das. Ich träume jede Nacht von ihr und es ist schwer zu begreifen, dass sie nicht mehr wiederkommen wird. Du glaubst es mir vermutlich nicht, aber es tut mir unglaublich leid, dass sie nicht mehr da ist. – Anna

Der Weg nach Hause ist nicht weit. Lächerliche eineinhalb Stunden nahe ist mein Heimatdorf und doch eine ganze Welt, ein halbes Leben entfernt. Sofort nachdem Rita und Christoph sich mit besorgten Gesichtern verabschiedet und mir mehrfach das Versprechen abgerungen haben, mich zweimal täglich zu melden, habe ich ein paar Klamotten in einen Rucksack gesteckt, das Geschirr in die Maschine gestellt und meine Wohnung verlassen.

Im Auto zittern meine Finger, als ich »Seelingen« ins Navi eingebe, nicht weil ich den Weg nicht finden würde, sondern weil ich das Gefühl habe, dass ich dadurch gezwungen bin, ihn auch bis zum Ende zu fahren. Ich stelle die Lautstärke der Sprecherin so hoch ein wie möglich. Bitte wenden!, schreit mir mein Innerstes schon nach den ersten paar Metern durch den Stadtverkehr zu. Bitte wenden! Aber das Navi zeigt unbarmherzig den Weg auf die A 8 und treibt mich voran.

Die Vergangenheit ist in uns. Wer hat das gesagt? Ich? In einem meiner Versuche, Fitz auf dem Papier zu erklären, warum ich mich aus dem Staub gemacht habe? Oder ist es umgekehrt gewesen? Hat Fitz das zu mir gesagt, an jenem Abend am Berg? Ich kann mich nicht erinnern und so drehen sich über sechzig Minuten lang meine Gedanken um nichts anderes als diese Frage und darum, welche Schuhe Johanna wirklich getragen hat. Zur Wahrheit gehört auch, dass ich die ganze Wahrheit selbst nicht mehr kenne. Ich habe sie so tief im Fels meiner Seele versteckt, dass ich den Zugang nicht mehr finde in diesem Wirrwarr aus Gefühlen.

An der Ausfahrt Traunstein – Siegsdorf fahre ich ab und da passiert etwas in mir. Ein verloren geglaubtes Gefühl kocht in mir hoch, drückt sich gegen meine Brust und bringt mein Herz zum Rasen. Heimat. Ich schiele zu den nahen Bergen und spüre, wie sich ein winziger Knoten in meinem selbst geknüpften Sicherheitsnetz löst, nicht genug für einen Steinschlag, aber ausreichend für ziemlich viel inneren Tumult.

Ich bin zu Hause. Und seltsam glücklich.

7

Alles ist immer leer und hohl. Ich bin wie einer dieser Bäume, über die du gestaunt hast. Weißt du noch, damals am See? Die riesigen Eschen, die von Weitem so perfekt erscheinen und innen hohl sind. Es ist kein Leben mehr in ihnen, auch wenn sie vorgeben, nicht zu sterben. – Anna

»Anna?«

Meiner Mutter gleitet der braune Keramiktopf aus den Händen und schlägt dumpf auf dem Boden auf. Die Erde verteilt sich in Klumpen auf ihren blanken Zehen, die mit abgeblättertem Nagellack aus ihren Birkenstocksandalen herausschauen. Ich sehe es wie in Zeitlupe. Ihre Füße, ihr überraschtes Gesicht, das blaue Stiefmütterchen, dessen Blätter nun traurig zwischen Scherben auf den grauen Fliesen liegen.

»Was machst du hier?«

Es ist eine berechtigte Frage. Dennoch ist es seltsam, sie von der eigenen Mutter zu hören. »Ich wollte dich besuchen«, antworte ich schlicht, als wäre das etwas, was ich regelmäßig tue.

»Aber, du …« Weiter kommt sie nicht. Über ihr kleines rundes Gesicht mit den schmalen, blassblauen Augen huscht kurz ein so erfreuter, ehrlich glücklicher Ausdruck, dass ich augenblicklich zusammenzucke.

Aber du warst doch schon zehn Jahre nicht mehr hier, lässt sie unausgesprochen, tritt stattdessen auf das Stiefmütterchen, um den Abstand zwischen uns zu überwinden, breitet ihre Arme aus und umschlingt meine Taille. Sie ist so viel kleiner als ich und wirkt so zerbrechlich. Ich halte es fast nicht aus.

»Wir wären auch nächste Woche zu dir nach München gekommen«, sagt sie entschuldigend. Ich höre automatisch den kleinen Vorwurf dahinter: Warum bist du wieder hierhergekommen? So ganz ohne Vorwarnung?

Ich erwidere schnell die Umarmung, drücke ihr einen Kuss auf den grau gesträhnten Kopf mit ihrem dicken, strohigen Haar und rücke dann mit der linken Hand ihre Brille zurecht.

»Schön, dass du da bist, mein Mädchen!«, murmelt sie mit belegter Stimme.

Langsam drehe ich mich um, damit ich sie nicht ansehen muss. Die Verkaufstheke mit den bunten Dekokörbchen darauf ist noch immer die gleiche, die Wände sind weiß wie eh und je und auch an den Regalen und Tischen, auf denen sie ihre Ware präsentiert, hat sich nichts geändert. Ich erkenne sogar die große milchige Glasvase wieder, in der drei Dutzend frischer roter Rosen stehen. Es ist die gleiche, denn vom Boden bis etwa zur Hälfte zieht sich ein feiner Haarriss, für den ich verantwortlich bin. Nur die Kasse scheint neu zu sein, ich erinnere mich an ein kleineres Modell mit dicken, schwergängigen Tasten. Diese hier hat ein digitales Display, und die riesige weiße Rolle fehlt.

Erst als das laute Klingeln der Ladentür ertönt, kommt Bewegung in meine Mutter. Ich beobachte aus den Augenwinkeln, wie sie sich mit den erdbraunen Händen übers Gesicht fährt. Ich gehe einen Schritt auf das breite Fenster zu meiner Rechten zu, während meine Mutter die Kundin berät. Vorsichtig lege ich die Hände auf das Fensterbrett und schiebe den Vorhang ein wenig zur Seite. Da drüben wohnt die Hälfte meiner Kindheit. In der kleinen Pension, die direkt an das

Haus meiner Eltern angrenzt, habe ich fast so viele Stunden verbracht wie unter der Dachschräge in meinem Kinderzimmer im Obergeschoss des Ladens. Für einen atemlosen Moment kommt es mir so vor, als hätte sich an dem Fenster dort drüben hinter der rot-weißen Gardine etwas bewegt. Aber ich täusche mich sicher. Sie wohnt ja schon lange nicht mehr dort.

Ich muss länger am Fenster gestanden haben, als es mir vorkommt, denn als ich mich umdrehe, ist die Kundin verschwunden und meine Mutter hat ihren Schlüsselbund in der Hand.

»Was hast du vor?«

Ich hatte damit gerechnet, dass sie mit mir hoch in unsere Küche geht und mir Erdbeertörtchen anbietet. So angenehm wie möglich wollte ich diesen Besuch hier beginnen. Mich noch ein klein wenig einigeln. Bevor …

»Die Friedel ist gestorben«, sagt sie stattdessen, als wäre das eine Antwort. Dann deutet sie hinter sich auf eine Grabschale mit blauem Band, auf dem »Unvergessen, Wilma und Georg Albrecht« steht. Mein Name fehlt.

»*Die* Friedel. Also unsere Friedel? Mein altes Kindermädchen?« Ich bin für einen Moment verblüfft. Nicht, weil sie tot ist. Sondern, weil sie an die hundert Jahre alt geworden sein dürfte und ich – um ehrlich zu sein – dachte, sie wäre bereits längst verstorben. Das Leben ist so unfair. Der Tod ein hinterlistiger Fuchs. Da lässt er manche alt wie Schildkröten werden und andere sterben nach einem Eintagsfliegenleben.

»Ja«, antwortet Mama schlicht.

»Warum sagst du mir das nicht?«

Meine Mutter sieht mich lange an. Sehr lange. Erst glaube ich, dass sie mir gar nicht antworten will, dann aber sagt sie ganz langsam: »Kind, du wolltest seitdem nichts mehr von all dem hier wissen.«

Seitdem. Seitdem. Seitdem. Dieses Wort steckt wie in einer Endlosschleife in meinem Kopf und lässt mich schwindeln. Ich nicke. »Ich komme mit.«

»Zur Beerdigung?« Meine Mutter zuckt überrascht.

»Ja, zu Friedels Beerdigung.« In dem Moment, in dem ich es sage, bereue ich es bereits. Es gibt praktisch keinen öffentlicheren Ort, an dem ich mich in Seelingen sehen lassen könnte. Aber jetzt ist es zu spät. Ich bin schließlich gekommen, um mich zu stellen.

Meine Mutter verschwindet im Hinterraum und kommt fünf Minuten später mit sauberen Händen und einem dunklen Shirt wieder. Ich schaue auf ihre Beine. Sie trägt wie immer diese engen, dicken Thrombosestrümpfe in Hautfarbe. Seltsam tröstlich ist das.

»Wir könnten doch, was meinst du, also willst du mal wieder im Ratskeller essen? Oder du gehst klettern. Und sicher willst du … Du könntest auch erst einmal in dein Zimmer. Dich ein wenig von der Reise ausruhen …«

Reise? Ich komme aus München her. Es tut weh, zu spüren, dass sie Angst hat, mich auf die Beerdigung mitzunehmen. *Die Leute.* Es geht um die Leute, wie immer.

»Mama?«

»Ja?« Sie dreht sich zu mir.

»Ich …«

Sie ignoriert, dass ich etwas sagen wollte, und plappert noch schneller weiter. »Wusstest du, dass der Sepp oben seine Alm jetzt an die Kati vom Haberbusch verkauft hat? Und die Rauschbergbahn ist gesperrt, schon zwei Wochen länger als geplant, der Helma ihre Gäste sind am Durchdrehn.«

Natürlich weiß ich das nicht und es interessiert mich auch nicht. Aber ich wage nicht, nach den Menschen zu fragen, die mich interessieren. Nach Caro. Nach Fitz …

Wir erreichen die Kreuzung, die aus unserer Sackgasse linker Hand auf die Achtzigerjahre-Siedlung und rechts auf das Neubaugebiet hinauszeigt, das vor zehn Jahren noch eine grüne Wiese gewesen ist. Eine, auf der Caro und ich Federball über die Stromleitung gespielt haben und auf der einmal im Jahr ein erbittertes Fußballspiel stattgefunden hat. Die linke Ortshälfte von Seelingen gegen die rechte, durch einen Fußgängertunnel miteinander verbunden und durch jahrzehntelange Rivalität und eine Landstraße getrennt.

Fitz hat einmal auf der einen Seite gewohnt und ich auf der anderen. Ich bin noch keine halbe Stunde hier und er ist schon in meinem Kopf. Ich habe nicht damit gerechnet, dass meine innere Blockade so schnell bröckelt.

»Da müssen wir lang«, erklärt meine Mutter und zeigt, das Kinn nach vorn reckend, auf den Feldweg am Spielplatz vorbei.

Die Abkürzung zum Friedhof. Als ob ich ausgerechnet den Weg dorthin vergessen könnte. Ich nicke nur, sage nichts und laufe neben ihr her. Ab und zu wirft sie mir einen Seitenblick zu, sie versucht zu lächeln, aber ich sehe ihre Zweifel. Sie ist eben meine Mutter. Mir fällt schon bald nichts mehr ein, worüber wir sprechen könnten. Und ihr offenbar auch nicht.

Es ist zu spät, unauffällig umzudrehen, als ich mir das plötzlich mehr wünsche als alles andere. Der Blick auf den Friedhof macht mir nicht gerade Mut. Ich habe vergessen, was für ein gesellschaftliches Ereignis so eine Beerdigung ist. Oder ich habe schlicht verdrängt, dass alte Menschen genauso betrauert werden können wie junge.

Würde ich mich umsehen, würde ich viele Gesichter erkennen, da bin ich mir sicher. Aber ich schaue lieber auf die braunen Strümpfe meiner Mutter. Ich weiß auch so, dass sie mich anstarren. Alle.

Meine Mutter grüßt nach links und grüßt nach rechts und ich sehe schwarze Stoffhosen und ein halbes Dutzend weiterer dicker Nylonstrumpfhosen unter für das Sommerwetter zu warmen Röcken. Im Hintergrund spielt sich die Blaskapelle ein. Die Tuba dröhnt aus dem geöffneten Fenster des Pfarrheimes und mischt sich mit den Orgelklängen aus der Kirche. Es klingt unendlich traurig.

Als meine Mutter einen anderen Weg als den zu unserem Familiengrab einschlägt, bleibe ich ruckartig stehen. Das Blumengesteck in ihrer Hand habe ich völlig vergessen. Und ich habe mich schon lange nicht mehr so fehl am Platz gefühlt. Ich richte den Blick zwangsläufig ein wenig nach oben und sehe auf die rote Sandsteinbüste eines Heiligen oder Schutzpatrons, dessen Namen ich vergessen habe. Auf einmal, während meine Mutter einen knappen Meter von mir entfernt die Schale vor dem frisch ausgehobenen Grab abstellt, in das sich in wenigen Minuten nach Ende des Trauergottesdienstes Friedels Leiche mitsamt Holzverpackung in die Erde senken wird, werden all die Geister meiner Vergangenheit wieder zu lebenden Personen. Zu handelnden Personen. Aus dem Gemurmel werden vorsichtige Grüße.

»Anna?«, fragt eine füllige Mittvierzigerin neben mir. Jemand hinter mir tippt mir an die Schulter. Eine dunkle Stimme räuspert sich und der Mann in der Cordhose, der eben noch vor einem grauen Grabstein gekniet hat, rappelt sich auf. August, erinnere ich mich. Er heißt August und hat früher im Touristeninformationszentrum gearbeitet. Aber weiter komme ich mit meinen Gedanken gar nicht.

August wird unwichtig, er verschwimmt in meinen Augen, denn mein Blick richtet sich auf die Vergangenheit. Geradewegs vor mir. Bereit, sich aufzutun, um mich mit Haut und Haaren zu verschlucken. Ich schaue direkt auf die tote und auf die lebendige Vergangenheit. Zwei Gräber weiter, schräg gegenüber von Friedels künftiger Ruhestätte steht das erste und bislang auch einzige Urnengrab von Seelingen. Und der Name darauf ist eine

Anklage. Ebenso wie der Blick des Mannes, der davor steht und sich zu mir umdreht, um die Zeit zum Stehen zu bringen. Fitz, *mein Fitz*, an Johannas Grab, seine Hand nur wenige Meter von der Inschrift entfernt, die beim Anblick der Zahlen sofort stocken lässt. Zu kurz ist der Abstand zwischen ihrem Geburtsjahr und dem Datum ihres Todes. Ich schlucke. Fitz' grüne Augen sind selbstverständlich die gleichen. Sein hellbraunes Haar aber ist kürzer, es ist nicht mehr schulterlang und zu einem lässigen Zopf oder Knoten gebunden, sondern zu einer gewöhnlichen Kurzhaarfrisur geschnitten. Sein Gesicht wirkt gröber, markanter, männlicher. Auf seiner Nase ist dieser Höcker noch immer deutlich zu erkennen und irgendwie sieht er größer aus. Aber der Ausdruck in seinem Gesicht ist neu. Denn bevor er mich damals so hat ansehen können, bin ich geflüchtet. Auch jetzt kann ich sie kaum ertragen, diese Mischung aus Erstaunen und Abscheu. Eine komplexe Verbindung aus Enttäuschung, Wut und wachsender Gleichgültigkeit. Er starrt mich noch immer an. Sehe ich auch so völlig perplex aus wie er? Er sagt nichts, ich sage nichts. Der Schock eines Augenblicks, den beide Seiten nicht haben kommen sehen, und dessen Wellen meinen Puls rasen lassen, meine Hände zittrig und meine Beine butterweich machen. Unmöglich, einen Schritt zu gehen, mit Butterbeinen. Was Sekunden sein müssen, kommt mir wie eine peinliche Ewigkeit vor. Weil immer noch niemand von uns etwas sagt. Wir sehen uns einfach nur an und alles ist wieder da. Alles.

Ich habe die Vergangenheit gewollt und jetzt habe ich sie. Da stehen wir wieder. Beinahe auf Augenhöhe und so weit davon entfernt.

»Anna?«, ruft jemand, aber ich bin ja schon längst nicht mehr da. Die Zeiger der Uhr drehen sich so schnell rückwärts, dass einem schwindelig werden könnte davon. Kein Wunder, sie bewegen sich in Bruchteilen von Sekunden und schlagen eine Brücke, die zehn Jahre überspannt.

Zum zweiten Mal an diesem Tag steht Johanna vor mir. Ich weiß, dass sie ein Produkt meiner Erinnerungen ist, aber dennoch ist sie erschreckend real.

Sie steht auf dem Felsen vor mir. Wenige Meter hinter ihr, auf zerklüftetem Stein, glitzert der goldene Jesus mystisch in der untergehenden Sonne. Das Holzkreuz, an das er genagelt ist, biegt sich in meiner Erinnerung gepeinigt nach hinten, den Stahlseilen zu. Johanna hat wieder dieses Lächeln im Gesicht. Um ihren dünnen Körper schlackert ein schwarzes Sommerkleid und sie kippt provozierend mit ihren Gummisandalen auf dem Stein vor und zurück. »Fang mich doch, wenn du kannst! Anna!«, ruft sie. Ich hole tief Luft.

Sie ist ein Trugbild, das ich wegblinzeln muss. Hastig schlage ich die Lider auf und zu und sie verschwindet. Der goldene Jesus wird wieder zu der Sandsteinbüste und ich schließe diese verdammte Büchse der Pandora. Sperre das Gift namens Vergangenheit in ihrem Innern ein und beschwöre mich selbst, mir nicht länger die Finger daran zu verätzen.

Fitz dagegen bleibt real. Er steht immer noch vor mir. Genau wie damals.

8

DAMALS

Ich hatte Fitz' Interesse an mir überschätzt. Wir sahen uns in diesen ersten Wochen seines Umzugs nach Seelingen vierzehn Tage lang nicht wieder. Ich verbrachte unerträglich viel Zeit im JUZ, für das unsere Clique eigentlich längst zu alt war. Aber Caro, Michaela, die Zwillinge Wolfi und Andy, Laura, Mike und ich, der harte Kern, gehörten einem der letzten geburtenstarken Jahrgänge an und so behielten wir das JUZ als unser gemeinsames Wohnzimmer auch dann noch bei, als andere längst jedes Wochenende in die Stadt fuhren. Wir warteten darauf, dass uns jemand diesen kleinen Raum im Rathaus streitig machen würde, damit wir endlich erwachsen werden konnten. Solange aber steckten wir in der Zeit fest. Eingeklemmt zwischen Generation Y und der, die man später einmal Z nennen würde. Uns fehlten ein Buchstabe, eine Bezeichnung und manchmal auch die Orientierung.

Erst als ich es bereits aufgeben wollte, ihn hier *zufällig* zu treffen, und die Schnauze voll hatte vom sinnlosen Rumgehänge, dem Zeitverplempern mit Dart-, Kartenspielen und Playstation-Gezocke, tauchte er auf. Auf den Tag genau zwei Wochen nach unserem denkwürdigen ersten Aufeinandertreffen.

Er stieß sich von der Backsteinwand unterhalb der Treppe ab und rief, als wartete er bereits zwei Wochen auf mich: »Da bist du also!«

»Wartest du auf mich?«, entgegnete ich überrascht. Ich war heute tatsächlich nur gekommen, um meinen verlorenen Hausschlüssel zu suchen. Für meine Sommerpläne war es essenziell, den Schlüsselbund wiederzufinden. Aus Angst vor Einbrechern würde meine Mutter das Schloss austauschen wollen und dann konnte ich mich im Voraus von meinen gesamten hart verdienten Sommereinnahmen verabschieden. So viel war klar. Ade Kroatien, grüß Gott Seelingen.

Fitz zuckte mit den Achseln, ohne mir zu verraten, ob er auf mich gewartet hatte. Dann lächelte er, steckte die linke Hand in die Tasche einer ausgewaschenen olivgrünen Arbeitshose und zog einen rauen, kantigen Stein heraus. Er streckte ihn mir entgegen und ich vergaß fast die Sorge um den verdammten Schlüssel.

Ich nahm den Stein und drehte ihn ein wenig zwischen den Fingern. Er war so spitz, dass es nicht angenehm war, ihn in den Händen zu halten.

Lächelnd fragte ich: »Ist das ein Spiegel deines Charakters?«

»Wieso?«

Er trug die Haare zu einem losen Pferdeschwanz im Nacken gebunden. Es hätte in Kombination mit den Arbeitsklamotten und seinen offenbar angewachsenen Speckstiefeln lächerlich ausgesehen, wenn er es nicht mit so einer an Gleichgültigkeit grenzenden Gelassenheit getragen hätte.

»Kantig, rau, harte Schale …«, antwortete ich.

»Ich habe sehr wohl einen weichen Kern.«

»Ach ja?«

»Ja!«, sagte er lachend.

Flirteten wir etwa? »Ich muss da schnell mal hoch«, sagte ich und deutete die Treppe nach oben. Den Stein hielt ich noch immer vorsichtig in meiner linken Hand.

Fitz bewegte sich keinen Zentimeter von der Stelle.

Ich zögerte einen Moment, dann ging ich an ihm vorbei. Was nicht möglich war, ohne ihn zu berühren. Mein Arm streifte seinen Unterarm, den er vor der Brust verschränkt hielt.

»Du hast es ja eilig, von mir wegzukommen.« Er grinste.

»Ich habe meinen Schlüssel verloren und außerdem noch einiges zu tun heute.«

»Soso.« Er grinste immer noch. »Schlüssel verloren also.«

»Ja.«

»Na, dann. Lass uns mal suchen. Wenn ich schon hier bin.«

Im JUZ stank es wie immer nach einer Mischung aus kaltem Rauch, verschüttetem Alkohol und muffiger, verbrauchter Luft. Auf dem alten grauen Ledersofa lagen ein paar verknickte Karten und wie immer quoll der Mülleimer in der angrenzenden Küche über.

Fitz half mir, die Fenster zu öffnen. Aus Verlegenheit über den miesen Zustand des Jugendraums fing ich sofort an, mich zu bücken und unter dem Sofa nachzusehen. Auch wenn ich meinen Schlüssel eher an der Bar vermutete.

Mit Fitz im Rücken war es seltsam, ernsthaft zu suchen. Ich hörte, wie er hinter mir vorbei zu der selbst gebauten Bar aus Holzplanken ging. Während ich noch versuchte, so zu tun, als ob mein Schlüssel es sich bei den Staubflusen und dem ganzen Unrat unter dem Sofa gemütlich gemacht hatte, raschelte es neben meinem Ohr.

Fitz grinste und sein Gesicht war auf einmal verdammt nahe. »Ist es der hier?«

Er hielt mir einen Schlüssel mit Flaschenöffner unter die Nase.

»Ne, das ist der Zweitschlüssel für den Raum hier«, antwortete ich.

Er entfernte sich und ich erwartete, dass er weitersuchte, aber dann hörte ich, wie der Schlüssel im Türschloss klapperte, und drehte mich ungläubig um. Noch auf den Knien sah ich, wie er sich schon wieder grinsend gegen die Tür lehnte und aus der linken Hosentasche einen weiteren Schlüssel zog. Meinen!

»Was wird das jetzt?« Ich rappelte mich auf und knallte mit dem Knie gegen den gekachelten Couchtisch.

»Ich hatte Angst, dass du gleich wieder abhaust. Jetzt, da dein Schlüssel wieder da ist.«

»Und warum möchtest du, dass ich hierbleibe?«

»Ich kenne sonst noch niemanden hier.«

»Ah. Nettes Kompliment.« Ich rieb mir mein Knie und ließ mich auf die Couch fallen. »Du hättest mich fragen können, ob ich bleiben will, bevor du Freiheitsberaubung begehst.«

Er zuckte ungerührt mit den Schultern. »Hätte ich machen können.«

»Du hast dir ja auch einen guten Start hier ausgesucht. Betrinkst dich erst mal ordentlich, lässt dich von einer Hilfskellnerin abtransportieren und benimmst dich ziemlich …«

»Daneben?«

»Ich wollte eigentlich ›scheiße‹ sagen.«

»Sorry«, sagte er.

»Ich habe ja jetzt einen Stein«, sagte ich grinsend. »Woher kommt der eigentlich?«

»Aus dem Schutthaufen hinterm Haus. Das ist leider bisher der einzige Berg, den ich hier bestiegen habe.«

»Du willst nicht wirklich hier sein, oder? Also ich meine hier wohnen, in Seelingen.«

Er strich sich die Haare aus dem Gesicht. Eine Bewegung, die mir fast schon ein wenig vertraut vorkam. So, als hätte ich eine Angewohnheit entdeckt.

»Nein. Du etwa?«

»Ja. Nein. Doch. Also … ich will schon weg, wenn ich den Studienplatz bekomme, aber irgendwie auch nicht. Es ist ein wenig kompliziert.«

»Sicher nicht so kompliziert wie bei mir«, murmelte er.

Ich wagte nicht, nachzufragen. Er sah nicht so aus, als würde er mir eine Antwort geben wollen.

»Was willst du denn studieren?«, erkundigte er sich schließlich.

»Medizin.«

Sein Blick blieb ernst. »Und deine Berge? Die würdest du zurücklassen?«

»Ich kann ja jederzeit wiederkommen. Mein Zuhause läuft nicht weg.«

Er nickte nachdenklich. »Das ist gut, wenn man das von sich sagen kann.«

»Und du? Wie kommt man dazu, eine Tanke zu mieten?«

»Ich bin Kfz-Meister.«

Ich fand nicht, dass das eine direkte Antwort auf meine Frage war, ließ es aber darauf beruhen. »Heißt du denn jetzt Fitz oder Fritz?«

»Es gefällt mir ganz gut, wenn du Fitz zu mir sagst.«

Er stieß sich von der Tür ab und kam auf mich zu, setzte sich auf den Couchtisch und schaute mich an. Ohne zu zucken und eine kurze Weile, die mir sehr lang erschien, auch ohne etwas zu sagen. Ich spürte, wie mir warm wurde, und hoffte, er würde nicht etwas so Abgedroschenes wie »Du hast schöne Augen« sagen. Aber ich wollte, dass er nie aufhörte, mich so anzusehen.

»Anna«, murmelte er und lächelte. Er beugte sich nach vorn, sodass ich den Höcker auf seiner Nase aus der Nähe betrachten konnte und feststellte, dass er sich die Nase einmal gebrochen haben musste. Augenblicklich wollte ich wissen, woher die

Verletzung stammte. Aber es fühlte sich falsch an, zu fragen. Man fragte Fitz nicht solche Dinge, das wusste ich bereits nach so kurzer Zeit, ohne sagen zu können, warum.

Als seine Nasenspitze die meine schon leicht berührte und seine Augen so nahe in meine blickten, dass mir schwindelig wurde, wünschte ich mir nichts mehr, als dass er mich küsste. Aber es passierte nichts. Er rückte wieder zurück und lachte. Ein wenig so, als hätte er sich einen Scherz mit einem Kind erlaubt.

»Wir sehen uns, oder? Ich weiß ja jetzt, wo ich dich finde. Hier oder im Schwimmbad war das, nicht wahr?«

Er streckte mir den Schlüssel entgegen und ich steckte ihn hastig in die Tasche meiner Bluejeans.

»Ja«, sagte ich und schluckte die Enttäuschung hinunter.

Drei Tage später stand er im Schwimmbad vor mir. Einfach so. Aus dem Nichts baute er sich vor mir auf und erklärte: »Du bist kräftig!«

Wenige Meter hinter uns sprang jemand vom Dreimeterturm und es platschte laut. Ich hörte trotzdem, wie Caro die Luft einzog. Sie drehte sich um und zog die Augenbrauen in die Höhe. Alarmiert sah sie aus, bereit, sich wie ein Dobermann vor mich zu stürzen und Fitz in die nackten Waden zu beißen. Ich liebte sie dafür, aber ich war gar nicht beleidigt. Es war ein Kompliment. Und genauso verstand ich es.

»Danke«, sagte ich und schaute auf meine Oberschenkel. Hart erarbeitete Muskeln, Bergsteigerbeine, die bei einem steilen, harten Abstieg nicht zu zittern anfingen. Caroline käme mit ihren dünnen Staksen noch nicht einmal zur Mittelstation vom Hochfelln.

»Nimmst du mich mal mit?«, fragte er und grinste.

Seitenblick zu Caro. Sie konnte nicht folgen, tippte sich mit dem Zeigefinger dreimal an die Stirn. »Tock, tock, tock, der spinnt«, sagte sie lautlos.

Ich dagegen musste lächeln. Breit und übers ganze Gesicht. »Ja, gern. Vielleicht fangen wir nicht gleich mit dem Watzmann an.«

»Wovon redet ihr eigentlich?«, murmelte Caro, dann schüttelte sie den Kopf und trottete zur Umkleidekabine des Alpinbads.

»Was schlägst du vor?« Er blieb beim Thema.

»Kleiner Aufstieg, der Unternberg vielleicht.«

»Gut. Wann?«

Ich zuckte mit den Achseln. »Morgen?«

»Gut.« Er wirkte zufrieden und drehte sich dann von mir weg, um irgendetwas aus seiner Tasche zu fischen.

Ich stand da und wusste nicht so recht, was ich jetzt machen sollte. Ich hatte kurz Hemmungen, das T-Shirt über den Kopf zu ziehen. Darunter war ich auch kräftig. Anders kräftig. Bikinis sahen an mir immer zu klein aus, egal, in welcher Größe ich sie kaufte. Caro behauptete zwar, dass das nicht stimmte, aber ich fühlte mich so, selbst wenn sein »kräftig« eben noch ein Kompliment gewesen war.

»Willst du mit Klamotten ins Wasser?«, fragte er und sah hoch.

Doch als ich etwas entgegnen wollte, drehte er sich um und schaute Laura nach, die graziös zum Becken spazierte und sich dann an den Rand setzte. Das gab mir den Mut, mich endlich auszuziehen. Es war ja auch egal, wenn er sich mehr für sie interessierte. Schließlich stand ich in meinem dunkelblauen, schlichten Zweiteiler da und fühlte mich leer. Abgestellt.

Fitz setzte sich neben Laura ans Wasser und Caro warf mir wissende Blicke zu, als sie zurückkam.

»Sie ist eine Schlampe!«, erklärte sie und deutete in Lauras Richtung.

»Caro!«, warnte ich.

»Was? Ist doch so, sie sieht doch, dass du dich für ihn interessierst. Seit drei Tagen starrst du ihn an, als wäre er der Prinz von Zamunda …«

»Der ist schwarz.«

»Na und? War ja nur ein Beispiel. Du saugst jedes seiner Worte auf, als wärst du ein verdammter Duden und deine Augen, die leuchten wie 'ne Glühbirne auf Droge, wenn er da ist. Ich schwöre, ich würde mich nie an jemanden ranmachen, der dir gefällt.«

»Ich komme gar nicht dazu, dass mir jemand gefallen könnte, an den du dich ranmachst. Du bist jedes Mal schneller!«

»Echt jetzt?« Schuldbewusst verzog sie das Gesicht.

Ich musste lachen. »Schon gut. Mach dir keine Gedanken. Ich interessiere mich gar nicht für ihn.«

Ich war gut darin, mich selbst zu belügen. Fitz war mir nicht egal. Er konnte mir gar nicht gleichgültig sein.

9

Fitz, irgendwann wird aus den Eschen Totholz. Du weißt, was das heißt. – Anna

Was für eine absolute Ironie, dass wir uns ausgerechnet auf einer Beerdigung wiedersehen.

»Du bist also wieder hier«, stellt Fitz fest.

So gleichgültig ist seine Stimme, so kalt. Es tut weh, ihn anzusehen. Sehr weh. Den Schmerz aus der Entfernung zu spüren, ist nicht vergleichbar mit dem direkten Blick in seine Augen, der mir so deutlich zeigt, was ich verloren habe.

Ich kann nicht antworten. Es gibt nichts, was ich sagen kann. Nicht ausgerechnet hier vor Johannas Grab. An den stechenden Schmerz von Fitz' deutlich spürbarem Hass muss ich mich gewöhnen. Das ist gar nichts. Nicht die Spitze eines Eisbergs. Aber Fitz scheint keine Antwort zu erwarten, denn er dreht sich um. Die schwarz gekleideten Menschen um uns herum sind wie Schatten, Wände, die sich um uns und die Vergangenheit schließen. Und da wird mir erst klar, dass ich tun kann, was ich will. Selbst wenn ich alles einreiße, dahinter wird es dunkel sein. Aus großer Schuld entsteht große Verantwortung. Eine, vor der ich mich lange genug gedrückt habe.

»Komm!« Meine Mutter nimmt mich am Arm und zieht mich weiter. An den vielen Gesichtern einer alternden Dorfgemeinschaft vorbei, weg von dem Loch des frisch ausgehobenen Grabes, das auf einmal wie eine klaffende Wunde aussieht.

Wie damals, als ich in den Kindergarten gegangen bin und mich an ihrem Rücken unter ihrer Kleidung versteckt habe, so möchte ich mich am liebsten auch jetzt verkriechen.

Dennoch kann ich es nicht lassen, als wir nebenan an unserem Familiengrab stehen – ich riskiere immer wieder einen Blick dorthin, wo Fitz steht. Weit genug entfernt und doch zu nah. Glücklicherweise hat die monotone, einschläfernde Stimme des Pastors durch den rauschenden Lautsprecher etwas so Beruhigendes, dass mein Herzschlag zu Normalwerten zurückkehrt.

Direkt hinter dem Friedhof läuft die Hauptstraße vorbei und die Köpfe der vorbeibretternden Lasterfahrer blitzen für kurze Momente auf surreale Art und Weise über der Sandsteinmauer auf, bevor sie wieder verschwinden. Ich konzentriere mich darauf und lasse den Rest der Zeremonie über mich ergehen.

Nachdem das Begräbnis vorüber ist und die meisten Menschen sich in einer halb offiziellen Schlange vor den Angehörigen zusammenfinden, um ihre Kondolierung auszubringen, schleiche ich mich zum gusseisernen Tor seitlich hinaus und schnaufe durch. Hinter mir höre ich das leise Tapsen von Füßen und die gedämpfte Stimme einer Frau, die auf ein Kind einredet. Ich drehe mich nicht um, bleibe seitlich der Mauer stehen und warte, dass die Mutter an mir vorbeigeht. Eine Blondine mit einer eleganten schwarzen Hose, die ihr zu weit um die dünnen Beine schlackert, das heulende Kleinkind am Handgelenk neben sich herschleifend, geht an mir vorbei. Sie sieht mich kurz an, will dann weitergehen, stockt und bleibt stehen. Das etwa vierjährige Mädchen reißt sich los und stürzt sich sofort auf den Kieshaufen neben dem Pfarrheim. Ich sehe hoch, schaue der Frau ins Gesicht und frage mich, was sie von mir will. Auf den ersten, flüchtigen Blick stellt sich kein Erkennen ein.

»Anna?« Sie spricht ebenso leise mit mir wie mit dem Kind eben.

Es wirkt, als traute sie sich nicht, die Stimme auf ein normales, für Menschenohren geeignetes Maß zu erheben. Ich sehe sie genauer an. Schaue auf die schmalen Lippen, die leicht eingefallenen Wangen, den müden Blick aus stahlblauen Augen. Doch erst als ich die Reihe von Sommersprossen auf der oberen Hälfte ihres Nasenrückens bemerke, die, die wir früher scherzhaft die Sommerbrücke genannt haben, verstehe ich, wer da vor mir steht und mich fast genauso entgeistert ansieht wie Fitz.

»Caro?«, hauche ich.

Sie hat sich so sehr verändert, dass ich sie eher wiedererkannt hätte, wenn sie dreißig Kilo mehr auf den Rippen, eine andere Haut- und Haarfarbe gehabt und sich die Sommersprossen hätte weglasern lassen. Es ist der Ausdruck in ihrem Gesicht, der sie so verwandelt hat, dass mir der Atem stockt und ich mich an meinem eigenen Erstaunen fast verschlucke.

»Anna …«, wiederholt sie, dann lächelt sie zaghaft. »Mit dir hatte ich nicht gerechnet.«

Und dann sorgt sie für die größte Überraschung des Tages. Denn statt sich erbost abzuwenden, geht sie zwei schnelle Schritte auf mich zu und umarmt mich. Ich stehe da mit hängenden Armen und wage gar nicht, den sanften Druck zu erwidern. Erst als ich merke, dass sie nicht loslassen möchte, lege ich vorsichtig meine Hand auf ihren Rücken. Ich kann die Knochen durch ihre Seidenbluse spüren, obwohl sie ein Top darunter trägt. Caro war schon immer schmal, aber nun finde ich sie fast erschreckend dünn.

Mein Blick geht über ihre Schulter in Richtung des Kieshaufens, den Caros Tochter voller Freude auf dem Hintern hinabrutscht. Sie hat sich die Schuhe ausgezogen und ihr Kleid hat bereits dunkelgraue Flecken.

Caro lässt mich los und streicht mit dem Zeigefinger über ihre unteren Augenlider. Eine Handvoll Tränen rinnt über ihr makellos geschminktes Gesicht.

»Wieso weinst du?«, platze ich perplex heraus.

»Ich … ich freue mich, dass du da bist«, sagt sie schüchtern.

»Ist das dein Ernst? Ich meine …« Ich kann nicht glauben, was sie da sagt.

»Ja, das ist mein voller Ernst. Könntest du, ich meine … würdest du mit mir einen Kaffee trinken?«

Wieder dieses Schüchterne. Wo kommt das her? »Ja, klar. Natürlich. Gern«, stammele ich.

»Lena?«, ruft sie in Richtung ihrer Tochter. »Komm bitte, Lena.«

Das Mädchen hüpft eifrig auf uns zu. Ihre Knie sind aufgeschürft, auf dem rechten befindet sich ein Pflaster, vom linken spinnt sich ein langer Faden getrockneten Blutes vom Knie bis zum Knöchel hinunter. Ich muss lächeln. Caro ist als Kind genauso gewesen. Kein Tag ohne eine neue Schramme, keine Woche ohne aufgeschürfte Knie und immer dreckige Klamotten. Es ist rührend, zu sehen, dass sich ihre Kindheit in ihrer Tochter spiegelt.

Caro dagegen kann nichts Amüsantes daran finden; sie lässt einen erstickten, spitzen Schrei los, zieht das Mädchen am Arm zu sich und beginnt eilig und auch ziemlich kräftig, mit den Händen Lenas Kleid abzuklopfen. Vergeblich. Sie wirkt panisch, als sie ihre Lederhandtasche abstellt und fieberhaft kramt, dann eine rote Leggins und ein T-Shirt mit Ringelsaum hervorzieht. An Ort und Stelle reißt sie dem nun heulenden Mädchen das Kleid vom Kopf und schafft es in beachtlicher

Zeit, es komplett umzukleiden und das dreckige Kleidungsstück in ihrer Handtasche zu verstauen.

Währenddessen scheint sie mich völlig vergessen zu haben.

»Lena, du weißt doch … als ob das Knie nicht gereicht hätte. Wir müssen zusehen, dass wir es waschen, bevor …« Auf einmal scheint sie sich wieder an mich zu erinnern und bricht ab. Streicht ihrer Tochter verschämt über den Kopf und richtet sich auf.

»Ist doch nicht so schlimm«, sage ich langsam und lächele die Kleine an. »Hallo Lena, ich bin Anna.«

Das Mädchen sieht schüchtern zur Seite. Und Caro schüttelt nur traurig den Kopf. Sie nimmt ihre Tochter mit den kleinen goldenen Locken hoch und sagt dann: »Lass uns nach Hause gehen. In einer halben Stunde …«

Ich will wissen, was in sie gefahren ist. Ich will sie fragen, warum sie nicht ansatzweise wütend auf mich zu sein scheint. Ich will herausfinden, wer sie geworden ist, aber ich bleibe stumm. Sie redet weiter auf ihre Tochter ein, so leise, dass ich nichts hören kann.

Es ist nicht zu fassen, dass das Caro ist. Und ich kann nicht glauben, wie sie auf mich reagiert. Das habe ich nicht verdient. An ihrer Stelle hätte ich auf dem Absatz kehrtgemacht und wäre vor mir selbst davongelaufen.

Fitz' Reaktion verstehe ich. Bei Caro frage ich mich, ob sie durch ein Sommersprossendouble ersetzt wurde. »Wo wohnst du denn? Ich meine, im Hotel oder …?«

»Nein.« Ihr Lachen klingt künstlich. »Natürlich nicht. Wir haben gebaut.«

»Wir? Bist du verheiratet?« Es ist so seltsam, nichts von ihr zu wissen, wo wir doch einmal alles voneinander gewusst haben.

»Ja, schon lange.« Sie macht eine abwehrende Handbewegung und sieht zur Seite. Dann greift sie schnell mit der freien Hand in ihre Tasche und zieht ein Tuch hervor, tupft ihrer Tochter irgendwelche nicht vorhandenen Flecken aus dem Gesicht.

Ich betrachte Caro genauer und stelle erneut fest, wie sorgfältig sie geschminkt ist. Da sitzt jede Linie, ihr Lippenstift ist auf ihren Nagellack abgestimmt und ihre Kleidung sieht nicht nur auf den ersten Blick teuer aus. Der Caro von früher sind Make-up unwichtig und ihre Klamotten günstig gewesen, ein wenig ausgeflippt und immer sexy. Jetzt sieht sie mehr nach Modell Twin-Set aus. Zwar nach einem hippen, aber Twin-Set bleibt eben Twin-Set und Caro ist damit irgendwie nicht mehr Caro.

Rita würde über sie lachen. Mit fünf Kilo mehr fiele sie voll in Christophs Beuteschema.

»Das freut mich. Ich meine, du hast geheiratet, du hast ein Kind und … ich meine … wow!«

»Ich hab auch einen Bruder«, sagt das kleine Mädchen leise. »Simon.«

»Schön! Das ist doch toll, einen kleinen Bruder zu haben!«, sage ich und lächele das Mädchen an.

Sie lacht ein glockenhelles Lachen und gluckst dann: »Aber der Simon, der ist doch schon groß, der geht in die dritte Schule.«

»Klasse heißt das, Lena, Klasse!«, sagt Caro, eine Spur zu scharf, wie ich finde. Sie tupft noch einmal an Lenas Mund herum, an dem ich beim besten Willen nichts Dreckiges erkennen kann, und setzt das Mädchen dann wieder auf dem Boden ab. Nicht ohne an ihrem T-Shirt zu zupfen.

»Caro … ich hatte ja keine Ahnung!«

»Wie denn?«, zischt sie auf einmal. »Warst ja nicht da.«

Ich sehe mich selbst vor zehn Jahren am Münchner Flughafen sitzen, stundenlang. Als ich die Abflughalle verlassen habe, ist der Flug nach Bangkok längst planmäßig gestartet. Ich verstehe bis heute nicht, warum ich sie dort nicht gesehen habe.

Nicht einmal zur Toilette habe ich mich getraut, aus Angst, ich könnte sie verpassen. Stundenlang habe ich dort gesessen, bevor ich wieder ernüchtert in die Stadt zurückgefahren bin und mich wieder in meinen Büchern vergraben habe. Ich war da, will ich sagen. Ich habe es zumindest versucht.

Doch Caro kommt mir zuvor und sagt wieder mit dieser monotonen Stimme, die so fremd an ihr wirkt: »Simon ist unter der Woche im Internat.«

»Wie alt ist er?«

»Er wird Ende des Jahres zehn.«

Zehn? Caro ist nie auf Weltreise gegangen, wird mir klar. Sie hätte mir gar keine Karten schreiben können, selbst wenn sie es gewollt hätte. Es hat keinen Grund gegeben, keinen exotischen Absender. Sie ist einfach nur hiergeblieben. Sie ist gar nicht am Flughafen gewesen.

Lena ist ein Stückchen weiter gelaufen und bückt sich nach ein paar Gänseblümchen am Wegrand.

»Caro«, flüstere ich. »Warst du schwanger, als ich gegangen bin?«

»Ja«, sagt sie so leise, dass ich sie kaum verstehe.

»Welche Stadt?«, frage ich und muss ein wenig grinsen.

Sie tut so, als würde sie mich nicht verstehen.

Ich habe kein Recht dazu, solche Witze mit ihr zu machen. Aber ihre offenherzige Begrüßung hat mich übermütig gemacht.

»Lorenz kommt aus Salzburg.«

»Lorenz heißt er also. Und sonst? Caro, lass dir bitte nicht alles aus der Nase ziehen. Was machst du? Ich meine beruflich und, und … wie geht es dir?«

Sie lächelt zaghaft. »Du hast keine Kinder, oder, Anna? Ich kümmere mich um Lena und um Simon. Ich organisiere die Freizeitaktivitäten der Kinder, koordiniere den Haushalt und …«

»Du koordinierst den Haushalt, ppfff, willst du mir jetzt auch noch erzählen, du hättest eine Putzfrau?«

»Ja, sicher«, sagt sie und sieht zu Boden. »Lorenz ist häufig in Salzburg, in der Bank. Wir haben dieses große Haus und ich habe gesellschaftliche Verpflichtungen.«

Ich bin kurz davor, laut aufzulachen, verkneife es mir mit einiger Mühe.

»Ich hätte mit dem Wagen fahren sollen, statt hierherzulaufen«, stöhnt sie plötzlich und deutet auf ihre Pfennigabsätze.

»Wollen wir die Schuhe tauschen? So wie früher?«, biete ich ihr an. Ein Blick auf meine billigen Treter und einer auf ihre Designerschuhe lässt mich wünschen, den Vorschlag nicht gemacht zu haben. Wir sind nicht mehr Caro und Anna. Zwischen unserem letzten Schuhtausch und heute stehen zehn Jahre und offenbar eine ganze Welt. Eine größere, als ich gedacht hatte.

»Nein«, schlägt sie mein Angebot aus. »Danke. Aber, Anna …«

Sie bleibt stehen und dreht sich zu mir. »Anna, es ist so gut, dass du da bist.«

Ich will sie fragen, ob sie mir nicht böse ist, als sie ihre Arme schon wieder um mich schlingt. Aber ich habe zu große Angst, dass sie dann doch Ja sagen könnte.

»Hier müssen wir lang.« Sie deutet auf die Straße hinaus in ein weiteres Neubaugebiet, das es vor zehn Jahren noch nicht gegeben hat. Auf den restlichen Metern ermahnt sie Lena mehrfach, sich nicht wieder schmutzig zu machen, und beantwortet mir mit knappen Worten meine vielen Fragen. »Ja, es geht mir sehr gut.« – »Das Studium war wegen des Kindes nicht möglich.« – »Nein, ich habe kein Interesse, das nachzuholen, Lorenz verdient mehr als genug.« – »Bei meinen Eltern im Hotel helfe ich gelegentlich noch aus, wenn Lorenz auf Geschäftsreisen ist oder Termine hat.«

»Das … das hört sich gut an«, stammele ich.

Abrupt dreht sie sich um und fragt: »Warum habe ich nie ein Wort von dir gehört?«

»Ich war am Flughafen und du warst nicht da und du hattest doch das Handy verkauft und …« Jetzt bin ich hier und kann es doch nicht: zugeben, dass ich zu feige gewesen bin, um zu bleiben und auszuhalten, was geschehen ist. Mit allem, was dazu gehört. Ich habe mich dem damals nicht gestellt und bin noch immer nicht in der Lage dazu, einen Schritt zurückzutreten und mir das ganze Ausmaß der Tragödie anzusehen. Ich muss Caro nicht anschauen, um zu kapieren, dass sie meinen Satz zwar als Erklärung versteht, aber nicht als Entschuldigung.

»Aber ich war hier, du hättest doch …«, traurig bricht Caro ab.

Der Angsthase in mir schlägt einen weiteren Haken und sucht Schutz in Ausflüchten: »Ich habe bei meiner Mutter nach dir gefragt, immer wieder; und sie sagte, sie wüsste nicht, wo du bist. Irgendwo unterwegs.« Selbst aus meinem eigenen Mund hört es sich jämmerlich an. Jetzt, da ich vor ihr stehe, fallen all meine inneren Rechtfertigungen wie ein Kartenhaus in sich zusammen.

»Das war eine Lüge«, sagt Caro scharf, dreht sich um und läuft weiter.

Und dann stehen wir vor einer Haustür, die kein normales Schloss hat, sondern sich mit Caros Fingerabdruck surrend öffnet und den Blick auf einen großzügigen Flur und eine gigantische Glasfront in Richtung der Bergkulisse freigibt.

»Wow«, sage ich und ziehe sofort die Schuhe aus. Der Marmorboden glänzt so sauber und poliert, dass ich kaum wage, meinen Fuß daraufzusetzen.

Mit ein paar Fingergriffen bedient sie einen weißen Kasten an der Wand und sofort beginnt eine Klimaanlage leise zu surren. Sie geht mir voraus und ich folge ihr vorsichtig, beobachte aus dem Augenwinkel, wie die kleine Lena ihre Schuhe sorgfältig in ein helles Regal räumt und sich brav ein Paar Hausschuhe mit goldenen Krönchen darauf anzieht.

»Möchtest du einen Kaffee?«, fragt Caro.

Sie erinnert mich an eine der Frauen aus diesem seltsamen Science-Fiction-Film, die so perfekt sind, dass sie nicht echt sein können.

Sie sieht mich fragend an und holt mich in die Realität zurück. »Kaffee?«

Ich denke an meinen revoltierenden Magen und verneine. »Ein Wasser vielleicht. Danke.« Ich setze mich an den langen Tisch mit den wuchtigen Stahlbeinen, auf denen eine blitzblank polierte Glasplatte thront und darauf ein Strauß frischer Blumen. Weiße und rosafarbene Chrysanthemen. Alles hier ist makellos sauber, weiß, geschmackvoll, aufgeräumt. Und kalt.

»Lena, komm, ich schalte dir den Fernseher an, aber du weißt schon …« Caro beugt sich zu ihrer Tochter, die neben ihr steht und nickt, und flüstert ihr dann etwas ins Ohr. Das Mädchen rennt auf die mondäne schwarze Ledercouch zu.

Caro folgt ihr und ich sitze etwas verloren in diesem gigantisch großen Wohn- und Esszimmer. Es fühlt sich ein wenig an, wie in einem Möbelhaus auf einen Verkaufsberater zu warten. So habe ich mir Caros Zuhause nicht vorgestellt.

Sie kommt zurück, stellt ein Wasser auf einem silbernen Untersetzer vor mir ab und setzt sich mir dann gegenüber, greift nach meiner Hand und drückt sie sanft.

»Caro, ich … ich weiß gar nicht, wo ich anfangen soll. Es tut mir alles so leid. Ich wollte nicht, das sollte nicht, ich meine …«, stammele ich vor mich hin.

»Ich weiß«, sagt sie leise.

Dann sieht sie mich eine Weile prüfend an und ihre Augen werden glasig. »Du könntest einfach wieder meine Freundin sein«, sagt sie fast flehentlich.

Und so dankbar ich auch bin, wie sie mich aufnimmt, so sehr verwirrt es mich. Fast werde ich ein wenig wütend.

Das da, dieses traurige, kraftlose Wesen in hübscher, teurer Verpackung, das ist doch nicht Caroline? Die Caro, die immer ihre Meinung gesagt hat, auch wenn sie keiner hören wollte. Caro, die den zwingenden Drang gehabt hat, jeden zu verteidigen und sich in alles einzumischen. Was ihr ihren Spitznamen eingebracht hat.

Da ist nichts mehr übrig von ihr. Warum ist da nichts mehr übrig?

»Caro? Wo hast du den Dobermann gelassen?«, frage ich sie und umgreife ihre knochigen Finger mit meinen Händen.

Sie macht die Augen zu, nur kurz, aber lang genug für mich, um zu wissen, dass sie mich verstanden hat.

Sie antwortet nicht und das habe ich auch nicht erwartet. Ich muss daran denken, wie wir als Kinder an dem zerkratzten Tisch in der Küche ihrer Eltern gesessen und uns gegenseitig Kartenspiele beigebracht haben. Ab und zu haben wir uns mit den blanken Händen kleine Wurstscheiben von den Aufschnittplatten für die Frühstücksgäste des Hotels geklaut und bei ungeliebten Gästen auch mal Salz in den Zuckerstreuer gegeben. Auch als wir längst keine kleinen Kinder mehr gewesen sind, wären wir beide nie auf die Idee gekommen, einen Untersetzer unter ein Wasserglas zu stellen.

Caro fängt an, etwas zu erzählen. Vom Haus und von Lenas Tennisstunden. Und ich höre zu, wie sie zwar spricht, aber eigentlich gar nichts erzählt. Sie ist mir dabei so fremd, dass ich es immer noch nicht schaffe, die Frau vor mir mit meiner früheren besten Freundin in Einklang zu bringen. Es will mir nicht gelingen, all diesen leeren Sätzen die Tiefe und Ehrlichkeit zu geben, die früher selbst einer ihrer derben Flüche gehabt hat. Was zur Hölle ist passiert? Warum ist sie überhaupt hiergeblieben? Sie hat doch immer weggewollt. Offenbar ist es so, dass man mit den Jahren auch die Fähigkeit verliert, ehrlich zu sein. Caro ist kein Dobermann mehr, sie ist nicht einmal mehr ein Chihuahua, und ich bin schon immer mehr der Pinscher gewesen und ziehe auch jetzt noch gern den Schwanz ein. Auch wenn ich hergekommen bin, um das zu ändern.

Ich gebe mir einen Ruck, greife noch einmal nach ihren Händen und sage: »So, und jetzt von vorn. Wer bist du und was hast du mit meiner besten Freundin gemacht?«

»Ich bin immer noch ich«, sagt sie leise. Viel zu leise.

»Nein, bist du nicht. Du hast Angst. Vor irgendetwas. So sehr Angst, dass du mich – anstatt mich anzuschreien und fortzujagen – in die Arme geschlossen hast.«

»Ich freu mich eben, dich zu sehen.«

»Das ist es nicht allein, irgendwie nehme ich dir das nicht ab.«

Ich werfe einen Blick in das weitläufige Wohnzimmer, wo Lena auf der Couch sitzt. Seltsam regungslos für ein Kind. Sie starrt auf den Bildschirm, aber weder ihre Füße noch ihre Arme noch irgendetwas an ihr bewegt sich. Sie sitzt so auffallend anständig, so steif.

Caro stiert an die Wand hinter mir, als hingen dort statt eines riesigen Aquarells die richtigen Worte.

»Sag's mir doch einfach, und wenn du willst, kann ich deine Freundin sein oder ich gehe. Aber ich halte es nicht aus, hier zu sein und dich zu sehen und … und du bist gar nicht du.«

Jetzt lacht sie etwas verächtlich auf. Und irgendwie ist mir das lieber als diese unerwartete Umarmung vorhin. »Was weißt du schon?«

»Nichts«, entgegne ich schnell. »Deswegen sollst du mir ja sagen, was los ist.«

»Du weißt wirklich nichts, oder? Hat dich nie interessiert. Dass ich schwanger war, als du von hier verschwunden bist. Von einem auf den anderen Tag. Ohne eine Erklärung. Dass ich verdammt noch mal hier saß mit einem Baby, dessen Vater sich einen Scheiß dafür interessiert hat, dass er mich geschwängert hat.«

Aus Reflex sehe ich noch einmal zu Lena. Als ob das nötig wäre, um klarzustellen, dass nicht sie das Baby ist, von dem Caro redet.

»Da war es vorbei mit den Träumen von der Welt und dem Reisen und dem Studium. Es war vorbei mit dem lustigen Leben. Und jeder hier hat sich das gedacht, was du dir jetzt auch denkst: Das war doch klar, das hat sie doch verdient. Hüpft von Bett zu Bett und das hat sie nun davon. Nicht wahr, das denkst du, Anna, oder?«

»Nein, denke ich nicht«, sage ich, auch wenn mir der Gedanke kurz gekommen ist. Zu kurz, um ihn zugeben zu müssen.

»Da saß ich, noch keine zwanzig, mit einem Kind. Und auf einmal hatte ich keine Flügel mehr, ich hatte Betonklötze an den Füßen.«

»Du hättest …«, fange ich an, aber wage nicht, es auszusprechen: es abtreiben können.

Sie sieht mir fest in die Augen. »Hätte ich vielleicht, aber meine beste Freundin war weg. Einfach weg. Und ohne dich ging es nicht. Ohne dich habe ich das getan, was meine Eltern mir geraten haben.«

»Es tut mir leid.«

»Bist du deswegen hier jetzt? Weil es dir leidtut, nach zehn Jahren?« Auf einmal ist da kein Vorwurf mehr in ihrer Stimme, nur Resignation.

»Ja, auch«, sage ich.

Sie reagiert gar nicht darauf, stattdessen spricht sie weiter. »Und weißt du, was ich dann gemacht habe? Ich habe eine beschissen langweilige Ausbildung zur Bankkauffrau gemacht, bei der Volksbank Seelingen. Weil es das Einzige war, was mir noch übrig blieb, und meine Eltern es für geboten hielten, dass ich wenigstens etwas lernte, was dem Hotel dienen konnte. Etwas Solides, Kaufmännisches. Nichts an mir wollte solide sein, Anna.«

Das alles zu hören, tut weh, so weh, wenn man weiß, was Caro mit ihrem Leben vorgehabt hat. Ich hätte absolut kein Problem damit, wenn sie glücklich wäre mit diesen Entscheidungen. Aber es sind ja nicht einmal ihre eigenen gewesen.

»Und dann?«

»Dann saß ich hier erst einmal fest. Bis ich Lorenz kennengelernt habe. Bei einem Bankertreffen in Salzburg, zu dem ich meinen Chef als Assistentin begleitet habe. Und Lorenz hat mir einen kleinen Teil dieser Welt geboten, die ich dachte, mit der Geburt von Simon endgültig verloren zu haben. Ich war so froh, dass er mir einen Weg hier raus bot, und ich war glücklich mit ihm. Habe mir vorgenommen, alles anders zu machen. Endlich bei einem Typen zu bleiben. Und ich habe ja auch alles richtig gemacht, wie du siehst. Ich habe dieses wunderschöne Haus, den Pool im Garten. Wir haben die teuren Autos und Simon geht auf dieses hervorragende Internat. Wir haben Lena …«

Es ist seltsam, dass sie Lena *nach* dem Haus und den Autos erwähnt. Ich brauche sie nicht noch einmal zu fragen, ob sie glücklich ist. Es ist recht simpel: Wer wie Caro mehrmals betont, glücklich zu sein und sich das vor allem selbst sagen muss, ist es offensichtlich nicht.

Sie schlägt die Hände vors Gesicht. Und ich wage nicht mehr, danach zu greifen, ich befürchte, sie könnte nach mir schlagen.

»Aber, Caro, das ist ja alles ganz toll und … wie soll ich sagen, ich freue mich, dass du das alles hast. Wirklich. Aber warum bist du so … so …«

»So klein?«, fragt sie mit Tränen in den Augen und leise.

»Ja.« Das trifft es so genau. »Ja. Warum machst du dich so klein?«

»Weil … ich weiß nicht, vielleicht wird man klein, wenn man es jeden Tag gesagt bekommt.« Die Worte kommen wieder nur zögerlich, flüsternd, beschämt.

Ich möchte sie in die Arme nehmen, so gern. Aber sie ist weiter zurückgerutscht, schlägt die Beine übereinander und schaut mit eingefrorenem Blick an mir vorbei. Ich für meinen Teil starre auf die Berge, denen um diese Zeit des Jahres bereits die weißen Hauben fehlen. Der Schnee ist geschmolzen und die Jahre zwischen uns auf einmal auch. Sie ist wieder *meine* Caro und ich möchte ihr helfen.

»Was bin ich denn noch, Anna?«, bricht sie endlich das Schweigen. »Ich bestehe aus tausend geplatzten Seifenblasen. Ich bin eine tonnenschwere Ladung Spüli, die nicht mehr in die Luft gehen will. Das bin ich.«

»Wir«, ergänze ich. »Wir sind das.«

»Du doch nicht, du bist doch weg und hast studiert. Ich weiß doch von deinen Eltern, dass du in München lebst und …«

»Ich wollte nie nach München.«

»Warum bist du dann gegangen?«

»Weil ich musste.«

»Nein!« Jetzt wird sie zum ersten Mal laut. »*Du* musstest gar nichts. Ich musste.«

Es fehlt nur, dass sie aufspringt und mit dem Finger auf mich zeigt.

Ich auch, will ich sagen, aber da legt sie schnell ihre Hand an die Lippen, zuckt heftig zusammen und plötzlich ist sie nicht einmal mehr ein Chihuahua, sie ist eine leere Hülle. Das leise Brummen eines Motors, das ich soeben noch beiläufig wahrgenommen habe, erstirbt.

»Du gehst jetzt bitte«, sagt sie. Der Befehlston, wenn auch in einem Flüstern gesprochen, macht mir eine Gänsehaut an Armen und Beinen.

Doch bevor ich gehen kann, öffnet sich die Haustür, fällt leise wieder ins Schloss und ich höre Schritte.

Ein großer, blonder und überaus attraktiver Mann in einem blauen Maßanzug kommt herein. Er lächelt Caro an und sie lächelt zurück. Es sieht steif aus. Ich stehe auf, gehe auf den Mann mit den stechend blauen Augen zu und strecke meine Hand aus.

»Ich bin Anna Albrecht. Eine Bekannte von Caroline aus der Schulzeit«, sage ich und frage mich im gleichen Moment, warum ich lüge und weshalb ich Caroline sage statt Caro.

»Lorenz Hofstätter, ihr Mann«, stellt er sich vor und zeigt eine Reihe blendend weißer Zähne.

»Freut mich sehr. Ich habe leider noch einen wichtigen Termin und bin deswegen schon am Aufbrechen, aber es freut mich sehr, dass wir uns kennengelernt haben. Bezauberndes Haus!«, sage ich gestelzt.

»Danke. Kommen Sie doch gern bald wieder. Freundinnen meiner Frau sind immer herzlich willkommen.«

»Caroline, schön, dass wir so nett geplaudert haben. Ich melde mich bei dir, ja?«

»Sicher, Anna. Danke für deinen Besuch.«

Ich stehe auf, drücke ihr steif die Hand, rufe »Auf Wiedersehen, kleine Lena« ins Wohnzimmer, nicke Lorenz höflich zu und verschwinde dann, so schnell ich kann, in Richtung Haustür. Ich hasse es, dass Caro mir dankbar hinterherschaut. Draußen lehne ich mich gegen die kühle Wand und muss erst einen Moment lang durchatmen.

»Wo hast du den Dobermann gelassen, Caro?«, sage ich noch einmal leise vor mich hin und versinke für einen Augenblick in der Vergangenheit. Versuche verzweifelt, mir die Freundin vor Augen zu führen, die Caro einmal gewesen ist. Und wie immer, wenn ich mich an früher erinnere, ist es dennoch Fitz, an den ich zuerst denken muss.

10

DAMALS

Ich hatte nach Fitz' Ankündigung im Schwimmbad nicht damit gerechnet, dass er wirklich auftauchen würde, um mit mir wandern zu gehen. Umso erstaunter starrte ich auf seine Füße, als er am nächsten Morgen klingelte.

Er trug die Stiefel viel zu locker geschnürt, die Sohle abgewetzt, und mit einiger Mühe überredete ich ihn, die Wanderschuhe meines Vaters anzuziehen. Der hatte ohnehin keine Verwendung mehr dafür.

»Und? Zweitausendsiebenhundert Höhenmeter, oder was hast du mit mir vor?« Fitz sprang ein wenig albern auf der Stelle und wirkte ehrlich aufgeregt.

Ich gab vor, meine Schuhe zu binden, damit er mein freudiges Grinsen nicht sehen konnte. »Warst du schon einmal am Berg?«, wollte ich wissen.

»Nein.«

»Gut, wenn das ein erstes Mal ist, dann müssen wir langsam anfangen. Du brauchst erst einmal ein wenig Trittsicherheit und Kondition. Und dann ist da ja auch noch die Seilbahn.«

»Seilbahn?«

Er wirkte ehrlich enttäuscht.

»Nur für den Abstieg«, beruhigte ich ihn. »Wart's ab, du wirst dich sehr nach der Seilbahn sehnen.«

»Aber wir sind schon ein paar Stunden unterwegs, oder?«

»Wenn du möchtest.«

»Ich muss.«

»Wieso?«

»Egal.« Sein Blick drohte wieder dieses Abweisende anzunehmen, und das wollte ich auf jeden Fall vermeiden. Ich hatte wenig über ihn erfahren in jenen kurzen frühsommerlichen Wochen, die mein Herz auf den Kopf gestellt hatten. Aber genug, um zu wissen, dass es ein paar Dinge gab, die er bewusst zurückhielt.

»Bist du mit dem Auto da?«, fragte ich.

»Nein, das braucht meine Tante heute.« Sein Blick wurde düsterer. Als hätte meine harmlose Frage etwas mit seinem Geheimnis zu tun. Mit seinem Tag und warum er ihn unbedingt weg von zu Hause verbringen wollte. So langsam vermutete ich, dass sein Erscheinen hier weniger etwas mit mir und dem Berg zu tun hatte, als vielmehr mit dem dringenden Wunsch, sich von irgendjemandem fernzuhalten.

»Dann müssen wir die Räder nehmen. Bei Caro drüben im Hotel gibt es Mountainbikes. Leiht sich keine Sau aus, fällt also nicht auf, wenn du dir eins borgst.«

Wir fuhren zum Berg und ich kam mir ebenbürtig neben ihm auf dem Rad vor. Auf gleicher Höhe.

»Das sieht aber mehr wie ein Spaziergang aus.« Am Parkplatz deutete Fitz auf den sanft nach oben führenden Schotterweg.

»Wenn wir oben sind, wünschst du dir nichts mehr, als dass du das nie gesagt hättest«, entgegnete ich.

Ich wurde übermütig. Meine Zunge lockerte sich und ich grinste. Das hier, das war ich. Die Berge, das war mein Terrain. Wie eine Droge zogen mich die Höhenmeter nach oben und bereits die Aussicht, mit Fitz oben anzukommen, berauschte mich. Am Berg, da brauchte es kein Julia-Roberts-Lächeln, und dünne, braune Beine halfen einem auch nicht weiter. Fitz mit mir auf dem Weg nach oben, das fühlte sich wie ein kleiner Sieg an. Ohne dass ich wusste, wer der Gegner war. Wahrscheinlich einfach nur ich selbst und mein Selbstwertgefühl.

Er zuckte ein wenig mit den Achseln. Unbeeindruckt.

Da ich mir sicher war, ihn noch zum Schwitzen zu bringen, klaute ich mir sein kleines besserwisserisches Grinsen und hob es für später auf.

Wir gingen eine Weile schweigend nebeneinander her. Ich überlegte, was ich sagen konnte, und vielleicht dachte er über das Gleiche nach. Wir befanden uns in dieser gefährlichen Abtastphase – von der Caro behauptete, es gäbe sie nicht –, in der man noch nicht wusste, was man vom anderen halten sollte, und man sich auch noch übel in einem Menschen täuschen konnte. Caro übersprang das und machte da weiter, wo ich meistens erst gar nicht hinkam.

Wie gern wollte ich, dass er etwas von sich erzählte. Weil nichts von ihm kam, er aber offenbar recht zufrieden ruhig neben mir herstapfte, fing ich das Plappern an. Ich erzählte ihm, wo man hier den Bachlauf sehen konnte, an welcher Seite des Berges die alte Sesselbahn nach oben führte, die eine halbe Stunde brauchte, bis sie den Gipfel erreicht hatte, und dass es oben bald so eine nigelnagelneue, schicke Bar geben sollte, ich die alte Hütte aber gemütlicher fand. Vor allem im Winter.

Er hörte zu und dabei nahm sein Gesicht irgendwann einen Ausdruck an, der überhaupt nicht mehr belustigt war. Eher etwas traurig. Seltsam, was ich in seinen Augen alles lesen konnte. Es war, als hätte er schon zu viel gesehen und ich zu wenig, und als wollte er mir dabei sagen, dass ich damit das bessere Los gezogen hatte.

»Wann warst du das erste Mal bergsteigen?«, fragte er schließlich.

Ich lächelte und bedeutete mit einem Kopfnicken, dass wir abbiegen mussten, den Pfad rauf, weg vom *Spazierweg*.

»Ich habe das Klettern so gelernt wie das Laufen. Mein Vater war immer mit mir am Berg. Solange er konnte. Er war Bergführer. Bis er sein Bein verloren hat. Zu meinem vierzehnten Geburtstag hat er mir meine erste Watzmannübersteigung geschenkt.«

Vielleicht klang Watzmann für Fitz zu sehr nach Warze, auf jeden Fall verzog er das Gesicht.

»Schau nicht so. Das ist eine wirklich schwere Tour. Ich war so unglaublich stolz.«

»Ich weiß, hab mal eine Doku darüber gesehen. Du willst mir ernsthaft erzählen, dass du mit vierzehn über diesen – wie heißt er?«

»Watzmanngrat«, sagte ich eifrig.

»Da bist du rüber?«

»Ja.«

»Wow. Nimmst du mich da auch mal mit?«

»In drei Jahren vielleicht«, sagte ich und lachte. Die Vorstellung, einen völlig ungeübten Bergsteiger da mitzunehmen – und Fitz war einer –, war so ziemlich das Abwegigste, was ich seit Langem gehört hatte.

»Das muss schneller gehen«, erklärte er ernst.

»Warum denn?«

»Weil ich … weil ich das unbedingt will.«

»Aha. Nur weil man etwas will, heißt das aber noch lange nicht, dass man das auch kann.«

»Doch«, entgegnete er fast ein wenig böse. »Alles geht, wenn man es nur will.«

»Nicht alles«, meinte ich leise und dachte an meinen Vater, der seine Lebensfreude verloren hatte, weil ihm die Höhenluft fehlte und das erhebende Gefühl, einen Berg bezwungen zu haben.

»Aber fast alles«, beharrte er. »Also, hilfst du mir?«

»Wobei?«

Da blieb er so ruckartig stehen, dass die Steinchen unter seinen Füßen wie Murmeln davonstoben und er mit dem rechten Bein ein wenig nach unten sackte.

»Dabei, den Watzmann zu übersteigen, und dabei, das hier zu meiner Heimat zu machen.«

»Ja«, erklärte ich. »Sehr gern.«

»Gut. In einem halben Jahr gehen wir über den Watzmann.«

»Ich gebe uns ein Jahr. Ohne Schnee ist es bedeutend einfacher.«

»Im Frühjahr, nächstes Jahr«, stellte er fest und streckte mir die Hand entgegen.

Ich nahm sie, fühlte den Druck seiner langen, kräftigen Finger und merkte, wie sich bei der Berührung seiner Hand mit meiner etwas übertrug. Nicht bildlich, nicht im übertragenen Sinne, sondern deutlich spürbar und real. Absoluter und bedingungsloser Wille. Und eine Elektrizität, von der ich mehr haben wollte. Viel mehr. Denn vielleicht hatte Caro recht und so etwas wie den Einen gab es nicht, aber ich wusste auf einmal, dass das, was ich da fühlte, zum ersten Mal richtig schien.

»Wusstest du, dass man Countrysongs singen muss, wenn man bergsteigen geht? Also zumindest, wenn man mit mir wandern ist.«

»Countrysongs?«

»Ja. Unbedingt.« Ich lächelte.

»Na, dann fang mal an!«

»Du musst mitsingen!«

»Aber ich kann den Text nicht, ich kenne keinen einzigen Countrysong.«

»Das macht doch nichts. Dann machst du einfach ein bisschen texanische Textuntermalung.«

Er sah mich fragend an.

»Du läufst breitbeinig wie ein Cowboy und nuschelst ein wenig dazu, so ein bisschen hohohoho und rorororo.«

Ich sang: »Because you are mine, I walk the line.«

Da lachte er auf einmal laut. »Das kenne ich sogar. Das ist Johnny Cash«.

Er stimmte lauthals ein und so gingen wir den Rest des kleinen Stieges, bis wir nach etwa einer Viertelstunde auf die Forststraße kamen.

Vom Singen übermütig geworden sagte ich so vor mich hin: »Ich wollte immer mal an einem Lagerfeuer neben jemandem sitzen, der das Lied für mich spielt und mich dann küsst.«

Als dieser Satz raus war, wäre ich am liebsten im Berg verschwunden. Was quasselte ich da nur?

Aber Fitz blieb cool, er lachte nicht einmal, sondern sagte nur gelassen: »Na, das lässt sich doch einrichten.«

»Wir sind gleich da, jetzt geht es fast eben rauf zum Gipfel«, erklärte ich aus Verlegenheit und wollte weitergehen, aber da hielt er mich am Arm fest. Ein wenig grob. Ich wollte mich losreißen und protestieren, aber sein Blick hielt mich fester, als seine Hand es konnte. Für einen winzigen Augenblick hatte ich das Gefühl, in ihn hineinsehen zu können, etwas Verletzliches in ihm zu entdecken. Aber er ließ mir keine Zeit dazu, darüber nachzudenken, denn diesmal überwand er auch die letzten Millimeter und küsste mich. Seine Lippen pressten sich hart auf meine, seine freie Hand griff um meine Hüfte und ich fühlte mich auf einmal winzig klein und zart. In meinem ganzen Leben hatte ich mich noch nie zart gefühlt. Es war kein zärtlicher Kuss, er war roh und leidenschaftlich und leider viel zu kurz. Und trotzdem brannte ich – innerlich und äußerlich. Ich schnappte nach Luft und wünschte mir so sehr, den Moment festhalten zu können. Als ich vorsichtig die Augen aufschlug, sah ich, dass Fitz mich amüsiert musterte. Er ließ mich so schnell los, wie er mich an sich gezogen hatte. So als hätte er sich an meiner Hitze die Finger verbrannt. Ich stand da wie der letzte Depp und wusste nicht, was ich davon halten sollte. Es war zwar kein *Johnny-Cash-Moment* gewesen – aber er war nahe dran.

11

Caro war nicht da. Am Flughafen. Ich habe stundenlang auf sie gewartet, ich wusste doch genau, wann ihr Flug ging. Fitz, weißt du, warum sie nicht da war? Ich habe die Flugnummer noch immer im Kopf. Keine Verspätung, planmäßiger Abflug. Keine Caro. Ein wenig kommt es mir vor, als hätte ich selbst den Anschluss verpasst. – Anna

Ich stehe stumm vor Caros Haus und überlege, was ich tun kann. Das vibrierende Brummen in meiner Hosentasche kommt gerade recht. Rita.

Rita weiß immer, was zu tun ist. Das Problem ist nur, dass ich nicht mit ihr sprechen kann. Nicht über Caro und nicht über Fitz. Weil sie zwar weiß, dass ich einmal eine beste Freundin namens Caro hatte, ich aber behauptet habe, sie wäre mit achtzehn gemeinsam mit ihren Eltern nach Australien ausgewandert. Und über Fitz habe ich nie ein Wort verloren. Denn dann hätte Rita gebohrt und ich hätte ihr unweigerlich auch von Johanna erzählen müssen.

Ich schäme mich dafür, Rita nicht die Wahrheit zu sagen. Ich werde es ihr sagen, alles, nehme ich mir fest vor. Nicht jetzt. Später. Dann. Irgendwann.

»Hey«, sage ich betont fröhlich.

»Hey, wo bist du?«, tönt sie zurück.

»In Seelingen.«

»Jetzt schon?«

»Ja.«

»Und?«

»Was und?«

»Und wie geht es dir? Wie fühlst du dich? Was macht es mit dir?«, schnauzt sie mich rüde an.

Ach, Rita! *Wäre ich nur immer ehrlich zu dir gewesen.* Mit einem letzten Blick auf Caros makellos weiße Gardinen, die kein einziger Mückenschiss verunziert, laufe ich die Straße entlang, über den Wendehammer hinweg in Richtung Unterführung.

»Ganz gut. Ich war auf einer Beerdigung«, brumme ich nach einer kurzen Pause ins Telefon.

»Ist also doch jemand gestorben?«, fragt Rita deutlich ruhiger. Besorgt.

»Ja. Nein.«

»Ist dir schon mal aufgefallen, dass man diese Frage nicht mit Ja und gleichzeitig mit Nein beantworten kann? Schon gar nicht zweimal am Tag.«

»Ja, entschuldige. Es ist kompliziert.«

»Ich stehe auf kompliziert«, erwidert Rita.

Ich muss lachen. »Was würdest du tun, wenn du überhaupt nicht mehr weißt, was richtig und was falsch ist?«, platze ich heraus.

»Ich würde *mich* anrufen«, antwortet Rita prompt.

»Aber ich kann dir das nicht sagen.«

»Du kannst mir alles sagen, Baby.«

»Es ist nicht witzig«, entgegne ich.

»Hab ich mir schon gedacht«, knurrt Rita. »Ob du es glaubst oder nicht, du darfst auch über die nicht witzigen Sachen mit mir reden. Ich hab nie nachgefragt, Anna, aber du warst ein Häufchen Elend, als ich dich damals auf dem

Hausflur aufgesammelt hab. Vor unglaublichen zehn Jahren. Mir ist schon klar, dass der Grund dafür irgendwie in diesem Steinlingen liegt.«

»Seelingen.«

»Von mir aus.«

»Ich hab einen Riesenfehler gemacht und ich … dieser Fehler hat noch viel größere Kreise gezogen, als ich dachte«, gebe ich zu. Es ist das Ehrlichste, was ich Rita je über meine Vergangenheit gesagt habe.

Ein Dröhnen über mir lenkt mich ab und ich hebe die Hand vor die Augen. Die Sonne blendet, aber das Geräusch ist unverwechselbar. Es wird lauter und nimmt diesen Ton an, der für mich schon immer etwas Drohendes an sich gehabt hat. Heute benutzen sie Winden, denke ich. Damals sind es Seile gewesen. Die Rotorblätter nur wenige hundert Meter über mir, das Surren im Ohr, das Ritas Stimme ausblendet, und für einen winzigen Augenaufschlag bilde ich mir ein, ein Seil zu sehen. Einen Körper, der an einem Seil hängt. Von Weitem nicht auszumachen, was das bedeutet. Rettung oder Bergung. Tod oder Leben.

»Ich muss aufhören«, keuche ich ins Telefon. »Ich ruf dich zurück, ja?«

Die Antwort warte ich nicht ab.

Die Vergangenheit ist in uns. Auf einmal weiß ich wieder, wer das gesagt hat. Das war nicht ich, das war Fitz. *Ich kann sie nicht wegschieben und du auch nicht. Sonst stehen wir im Aus.*

Dann renne ich davon. Und die Anna von einst, das junge Mädchen rennt neben mir her. Wir haben so vieles noch gemeinsam. Heute wie damals fliehen wir vor unserem eigenen Schatten und einem orangefarbenen Hubschrauber. *Christoph 14.* Stützpunkt Traunstein.

12

Wie muss es für dich sein? Ohne sie. Es tut so weh, sich vorzu-
stellen, dass du leidest. Und ich dich nicht trösten kann. Ich am
allerwenigsten. Ich hoffe, du kannst irgendwie damit umgehen.
Irgendwann. – Anna

Verschwitzt komme ich zu Hause an. Ich bräuchte eine Dusche,
aber ich bin nicht bereit, mich den Fragen meiner Mutter zu
stellen und dabei das stumme, nachdenkliche Knurren meines
Vaters zu ertragen. Ich möchte nicht sehen, wie er sehnsuchts-
voll in alten Alben blättert und sich selbst bemitleidet. Statt
ins Haus, laufe ich um den Garten herum, zum Anwesen von
Caros Eltern. Zielstrebig gehe ich zu der breiten Rampe, die in
den Ski- und Fahrradkeller führt. Unten am Kellereingang muss
ich mich ein wenig gegen die Feuerschutztür stemmen, aber
schließlich gelingt es mir, sie zu öffnen. Meine Augen brauchen
kurz, um sich an die Dunkelheit zu gewöhnen, dann gehe ich
zielstrebig auf das hinterste Zimmer zu und finde die Leihräder.
Verstaubt stehen sie in der Ecke, ich prüfe schnell, ob die Luft
in den Reifen ausreicht, und dann schiebe ich mir genau jenes
Exemplar heraus, das Fitz damals gefahren ist.

Draußen fühlt es sich unheimlich gut an, zu fahren. Es ist
lange her, dass ich auf einem Rad gesessen habe. Das habe ich

mir so verboten wie viele andere Dinge auch. Ganz einfach, weil es mir viel zu viel Spaß gemacht hat.

Als ich bei Elektro Brandner vorbeifahre, der kein Elektrofachhandel mehr ist, sondern nur noch ein Schaufenster für Auslagen des Tourismusverbandes mit verblichenen Postern vom Königssee und der Panoramastraße, ist es auf einmal, als wäre Fitz neben mir. Ich möchte die Hand ausstrecken und nach ihm greifen. Oder besser nach einer Vergangenheit, die so heil und unbedarft gewesen ist, dass es schmerzt, nur daran zu denken.

Ich will gar nicht, aber unweigerlich schlage ich den Weg zur Tanke ein. Ist alles wie damals? Liegt Fitz unter der Karosserie irgendeiner alten Schüssel und streckt seine Stiefel heraus?

An der Tankstelle herrscht gähnende Leere und erst, als ich mein Rad an die Zapfsäule 4 lehne, merke ich, dass hier keiner mehr tankt. Schon lange nicht mehr. Die großen Fenster zum Kassen- und Verkaufsraum sind mit roten Folien verklebt, die bereits Farbe eingebüßt haben und aussehen, als würden sie sich nicht mehr von den Glasscheiben lösen lassen. Ich sehe hoch, mehr aus alter Gewohnheit als in der Hoffnung, dort etwas zu sehen. Mein Blick fällt auf die Klimaanlage und da höre ich, dass sie leise summt. Zeichen für menschliches Leben. Für Fitz?

»Kann ich Ihnen helfen?«

Ich fahre hastig herum. Hinter mir steht eine Frau mit einer Gießkanne. Um mich herum Brachland – alte Betonplatten und graues Nichts – keine Ahnung, was sie hier gießen will.

»Anna?«

»Angela?«

»Ja«, sagt sie.

»Ja«, erwidere ich und lächele gequält. Fitz' Tante ist alt geworden.

»Suchst du Fitz?«

»Nein … Ja. Ich weiß nicht.«

»Er wohnt in der Breitlergasse. Nummer neun. Die Klingel geht nicht richtig, vielleicht solltest du Steinchen ans Fenster werfen.«

Dann dreht sie sich weg, als wären zehn Tage statt zehn Jahre vergangen, seit ich das letzte Mal nach ihrem Neffen gefragt habe.

»Das habt ihr doch immer so gemacht, oder? Steinchen ans Fenster geworfen?« Sie schaut noch einmal über die Schulter zu mir und lächelt. Die vielen kleinen Fältchen um ihren Mund verziehen sich und geben ihrem verhärmten Gesicht einen weicheren Ausdruck.

»Ja, haben wir«, erwidere ich abwesend.

»Na, dann«, murmelt sie im Weggehen.

»Glaubst du, er will mich überhaupt sehen?«, rufe ich ihr leise hinterher. Es ist eine unnötige Frage, sein Gesicht auf dem Friedhof hat Bände gesprochen. Eine Frage, wie man sie manchmal im Leben stellt, weil man sich verzweifelt nach einer anderen Antwort sehnt als der, die man sich längst selbst gegeben hat.

»Ich weiß es nicht, aber du musst doch wissen, weswegen du hier bist.«

Angela Kellermann hat schon immer eine mysteriöse Aura gehabt, etwas Geheimnisvolles. Etwas, das einen hinter ihren großen dunklen Augen ein übernatürliches Gespür vermuten lässt. Fitz hat gelacht, wenn ich behauptet habe, sie hätte den sechsten Sinn. Und ich weiß inzwischen auch, dass sie ihn nicht hat, denn dann würde sie mich nicht so liebevoll anschauen. So, als wäre ich ihre verlorene Nichte. Ausgerechnet ich.

Auf einmal kann ich ihr nicht mehr in die Augen sehen. Sie ist schließlich nicht nur Fitz' Tante, sondern auch Johannas. Ihre Augen sind die gleichen. Ich kann es nicht ertragen, sie anzusehen.

Hastig greife ich nach dem Rad, murmele ein Dankeschön und radele, so schnell ich kann, fort. In mein nächstes Unglück. Zu Fitz.

Die Breitlergasse ist eine schmale Straße im Altort und einer der wenigen Teile meines Heimatdorfes, in denen es keinen einzigen Gasthof, keine Pension oder ein Bed & Breakfast gibt. Man könnte fast sagen, die Breitlergasse ist das letzte Habitat Seelingens, in dem ausschließlich Einheimische wohnen.

Ich stelle mein Fahrrad ab und betrachte das windschiefe alte Haus mit den grünen Fensterläden, dann gehe ich vorsichtig auf die Tür zu. Auf der Klingel steht sein Name. Schwarz auf Weiß. Fritz Kellermann. Das R kommt mir so überflüssig vor wie früher. Da wohnt er. Ein komisches Gefühl, zu wissen, dass Fitz dort sein Leben verbringt und ich mich all die Jahre gefragt habe, wie er leben könnte und wo. Und jetzt, jetzt stehe ich vor seinem Leben und traue mich nicht hinein. Es ist kühl in der Gasse und ruhig, und zu meinen Füßen raschelt der Kies geradezu verlockend. Ich atme tief durch und dann hebe ich eine Handvoll kleiner Steinchen auf und werfe sie vorsichtig in Richtung der Fenster im ersten Obergeschoss. Nichts passiert. Keine Regung hinter den Fenstern, kein Geräusch, nichts. Ich bücke mich gerade, um noch ein paar Steinchen aufzuheben, da öffnet sich die Tür ruckartig. Fitz steht im Türrahmen, füllt ihn vollständig aus und wirkt, als könnte er die gelbe Holztür mit einem einzigen Fingerschnipsen aus den Angeln heben. Er sieht so unglaublich erwachsen aus, ich kann seine Kieferknochen durch die Wangen schimmern sehen, so fest beißt er die Zähne aufeinander. Sein Blick ist durchdringend wie immer und hinter jeder so männlichen Faser seiner Erscheinung blitzt dennoch der Junge auf, den ich einst gekannt habe. Den ich so geliebt habe. Ihn zu sehen, erwischt mich wieder eiskalt, auch wenn ich mit voller Absicht Steinchen an sein Fenster geworfen habe. Ich blinzele nach oben zu ihm und verliere jetzt auch körperlich das Gleichgewicht. Ich rutsche beim Versuch, mich mit den Händen aufzufangen, auf dem feinkörnigen Kies ab und lande schwungvoll, aber wenig elegant auf meinem Hintern.

Er starrt mich an, aber er lacht nicht. Dann tritt er einen Schritt zurück und es sieht so aus, als wollte er die Tür zuschlagen. So wie man das mit ungebetenen Gästen eben macht.

Ich ziehe mich hoch, klopfe mir verlegen den Staub von der Hose und warte sehnsüchtig darauf, dass er irgendeinen Spruch macht, einen Kommentar zu meiner Tollpatschigkeit. Ich will doch nicht viel, ich habe gar nichts verdient. Aber ich brauche so sehr eine Reaktion von ihm.

Kurz bevor sich die Tür schließt, öffnet er sie wieder. Genauso ruckartig wie zuvor. Seine Stimme ist fremd, abweisend und doch so verdammt vertraut. »Warum bist du wieder hier?«

Meine Antwort kommt schnell und von Herzen. »Weil ich dich zurückgelassen habe.«

Er starrt mich an, wirkt so, als wüsste er nicht, ob es besser wäre, die Tür endlich wirklich zu schließen und geschlossen zu lassen oder sich weiter mit mir abzugeben.

»Und das fällt dir jetzt ein?«

»Nein, das weiß ich schon lange.«

Gleich wird er erneut fragen, warum ich hier bin. Warum jetzt, und ich werde ihm keine Antwort darauf geben können. Noch nicht. Vielleicht auch nie.

»Was willst du?« Er verschränkt die Arme vor der Brust.

Dich. Immer noch. »Mit dir reden.«

»Worüber?«

»Ich weiß nicht. Ich … ich habe dich vermisst.« Ich schlucke schwer an meiner spontanen, gar nicht beabsichtigten Ehrlichkeit.

Er lacht spöttisch. Der Ton schneidet wie Scherben in mein Herz und sofort krampft sich mein Magen zusammen.

Nur mit Mühe widerstehe ich dem Drang, mich wieder in den Staub zu setzen und die Arme um meine schmerzende Mitte zu schlingen.

»Hast du die Berge auch vermisst?«, fragt er. Noch immer eiskalt, keine Spur von Freundlichkeit.

Natürlich habe ich die Berge auch vermisst. Nichts außer ihm habe ich mehr vermisst. Aber wenn das Eichhörnchen im Herbst vergisst, Vorräte zu hamstern, dann braucht es sich nicht zu beschweren, wenn es im Winter kein Futter hat.

»Nein«, lüge ich.

Er streckt sich ein Stück, sodass er noch größer wirkt. Neben keinem anderen Mann in meinem Leben, neben keiner der flüchtigen Bekannt- und Liebschaften habe ich mich klein und zart gefühlt. Niemand hat mir je das geben können, was Fitz für mich gewesen ist.

Er antwortet nichts auf meine dumme Lüge, er steht nur weiter da und dann dreht er sich um. Bevor er aber die Tür hinter sich und uns und allem zwischen uns schließen kann, schreie ich: »Warte, Fitz! Warum bist du noch hier?«

Er hält inne, schaut über seine Schulter hinweg nach draußen zu mir und antwortet mit vor Bitterkeit triefender Stimme: »Weil du mich hier zurückgelassen hast!«

»Fitz, ich …«

Jetzt dreht er sich wieder zu mir, geht einen Schritt aus der Tür, zwei, und steht dann nur einen halben Meter von mir entfernt vor mir auf der Straße. Ich sehe auf den Boden, bemerke eine Narbe an seiner Wade, die ich nicht kenne, und wünsche mir nichts mehr, als die letzten zehn Jahre und drei Tage ungeschehen zu machen.

Als ich zu ihm hochsehe, funkelt er mich wütend an. »Du hast die Berge also nicht vermisst, ja?«

Ich antworte nicht, da überwindet er den letzten Abstand zwischen uns und packt mich mit seiner rechten Hand am linken Oberarm. Ich halte automatisch die Luft an.

»Komm«, sagt er. »Komm mit!«

»Wohin?«, frage ich verblüfft. Er zieht mich hinter sich her, energisch, aber nicht grob. Bis zu einem grauen, verstaubten Geländewagen am Straßenrand. Er öffnet die Beifahrertür und bedeutet mir, mich neben ihn zu setzen.

Ich nehme – zu überrumpelt, um zu widersprechen – Platz, während er den Zündschlüssel dreht.

»Anna ist also wieder da und sie hat die Berge nicht vermisst«, spöttelt er vor sich hin. »Dann schaffst du den Watzmann wohl auch nicht mehr, was?«

Er lässt die Kupplung schnalzen und gibt Gas, sodass der Motor aufheult. Er rast so schnell um die Kurve, dass ich mich an dem seitlichen Griff der Beifahrertür festhalten muss, um nicht im Wagen herumgeschleudert zu werden. Sein Fahrstil ist schon immer Ausdruck seines Charakters gewesen. Immer ein wenig zu wild, nicht undynamisch, aber zu unvorsichtig und dabei mit einem beinahe fatalen Kurvengefühl.

»Fitz, was hast du vor?« Die kleinen Knöchel an meiner rechten Hand verfärben sich bereits weiß. Ich sitze in der Falle und bin gutgläubig selbst hineingelaufen. Ich kann das nicht. Warum verdammt noch mal bin ich nicht einfach in München geblieben?

»Ich will sehen, ob du die Berge wirklich nicht vermisst hast. Du kannst hier nicht so einfach auftauchen, Anna. Vor meiner Tür stehen und mit Steinchen werfen, als wärst du nie gegangen. Das geht nicht.«

Natürlich geht das nicht. Er hat ja recht.

Als er den Ortskern verlässt und zweimal nach links abbiegt, weiß ich, wohin er will. Er fährt zum Hochgern. Ausgerechnet zum Hochgern. Dem Ort, an dem wir das letzte

Mal gemeinsam glücklich gewesen sind. Wenn ich die Augen schließe, kann ich die Sonne auf meiner Haut spüren, sehe die Haare an Fitz Armen, die im Sommer immer blond geworden sind, rieche die Frische der Berge und fühle seine Berührungen am ganzen Körper. Ich muss mich zusammenreißen, um nicht laut zu seufzen. Nichts bringt uns diesen Tag wieder zurück. Diese Perfektion.

Er fährt rasant wie früher, gibt sogar ein wenig mehr Gas, als er merkt, dass ich mich unwohl fühle mit seinem Fahrstil. Es sind zehn Jahre vergangen, aber Fitz' Emotionen sind offenbar immer noch ein Pulverfass.

»Was machst du, Fitz? Ich meine beruflich«, versuche ich, ein Gespräch anzufangen.

Er zuckt ein wenig, als ich seinen Namen sage, da bin ich mir sicher. Er sieht kurz zu mir herüber. Die Augen zusammengekniffen und die Stirn tief gerunzelt.

»Pilot. Rettungshubschrauber«, stellt er knapp fest und blickt dann wieder stur auf die Straße.

»Wirklich?«, sage ich ehrlich überrascht. »So wie du es immer wolltest?«

Ein warmes Gefühl des Glücks überkommt mich. Er tut das, was er liebt. Wenigstens er …

»Ja, so wie ich es immer wollte.« Ein kleiner Triumph schwingt in seiner Stimme mit. Ich höre daraus das, was er nicht laut sagt. Schau nur her, Anna. Ich brauche dich nicht. Ich habe es ohne dich geschafft.

»Das freut mich für dich! Wirklich. Das ist toll. Wie hast du das gemacht? Ich meine, bist du bei der Bundeswehr?«

»Bundespolizei, Fliegerstaffel Süd«, antwortet er wieder knapp. Wir erreichen den Wandererparkplatz Kohlstatt und er steuert den Jeep schlitternd in eine Parklücke zwischen einem Familienvan und einem Cabrio.

»Da sind wir.«

Er steigt aus, umrundet den Wagen und hält mir die Tür auf. Galant ist das nicht. Ich glaube, er möchte nur sichergehen, dass ich wirklich aussteige.

Dann geht er an den Kofferraum und holt ein Paar Wanderschuhe heraus. Ich erschrecke, als ich sie sehe. Es sind Johannas.

Diese Schuhe. Schon wieder diese Schuhe. Diesmal real, direkt vor meiner Nase. Kein Trugbild, keine Halluzination. In meinem Ohr lacht Johanna laut. Sie hat diese Schuhe gehasst. Sie hat sie genauso wenig getragen, wie sie sicher gewesen ist, über zerklüftetes Gestein gehen zu können. Ich weiß das. Ich habe das gewusst. Und dennoch …

»Ich möchte nicht«, erkläre ich widerstrebend.

»Du schuldest es mir«, sagt er bestimmt.

Ich schulde ihm viel. Sehr viel. Aber ich kann nicht Johannas Schuhe tragen.

»Warum hast du die noch im Wagen?«

Er zuckt mit den Achseln und kurz wird sein Gesicht etwas weicher. »Ich konnte sie nicht wegwerfen.«

»Ich möchte sie nicht tragen.«

»Gut«, knurrt er. »Dann läufst du eben mit den Tretern da.« Er zeigt auf meine einfachen Turnschuhe.

»Fitz, was bezweckst du damit? Ich meine, ich kann verstehen, dass du sauer bist, dass ich einfach hier auftauche, nach all den Jahren. Aber ich wollte …«

»Ich bin nicht sauer, dass du hier wieder aufgetaucht bist. Ich bin nicht einmal sauer, weil du gegangen bist. Aber du weißt, wie sehr ich Lügen verabscheue.«

Ja, das weiß ich, und genau deswegen bin ich damals gegangen.

»Und ich will mit eigenen Augen sehen, ob du das hier wirklich nicht vermisst hast. Ich will endlich sehen, ob es alles Lügen waren oder was davon wahr ist. Verstehst du?«

»Ich kann nicht mit dir da hoch!« Ich scharre unruhig mit den Füßen und kann den Blick nicht von Johannas Wanderschuhen nehmen. Wir haben sie zusammen gekauft. Alle drei. Caro, Fitz und ich.

»Warum nicht?«

»Weil du mich hasst.« Und weil du allen Grund dazu hast, füge ich im Stillen hinzu.

»Komm mit«, sagt er nur, wirft Johannas Schuhe wieder zurück in den Kofferraum. Wie seltsam es manchmal ist, dass Dinge einen Menschen überdauern. Dass Johanna schon lange tot ist und ihre Schuhe immer noch aussehen wie damals. Dass sie noch dastehen, als würden sie darauf warten, dass ihre Trägerin es sich noch einmal anders überlegt und zurückkommt. Johanna hat diese Schuhe nie haben wollen. Ich stehe wie angewurzelt neben dem Wagen in der Sonne, als Fitz schon in Richtung Waldweg läuft. Ihn dort gehen zu sehen, seine langen muskulösen Waden, der entschlossene Gang, bringt so viele Erinnerungen zurück, dass mich die Vergangenheit plötzlich anschiebt, mir einen Schubs gibt, mich zwingt, ihm zu folgen.

Er ist zu schnell für mich und ich bin in schlechter körperlicher Verfassung, aber ich kann mir die Blöße nicht geben, nicht mehr mit ihm Schritt halten zu können, und deshalb nehme ich alle Kraft zusammen und folge ihm. Die Route von hier aus ist wegen des steilen Aufgangs und des vielen Gerölls auf dem Pfad anspruchsvoll. Von der anderen Seite her führt der Weg über breite Forstwege und ist deutlich einfacher. Aber einfach ist schließlich nie das gewesen, was ich gewollt habe. Zumindest nicht beim Wandern und Bergsteigen.

»Du bist nicht mehr in Form«, sagt er kühl, als ich schon ein wenig keuchend an seine Seite trete. Auf seiner Stirn ist nicht ein Tropfen Schweiß zu sehen.

»Das warst du auch einmal nicht, bis du mich kennengelernt hast.«

»Wenn du denkst, dass du mich gerettet hast, warum bist du dann im schlimmsten Moment gegangen?«, fragt er und bleibt stehen.

Mein Herz zerspringt in meiner Brust und der Schmerz breitet sich in meinem ganzen Körper aus. Das ist kein körperliches Leiden. Die Wahrheit ist der schmerzhafteste Dolch. Der tödlichste.

»Ich habe nie behauptet, dich gerettet zu haben, Fitz!«

»Hast du aber, und dann hast du deine Hand an meine Brust gedrückt und mich eiskalt vom Gipfel geworfen.« Er lacht bitter. »Wie gut, dass ich fliegen gelernt habe.«

»Ja«, flüstere ich. »Das ist wirklich gut.«

»Wir sollten weitergehen, Anna. Du bist zu langsam.«

Weil er die nächste Stunde keinen einzigen Ton sagt und ich auch keine Worte finde, summe ich leise vor mich hin. Und habe zwischendurch das Gefühl, dass seine Stimme sich ganz leise unter meine mischt. Wir haben sie alle durch, alle Johnny-Cash-Lieder und sämtliche Berge des Chiemgaus, der Berchtesgadener Alpen. Wir sind überall gemeinsam gewesen. Wir sind zusammen nach oben gestiegen und gemeinsam wieder herunter. Wir haben ein knappes Jahr lang alle gemeinsamen Höhen und Tiefen durchschritten. Eine Klamm an Emotionen, ein ganzes Tal an Tränen.

Ich bin völlig durchnässt vom Schweiß und meine Beine sind schwach. Ich muss immer wieder stehen bleiben und durchatmen, mir meinen Bauch halten und mich selbst dazu ermahnen, weiterzugehen. Ich kann nicht so viel Schwäche zeigen und mich dann noch schwächer fühlen.

Fitz wirft mir den einen oder anderen verwunderten Blick zu, aber er sagt nicht mehr, dass ich zu langsam bin und auch nicht, dass ich nicht in Form bin. Schließlich ist das offensichtlich und Fitz hat sich nie gern wiederholt. Er hat mir ein einziges Mal gesagt, dass er mich liebt und das hat gereicht.

Wozu es wiederholen? Und ich habe auch nie daran gezweifelt, dass er damit aufhören würde, mich zu lieben. Wenn Fitz eine Entscheidung getroffen hatte, dann ist sie endgültig gewesen.

Es dauert länger als sonst, viel länger, als ich jemals gebraucht habe, um am Gipfel des Hochgern anzukommen. Die Zwischenstationen der drei Almen lässt Fitz links liegen. Es ist trocken, sodass der steile Anstieg von der Staudacher Alm hinauf in den Kessel problemlos zu bewältigen ist und die bei Nässe ein wenig heiklen Stellen uns erspart bleiben.

Er summt jetzt tatsächlich leise und ich bin zu atemlos, um etwas zu sagen oder zu singen. Ich erkenne Johnny Cashs *Hurt* und weiß nicht, ob es Absicht ist, dass er ausgerechnet dieses gewählt hat, oder ob es nur so tief in ihm verankert ist wie in mir. Man könnte mich zu jeder Nachtzeit wecken und ich würde jede Textzeile fehlerfrei singen.

Ich habe heute keinen Blick für die Almwiesen, keinen für die bemoosten Steine und die tiefen Wurzeln, die sich über die Waldwege ziehen. Es reicht, sich auf Fitz' Rücken und seine Beine zu konzentrieren. Erst als das Hochgernhaus zu sehen ist, hebe ich meinen Blick wieder. Blind könnte ich auf die Kampenwand deuten, wüsste, wo der Geigelstein liegt und selbst wenn die Hohen Tauern im Dunst verborgen sind, könnte ich sie in der Ferne genau benennen. Das ist der Moment, in dem mein Herz sich überschlägt – nicht aus Anstrengung, sondern weil es ein erhebendes Gefühl in mir wachruft. *Heimat!*, ruft mein Herz. *Heimat!*, schreit mein Bauch. *Heimat!*, reagiert mein Mund und verzieht sich zu einem breiten Lächeln. Die wenigen restlichen Meter bis zum Gipfel sind auf einmal leicht.

Wir erreichen das Gipfelkreuz gemeinsam. Er wartet und das liegt wieder nicht daran, dass er besonders galant ist, sondern weil er es jetzt sehen will. Ich kann den Blick nicht mehr abwenden. Das weiß er. Ich habe mich nicht unter Kontrolle am Berg, hier kann ich nicht lügen. Hier bricht alles aus mir heraus. Es ist, als wäre die Höhenluft eine Art Wahrheitsserum, als hätten die Berge mich verzaubert. Genau genommen haben sie das auch. Genauso wie Fitz. Mein Gesicht verliert mit einem Schlag die jahrelang antrainierte Maske der Gleichgültigkeit. Ich fühle wieder etwas. Das ist nicht gut. Das ist gar nicht gut.

Fitz starrt mich an. Dennoch ist diesmal kein Triumph in seinem Blick. Er schaut mich aus leeren Augen an. Ich weiß, was er als Nächstes sagen wird.

Die Weite, die Luft, das Gefühl, über den Dingen zu stehen, reißt an mir, zerrt und zieht und bringt all das an die Oberfläche, was ich mir verboten habe. Genau genommen, lässt sich all das mit einem einzigen Begriff umschreiben: Glück. Das hier ist Glück. Und es steht mir nicht zu.

Schließlich sagt er mit felsenharter Stimme: »Schau nur hin, Anna. Schau da runter und dann sag mir, dass du die Berge nicht vermisst hast.«

Ich bleibe stumm. Irgendetwas in meinem Innern hält mir den Mund zu, hat mir einen Maulkorb verpasst und die Stimmbänder abgeklemmt.

»Setz dich hierhin«, sagt er – es klingt wie ein Befehl – und deutet auf die Erde.

Muttererde, Vaterland, denke ich und lasse mich widerstandslos auf den Boden sinken.

»Hast du all das nicht vermisst?«

»Doch«, erwidere ich nach einer gefühlten Ewigkeit kleinlaut.

Verzweifelt suche ich nach irgendetwas, nach Dingen, die ich sagen kann, um zu vermeiden, dass er das Unvermeidliche fragt.

»Schön hier«, erkläre ich steif – als wäre ich eine Touristin, die das alles hier zum ersten Mal sieht.

Fitz erwidert nichts, er setzt sich nur neben mich auf die Erde. Mit Abstand. Zu viel und gleichzeitig zu wenig für all die

Jahre, die wie Dreitausender zwischen uns aufragen und es uns unmöglich machen, uns auf Augenhöhe zu begegnen.

»Wie konntest du das hier zurücklassen?«, murmelt er.

Ich weiß nicht, ob das hier auch ihn beinhaltet. Und weil es mehr so in den Berg hineingesagt ist, weil es keine direkte Frage an mich ist, bleibe ich stumm. Eine ganze Weile lang.

»Was macht deine Tante, was macht deine … Mutter?«, frage ich plötzlich – weil mir nichts anderes einfallen will, irgendwie zu laut und überhaupt im falschen Tonfall.

»Sie lebt«, antwortet er knapp.

Dann ist da wieder Schweigen zwischen uns. Früher haben wir uns nie angeschwiegen, wir haben uns immer etwas zu sagen gehabt. Ich seufze und schließe für einen Moment die Augen. »Fitz, wenn du nicht mit mir reden willst, warum sind wir dann hier?«

Wieder keine Antwort.

»Ihr habt die Tankstelle nicht mehr …«, versuche ich es noch einmal.

»Nein, ohne Johanna hat das keinen Sinn mehr gemacht. Es gab neue Auflagen und … ich wollte das alles nicht mehr … Angela arbeitet jetzt bei der Seilbahn. Gefällt ihr ganz gut.«

Ich nicke. Und will so viel mehr fragen. »Schön, dass es ihr gut geht. Wirklich.«

»Und dir?«, fragt er.

»Gut, mir geht es gut.« Die Antwort scheint ihm zu reichen oder aber sie ist nicht genug, um etwas darauf zu erwidern.

Wieder Stille. Bis Fitz eine ganze Weile später aufsteht, zum Himmel schaut, die Stirn kräuselt. Erst jetzt bemerke ich an den Schatten und der kühlen Brise auf meinem Gesicht, dass es langsam Abend wird.

»Und du? Willst du mir … ich meine, wie ist dein Leben so?« Es ist eine dämliche Art, danach zu fragen, ob er glücklich ist.

»Gut«, antwortet er genauso knapp. Ich nicke. Wie steif wir miteinander sind, wie fremd.

Ich blicke nach links und bemerke eine Gams, die sich geschickt den Berg hinaufkämpft. Du kannst klettern wie eine Ziege, höre ich Fitz bewundernd sagen – in einem anderen Leben. Das ist doch keine Ziege, du Stadtpflanze, das ist eine Gams, höre ich mich antworten. Ein undeutliches Echo aus einer anderen Zeit. Unsere Erinnerungen verbinden uns mit der Vergangenheit und machen es unmöglich, nichts zu fühlen.

Ich sehe, wie die Gams geschickt einen Fuß auf den Felsvorsprung setzt, und im Gegensatz zu früher sind es nicht ihre Fähigkeiten, die ich wahrnehme. Alles, was ich jetzt sehe, ist, wie nahe das Tier sich am Abgrund befindet. Genau wie ich.

»Fang mich doch, wenn du kannst, Anna!« – *»Spring doch, wenn du kannst, Johanna.«* Habe ich das damals wirklich gesagt? Oder ist es ein Produkt meiner Fantasie? Wie das schwarze Kleid und die Flip-Flops? Wie ihr hämisches Lachen? Ihre Beine über dem Abgrund, dieses verdammte Päckchen Pulver in ihrer Hand.

»Wir sollten absteigen«, sagt Fitz.

Ich schaue zweifelnd auf die untergehende Sonne und die Wolken, die sich wie Schaum auf einer Cappuccinotasse zu einem wabernden Weiß zusammenziehen. Die Realität zieht mich zurück an den Hochgern. Ein anderer Berg, kein goldener Jesus in der Dämmerung. »Das werden wir nicht mehr schaffen.«

»Müssen wir aber«, brummt er.

Er will nicht mehr mit mir hier sein und ich kann es ihm nicht verübeln. Ich hätte ihn warnen sollen, ich habe zehn Jahre Übung darin, jede noch so zarte Annäherung von Glück wie ein verirrtes Schaf einzukreisen und es dann mit einem einzigen Wimpernschlag zur Umkehr zu bewegen.

»Es wird dunkel und wenn das da hinten ein Gewitter wird, dann werden wir es nicht rechtzeitig schaffen.«

Es sind nur etwa hundertfünfzig Höhenmeter bis zum Hochgernhaus hinunter. Dort gibt es Übernachtungsmöglichkeiten, aber Fitz sieht so aus, als wollte er lieber im Dunkeln absteigen, als mit mir dort einzukehren. Er hat seine Antwort bekommen, auch wenn ich nicht begreife, wie ihm das hilft. Er weiß, dass ich die Berge vermisst habe. Und ihn. Vielleicht will er gar nicht mehr wissen, warum ich gegangen bin. Vielleicht ist es ihm auch viel gleichgültiger, als ich gedacht habe.

Ohne noch etwas zu sagen, geht er mit eiligen Schritten voran und ich mühe mich erneut ab, mit ihm Schritt zu halten.

Wir haben das Hochgernhaus mit seiner Holzfassade, den grünen Fensterläden und dem weiß verputzten Erdgeschoss noch nicht erreicht, als der Wind zunehmend auffrischt, ein leichtes, bedrohliches Grollen sich hinter den Bergen bereit macht, in ein gewaltiges Gewitter überzugehen. Wir können nicht weitergehen, wir sind gezwungen, zu bleiben.

Schweigend erreichen wir den schmalen, schützenden Dachvorsprung der Hütte gerade rechtzeitig, als der Regen ohne Vorwarnung in dicken schweren Tropfen auf uns herabzuprasseln beginnt. Ich bin schon so oft hier oben gewesen, aber bei Unwetter erscheint es mir heute noch mehr so, als hätte das Haus der Natur jeden einzelnen Zentimeter abgetrotzt. Es steht so nahe am Abgrund, dass es so wirkt, als hätte es sich den Fels geborgt und sich bereitwillig der Gefahr ausgesetzt, sich der Urgewalt des Berges jederzeit ergeben zu müssen.

»Wir müssen bleiben«, stellt er fest und sieht mich an. Der Regen hat seinen linken Jackenärmel in ein dunkleres Blau getaucht, aber er rückt nicht vollständig unters Dach, denn dann müsste er näher an mich herantreten.

Er hat unsere Geschichte nicht überwunden, das wird mir jetzt klar. All die Jahre, in denen ich gedacht habe, er wäre längst über uns hinweg. Er hängt genauso in der Vergangenheit fest wie ich. Ein kleiner Teil von mir freut sich darüber, der andere ist traurig.

Fitz klärt in kurzen brummigen Worten mit dem Wirt, dass wir übernachten können. Ich hoffe feige, dass im Matratzenlager etwas frei ist und andere Wanderer ebenfalls dort nächtigen. Aber der Wirt teilt bedauernd mit, dass nur noch das Vierbettzimmer frei ist und eine Schülergruppe sich im Lager eingemietet hat. Fitz akzeptiert notgedrungen und ich nicke zustimmend. Alles im Haus ist unheilvoll ruhig, wie die bedrohliche Stille zwischen uns. Die nur kurz von zwei Mädchen in bunten Shorts durchbrochen wird, die kichernd über den Gang huschen und hinter einer der Holztüren verschwinden. Dann stehen wir vor dem Vierbettzimmer und Fitz öffnet knarrend die Tür. Wir sehen uns beide suchend um, so als hätten sich die anderen Gäste nur unter den Wolldecken versteckt, aber natürlich ist da niemand.

Ich gehe auf das hinterste Bett in der Reihe zu, Fitz sucht sich das am weitesten entfernte. Nur das dämmrige Licht einer Lampe in der Ecke erhellt den Raum. Verschämt hoffe ich, dass einer von uns lachen kann. Über die Absurdität der Situation. Aber mir steckt das Lachen im Hals fest und Fitz sieht so aus, als wüsste er gar nicht mehr, wie Lachen geht.

Jetzt wäre die beste Gelegenheit, ihm alles zu sagen. Ihm zu gestehen, warum ich überhaupt hier bin. Aber offensichtlich wollen die Worte genauso wenig aus mir heraus wie das erstickte Lachen. Ich schiele zu ihm hinüber, wie er sich auf das Bett setzt und seine Hose abstreift. Dann sehe ich so lange zur Seite, bis ich am Rascheln der Bettdecke höre, dass er sich hingelegt hat. Ob er immer noch im Schlaf mit den Beinen wackelt und sich bevorzugt ohne Kissen unter dem Kopf auf den Bauch legt? Ob er nachts aufwacht und das Fenster öffnet, weil ihm zu warm wird – egal ob Winter oder Sommer? Ob er allen anderen Frauen nach mir am Morgen zum Aufwecken abwechselnd mit Zeige- und Mittelfinger über die Wange gefahren ist? Die Erinnerung daran, wie er einmal bei einer unserer Touren aus dem Hochbett des Bettenlagers gefallen ist und einfach am Boden weitergeschlafen hat, blitzt auf und verschwindet sofort wieder. Einen klitzekleinen Moment lang würde ich mich am liebsten neben ihn legen und meine Beine um seine schlingen. Wie eine Brücke über die Zeit. Eine, die stabil genug ist, um zehn Jahre zu einem gesicherten Steig zu machen. Aber ich wage es nicht.

»Fitz?«, sage ich leise.

Er antwortet nicht.

Draußen beginnt das Gewitter sich schwer und mächtig über den Berg zu ziehen. Der Blitz erhellt das Zimmer alle paar Sekunden und taucht es in ein gespenstisches Licht, das so gut zu der düsteren Stille passt. Mit jedem Leuchten des Wetters tauchen Erinnerungen auf. Das letzte Mal, als wir gemeinsam hier gewesen sind, hätte kein einziger Kieselstein zwischen uns gepasst. Diesmal ist es ein ganzes Gebirge. Ich lege mich auf den Rücken und warte, dass das Gewitter abebbt. Darauf, dass ich das Zimmer verlassen kann, das auf einmal so eng wird. Als zwischen dem Blitz und dem Tosen des Donners mehr als dreißig Sekunden liegen, rappele ich mich auf. Ich zwinge mich, nicht auf Fitz zu achten, und gehe nach draußen. Es hat aufgehört zu regnen, das rhythmische Klopfen der Tropfen auf dem Dach und das Peitschen des Wassers gegen die dünnen Scheiben hinter den hellen Vorhängen haben sich wie die restlichen Geräusche des Hauses in bleierne Stille verwandelt. Barfuß gehe ich über den Gang und durch die schwere Holztür im Gastraum nach draußen. Das ferne Wetterleuchten erhellt mir den Weg und so finde ich ohne eine Taschenlampe die Feuerstelle hinterm Haus, an der Fitz und ich damals gesessen und Johnny-Cash-Lieder gesungen haben.

Ich setze mich so weit an den Rand der Berge, wie es nur geht. Hier oben übertönt das Rauschen der Bäume jeden menschlichen Ton. Kein Autolärm, kein Piepsen, kein Surren oder Summen. Am Berg überlagern sich die Geräusche, vermischen sich und werden zu einem einzigen beruhigenden Ton.

Ich starre hinaus auf die Weite des Horizonts. Eine endlose Zeit lang, bis ich irgendwann Schritte hinter mir höre. Ich muss mich gar nicht umdrehen, mein Herz scheint automatisch schneller zu schlagen, wenn er in meine Nähe kommt.

»Was machst du hier draußen?«, fragt Fitz, wenige Meter hinter mir bleibt er stehen.

»Ich konnte nicht schlafen«, sage ich. Er stockt und kommt dann einen kurzen Augenblick später näher, setzt sich neben mich. Als der Himmel sich wieder kurz erhellt, sehe ich, dass er mich anschaut.

Einer spontanen Erinnerung folgend füge ich hinzu: »Die Murmeltiere waren zu laut.« Ich lächele vorsichtig.

Der Anflug eines Lächelns huscht über sein Gesicht. »Und ich wollte dir damals nicht einmal glauben, dass es sie hier tatsächlich gibt.«

»Weißt du noch, wie wir hier auf der Lauer gelegen und gewartet haben, dass sie endlich auftauchen?«

»Gehört haben wir sie andauernd, aber ich glaube, es hat den halben Tag gedauert, bis wir eines zu Gesicht bekommen haben.« Ein Stück Vertrautheit mischt sich unter seine Worte.

»Was machst du hier draußen?«, wiederhole ich seine Worte.

Er zuckt mit den Achseln und murmelt: »Dachte, du steigst bei Nacht allein ab.«

Wie nah wir uns einmal gewesen sind und wie nahe er mir auf einmal wieder ist. Ich wünsche mir mehr davon und erschrecke über diese Heftigkeit in mir, die sich nach seinen Berührungen sehnt, als hätte nicht ich höchstselbst das Band zwischen uns zerrissen. Aber offenbar spürt er dasselbe, denn seine Augen kommen näher, sein Kopf neigt sich zu mir und seine Lippen sind nur noch Zentimeter, ach was, Millimeter von meinen entfernt. Ich will bereits die Augen schließen, alles in mir will sich höchst unvernünftig und entgegen meinem eigentlichen Plan in der Vergangenheit auflösen, da macht er einen Rückzieher. Im hellen, sekundenkurzen Schein des Blitzes sehe ich die dramatische Veränderung in seinen Augen.

»Warum bist du damals gegangen, Anna?«

Da ist sie, die Frage. Ich brauche nicht so zu tun, als wüsste ich nicht genau, was er meint.

»Weil ich nicht mehr hier sein konnte«, sage ich.

Mein geplagtes Herz genießt es so sehr, dass er neben mir sitzt. Ich will dieses winzige kleine Stück Glück nicht hergeben. Und mache doch wieder alles falsch.

»Ich hätte nicht mit dir hierhochkommen sollen. Keine Ahnung, was mich da geritten hat. Es war eine ziemlich dumme Idee.«

Ich weiß nicht, ob er es beabsichtigt, aber es tut unheimlich weh, das zu hören. Er steht auf und dreht mir den Rücken zu. Ich bringe es nicht über mich, noch mehr von seiner Kälte zu ertragen. Deswegen wähle ich meine Worte bewusst gemein und niederträchtig und ignoriere, wie mein Bauch sich dabei qualvoll zusammenzieht. So viele Lügen müssen schmerzen wie ein Blinddarmdurchbruch. Das ist nur fair.

»Ich bin gegangen, weil mir das hier zu eng geworden ist. Das mit dir und diesem Kaff hier. Ich wollte das nicht mehr. Alles war so verdammt vorbestimmt. Das hatte doch nichts mehr von Freiheit. So wollte ich nicht sein, so festgefahren.«

Er glaubt mir kein Wort, das kann ich spüren. Die ruckartige Bewegung, mit der er sich zu mir dreht, verrät ihn. Deshalb

103

muss ich einen draufsetzen und hasse mich selbst dafür. »Du und ich, das hätte doch nicht funktioniert. Du wärst über kurz oder lang mit jeder hier ins Bett gesprungen und ich ...«

Ich schlucke schwer und wage nicht, ihn anzusehen. »Und ich ... wollte etwas Besseres ... als dich und dieses Leben hier.«

Nie hat es etwas Besseres gegeben als Fitz. Nie. Aber er glaubt mir. Das kann ich sehen. Jetzt glaubt er mir und das liegt nicht an meiner Überzeugungskraft, sondern einzig daran, dass Fitz kein besonders gutes Selbstwertgefühl hat. Oder gehabt hat. Was weiß ich schließlich nach über einem Jahrzehnt von ihm? Ich bin ein furchtbarer Feigling, der mit Lügen die Wahrheit bedeckt, als könnte man sie für immer unter einem Unsichtbarkeitszauber verstecken. Nicht wirklich das, was ich vorgehabt habe, als ich hierhergekommen bin. Genau das Gegenteil, um ehrlich zu sein.

Ich habe keine Ahnung, wie lange ich schweigend hier sitze und er mich aus dunklen Augen anstarrt. Es muss lang sein. Eine dauerhafte Stille, die irgendwie konsequent ist, wenn man bedenkt, dass er lange auf diese Worte gewartet hat. Auf diese Antwort, auch wenn außer den Füllwörtern alles falsch ist an meinen Sätzen.

Am nächsten Morgen verlassen wir die Unterkunft ohne Frühstück und steigen zwar gemeinsam, aber mit einem konstanten Abstand von zwei Metern zwischen unseren Körpern wieder hinab ins Tal. Er bietet mit knappen Worten an, mich nach Hause zu fahren, aber ich lehne ab. Stattdessen warte ich eine halbe Stunde auf den öffentlichen Nahverkehr. Der Bus fährt am See vorbei und am Eingang zur Klamm. An Orten, die ich mit den Augen nur streifen muss, um sie fühlen zu können. Ich will ja wegsehen, aber die Vergangenheit zieht mich wie eine Schaulustige direkt an den Ort des Geschehens.

13

DAMALS

Der Sommer des Jahres 2008 war warm und er schien wie ein Versprechen unendlich lang vor uns zu liegen. Ich hatte keine Nachrichten aus München, und zum ersten Mal war das Studium auch zur Nebensache geworden. Die Hauptsache bestand darin, jeden einzelnen Sonnenstrahl auszukosten. Wir verbrachten die Tage im Liegen. Selbst mir war es zum Wandern meist zu heiß und so fläzten wir uns im Alpinbad oder am See. Caro und ich lasen hochgestochene Literatur, die wir nicht verstanden, tranken billiges Bier und den heimlich aus den Kellern unserer Eltern in Wasserflaschen abgefüllten Schnaps. Die Welt drehte sich langsamer, und ohne dass dieser Sommer bisher etwas Besonderes gewesen wäre, war er einzigartig. Nicht nur im Nachhinein.

An einem dieser Abende, kurz nach Fitz' eindrucksvollem Eintritt in mein Leben, hatten wir wieder ein Lagerfeuer aus zusammengetragenen Ästen und alten Bauernschränken, in denen der Holzwurm steckte, errichtet. Wir brutzelten Bratwürste und Stockbrot über der Glut und streckten die braun gebrannten Füße über matschiges Gras. Zwei Dutzend Menschen, mit denen ich bereits den Großteil meines Lebens verbracht hatte, saßen dort um das Feuer herum, als Caro und ich ankamen. Zwei Dutzend und einer.

Ich hatte Fitz seit dem seltsamen Kuss am Unterberg nicht mehr gesehen. Mein Herz überschlug sich bei seinem Anblick wie eine Gondel, die von tausend Metern hinab ins Tal stürzte. Er dauerte einen kurzen Moment an, dieser Blick, dann winkte Fitz mir zu und ich merkte, dass ich die Luft angehalten hatte. Hastig atmete ich ein und verschluckte mich beinahe an der Mischung aus rauchigem Lagerfeuerdunst und Grillgeruch.

»Komm schon, setz dich neben ihn«, drängte Caro, die völlig aufging in ihrer neuen Aufgabe, einmal mich und nicht sich selbst zu verkuppeln. »Stell dich nicht so an, du hast deine Jungfräulichkeit in einem schimmeligen Zelt an Johannes den Schlecker verloren …«

»Erinner mich nicht daran, bitte«, stöhnte ich genervt.

»Du hast meinen absoluten Respekt dafür! Es war an der Zeit und außerdem wollte er es sogar wiederholen!«

»Ich aber nicht!«

»Du bist auf jeden Fall keine Unschuld vom Lande mehr, schließlich war da auch noch dieser … wie hieß er noch?«

»Gabriel«, knurrte ich. »Könntest du bitte aufhören?«

»Ich will dir nur klarmachen, dass du nicht schüchtern zu sein brauchst. Du bist heiß, Baby!« Caro grinste breit übers ganze Gesicht und zog mich mit sich, vorbei an zwei jüngeren Mädchen, die sich Marshmallows auf Holzstecken spießten und ins Feuer hielten.

»Bin ich nicht. Laura ist heiß«, widersprach ich genervt.

»Nein, Laura ist billig. Das ist ein Unterschied.«

Und dann standen wir neben Fitz. Caro klopfte ihm kumpelhaft auf die Schulter und grüßte Laura mit einem Kopfnicken. Ich stellte meinen Korb neben der Bank ab.

Laura strich sich die Haare aus der Stirn und bemerkte spitz an Fitz gewandt: »Siehst du, wie ich es gesagt habe, alle bringen hier immer irgendetwas mit. Caro meistens sich selbst. Da darf dann auch jeder zugreifen.«

Fitz sah amüsiert zu Caro und dann zu mir, dort blieb sein Blick einen Moment lang kleben und trieb mir die Röte ins Gesicht.

Caro zuckte nur ungerührt mit den Achseln, stieg mit einem Fuß über die Bank und quetschte sich zwischen Fitz und Laura. »Ich habe einen Ruf zu bewahren«, sagte sie kichernd, wandte ihren Blick ausschließlich Fitz zu und drängte Laura so geschickt zur Seite, dass diese plötzlich gänzlich ausgeschlossen war.

Fitz bedeutete mir, mich neben ihn zu setzen, und so nahm ich zögerlich Platz.

»Hey«, grüßte ich vorsichtig und zog an meinen Jeansshorts.

»Hey«, antwortete er.

»Bist du schon lange da?«, wollte ich wissen.

»Eine Weile. Hatte schon gedacht, du traust dich nicht her.«

»Warum nicht? Ich wohne schließlich hier.«

»Ich auch. Schon vergessen?«

»Nein, natürlich nicht. Aber warum sollte ich nicht herkommen?«

»Dachte, du wolltest mich vielleicht nicht wiedersehen.«

Aus dem Augenwinkel nahm ich wahr, wie Laura genervt aufstand und sich zu den Jungs auf der Bank auf der anderen Seite des Feuers setzte. Caro entfernte sich diskret, nahm sich eine Flasche aus meinem Korb und schlenderte zu dem Pavillon, unter dem die Musikanlage und das Stromaggregat standen.

»Doch, wieso denn nicht?«

»Na ja, seitdem wir zusammen wandern waren, habe ich dich nicht mehr gesehen.«

»Du weißt doch, wo ich wohne«, antwortete ich und nestelte am Bändel meiner Sweatjacke herum.

»Ich war ein paar Tage ziemlich beschäftigt.«

»Aha.«

»Dein Angebot steht doch noch, oder? Mich zum Bergsteiger zu machen.« Sein Grinsen verschwand und er sah auf einmal sehr ernst aus.

»Sicher. Klar«, bestätigte ich.

Die Seilbahn in meinem Innern geriet schon wieder völlig außer Kontrolle. Es war aber auch eine verdammte Berg- und Talfahrt mit diesem Kerl.

»Ich kann das übrigens besser, weißt du!«

»Was?«, fragte ich perplex.

»Das Küssen.«

»Das war doch schon nicht schlecht, oder?«, platzte ich heraus.

»Ausbaufähig«, sagte er und grinste.

Im Hintergrund drehte Andy die Anlage laut auf, sodass *Whisky in the Jar* knarrend und krächzend aus den Boxen dröhnte.

Caros Bruder Mike sprang grölend hoch, warf die Asbachflasche in seiner Hand neben sich ins Gras und setzte zu einem ziemlich gewagten Sprung übers Feuer an. Einer der jüngeren Jungs machte es ihm nach und nun versammelten sich auch die weiter entfernten Leute ums Feuer und stachelten die bereits ziemlich betrunkenen Kerle an. Irgendjemand stimmte *Ring of Fire* in der H-Blockx-Variante an.

»Brauchst du eine Abkühlung?«, fragte Fitz. Er stand auf, band sich sein schulterlanges Haar zu einem Zopf im Nacken und nahm meine Hand.

»Warum nicht?«, antwortete ich und wartete darauf, dass er sich erkundigte, was ich trinken wollte.

Doch das war gar nicht seine Absicht. Er führte mich an den anderen vorbei, die aufgrund des ausgebrochenen Feuerbezwingerwettkampfes gar nicht auf uns achteten, und ging mit mir die Wiese hinab, an den zwei kleinen Zelten vorbei zum Kiesweg, der direkt an den Seesteg führte.

»Was hast du vor?«

»Du wolltest doch eine Abkühlung, oder nicht?«

Ohne Vorwarnung fasste er mich fest um die Hüfte, zog mich an den Rand des Stegs, dorthin, wo das Wasser bereits einen guten Meter tief und um diese Jahreszeit noch eiskalt war, und warf sich mit mir gemeinsam hinein. Meine Flip-Flops verlor ich noch im Fallen.

Prustend tauchte ich auf, doch bevor ich mich lauthals beschweren konnte, waren seine Hände überall. An meinem Gesicht, strichen die Haare aus meiner Stirn. Plötzlich um meine Taille, an meinem Rücken, knapp über dem Hintern und dann wieder an meinen Wangen. Diesmal war nichts Grobes an seinen Bewegungen. Langsam, aber ohne zu zögern, näherte er sich meinem Gesicht und küsste mich hauchzart, wartete, wie ich reagierte, und erst als ich den Druck seiner Lippen erwiderte, wurde der Kuss intensiver. Meine nackten Zehen bohrten sich in den morastigen Grund des Bodens, mit den Händen suchte ich Halt an seinem Oberkörper und fühlte mich doch immer noch, als spülte mich eine Welle der Leidenschaft fort. Das kalte Wasser zwischen uns war weniger eine Barriere als vielmehr ein zusätzliches Bindeglied. Seine Klamotten klebten wie eine zweite Haut an ihm und gerade deshalb war der Moment so intim, dass ich das Gefühl hatte, wir beide wären nackt. Ohne den Kuss zu unterbrechen, zog er mich noch näher an sich heran, wickelte mein T-Shirt nach oben, presste sich an meine Brust und strich mit seiner linken oder rechten Hand – wie sollte man das in einem solchen Moment auch wissen? – meinen Bauch hinauf. Kurz bevor er den Rand meines BHs erreichte, hielt er inne, nahm die Hand weg und löste seine Lippen von meinen. Nur um unmittelbar darauf mit seiner Zunge einen Weg aus glühender Lava auf meinem Hals bis hinunter zum Schlüsselbein zu hinterlassen.

»Ist dir kalt?«, murmelte er gegen meine Haut.

»Mir war nie wärmer«, antwortete ich heiser.

Seine Finger griffen nun unter meiner Hose besitzergreifend um meinen Hintern und ich konnte spüren, wie erregt er war, als er sich nun auch mit seinem Unterleib an mich drückte. Ich wollte das. Wie sehr ich das wollte!

Im nächsten Augenblick aber war urplötzlich alles vorbei. Der Lärm kündigte es bereits an. Enno und Mike hatten sich offenbar beim Feuerspringen verbrannt und rasten nun splitterfasernackt – gefolgt von ihren grölenden Freunden – auf den See zu.

Rasch entfernte sich Fitz von mir. Viel zu schnell und hastig, wie ich fand. Das abrupte Ende unserer Berührungen löste eine heftige Welle des Bedauerns in mir aus und ein fester Kloß aus Sehnsucht ballte sich in meinem Bauch und machte es mir unmöglich, mich zu bewegen.

»Komm«, sagte er. »Schau dir die Zwillinge an.«

Er deutete auf Andy und Wolfi – ebenfalls nackt –, die sich anschickten, in den See zu pinkeln.

»Nichts wie weg hier«, sagte Fitz, lachte und zog mich am Arm mit hinaus.

Ich fischte nach meinen Schuhen, die ans Ufer gespült worden waren, und dann rannten wir zu einer Parkbank am südlichen Ende des kleinen Sees. Jetzt, da die Begierde mich nicht mehr wärmte, war mir plötzlich eiskalt. Ich begann zu zittern und Fitz meinte besorgt: »Deine Lippen sind blau. Warte hier, ich hab noch ein T-Shirt dabei, ich hol es dir schnell.«

Er kam kurze Zeit später zurück und reichte mir ein einfarbiges, dunkles Shirt. Ein wenig verlegen zögerte ich, bis er sagte: »Ich warte am Feuer auf dich«, und ohne einen Blick davonging.

Das hatte ich nun von meiner Prüderie. Was wäre dabei gewesen, es vor ihm anzuziehen? Nach dem, was zwischen uns im See geschehen war … Aber es war, als wäre mit dem Wasser um uns herum auch die Vertrautheit verschwunden, und auf einmal waren wir wieder Fremde. Als ich mit frischem Shirt, aber patschnasser Hose ans Feuer kam, mir die Haare platt und klebrig am Kopf pappten, saß Fitz bereits wieder neben Laura und ihrer Freundin Gordana und unterhielt sich blendend.

»Was ist denn mit dir passiert?«, fragte Caro, schon deutlich angeschickert, und schwenkte ihren Plastikbecher, sodass die braune Brühe darin über den Rand schwappte und sich auf ihren Rock ergoss.

»Ich war im See. Mit Fitz.«

»Aaaah«, säuselte sie und machte beschwipst ein paar eindeutige Bewegungen mit ihrer Hüfte.

Ich rollte genervt mit den Augen und erklärte: »Es ist ja nicht jeder so wie du.«

»Na, zum Glück nicht.« Caro lachte, weit entfernt davon, meine Bemerkung beleidigt aufzunehmen.

»Aber die da, die ist noch betrunkener als ich. Oder bekifft. Schau dir das mal an!« Caro deutete vage in die Richtung des Tapeziertisches, auf dem die harten Getränke aufgebahrt waren.

Darunter lagen Wurstreste und ein gelber Müllsack mit Plastikbechern. Zunächst konnte ich nicht erkennen, was sie meinte, aber dann sah ich das Mädchen. Sie war groß, sehr schlank, und dank des Scheinwerfers, den jemand angebracht hatte, damit niemand über die Zeltschnüre des Pavillons stürzte, konnte ich sehen, dass sie langes, kastanienbraunes Haar hatte. Ihr Gesicht war so zart, dass ihre Wangen ein wenig eingefallen wirkten. Ihre Augenfarbe konnte ich nicht erkennen, aber ich hätte schwören können, dass sie blau waren. Sie mussten einfach blau sein. Sie trug ein weites, schwarzes Kleid, das ihr bis zu den dünnen Waden reichte, und sie war ein Blickfang. Ein

111

Mädchen wie von einem anderen Stern. Allerdings schwankte sie auch so, als hätte sie eine Reise in absoluter Schwerelosigkeit hinter sich. Es überraschte mich nicht, dass sich alle Blicke auf sie richteten. Aber dass Fitz sofort aufsprang, Lauras Hand ungeduldig von seiner Schulter schüttelte und die unbekannte Schönheit zunächst von Weitem aufmerksam musterte, war doch etwas befremdlich. Das Mädchen schien ihn nicht zu beachten, sie hing einem der Zwillinge bereits am Arm und bequatschte ihn so intensiv, dass Michaela – Andys Freundin – ihr wütende Blicke zuwarf.

Irgendetwas an dem Mädchen stimmte nicht. Sie wirkte völlig aufgekratzt, musste sich aber wenige Augenblicke später mit Andys Hilfe auf eine Bank setzen, wo sie auf einmal schlaff in sich zusammenfiel. So als hätte man ihr die Luft herausgelassen. Sie wirkte dadurch noch zarter und dünner. Mit stechendem Schritt ging Fitz auf sie zu. Es war, als hielten alle den Atem an, keiner konnte abschätzen, was hier geschah, und doch schien uns fast allen bewusst zu sein, dass von Fitz ein beängstigendes Aggressionspotenzial ausging. Die Musik brach ab, offenbar hatte sich das Aggregat wieder einmal selbst abgeschaltet. Fitz kniete sich vor das Mädchen, redete kurz auf sie ein. Als sie nicht reagierte, holte er mit der Hand aus und schlug ihr mit voller Wucht erst rechts, dann links mit der flachen Hand auf die Wange. Der Kopf des Mädchens schwankte, aber sie reagierte nur mit heftigem Lachen. Gordana schrie laut auf. Mike und Andy sprangen vor, wollten Fitz zurückziehen. Andy wurde von Michaela am Arm festgehalten und Mike hielt in der Bewegung inne, als Fitz sich vor ihm aufbaute und die Hand hochhielt. Irgendjemand hatte sich in der Zwischenzeit am Aggregat zu schaffen gemacht, das wieder ansprang, und so plärrte die Musik abrupt von Neuem los. Daher konnte ich nicht hören, was Fitz und Mike zueinander sagten. Mike aber ließ sofort von ihm ab, klopfte ihm stattdessen auf die Schulter und half ihm dann das inzwischen fast regungslose Mädchen von der Bank hochzuziehen. Irgendjemand holte Tobias, den Einzigen unter uns, der nie Alkohol trank und damit zum Fahren verdammt war. Keine fünf Minuten später war der Spuk vorbei, denn Tobias' Peugeot 206 setzte rückwärts auf die Wiese zurück und im Innern verschwanden Fitz und das Mädchen.

Ratlos saß ich da, Caro hatte sich neben mir auf die Bank fallen lassen. »Was war das denn?«

»Keine Ahnung!«

»Du warst doch mit ihm im See«, lallte Caro.

»Und? Kennst du etwa die Lebensgeschichte von all deinen Männerbekanntschaften?«, gab ich biestig zurück.

Jetzt war sie doch beleidigt, leerte ihren Becher in einem Zug und stapfte zu Mike, Andy und Michaela hinüber.

Es war Zeit, etwas zu trinken, befand ich, holte mir zwei Smirnoff-Ice-Fläschchen, und bis Caro wieder gut gelaunt zu mir zurücktorkelte, hatte ich sie beide getrunken und fühlte mich zumindest von innen heraus etwas wärmer.

»Das war seine Schwester«, murmelte sie kaum verständlich. Ihr Becher war bereits wieder gut gefüllt und ich konnte auch aus einem halben Meter Entfernung riechen, dass sie sich eine ordentliche Asbach-Cola-Mischung gemacht hatte.

»Meinst du nicht, es wäre Zeit, jetzt mal auf Cola pur umzusteigen, Caro?«

»Spinnst du?«, antwortete sie und tippte sich an die Stirn. Plump ließ sie sich auf die Bank fallen. »Hast du gehört? Kein Grund zur Sorge … sie ist seine Schwester. Johanna.«

Sie sprach es aus, als wäre es ein Doppelname – Jo…-hanna – mit einem lang gezogenen *o*.

»Er hat eine Schwester?«, platzte ich verblüfft heraus. Keinen einzigen Ton hatte er bisher von einer Schwester erzählt.

»Solltest dich mal besser über deine Männerbekanntschaften erkundigen.« Caro kicherte und stieß mit ihrem Plastikbecher an meine leere Flasche. »Komm, lass uns ein wenig zappeln gehen. Der kommt wieder. Ist doch nur seine Schwester.«

Er kam tatsächlich wieder. Aber er wirkte völlig verändert. Er lachte nicht, seine grün-grauen Augen blitzten schon fast boshaft und alles an ihm war irgendwie anders. Bedrohlicher, düsterer, abweisend.

Er musste mich gesehen haben, aber er hatte offenbar beschlossen, mich zu ignorieren. Ich wollte nicht hinsehen, aber ich bemerkte dennoch unter einem Schleier aus hervortretenden Tränen und meinem leicht verzögerten, weil alkoholisierten Denkvermögen, wie Laura ihren Arm auf seinen Oberschenkel legte und Gordana gleichzeitig mit ihren langen, schlanken Fingern über seinen Nacken strich.

Auf einmal wurde mir kotzübel. Ich stürzte von der Bank, hielt mir die Hand vor den Mund und konnte mich noch ein paar Schritte weit ins Gebüsch retten, bevor ich den weitgehend flüssigen Inhalt meines Magens wieder von mir gab.

Caro schlich hinter mir her, kniete sich neben mich und murmelte: »Weißt du, ich finde lange Haare bei Männern so was von scheiße. So richtig scheiße. Zum Kotzen, wenn man es genau nimmt.«

Ich wollte lachen, aber es ging nicht. Da war wieder dieser Kloß in meinem Hals.

14

Fitz, in jedem Jahr ohne dich bricht ein Stück aus meinem Herzen heraus. Meinem Herzen aus Glas, das in Scherben zerfällt, ohne dich. – Anna

Mein Vater begrüßt mich im Esszimmer brummend hinter seiner Zeitung, er lächelt milde und ich lächele zurück. Die Zeit zwischen uns beiden ist stehen geblieben. Die ersten fünfzehn Jahre meines Lebens ist er alles für mich gewesen. Der Mensch, dem ich am engsten verbunden gewesen bin, mein absoluter Vertrauter, mein Lehrmeister. Wir haben so viele Stunden gemeinsam in den Bergen verbracht und ich habe so viel von ihm gelernt, und dann ist mit seinem Bein ein Stück weit auch der Mensch gestorben, der er einmal gewesen ist. Es gibt Momente, in denen aufblitzt, was uns einst so eng verbunden hat. Noch immer hängt hinter dem Küchentisch das Bild von uns beiden am Watzmann. Ich mit roten Wangen und völlig erschöpftem Blick, kaum in der Lage zu lächeln. Auf den Hüften der Sicherungsgurt, auf dem Kopf der giftgrüne Helm; Handschuhe habe ich damals schon keine mehr getragen. Mein Vater mit seinem wettergegerbten Gesicht und dem breiten Lächeln daneben, die Arme um mich gelegt. Ich erinnere mich daran, wie er zu mir gesagt hat: »Bist du stolz, Anna? Freust du dich?«

Worauf ich geantwortet habe: »Ich will schlafen.«

»Warte nur, das kommt noch. Der Stolz und das Glück.«

Und so ist es auch gewesen.

Neben ihm auf dem Tisch liegt eine blaue Plastikpackung Tabletten. Damit es bei dem einen verlorenen Bein bleibt und ihn der Diabetes nicht weitere Gliedmaße kostet.

Meine Mutter kommt herein und stellt eine Kanne Kaffee auf den Tisch. Sie mustert mich und streicht mir eine Strähne aus dem Gesicht. Es ist eine liebevolle Geste, aber sie wirkt besorgt. »Guten Morgen! Gut geschlafen?«

»Ja, danke.«

»Wo warst du denn gestern auf einmal?«

»Bei Caro«, antworte ich ausweichend.

»Wann fährst du wieder?«

Eine Frage wie ein Schlag ins Gesicht.

Mein Vater lässt die Zeitung sinken und wirft ihr einen harten Blick zu. Genauso hat er sie früher angesehen, wenn sie dagegen protestiert hat, dass er mich mit zum Wandern genommen hat. »Sie ist gestern erst angekommen«, sagt er erstaunlich laut und unmissverständlich.

»Ja, ich wollte es ja auch nur wissen«, verteidigt sich meine Mutter.

»Hast du Angst, ich bleibe zu lange?«, frage ich misstrauisch.

Ihre Bewegungen sind nervös, ihre Hand zittert und um ihre Stirn spannen sich tiefe Sorgenfalten. »Unsinn!«, kommentiert sie scharf.

»Jetzt bleibst du auf jeden Fall ein paar Tage«, sagt mein Vater und schiebt mir einen dicken Ringel Fleischwurst und eine Semmel zu. »Und isst anständig. Du bist ja spindeldürr geworden. Wann gehst du mal wieder hoch?«

Hoch. Dorthin, wo er nicht mehr hingehen kann. »Ich weiß nicht.«

»Bist du zum Klettern gekommen?«, fragt meine Mutter. In ihrer Stimme schwingt Hoffnung mit.

»Nein. Eigentlich bin ich wegen etwas ganz anderem gekommen.«

»Weswegen denn?« Ihre Stimme wird schriller, höher. Fast schon panisch.

»Na, wegen euch und Caro und Fitz und …« Wegen der Wahrheit, will ich sagen, aber sie reißt die Augen so weit auf, dass ich mich selbst stoppe. Bei der Erwähnung von Fitz' Namen hat sie sogar kurz gezuckt.

»Musst du nicht unterrichten? Es sind doch keine Ferien«, sagt sie schnell.

Mein Vater schnaubt. »Geh raus und mach einen Blumenstrauß oder back einen Kuchen«, herrscht er meine Mutter an.

Sie zieht scharf die Luft ein, aber geht. Nicht ohne in der Küche laut mit dem Geschirr zu klappern.

»Das war ein bisschen so, als hättest du ihr gesagt, sie solle sich die Fingernägel lackieren«, sage ich lächelnd.

Er grinst zurück und wird schnell wieder ernst. »Du bleibst so lange du willst und es ist ganz egal, weshalb du gekommen bist, denn das ist dein Zuhause und du gehörst hierher.«

Es ist vermutlich der längste Satz, den ich seit fünfzehn Jahren von meinem Vater gehört habe. Ich nicke und beiße mir auf die Lippe. »Ich bin wegen der Wahrheit hier, Papa.«

Er brummt kurz, hebt dann den Kopf und sieht mich mit einem Ausdruck in den Augen an, der so klar ist wie Bergseewasser, so energisch wie schon seit vielen, vielen Jahren nicht mehr. »Die Wahrheit ist nie falsch.«

»Auch wenn sie so spät kommt?«, flüstere ich.

»Der Zeitpunkt ist manchmal gar nicht so entscheidend.«

»Mama sieht das anders.«

»Es geht um dich, nicht um deine Mutter.«

Als ich wenig später ins Badezimmer gehe, um mir die Zähne zu putzen, passt Mama mich im Flur ab. »Anna?«

»Was?«, antworte ich gereizt. Ich will nicht schon wieder hören, dass ich unerwünscht bin. Es reicht, das zu spüren.

»Versteh das bitte nicht falsch. Ich freue mich doch, dass du hier bist. Wirklich.«

Sie berührt mich vorsichtig am Arm. »Du bist doch mein Mädchen«, sagt sie leise.

Genauso schwer, wie es ihr fällt, sich aus ihrer Haut zu schälen, so schwer fällt es auch mir, meinen Panzer abzulegen. Den, mit dem ich mich noch immer vor der Vergangenheit schütze. Statt sie endlich zuzulassen.

Da begreife ich, dass meine Mutter genauso viel Angst vor der Wahrheit hat wie ich. Das trägt nicht unbedingt dazu bei, dass ich mich aufraffe und etwas unternehme, um mich dem Unglück am Berg zu nähern, dem ich zehn Jahre zuvor so radikal den Rücken zugewandt habe.

15

Je länger ich die Worte übe, je mehr Briefe ich an dich schreibe, desto sinnloser werden sie. Ich kann nichts mehr ändern, Fitz. Ist das nicht das Tragischste, das Allerallerschlimmste? Dass ich nichts mehr ändern kann? Nichts wiedergutmachen kann. Es ist vorbei. Für immer. – Anna

Ich schlurfe im Haus herum und kann nichts finden, womit ich mich dauerhaft beschäftigen kann. Ich würde gern mit Fitz reden, ihm erklären … Ja, was eigentlich? Dass ich möglicherweise beim Tod seiner Schwester eine entscheidende Rolle gespielt habe? Dass ich vielleicht mitschuldig bin, mich aber gar nicht mehr richtig daran erinnern kann, was genau ich getan und was ich nicht getan habe? Dass mich diese Ungewissheit seit Jahren auffrisst, weil da in meinem Kopf nur Lücken sind und wirre Fragmente, denen ich nicht vertrauen kann, ohne sie in eine vollständige Erinnerung einbauen zu können? Fitz hat mit seinem Leben weitergemacht und ich hab meines nie richtig angefangen. Wie soll man auch vorwärts kommen, wenn man gar nicht genau weiß, wovor man davonläuft?

Ich wollte etwas Besseres als dich. Wie habe ich das nur zu ihm sagen können? Ich bereue diesen Satz so sehr, dass ich mir die Haare raufen möchte. Es ist die größte Lüge gewesen, die ich je erzählt habe.

Soll ich ihn anrufen? Ihn darum bitten, mir zu verzeihen? Ihm sagen, dass ich ihn nie vergessen habe? Dass es nie etwas Besseres als ihn gegeben hat? Und dann? Fitz hat mir doch unmissverständlich klargemacht, dass er mit mir fertig ist.

Um nicht völlig den Verstand zu verlieren, ziehe ich meine Turnschuhe an und verlasse das Haus. Über die Wiese mache ich mich auf den Weg und laufe ziellos durch die Gegend. Ich halte mich von allen Orten fern, die Sehnsucht in mir wachrufen. Es ist also gar nicht so leicht, mich frei zu bewegen. Irgendwie trägt alles in meiner Heimat diesen verdammten *Weißt-du-noch*-Stempel. Man kann sich von einem Ort trennen, man kann bis ans Ende der Welt reisen und sein ganzes Leben auf den Kopf stellen. Aber man nimmt die Heimat nicht aus einem Menschen heraus. Und die Vergangenheit auch nicht. Nicht die hellen Tage und auch nicht die dunklen. Erinnerungen sind verdammt gut gesicherte Daten. Selbst wenn man will, wird man sie nicht los. Ich habe schreckliche Angst davor, Johanna wieder vor mir zu sehen, und gleichzeitig sehne ich mich danach, endlich Klarheit in meinen Kopf zu bringen. Christoph hat recht, wenn er sagt, dass die Wahrheit in mir steckt. Ich habe sie nur zu gut versteckt, den Schlüssel verlegt, den Weg vergessen. Die Frage, die sich keiner traut, mir zu stellen, die aber allgegenwärtig in meinem Kopf ist, lautet: Will ich überhaupt wissen, was genau passiert ist? Will ich mich erinnern?

Erst als ich mich auf den Rückweg mache, merke ich, dass mein Handy mehrmals geklingelt hat. Drei Anrufe von Christoph, zweimal der Schuldirektor. Und dann zwei Anrufe von einer unbekannten Festnetznummer. Örtliche Vorwahl, und so tippe ich auf Caro.

Schnell drücke ich auf Rückruf und binnen weniger Sekunden ist sie am anderen Ende der Leitung.

»Hallo, hier ist Caroline.«

»Hallo. Seit wann nennst du dich Caroline?«

»Caro«, korrigiert sie und spricht schnell weiter. »Das Wetter ist so schön und ich wollte ein Picknick mit Lena machen. Es tut mir leid, dass ich gestern so unfreundlich war.«

»Du warst nicht unfreundlich, du warst komisch.«

Mir kommt es vor, als zuckte sie am Telefon zusammen.

»Oh«, sagt sie und schluckt hörbar.

»Wir können uns aber schon noch gnadenlos die Wahrheit sagen, oder? So wie früher?«, will ich wissen. Sicher bin ich mir da nicht, was daran liegen könnte, dass ich auch nicht ehrlich bin.

»Ja, natürlich. Unbedingt.«

»Wo wollen wir uns treffen? Soll ich zu dir kommen?«

Ein hastiges »Nein« kommt laut aus dem Hörer. »Ich komme zu dir. Ich muss nur noch Lena fertig machen.«

»Gut. Dann warte ich hier auf dich.«

Ich setze mich vor meinem Elternhaus auf die Bank, neben einen Karton mit bunten Bändern, den meine Mutter hier vergessen hat. Sie beobachtet mich aus dem Laden heraus und eigentlich hätte ich mich gern neben sie auf den alten Drehstuhl gesetzt, aber ihre Irritation über meine Gegenwart, die ständigen Fragen nach dem Grund meines Besuchs und den Zeitpunkt meiner hoffentlich baldigen Abreise haben mich dünnhäutig gemacht.

»Hallo, da sind wir. Tut mir leid, hat etwas länger gedauert!« Caro lächelt entschuldigend und legt ihre Hand auf Lenas kleine Schultern. Der Rock ist zu lang für ihre kurzen Beine, zu weit um die Hüften, und obwohl der Stoff teuer aussieht und farblich perfekt zur ärmellosen Bluse passt, wirkt Caro verkleidet.

»Die Mama war noch nicht fertig«, plappert die Kleine.

»Die Mama also«, sage ich lachend. »Was wollen wir machen, gehen wir rauf auf den Abenteuerspielplatz und picknicken zusammen?« Ich beuge mich zu Lena hinunter, richte die Frage an sie direkt.

»Der Papa will nicht, dass die Mama mit mir da hingeht. Er sagt, da sind zu viele andere Kinder.«

Stirnrunzelnd sehe ich Caro an.

»Nein, nein, da verwechselst du etwas, Mäuschen«, sagt Caro schnell und greift ein wenig unsanft nach dem Arm der Kleinen. »Der Papa hat nur Angst, dass du dich verletzt.«

Lena zuckt mit den Achseln und verkündet: »Ich bin doch groß.«

»Das bist du«, sage ich. »Wir passen schon auf dich auf. Da passiert dir nichts.«

»Wollen wir nicht lieber auf einer Wiese ...«, protestiert Caro sichtlich unangenehm berührt.

»Aber das ist doch langweilig für Lena. Lass uns auf den Spielplatz gehen, dann können wir beide uns in Ruhe unterhalten.«

»Gut ... wenn du meinst. Aber Lena, das sagen wir dem Papa nicht, okay?«

Hat sie Angst? Der Gedanke ist plötzlich da. Hat Caro Angst vor ihrem Mann?

Caro setzt vorsichtig einen Fuß vor den anderen, als fürchtete sie, auf dem Kies auszurutschen. »Dann wollen wir mal.«

Gut gelaunt läuft Lena uns voraus und singt Kindergartenlieder.

Caro und ich versuchen uns nach ein paar Metern betretenen Schweigens an Geschichten über unsere ehemaligen Freunde und Mitschüler. Caro erzählt mir, wer dieses und jenes macht, wo sie alle wohnen, dass ihr Bruder vor drei Jahren geheiratet hat und mit seiner österreichischen Frau nach Wien gezogen ist. Sie erzählt mir vom Hotel und Anekdoten von Stammgästen, die darauf bestehen, dass die Eierbecher nicht ausgetauscht werden, und behaupten, sie hätten sich so an die gelben Handtücher gewöhnt, dass sie von den neuen, weißen Textilien Ausschläge bekämen.

Wir lachen höflich miteinander und merken beide, dass wir nur an der Oberfläche kratzen. Wir sind ein wenig wie zwei Bekannte, die sich bei einem Klassentreffen nach Jahren wiedersehen und sich mit den üblichen technischen Daten versorgen. Beruf, Kinder, Ehe, Hausbau. In unserer ganzen Konversation sind wir austauschbar wie Lemminge. Das hier müssen nicht Anna und Caro sein. Wir könnten genauso gut Hanni und Nanni sein. Es fallen keine Worte zwischen uns, die Bedeutung hätten.

Erst als ich ihr erzähle, dass ich Lehrerin geworden bin, nimmt das Gespräch eine kurze Wende.

»Ich wusste das schon, ich hab deine Mutter mal gefragt. Es ist so ziemlich das Letzte, was ich mir bei dir immer vorstellen konnte. Aber was weiß ich schon noch von dir?«

Eine bittere Feststellung. »Ich hätte mir das auch früher nicht vorstellen können, aber es ist gut, ein schöner Beruf. Ich fühle mich wohl und ich tue den Kindern gut.« Und die Kinder mir, füge ich im Stillen hinzu.

»Das ist schön. Das freut mich für dich.«

Und plötzlich sind wir wieder Hanni und Nanni. Nichts von Bedeutung.

Wenige Minuten später erreichen wir den Spielplatz am Fuß des Berges und suchen uns einen Platz, von dem aus man eine gute Übersicht hat. Es sind etwa ein Dutzend Kinder da und ebenso viele Eltern. Hauptsächlich Mütter.

Wir breiten eine Decke auf dem Boden aus und Lena bittet um Erlaubnis, mit den anderen Kindern zu spielen. Caro lässt eine Tirade an Ermahnungen los und dann schließt sich Lena den anderen Kindern an. Ein wenig bedächtiger und vorsichtiger, als man es von Kindern ihres Alters kennt. Sie rennt nicht, sie geht.

Caro hat einen großen Flechtkorb dabei, mit Deckel. So ein Modell *Picknickausgabe*, randvoll gefüllt mit Leckereien.

»Selbst gemacht?«, frage ich.

Sie nickt stolz.

»Alles?«

Sie nickt wieder.

Die Caro, die ich einmal gekannt habe, hat sogar Fertigpizzen verkohlen lassen. »Wow, du bist ja ein richtiges …« Ich schlucke das Hausmütterchen hinunter, weil es zu gemein klingt, und sage: »… Genie! Das sieht verdammt lecker aus.«

Statt einem einfachen Danke oder einer abwertenden Bemerkung schlingt Caro ihre Arme so plötzlich um mich, dass ich heftig zusammenzucke.

»Warum bist du nicht schon viel früher gekommen?«, seufzt sie und löst die Umarmung wieder.

Da ist sie wieder, diese so unerwartete Zuneigung, mit der ich nicht umgehen kann. »Ich …« Ich weiß nicht, was ich sagen soll. Ich schaue zu dem kleinen dunklen Erdhügel, auf dem Lena zögerlich vor der Seilbahn steht.

Ich drehe mich zu Caro, die ihren Rock sorgfältig nach unten zieht, die Beine seitlich nebeneinanderlegt und den Rock noch einmal glatt zieht. »Weißt du noch, wie wir manchmal hierhergekommen sind früher, mit den Rädern? Als wir schon längst zu groß für die Seilbahn waren? Und uns hinter den Rutschbahnen heimlich Zigaretten angesteckt haben?«

»Ja, diese ekelhaften selbst gedrehten ohne Filter. Wenn der Tabak leer war, haben wir einfach trockene Grashalme reingesteckt.«

»Genau.« Ich lache.

Aber Caro bleibt ernst, sie winkt Lena kurz zu, dann sieht sie mich wieder an: »Weißt du noch, wie wir diese

Blutsbrüderschaftssache machen und uns schwören wollten, dass wir immer Freundinnen bleiben? Wie alt waren wir da, Anna?«

»Neun, vielleicht zehn. Aber es hat sich keiner getraut, den ersten Schnitt zu machen.«

»Nein, das stimmt nicht. Du hast ewig rumgedruckst und dann habe ich es einfach gemacht. Mit diesem Brotmesser, an dem noch die Krümel geklebt haben. Ich habe mich getraut, du hast dich geweigert. Und dann habe ich meine blutige Hand an deine unverletzte gedrückt und behauptet, dass es so auch reicht.«

Ich nicke und schlucke schwer. Ich erinnere mich gut. Daran, dass Caro zu tief geschnitten hat. Ich sehe auf ihre Hand und einen winzigen Moment lang kommt es mir so vor, als tropfe wieder Blut daraus. Das löst eine ganz andere Erinnerung aus. Eine, die stets unter der Oberfläche lauert, darauf wartet, herausgelassen zu werden und mein Leben unerträglich schwer zu machen. Das schlechte Gewissen in meinem Innern wird größer und größer. Steigt von meinem Magen hoch in meine Kehle und lässt mich nicht frei atmen. Ich springe auf und klopfe mir fest auf die Brust. So fest, dass es wehtut und der Schmerz es mir wieder ermöglicht zu atmen.

Johanna ist wieder da, sie starrt mich an und diesmal grinst sie nicht. Sie hält sich an dem Felsen fest und ruft: »Zieh mich hoch, Anna. Bitte.« Dann rutscht ihre linke Hand ab und der scharfkantige Stein ritzt durch ihre Haut, sodass ein winziger Tropfen Blut sich bildet. »Zieh mich hoch!« Blut. Ist da Blut gewesen?

Caro starrt mich entgeistert an. »Du hast dein Versprechen nicht gehalten, Anna.«

»Ich weiß«, sage ich leise. Johanna ist wieder verschwunden.

»Wirst du mir irgendwann erklären, warum?«

»Caro, ich … ich wollte dich nicht im Stich lassen. Ich musste weg.«

»Was war an dem Abend eigentlich los, Anna? Was ist passiert?« Da ist sie, die Frage, die irgendwann kommen musste. Von Caro. Von Fitz. Von meinen Eltern. Von Angela. Von Johannas Eltern.

Mein schlechtes Gewissen schaltet auf Verteidigung. Ich habe diesen einen Abend vor zehn Jahren eingemauert in einem Kerker des Vergessens. Ich finde keinen Zugang, selbst wenn ich will. Dabei bin ich doch genau deswegen hierhergekommen. Warum fällt es mir denn trotzdem so verdammt schwer, die Tür zur Vergangenheit endlich aufzustoßen und nachzusehen, was da im Dunkeln lauert?

Sie seufzt und fährt sich mit den Händen durch die Haare. »War eine harte Zeit für Fitz damals. Ich meine, ich verstehe ja, dass du mal hier rauswolltest. Nein, eigentlich verstehe ich es nicht. Das war doch immer *mein* Traum und gar nicht deiner. Du hast es doch geliebt hier, Anna. Oder habe ich mich schon damals so in dir getäuscht? Vielleicht kann ich noch verstehen, dass dir unsere Freundschaft nicht genug bedeutet hat, um zu bleiben oder dich wenigstens anständig zu verabschieden, dich mal zu melden, auf meine Anrufe zu reagieren … gut. Okay, Anna. Ist geschenkt. Aber ich meine Fitz! Was war mit Fitz? Was hast du dir dabei gedacht, ihn genau dann zu verlassen, als Johanna gestorben ist? Was ist an diesem Abend zwischen euch passiert, dass all die Liebe – und ihr habt euch geliebt, das konnte jeder sehen – auf einmal nichts mehr wert war? Oder war da mehr, Anna? Bitte sag mir, warst du …«

Sie bricht ab.

Es fällt verdammt schwer, darauf zu antworten. Denn wenn ich auch all die Jahre das schlechte Gewissen in mir genährt habe, so ist da immer dieser kleine Restfunken Wut gewesen.

Ein Glimmen in mir, das mir verräterisch zuflüsterte: »Wäre er nicht gewesen … hätte er nicht …«

»Du kennst ihn doch! Ist es so schwer zu erraten, was los war? Du weißt, wie er sein konnte, wenn er frustriert war. Wegen seiner Schwester, wegen … ach, wegen so vieler Dinge. Seiner Familie. Und dann, wenn er etwas getrunken hat. Es war zu viel an dem Abend, Caro.«

»Ja, war es vielleicht. Aber du hast ihm doch vorher auch verziehen. Ich weiß, dass er nicht einfach ist, aber du hast ihn doch immer verteidigt. Was war an diesem Abend so anders, Anna?«

Eigentlich nichts. Und irgendwie alles.

Ich zucke mit den Achseln. »Ich glaube, Lena muss mal«, sage ich ausweichend und deute auf Caros Tochter, die mit zusammengepressten Beinen zum Sandkasten läuft.

»Ich auch. Hatte zu viel Kaffee«, sagt sie, sieht mich einen Moment zu lange an und dann weg. Resigniert.

»Ich komme mit, ich muss auch. Gruppenpinkeln, wie früher?« Wie feige von mir, mit der Vergangenheit von der Vergangenheit ablenken zu wollen.

Aber Caro lacht ohnehin nicht. Wir gehen Lena entgegen und laufen gemeinsam in einen Seitenweg, den man vom Spielplatz aus nicht sehen kann.

»Ich zuerst, Mama. Kann ich dann wieder spielen gehen?«

»Ja, klar.«

Caro hebt Lena am Wegrand ab und währenddessen erleichtere ich mich hinter einem Busch. Als ich wieder hervorkomme, ist Lena auf dem Spielplatz verschwunden.

»Kannst ja dann jetzt auch gehen«, sagt Caro etwas spitz. Sie zerrt an ihrem knielangen Rock, den sie schon nach oben geschoben hat, aber ihre Haut ist verschwitzt und so bleibt der Stoff an ihrer Haut kleben.

Seit wann ist Caro prüde? »Oh Gott, Caro. Stell dich nicht so an. Ich kenne dich schon seit dem Kindergarten. Wie oft waren wir nackt baden, wie oft haben wir nebeneinander gepinkelt! Und außerdem ist es mir scheißegal, ob du inzwischen einen Landingstrip hast oder Freestyle trägst.«

»Hä?«

Ich will sie gerade an eine ganz besondere Episode unserer wilden Jugendjahre erinnern, als mir etwas auffällt. Mein Herzschlag beschleunigt sich fatal und ein dumpfes, ungutes Gefühl breitet sich in mir aus. Caro zerrt noch immer unangenehm berührt an ihrem Rock. Ohne Erfolg.

»Warte, was ist das, Caro?«

Ich deute auf einen breiten dunklen Fleck an ihrem rechten Bein. Er ist fast lila und zieht sich vom Rand ihrer Unterhose wie ein dicker Gürtel um ihren Oberschenkel, bis er etwa einen Fingerbreit vor ihrem Knie endet.

»Da bin ich die Treppe runtergefallen.«

Die Antwort kommt zu schnell. Ich halte ihre Hand fest, mit der sie sich anschickt, den Fleck zu bedecken. »Das ist ein Synonym für *Mein Mann schlägt mich*, das weißt du, oder?« Ich schlucke schwer.

»Red nicht so einen Unsinn.« Es gelingt ihr, den Stoff so zu fassen, dass er sich nicht mehr über ihrem Hintern rollt, sondern den Fleck wieder bedeckt.

»Caro!«

»Was?«

»Jetzt pinkelst du und dann erklärst du mir, was es mit diesem blauen Fleck auf sich hat. Ich warte da vorn auf dich.« Ich drehe mich um und stelle mich vor den Strauch. Was läuft hier nur schief?

Wenig später kommt Caro wieder und zwingt sich ein Lächeln ins Gesicht.

»Du musst es mir sagen. Schlägt er dich?«

»Nein!« Sie sieht mir fest in die Augen. »Wirklich nicht. Ich bin mit dem Wäschekorb die Treppe runtergefallen. So dumm sich das anhört, okay!«

»Warum bist du denn mit dem Wäschekorb die Treppe runtergefallen? Hat er dich gestoßen?«

»Hast du den Verstand verloren, Anna?«

»Ich habe genug Verstand, um zu sehen, dass du mich anlügst, Caro. Was ist eigentlich los?«

»Das sagst ausgerechnet du?«

»Ja, das sage ausgerechnet ich.«

»Er … er schlägt mich nicht, okay?«

»Wenn du das sagst, wird es wohl stimmen«, antworte ich.

Ein ekelhafter, bitterer Geschmack liegt auf meiner Zunge, als ich zusehe, wie meine ehemals beste Freundin schnurstracks an mir vorbeiläuft, ihre Tochter von der Schaukel hebt und sie auf die Picknickdecke setzt.

Ich überlege einen Moment, dann gehe ich auf sie zu und setze mich dazu. Ich beobachte sie und versuche wieder einmal verzweifelt, die heutige Caro mit der von damals in Einklang zu bringen. Aus diesen zwei unterschiedlichen Frauen eine zu machen. Die eine, die sie mal gewesen ist. Die zwei Freundinnen, die *wir* einst gewesen sind. Jung, naiv und lebensfroh. Ehrlich bis zur Schmerzgrenze. Und darüber hinaus.

16

DAMALS

Der Vorsatz, mich von Fitz fernzuhalten, hielt nicht lange an. Stunden nach der Party am See, in diesem Sommer 2008, wachte ich mit dem schlimmsten Kater meines Lebens auf. Mein Kopf pochte in regelmäßigen, rhythmischen Abständen. Das Zimmer hatte einen Drehwurm und in meinem Mund herrschte ein Geschmack, der sich anfühlte, als hätte ein Mäusepaar seine Jungen dort untergebracht. Ich fühlte mich ekelhaft. Und dann dieses Geräusch, das immer dann dumpf ertönte, wenn das Hämmern in meinem Schädel gerade etwas nachgelassen hatte. Ich versuchte, mich zu bewegen, was eine verdammt schlechte Idee war. Denn dann drehte sich das Zimmer komplett auf links, mein Magen wollte folgen und mein Kopf schien sich entgegen meinem Körper bewegen zu wollen und revoltierte schmerzhaft. Wenn sich ein Kater so anfühlte, dann würde ich jetzt sofort der ewigen Ethanolabstinenz einen feierlichen Eid schwören. Wenn es sein musste, unter Zeugen.

Aber das Klopfen hörte nicht auf und es war so nervtötend, dass ich meine restlichen vorhandenen, nicht ertränkten Gehirnzellen zusammennahm und nach der Ursache suchte. Es war zu unregelmäßig für einen tropfenden Wasserhahn, zu dumpf, um von drinnen zu kommen, und es klang ein wenig nach dem Aufprall von etwas Festem auf Glas. Mit unsäglicher Mühe schaute ich zum Fenster und da konnte ich es sehen. Beim nächsten Plopp bemerkte ich das Steinchen. »Aaahhh«, stöhnte ich und rappelte mich auf. Das Geräusch musste aufhören, dafür war ich bereit, meinen Brummschädel aus dem Fenster zu strecken und denjenigen, der meinen wohlverdienten Kater beim Schlafen störte, ordentlich zur Verantwortung zu ziehen. Ich hoffte auf Caro, die mir dann gleich eine Doppelpackung Schmerzmittel rüberwachsen lassen konnte.

Noch auf dem Weg zum Fenster kamen die Erinnerungen an die letzte Nacht zurück. Ruckartig und grob riss ich den Griff des Holzfensters zur Seite und blinzelte gegen die Mittagssonne an. Zunächst erkannte ich gar nichts, ich war kurzzeitig blind.

Und dann wäre ich vor Schreck fast mit der Rübe gegen den Fensterrahmen geknallt. Dort unten stand Fitz. Er grinste und warf einen weiteren Stein. Es gelang mir, das Wurfgeschoss im Flug zu fangen, ich überlegte nicht lange, sondern zielte auf seinen Kopf und warf ihn wieder zurück. Ich traf Fitz an der Nase, er schüttelte sich überrascht und ich schloss hochzufrieden mit meiner Leistung wieder das Fenster und ließ vorsichtshalber den Rollladen herunter. Der konnte mich mal. Am Arsch konnte der mich.

Blöderweise hatte er nicht vor, aufzugeben, und das Klatschen der Steine an das Rollo war auch nicht angenehmer als das auf der Scheibe. Es ließ sich auch mit einem Kissen auf dem Kopf nicht ausblenden und so schob ich meinen malträtierten Körper erneut in die Höhe und schlappte zum Fenster. Rollo hoch, Fenster auf, gleiches Spiel noch mal.

»Was willst du?«, brüllte ich raus, meine eigene Stimme klang fremd. Mehr nach Tina Turner als nach Anna Albrecht.

»Mit dir reden!«

»Wozu?«, krächzte ich zurück und hob meinen Blick, um mich wieder von der Sonne blenden zu lassen. Das war besser, als zugeben zu müssen, dass sein Anblick da unten mich alles andere als kalt ließ, die Art, wie er sich die langen Haare hinter die Ohren steckte, mich angrinste, und seine Hände zu sehen, die gestern noch …

Die Erinnerungen an ihn und Laura und Gordana noch oben drauf oder drunter … nein, das war zu viel. Schlagartig fühlte ich mich um mindestens 0,5 Promille ernüchtert.

»Hat der Dreier schon ausgeschlafen, oder was? Wolltest du jetzt bei mir wieder weitermachen?«

»Was?«, brüllte er und rieb sich das Kinn.

»Dein Bett ist noch warm, was willst du hier?« Ich klang wie eine eifersüchtige Furie, aber das lag sicher nur an der kratzigen Stimme.

»Komm runter. Ich hab Paracetamol, Brötchen mit drei Scheiben Schinken, eine kalte Cola und ich verspreche dir, die nächsten zwei Stunden nur mit gedämpfter Stimme mit dir zu sprechen.«

»Hau ab.«

»Ich gehe nicht weg, wenn du nicht runterkommst. Ich schmeiße weiter Steinchen. So lange, bis keine mehr da sind.«

»Ist mir wurscht.«

»Deine Entscheidung«, antwortete er und warf eine Handvoll Kies von einer Hand in die andere.

»Ich komme runter, hole mir ab, was du dabei hast, und dann gehe ich wieder. Und dann lass mich gefälligst in Ruhe.«

»Deal«, antwortete er gut gelaunt. Der musste ja eine tolle Nacht gehabt haben. Der widerliche Geschmack in meinem Mund drohte, noch ätzender zu werden.

Ich schaute an mir herunter und stellte entsetzt fest, dass ich immer noch sein T-Shirt trug. Entschlossen riss ich es mir vom Kopf, nahm ein Deo vom Schreibtisch und sorgte für etwas Wohlgefühl unter den Achseln, bevor ich in ein frisches Tanktop und helle Shorts schlüpfte. Sein T-Shirt klemmte ich mir zwischen Zeigefinger und Daumen, hob es von mir gestreckt und trampelte die Treppe hinunter. Meine Mutter war im Laden, mein Vater befand sich geistig und halb körperlich in seiner Samstagszeitung und somit war zumindest von dieser Seite keine ungewollte Ansprache zu erwarten.

Unten hatte sich Fitz auf den Boden gesetzt, als gehörte er genau dorthin, und grinste mich an. Neben ihm stand ein Rucksack, aus dessen verdrehtem Reißverschluss der schwarze Deckel einer Colaflasche spitzte. Augenblicklich bekam ich unerträglichen Durst. Ohne ihn eines Blickes zu würdigen, griff ich nach der Flasche und warf ihm sein T-Shirt in den Schoß.

»Hättest du wenigstens waschen können«, amüsierte er sich und roch daran. »Ich tippe auf eine halbe Flasche Asbach in Kombination mit einem Dreiviertelliter Smirnoff Ice und möglicherweise noch ein paar Kurze.«

Ich setzte die Cola erst nach einem Dutzend kräftiger Schlucke ab und blitzte ihn wütend an. Dann beugte ich mich zu ihm hinunter, schnappte mir den Kragen seines blauen Shirts, zog daran, schnüffelte und erklärte: »Ich tippe auf Laura und Gordana, vielleicht waren noch Samira und Antonia dabei.« Seit ich diese Wut auf ihn hatte, war ich auf einmal gar nicht mehr schüchtern. Es tat gut, endlich einmal schlagfertig sein zu können.

»Da liegst du falsch, du hast Jette und Nora vergessen.«

»Gibt es bei uns nicht«, antwortete ich mit einem halben Grinsen, weil es so schwer war, das zu unterdrücken.

»Dann zieh bitte keine voreiligen Schlüsse. Ich habe die Damen nur nach Hause gebracht.«

»Aha.«

»Kannst du mir glauben oder nicht.«

Ich wollte es auf jeden Fall glauben. Ich spürte, wie sich mein Kiefer entspannte und ich sofort gewillt war, meine Wut gegen die Freude einzutauschen, ihn hier zu sehen.

»Und was machen wir jetzt?« Ich stemmte die Hände in die Hüften, weil sie dringend eine Aufgabe benötigten.

»Du wohnst doch hier, hast du mir doch erst gestern gesagt.«

»Ich kann heute nicht auf den Berg steigen.«

»Musst du ja nicht. Du könntest das Touriprogramm mit mir machen.«

»Hä?«

Er zog an dem Rucksack neben sich und zerrte so lange daran, bis ein zerfledderter Reiseführer zutage kam.

»Was ist das denn?«

»Urlaub im Chiemgau! Das ist der Verkaufsschlager bei uns an der Tanke.«

»Aha, und was hast du dir so überlegt?«

Auf einmal hatte ich völlig vergessen, dass ich wirklich wütend auf ihn hatte bleiben wollen.

»Da ist eine Sommerrodelbahn oben am …«

Ich schüttelte den Kopf. »Allein beim Gedanken daran wird mir noch übler, als mir sowieso schon war.«

»Gut.« Er senkte den Blick und sah wieder in das Buch. »Wir könnten … Boot fahren?«

»Klar, wenn du willst, dass ich über die Reling kotze.«

»Ah, jetzt habe ich es … du könntest mit mir in die Klamm … Hier!« Er zeigte auf ein Bild von einer einsamen Schlucht.

Ich musste lächeln. »Also, die hier ist so was von überlaufen. Ich kenne eine bessere, etwas kleiner, aber ruhiger. Und es gibt eine Stelle, an der man ganz nett sitzen und drei Schinkenbrötchen auf einmal verdrücken kann.«

Eine gute Stunde später hatten wir unser Ziel erreicht.

»Hier ist es. Da noch rauf und dann sind wir da«, keuchte ich.

»Du schwitzt ja«, meinte er belustigt, als ich die erste Brücke über den Bachlauf erreichte und mich kurz an einen der kühlen Felsen lehnen musste.

»Ich habe einen verdammten Kater.«

»Setz dich. Bleib hier. Warte.« Er hielt mich am Arm fest.

»Aber da oben …«

»Nein, hier unten. Hier bleiben wir jetzt. Du bist ja fix und alle.«

»Bin ich das?«

»Ja, schau dich an. Hier setzen wir uns hin und wir gehen erst weiter, wenn du die Brötchen gegessen und mit Cola runtergespült hast.«

»Gut.«

Ich gehorchte, setzte mich auf die Holzplanken des Stegs und fühlte mich auch sofort etwas besser.

»Warum hast du mir nicht erzählt, dass du eine Schwester hast?« Ich wischte mir ein paar Krümel aus dem Mundwinkel und schaute ihn mit einem unsicheren Lächeln an.

»Hab ich das nicht?« Er zuckte scheinbar gleichgültig mit den Schultern. *So* sah er also aus, wenn er log.

»Nein, hast du nicht.«

»Dann muss ich es vergessen haben.«

»Aha.«

»Was war mit deiner Schwester los gestern?«

»Was soll denn los gewesen sein?« Er sprang auf und packte mit fahrigen Bewegungen die Brötchentüte, die Gummibärchen und die Packung mit den Schmerztabletten zusammen und stopfte alles in den Rucksack. Drehte mir dabei steif den Rücken zu.

»Na ja, sie … sie war ein wenig durch den Wind, oder?«, versuchte ich es erneut.

»Du doch wohl auch, oder nicht? Solltest doch wissen, wie es sich betrunken anfühlt.« Er schlug mit den Worten um sich und der fiese Tonfall traf mich genau so, wie er es sollte.

Ich hatte nicht den Eindruck gehabt, als wäre sie betrunken gewesen. Aber ich sagte nichts mehr. Es fühlte sich falsch an. »Ich glaube, ich gehe jetzt besser.«

Da drehte er sich ruckartig um. »Nein, bleib. Bitte.«

Sein Arm schwebte über meiner Hand, aber er fasste sie nicht. Sein Blick bohrte sich förmlich in meine Augen und ich spürte, wie das Wirkung zeigte.

»Bleib«, flüsterte er wieder. »Ich will nicht, dass du gehst. Wir müssen doch noch etwas gegen deinen Kater machen. Bleib.«

»Weißt du, was das Beste gegen einen Kater ist?«, fragte ich.

»Weitertrinken?«

»Nein, kaltes Wasser.«

Er zog die Stirn in Falten.

»Kommst du mit?« Ich deutete die drei, vier Meter hinab, dorthin, wo sich glasklares Wasser in einem runden, ausgewaschenen Ausläufer des Bergbachs sammelte.

»Da rein?«

Er sah mich fassungslos an, beobachtete erstaunt, wie ich meine Hose von den Schenkeln streifte, mein T-Shirt über den Kopf zog und schließlich auch den BH aufhakte. Nur in Unterhose stieg ich vor ihm den kleinen Abhang links der Brücke hinunter, dorthin, wo sich das tosende eisige Wasser in eine Art Flussbett ergoss, das um diese Jahreszeit deutlich weniger Wasser führte als zur Zeit der Schneeschmelze.

»Ich zeig dir meins, du zeigst mir deins«, sagte ich, erstaunt über meine eigene Kühnheit und berauscht vom plötzlichen, stechenden Schmerz der Kälte in meinen Waden.

Ohne den Blick von mir zu lassen, zog er sich ebenfalls bis auf die Unterhose aus. Seine Schultern waren breit, das Schlüsselbein stach spitz hervor, seine glatte Brust war nicht unmuskulös, aber das Jungenhafte war zu erkennen, versteckte noch ein wenig den Mann, den ich mir schon gut vorstellen konnte. Zu gut. Die Wassertemperatur war völlig nebensächlich geworden. Ich spürte zum zweiten Mal seit gestern, wie es war, echte Sehnsucht nach dem Körper eines anderen zu fühlen.

Er schaute auf meine festen, mittelgroßen Brüste, eines der wenigen Merkmale, die ich an mir selbst mochte, und sagte: »Ich mag deins.«

»Ich deins auch.« Ich spürte, wie unsicher dieses Lächeln auf meinem Gesicht war. Wie glücklich.

»Kommst du raus?«

»Nein, komm du rein.«

Widerwillig stieg er in das eisige Wasser, trat auf mich zu, legte seine Hände um meine Hüften – nicht ohne meine linke Brust zuvor mit den Fingern seiner rechten Hand zu streifen – und hob mich dann hoch, warf mich über seine Schulter und trug mich wieder zurück an das steinige Ufer. Dort stieg er ein Stück weit hinauf, zu dem einzigen kleinen Stück Wiese, das es dort gab. Er setzte mich auf den Boden zurück, zog sich langsam die Hose herunter und wiederholte leise: »Ich zeig dir meins, du zeigst mir deins.«

Meine Lippen zitterten ein wenig und für einen kurzen Moment kehrte die Schüchternheit zurück. Hemmungen, die ich nicht wollte. Nicht jetzt, nicht heute. Nicht, wenn ich mich gestern getäuscht hatte und es doch noch so einen Moment geben konnte. Einen, der dazu da war, die Gedanken los und sich fallen zu lassen. Mein Atem wurde schneller. Er war kein Junge mehr, als er sich dort hinsetzte und seine Hand nach mir ausstreckte. Und ich war kein Mädchen, als ich die Einladung annahm, meinen Slip entschlossen abstreifte und mich auf seinen Schoß setzte. In seinen wässrigen grau-grünen Augen verlor sich der Rest meines geringen inneren Widerstandes wie der klägliche Batzen des letzten Schnees während der Schmelze.

17

Diese Werbung von Ikea bringt mich immer wieder aus dem
Konzept. Wohnst du noch oder lebst du schon ... ich wohne.
Auch wenn ich aus dem Wohnheim ausgezogen bin. An Leben ist
irgendwie gar nicht zu denken. Dazu bräuchte ich ja dich. – Anna

»Schön, dass du dich auch mal zurückmeldest, ich habe hundert Mal versucht, dich anzurufen!«

»Übertreib nicht immer so, Christoph, es waren dreiundzwanzig.«

»Was machst du, verdammt noch mal, dass du keine Zeit für einen Rückruf hast?«

»Ich lese gerade Kartoffelkäfer ab«, antworte ich wahrheitsgemäß und muss grinsen. Christoph, der Stadtmensch, hat in seinem ganzen Leben noch keinen Kartoffelkäfer gesehen, geschweige denn einen in der Hand gehabt.

»Hä?«

»Ich stehe auf einem kleinen Gemüseacker hinter dem Haus meiner Eltern und befreie die Pflanzen von Schädlingen. *Leptinotarsa decemlineata*«, erkläre ich.

»Ich weiß, was ein Kartoffelkäfer ist. Ich verstehe nur nicht, was das soll. Anna, dir ist schon klar, dass keine Ferien sind, oder? Du hast Unterricht!«

»Ich habe mich krankgemeldet.«

Ich hebe einen der gestreiften Käfer hoch, drehe ihn in der Luft und schmeiße ihn dann in den kleinen roten Eimer, der an meiner linken Hand baumelt.

Christoph seufzt. »Wie weit bist du denn? Mit der Wahrheit und so …«

»Ich habe jeden Tag weniger Ahnung davon, was wirklich passiert ist. Und Fitz …«

»Anna!«

»Lass das!«

»Was?«

»Dieses Anna, das bei dir so viel heißt wie: Spinnst du, lass die Finger von ihm, du verbrennst dich!«

»Spinnst du, lass die Finger von ihm, Anna! Besser?«

»Etwas. Vergiss es, nicht so wichtig. Er will ohnehin nichts mehr mit mir zu tun haben.«

»Ich muss dir noch was sagen …«

»Das klingt nicht gut!«

»Ich weiß nicht, ich wollte sie davon abhalten, aber sie … na ja, sie wollte nicht.«

»Raus mit der Sprache!«

»Rita wollte zu dir.«

»Was heißt das, sie wollte zu mir? Lektoriert sie neuerdings auch Sachbücher über Schädlinge?«

»Sie macht sich Sorgen und hat angekündigt, dass sie zu dir fahren will.«

Ach du Scheiße. »Chris, das musst du verhindern!«

»Ähm, Anna, ich fürchte, das ist zu spät.«

»Halte sie auf, erzähl ihr, ich bin schon auf dem Rückweg!«

Der Gedanke an Rita, hier, in der Heimat, ist unerträglich. Ich fasse mir an die Stirn, kalter Schweiß hat sich wie ein feiner Film auf meiner Haut gebildet und mein Herz rast vor Angst.

»Ich habe dreiundzwanzig Mal versucht, dich anzurufen, da hätte ich vielleicht noch was machen können. Aber, Anna, Rita hat mir gerade eine Nachricht geschrieben ...«

»Und?«

»Sie ist schon da.«

»Waaas?«, brülle ich und lasse den Eimer mit den Käfern fallen. »Wo?«

Hinter mir höre ich jemanden heranlaufen. Meine Mutter, in der Hand eine Schüssel mit Kaffeesatz.

»Sie hat geschrieben, dass sie im Biergarten einer Kneipe namens *Zum goldenen Ochsen* sitzt und das beste Radler ihres Lebens trinkt«, erklärt Christoph durchs Telefon.

Oh, mein Gott. Ich lege ohne ein Abschiedswort auf und lasse meine Mutter verdutzt mit ihren biologischen Waffen gegen den Kartoffelkäfer stehen.

18

Es ist doch klar, dass wir vorbei sind und ich mit meinen kitschigen Briefen so gern ein Teil in einem längst fertig gepuzzelten, einge-schweißten und verräumten Bild sein will. – Anna

Der Parkplatz vor dem *Goldenen Ochsen* ist wie üblich um die späte Nachmittagszeit gut gefüllt, doch trotz hektischer Blicke kann ich Rita nicht an einem der kleinen Tische erkennen. Vielleicht auch, weil sich in mir zunächst alles sträubt, dorthin zu sehen, wo wir früher immer gesessen haben. An unserem Stammtisch. Die ganze Clique.

Doch genau dort sitzt sie. Und unterhält sich. Mit Fitz.

Mein Herz und mein Magen drohen, in meinem Innern die Plätze zu tauschen. Mein erster Impuls ist, Rita von der Bank zu zerren, sie in ihr Auto zu bugsieren und ihr zu befehlen, wieder nach München zu fahren. Ich liebe Rita. Von Herzen. So wie ich einst Caro geliebt habe, und ich will nicht, dass sie erfährt, dass ich ein viel schlechterer Mensch bin als der, für den sie mich in ihrer unerschütterlichen Loyalität hält.

Als ich nach München gekommen bin, in die Wohnung im Studentenheim, da bin ich am Boden gewesen. Und Rita hat mir aufgeholfen. Diese quirlige, lebenslustige Person mit ihrem betonharten Gerechtigkeitssinn hat mich in ihre Wohnung eingeladen, mir über mein Heimweh hinweggeholfen und mich völlig selbstverständlich und uneigennützig zu einem Teil ihres erfüllten Lebens gemacht. Rita hat vier Geschwister und vom Tage unseres ersten Zusammentreffens an hat sie mich dazu-adoptiert. Sie hat mich zu Familienfeiern geschleppt, mich von ihrer Mutter bekochen lassen, mich in ihren Freundeskreis integriert und nie etwas von mir gefordert. Nur haben sie und Fitz eine Sache gemeinsam: Sie verabscheuen Lügen und Verrat. Darum habe ich es nie fertiggebracht, Rita von Fitz' Schwester zu erzählen und von meiner Flucht, bei der ich alles zurückgelassen und nur meine Erinnerungslücken mitgenommen habe, die möglicherweise eine schreckliche Wahrheit beinhalten. Sie wäre auf Fitz' Seite gewesen. Wer nicht? Schließlich muss man sich solchen Dingen stellen und nicht einfach abhauen. Ich habe möglicherweise seine Schwester auf dem Gewissen. Wie sollte er mir das jemals verzeihen?

»Anna?« Wie durch Hochnebel, betäubt durch meine Angst, klingt ihre Stimme zu mir durch.

Rita winkt mir aufgeregt zu und lacht dieses ansteckende, laute Lachen, dem niemand widerstehen kann. Fitz hebt den Kopf und sieht zu mir.

Ein Schritt, schließlich zwei. Langsam und behäbig gehe ich auf den Tisch zu. Erst als sich drei weitere Gesichter neugierig zu mir umdrehen, erkenne ich das volle Ausmaß der Tragödie. Denn nicht nur Fitz und Rita sitzen dort. Die halbe Clique von damals ist versammelt. Die Zwillinge Andy und Wolfi und eine Frau, in der ich erst beim zweiten Hinsehen Michaela erkenne. Nur Caro fehlt, denke ich und …

»Na, sieh mal einer an. Die verlorene Tochter«, ruft Michaela mit spitzem Ton.

»Hallo Anna«, kommt es nüchtern von Andy.

Wolfi schweigt und starrt mich nur an.

Zu Fitz wage ich gar nicht erst zu schauen.

Rita sieht amüsiert vom einen zum anderen, dann zuckt sie mit den Achseln, steht auf und umarmt mich. Ihr viel zu süßes Parfum wabert mir um die Ohren und lullt mich für einen Moment in trügerische Sicherheit.

»Was machst du denn hier?«, flüstere ich ihr ins Ohr.

»Ich wollte mal schauen, ob es dir gut geht. Hab mir Sorgen gemacht!«

»Ist alles in Ordnung!«

Sie lässt mich los und grinst in die Runde. »Kennst du die alle hier?«, fragt sie und macht einen Bogen um Fitz und die anderen.

»Kann man so sagen«, knirsche ich.

»Also das müsst ihr mir jetzt genauer erklären«, sagt Rita und kichert. »Nette Jungs.« Sie deutet auf Andy und Wolfi. »Haben mich zu sich an den Tisch eingeladen, nachdem ich da so einsam mit meinem Radler gesessen und darauf gewartet habe, dass meine beste Freundin mich endlich zurückruft. Neunzehn Anrufe, Anna!«

»Ich habe Kartoffelkäfer abgelesen«, sage ich lahm.

Michaela lächelt mich an und deutet auf die Bank neben sich. »Setz dich doch!«

Sie rutscht zur Seite und so quetsche ich mich zögerlich zwischen sie und Andy, während Rita sich wieder wie selbstverständlich neben Fitz setzt.

»Wir waren früher alle gute Freunde«, sagt sie erklärend zu Rita und ich bin ihr dankbar für den lässigen Ton, mit dem sie überaus höflich umschreibt, dass wir längst keine Freunde mehr sind.

Rita greift gut gelaunt zu ihrem Radler und prostet Michaela zu. »Auf gute Freunde!«

Es ist so skurril, dass ich kurz davor bin, laut aufzulachen. Da sitzt meine Vergangenheit mit der Gegenwart und ich zwischendrin und keiner weiß so richtig, was er davon halten soll.

Rita übernimmt wie gewohnt das Kommando. »Also, dann erzählt mir mal von Annas Jugendsünden. Ich will alles wissen, auch die schmutzigen Geschichten.«

Zunächst reagiert keiner. Ich schaue hastig zu Fitz, der so aussieht, als wollte er am liebsten flüchten. Und auch wenn mir die ganze Situation furchtbar unangenehm ist – ich will nicht, dass er geht. Auf keinen Fall. Ich will ihn ansehen und nie mehr damit aufhören. So viele Details in seinem Gesicht habe ich vergessen über die Jahre, meine Augen saugen jede Kleinigkeit an ihm auf. So wie auf dem Friedhof: Alles ist wieder da. Es ist nie weg gewesen. Meine Gefühle für Fitz sind begraben unter Schuldgefühlen und verdrängt, weil ich das Glück, ihn bei mir zu wissen, nicht verdiene. Aber sie sind immer noch da.

»Wie jetzt? Habt ihr etwa nichts Aufregendes zu erzählen?«, drängt Rita.

Wolfi ist der Erste, der schließlich reagiert. »Na, wenn du so direkt danach fragst.« Er zieht seinen Ärmel zurück und zeigt auf die breiten schwarzen Lettern auf der Innenseite seines Unterarms. »Das ist Annas Werk«, erklärt er.

»Du kannst tätowieren?«, fragt Rita verblüfft.

»Nein«, antworte ich und muss dann doch ein wenig grinsen. »Lies doch mal.«

An die anderen gewandt, sage ich: »Rita ist Lektorin in einem Sachbuchverlag und sie hat das große Latinum.«

Als Rita den kurzen Satz auf Wolfis Arm liest, lacht sie schallend auf.

Wolfi und Andy stimmen mit ein, sogar Fitz muss grinsen.

»Te exue sue? Sehr kreativ! Wer lässt sich denn so was tätowieren?«

»Frag doch mal Anna, warum sie ihm den Satz vorgeschlagen hat«, sagt Andy. Er hebt den Arm und einen Moment lang glaube ich, dass er mir wie früher damit viel zu kräftig auf den

Rücken klopfen will. Aber er hält inne und überlegt es sich anders.

Ich blinzele kurz und erkläre dann: »Wolfi wollte ein Mädchen beeindrucken und hat mich gebeten, ihm einen Satz ins Lateinische zu übersetzen. Er hatte an so etwas wie »Ich kam, sah und siegte« gedacht. Etwas *Knackiges*, meinte er. Na ja, dann habe ich mir einen Scherz erlaubt und aus seinem Satz eben »Mach dich nackig, du Sau« gemacht. Ich konnte ja nicht wissen, dass er sich das tätowieren lässt, ich dachte, er wollte das als Aufreißspruch verwenden.« Ich knabbere an meiner Unterlippe. Es fühlt sich komisch an, in dieser Runde unter Fitz' prüfenden und noch immer nicht sehr freundlich gesinnten Blicken zu lachen. Also verkneife ich es mir.

Rita ist außer sich, sie gluckst so laut, dass die Gäste am Nachbartisch ihre Köpfe zu uns drehen.

»Ich wusste, du hast dunkle Geheimnisse, Anna«, sagt sie und schnalzt fröhlich mit der Zunge.

Dunkle Geheimnisse. Michaela gleitet das Lächeln aus dem Gesicht, Andy und Wolfi schauen betreten in ihr Bier und Fitz stellt sein Weißbierglas ab und steht abrupt auf. Ich spüre, wie mir die Hitze in die Wangen steigt. Mit knallrotem Gesicht sehe ich vorsichtig Fitz hinterher.

»Hab ich was Falsches gesagt?«, will Rita wissen. Die Lachtränen noch in den Augenwinkeln sieht sie mich betreten an.

»Nein, alles gut. Ich bin gleich wieder da.«

Ich stehe auf und laufe Fitz nach. Mit wackeligen Beinen. »Warte! Bitte«, rufe ich.

Er dreht sich nicht um, sondern läuft über den Rasen hinweg zum hinteren Bereich des Biergartens, wo bei größeren Veranstaltungen ein weiterer Ausschank geöffnet ist. Jetzt sind die Läden geschlossen, nur zwei verlassene Stehtische befinden sich vor dem Holzgebäude.

»Es tut mir leid.«

»Was genau?«, blafft er.

»Alles«, flüstere ich.

Denkst du, er gehört dir allein? Er ist mein Bruder. Ich bin immer viel mehr für ihn als du. Johannas Stimme in meinem Kopf kommt aus dem Nichts. Ich muss mich an dem Stehtisch festhalten, um die Fassung zu wahren. *Hilf mir, Anna, bitte. Zieh mich hoch.* In meiner schemenhaften, viel zu blassen, farblosen Erinnerung greife ich nach ihrer Hand. Nein, ich drücke mit meiner Hand gegen ihre Brust. Habe ich das wirklich getan? Oder habe ich nach ihrer Hand gefasst? Blut auf dem Stein und sie rutscht und rutscht und einen fürchterlichen dumpfen Schlag später ist sie fort. Für immer. In meiner Erinnerung schreie ich: *Was glaubst du, wer du bist? Du machst ihn kaputt, du mit deiner beschissenen Sucht. Es wäre besser, du wärst einfach nicht mehr da.* Ich schnappe nach Luft und weiß plötzlich eines mit absoluter Sicherheit: Johanna und ich haben einen heftigen Streit gehabt. Und danach ist sie tot gewesen. Ich kneife die Augen so fest zusammen, dass sich das helle Sonnenlicht hinter den geschlossenen Lidern in ein dunkles Rot verwandelt. Als ich die Augen wieder aufschlage und mich frage, wie viel die Außenwelt – in diesem Fall Fitz – von meinen kurzen geistigen Entgleisungen mitbekommt, sehe ich, wie Fitz eine zerknitterte Packung Zigaretten aus der Hosentasche zieht und sich eine anzündet.

»Du rauchst wieder?«, frage ich erstaunt.

»Ja«, antwortet er knapp.

»Seit wann?«

»Seit du da bist«, zischt er.

»Was?«

»Anna, ganz ehrlich, was willst du? Es war doch alles gut, oder nicht? Als du weg warst, war doch alles in Ordnung.«

War es das? Zum ersten Mal seit ich hier bin kommt mir der Gedanke, dass meine Anwesenheit hier nicht nur *mein* Inneres aufwühlt. Fitz hat womöglich seinen Frieden gefunden und jetzt bringe ich ihn wieder durcheinander. Das ist nicht fair. Und das habe ich auch gar nicht beabsichtigt. Was, wenn Antworten finden gleichzeitig bedeutet, dass man für andere unangenehme Fragen erst aufwirft?

»Du tauchst hier auf … aus dem Nichts. Ich meine …«

»Willst du, dass ich wieder gehe, Fitz? Wenn du willst, dass ich verschwinde, dann mache ich das. Du musst es mir nur sagen.« Bitte sag es nicht.

»Ich weiß es nicht.«

Ich nicke und will gehen, doch er hält mich zurück.

»Nein.«

Fragend schaue ich ihn an.

»Nein ist meine Antwort. Ich will nicht, dass du gehst. Aber, Anna, warum bist du zurückgekommen? Warum jetzt?«

Ich kann es nicht beantworten. Ich will ja, aber es geht nicht. Unmöglich kann ich ihm von dem Anruf in der Hotline erzählen. Von den Erinnerungsfetzen an jenen Abend, denen ich nicht glauben kann. Oder will.

»Hast du nichts Besseres gefunden, in München?«, spielt er hämisch auf diesen vermaledeiten, dummen Satz von mir an.

»Nein«, antworte ich wahrheitsgemäß. »Und ich werde auch nie etwas Besseres finden als dich. Ich will es gar nicht.«

»Ach, Anna …« Fitz seufzt, fährt sich durch die Haare. So wie früher, als hätte er sich noch nicht daran gewöhnt, sie kurz zu tragen. »Du solltest zurück zu deiner Freundin gehen. Sie wundert sich bestimmt. Sieht nicht so aus, als wüsste sie viel von deiner Vergangenheit. Von mir hast du ihr offenbar nichts erzählt.«

»Nein, habe ich nicht. Es hat sich nicht ergeben«, lüge ich schon wieder.

147

»Hat sich vieles nicht so ergeben, wie wir dachten, nicht wahr?«

»Ja«, flüstere ich. Wie er da steht, diese Augen, dieser Blick. In all seiner erwachsenen Männlichkeit. Ich fühle mich schwindelerregend zu ihm hingezogen und kann doch keinen weiteren Zentimeter auf ihn zugehen. Zwischen uns steht die volle Bandbreite menschlicher Gefühle. Alles, was es von Liebe bis Hass gibt. Wir können alles füreinander empfinden – nur niemals Gleichgültigkeit.

Langsam drehe ich mich um und gehe zu den anderen zurück. Fitz kommt nicht wieder.

Es gelingt mir, mich halbwegs normal zu benehmen, mich mit Michaela zu unterhalten und tatsächlich interessiert ihren Erzählungen zu lauschen. Alle drei haben so viel Takt und Feingefühl, mich vor Rita nicht auf meine Abreise nach München, die eher einer Flucht geglichen hat, anzusprechen. Keiner macht mir direkte Vorwürfe, aber mir ist klar, dass ich ihnen ebenso eine Erklärung schulde wie Fitz.

Erst als wir uns freundlich, aber noch immer etwas distanziert voneinander verabschieden, wird mir bewusst, dass keiner meiner alten Freunde in all den wohldosierten, ausgewählten Erinnerungen Johanna erwähnt hat. Genauso wenig wie den ganzen Abend die Sprache auf Caro gekommen ist.

Als wir nach Hause gehen und Rita das Angebot, im Haus meiner Eltern zu übernachten, annimmt, wirft sie mir viele fragende Seitenblicke zu.

»Hey, ich weiß, du willst nicht drüber reden, aber Anna, ich verstehe dich nicht! Was ist das zwischen dir und Fitz?«

»Liebe«, sage ich leise. »Unmögliche Liebe.«

»Aha!«, kommentiert sie ungerührt. »Habe ich mir schon gedacht, aber willst du mir das etwas genauer erläutern? Eher so Romeo und Julia oder mehr Wronski und Anna Karenina oder Courtney Love und Kurt Cobain?«

Ich muss wider Willen lachen. »Denen können wir ganz gut das Wasser reichen.«

»Ist ja noch nicht zu spät für ein Happy End, oder?«

»Keine Ahnung«, seufze ich.

Als ich wenig später in meinem Bett liege, stelle ich mir vor, Rita würde im Gästezimmer das gleiche Stück nichtssagende Wand betrachten, das ich von der anderen Seite aus anstarre. Ihr waches Köpfchen ist dabei, sich einen Reim auf mich zu machen. Und bin doch viel zu feige, um zu ihr zu gehen und ihr wenigstens das zu sagen, was ich sicher weiß. Stattdessen liege ich die halbe Nacht wach und lasse meinen letzten Sommer hier wie einen Film an mir vorüberziehen.

19

DAMALS

Die Tage wurden kürzer, der Sommer neigte sich langsam dem Ende zu. Caros und mein gemeinsamer letzter Sommer. Wir saßen unsere Tage auf der Arbeit ab, schufteten am Wochenende bei allen Aufträgen, die wir bekommen konnten, und warteten auf die große unbekannte Freiheit. Der Tag in der Klamm lag sechs Wochen zurück. Sechs Wochen, in denen Fitz und ich zu einer Einheit geworden waren. Es war, als hätten das kalte Eiswasser und all die Wärme danach uns zusammengeschmolzen, uns unzertrennlich gemacht. Zwei Figuren, die die Erosion zu einem Felsen gemacht hatte. Es kam mir im Nachhinein lächerlich vor, dass ich ihn jemals als aggressiv empfunden hatte. Und es erschien mir von Tag zu Tag abwegiger, dass er irgendetwas anderes als interessiert, fröhlich und verdammt sexy sein konnte. Was hatte ich für einen Eindruck von ihm gehabt? Er hatte zu viel getrunken am Abend zuvor, er war neu hier, ich hatte ihn einfach nicht gut genug gekannt. Nun da wir jeden Tag etwas gemeinsam unternahmen, er täglich bei mir auftauchte, wir wanderten, uns im Freibad auf einer Decke fläzten, zusammen auf Partys gingen, war auf einmal alles anders. Manchmal fuhr ich nach der Arbeit zu ihm, holte mir ein zweites Rollbrett und ließ mich neben ihm unter irgendeiner alten Rostlaube nieder. Fitz zeigte mir, wie man Öl abließ und den Filter tauschte, ich machte meinen ersten Reifenwechsel und konnte inzwischen die einzelnen Teile einer Auspuffanlage ohne Probleme herunterrattern. Im Gegenzug zeigte ich ihm meine Heimat. Jede Woche einen anderen Berg, ein anderes Tal. Bachläufe und Almwiesen, versteckte Flussbetten, die jetzt im Sommer ausgetrocknet waren. Wir liebten uns – meist im Freien – mit dem Eifer und der Entdeckungsfreude ausgehungerter junger Löwen. Jedem von uns hatte es an etwas gefehlt, das der andere nun wettmachte. Fitz lachte über meine Unfähigkeit, die Sternbilder korrekt zu benennen, und versuchte mir mit Engelsgeduld beizubringen, dass der Orion nicht der Kleine Wagen war, beharrte darauf, dass der Walfisch eben nicht aussah wie ein Kinderflugdrachen, und konnte nicht genug davon bekommen, die Linien des Himmels auf meiner Haut nachzuzeichnen. Alles war gut. So verdammt gut, dass mir manchmal Zweifel kamen. Nur von seiner Schwester sprach er nie und ich hatte Johanna seit dem Abend am See auch nicht mehr gesehen. Zweimal hatte ich nach ihr gefragt und zweimal eine knappe Antwort erhalten. Sie sei auf einer anderen Schule in München und wolle erst zum Halbjahr nachkommen. Ich verdrängte das Gefühl, das manchmal nachts aufkam, wenn ich wach lag und mich über mein Glück wunderte. Die kleine spitze Nadel einer dunklen Vorahnung stach dennoch immer wieder zu, diese alberne nächtliche Wahnvorstellung, dass irgendetwas in der Luft liegen musste.

An einem dieser Spätsommertage standen Caro und ich in einem uns bis dato unbekannten Münchner Stadtteil etwas ratlos vor einem heruntergekommenen Altbau mit einem abgefuckten Leuchtschild und verdorrten Rosenbüschen im handtuchgroßen Vorgarten.

»Können wir es nicht einfach abrasieren?«, fragte ich.

»Spinnst du jetzt total? Ich lasse mir doch nicht wochenlang einen Busch wachsen für dieses Waxingding und dann rasiere ich es mir einfach ab. Also manchmal, Anna …«

»Oder wir gehen wieder!«

»Ne, das Zeug kommt jetzt weg. Es juckt. Und am Wochenende ist Apfelweinfest, da brauche ich … du weißt schon.«

»Das war 'ne Scheißidee!«

»Ja, aber jetzt ziehen wir die Scheißidee auch durch.«

Es war Caros neuester Spleen. Seit sie von dieser Waxingsache gehört hatte, wollte sie es unbedingt ausprobieren. Ich konnte mir nichts Schmerzhafteres vorstellen, als ausgerechnet meine empfindlichsten Körperstellen mit heißem Wachs beträufeln zu lassen, um mich dann bei lebendigem Leibe untenrum skalpieren zu lassen. Was tat man nicht alles für die Freundschaft.

»Es schaut hier aber aus, als ob … ich weiß nicht, es sieht irgendwie dreckig aus hier.«

»Ach was, das ist bestimmt nur von außen.«

»Wie bist du eigentlich auf die hier gekommen?«

»Internet. Die waren die günstigsten.«

»Ah.«

»Stell dich nicht so an. Wir gehen da jetzt rein. Die machen auch Tattoos, das muss so aussehen. Das braucht so einen gewissen Gammellook. Das ist in.«

»Du redest dir aber auch alles schön.«

Sie rollte mit den Augen und stellte dann entschlossen ihren Fuß auf die erste Stufe der Treppe. Vom Innern des Studios war kaum etwas zu erkennen. Man konnte nun pessimistisch sein und es auf die verdreckten Fenster schieben oder man gehörte zu den Caros dieser Welt, dann musste das eben sein. Image und so.

Beherzt öffnete Caro die Tür und ich folgte ihr, instinktiv bereits die Luft anhaltend. Was gar nicht nötig gewesen wäre, denn im Innern war es durchaus sauber und es roch gut. Nach Raumspray und Desinfektionsmitteln. Caro warf mir einen triumphalen Hab-ich-es-dir-doch-gesagt-Blick zu. Eine groß-gewachsene junge Frau mit dunklem Bob, grellem Lippenstift und Latexeinweghandschuhen begrüßte uns hinter einem wei-ßen Tresen unter sehr grellem OP-Licht mit einem Spruch, den sie sicherlich ziemlich lange auswendig gelernt hatte. »Herzlich willkommen bei Beauty Palace Munich. Ich bin Kelly-Ann. Was kann ich für euch tun?«

»Die heißt doch nicht wirklich Kelly Ann?«, zischte mir Caro zu.

»Ne, wahrscheinlich eher Jelly-Ann«, kicherte ich und zeigte auf ein riesiges Quallentattoo an Kellys Unterarm.

»Aber die meisten nennen mich einfach nur Babe«, ergänzte Kelly-Ann.

Babe also.

»Ja, Kelly-Ann, also Babe, ähm, wir kommen wegen dieser Wachssache. Bikinizone, genau genommen …«, stotterte ich. Es war mir höchst unangenehm, dass diese Dame in wenigen Minuten meine intimsten Teile sehen sollte.

»Genau genommen der ganze Frosch, wenn du verstehst«, fügte Caro lauthals hinzu.

Kelly-Ann sah Caro pikiert an und das war der Moment, in dem ich kurz daran zweifelte, ob die so was vielleicht gar nicht machten. Vielleicht war das einfach nur ein Tätowierladen für Meerestiere oder die machten hier Experimente mit Algen und Schlammpackungen und deswegen waren die Scheiben so dre-ckig. Alles möglich. Bei Babe war ich mir da nicht so sicher.

»Ne, also Frösche tätowiert habe ich noch nicht«, antwor-tete Kelly-Ann-Babe todernst.

»Ich will den Frosch auch nicht tätowiert haben, ich will nur enthaart werden.« Caro riss sich nur mit größter Mühe zusam-men. Der Lachanfall brodelte direkt unter der Oberfläche.

153

Da hellte sich Kelly-Anns Gesicht auf und sie verkündete: »Ein Brazilian Waxing meinst du. Aber sicher, ich bin hier auch Depiladora.«

»Ist das so was wie eine Domina?«, flüsterte ich Caro zu.

Sie zuckte nur eingeschüchtert mit den Achseln.

»Ihr beiden?«

Wir nickten bedröppelt. Dann schnippte Kelly-Ann-Babe mit den Fingern und ein Klon ihrer selbst trat aus einem der Hinterzimmer hervor. Sie lächelte ebenso breitmäulig wie Babe und sagte den gleichen Spruch auf.

»Bist du auch eine Debilade?«, wollte Caro wissen.

»Depiladora – Kosmetikerin, ja. Ich bin Melissa. Wer möchte zu mir?«

»Ich«, schrie ich. Die hatte einen vernünftigen Namen und sie war immerhin auch Kosmetikerin. Caro warf mir einen bitterbösen Blick zu und folgte Babe dann in einen angrenzenden Raum. Ich schlappte Melissa hinterher.

Und etwa fünf Minuten später standen Caro und ich einander vor dem Laden wieder ratlos gegenüber. Um kein einziges Haar erleichtert, dafür ziemlich peinlich berührt.

»Ich hab dir gleich gesagt, das ist eine verdammte Scheißidee.«

»Mich juckt's.«

»Ich dachte, du hättest das recherchiert!«, schimpfte ich.

»Ja, aber ich hab' doch nicht mit dem Lineal nachgemessen.«

»Du hättest trotzdem wissen können, ab welcher Länge die das machen.«

»Hat sie dich auch gefragt, ob du Freestyle, Landingstrip oder Hollywood willst?« Caro kicherte.

»Ja, bevor sie meine Muschi angeschaut hat, als wäre sie ein wissenschaftliches Objekt, und dann den Kopf geschüttelt und ernsthaft gesagt hat: Mädchen, das wird nichts. Komm in zwei Wochen wieder.«

»Ganz ehrlich, Anna, ich lass das nicht noch länger wachsen und komme dann wieder. Das muss heute ab.«

»Halleluja, das hättest du auch eher sagen können.«

Wir kicherten und wollten uns gerade auf den Weg zurück zum Bahnhof machen, als Caro aufgeregt nach meinem Arm griff und mich wieder ein Stück die Treppe hinaufzog.

»Was ist denn?«

Sie presste sich so eng es ging gegen die breite Sandsteinmauer, die die Glastür des Kosmetikstudios einrahmte.

»Da, schau mal. Die kennen wir doch. Pass auf.«

»Was denn?«

»Na da, siehst du den Typ da drüben. Rechts von uns, nicht links. Den mit dem Hoodie und der Umhängetasche.«

»Ja und?«

»Na, und was macht der da?«

»Sieht so aus, als dealt er. Und wundert dich das jetzt, oder was? Wir sind in München!«

»Schau mal genauer hin, Anna. Das Mädchen!«

»Oh mein Gott!«

Die scheinbar Fremde, die vor dem Dealer stand und Geldscheine aus ihrer Hosentasche zog, war niemand anders als das Mädchen mit den kastanienbraunen Haaren. Fitz' Schwester. Als sie sich umdrehte und ich ihr feingliedriges Gesicht sah, schwand der letzte Zweifel. Das war Johanna.

»Was machen wir jetzt?«, flüsterte ich nervös und drückte mich automatisch näher an Caros Seite.

»Was willst du denn machen?«, fragte sie verblüfft.

»Die kauft Drogen!«, rief ich entrüstet.

»Na, von irgendwas muss die ja auch so drauf sein wie auf der Party.«

»Aber da können wir doch nicht einfach zuschauen.«

»Und was willst du jetzt machen? Dich als Zivilbullen ausgeben, oder was?«

»Nee, aber … oh Gott, jetzt kommt sie auf uns zu.«

»Dreh dich um.«

Wir kehrten der Straße und Johanna unsere Rücken zu und taten so, als studierten wir die dreckigen Schlieren auf der Schaufensterscheibe, die sich bei genauerem Betrachten als Folientechnik herausstellten.

»Ist gar kein Dreck«, wisperte Caro.

»Hab ich auch gerade gemerkt. Meinst du, sie ist weg?«

»Wenn sie nicht das Tempo einer Weinbergschnecke hat, ist sie inzwischen in Passau«, übertrieb Caro.

»Was machen wir denn jetzt?« Ich war völlig von der Rolle. Ich hatte eben die Schwester meines Freundes beim Drogenkauf beobachtet und keine Ahnung, was man in so einer Situation tat.

»Wir folgen ihr!«

»Was?«

»Ja, wir schauen, ob wir sie noch irgendwo sehen. Und dann …«

»Ja, was und dann? Willst du sie dann zur Rede stellen, soll ich Fitz anrufen … Meinst du, ich sollte Fitz anrufen?«

»Nein, vielleicht haben wir uns auch getäuscht.«

»Klar, sie hat gerade heimlich eine Packung Wrigleys Spearmint von einem illegalen Kaugummidealer gekauft. Mann, Caro!«

»Wir schauen mal, was wir beobachten. Vielleicht setzt sie sich zu einer Straßengang. Vielleicht gehört sie auch eher zu diesen schicken Drogis, die sich irgendwelche chemischen Sachen reinziehen, um länger tanzen zu können oder so. Harmlos.«

»Harmlos?«

»Na ja, ein bisschen harmloser eben. Komm jetzt.«

Auf unserer Verfolgungsjagd hinter Johanna her wurde meine Stimmung immer gedrückter. Ich konnte nicht beschreiben, woran das genau lag, aber irgendwie wurde mir in diesem

Moment klar, dass sich etwas veränderte. Es lag eine dunkle Vorahnung auf mir, die mich niederdrückte und schwarze Wolken vor meine bis dato so heile Welt schob.

Wir hielten uns weit genug von Johanna entfernt, dass sie uns nicht sehen konnte, aber dadurch war es schwer, sie nicht aus dem Blick zu verlieren. Zumal wir keine Ahnung hatten, wohin wir eigentlich gingen.

Caro fand das Ganze wahnsinnig aufregend, sie ging gebückt, versteckte sich immer wieder ruckartig hinter Büschen und Autos, um dann unvermittelt wieder weiterzugehen.

Ich trottete ihr lustlos nach und wünschte mir nur, wir hätten Johanna gar nicht erst gesehen. Es gab Dinge im Leben, die man einfach nicht wissen wollte und die einem sofort ein schlechtes Gefühl in der Magengegend verursachten. »Mach doch mal ein wenig langsamer«, raunte ich Caro zu.

»Dann verlieren wir sie«, gab sie leise zurück, blieb dann ruckartig stehen und drehte den Kopf auf der Suche nach einem Versteck.

»Da, schau, was sie macht! Ha, ich wusste es!«

»Was wusstest du?«

Ich sah zwar, dass Johanna sich einem größeren Gebäudekomplex näherte und es ganz so aussah, als wollte sie hinter dem bewachten Tor verschwinden, aber ich wusste nicht, was daran vorhersehbar gewesen sein sollte.

»Das ist ein Krankenhaus!«, trumpfte Caro wissend auf.

»Und?«

»Das ist sozusagen die Betty-Ford-Klinik von München! Bin gespannt, was sie mit dem Stoff macht. Die haben doch bestimmt Eingangskontrollen, Drogenspürhunde, Leibesvisitation.«

Aus sicherer Entfernung lugten wir um die Ecke und beobachteten fassungslos, wie Johanna auf einmal blitzschnell mit der Hand in ihre Hosentasche fasste und das eben erworbene

Beutelchen herausholte. Beinahe unauffällig verschwand es irgendwo zwischen den dichten, ordentlich zurechtgestutzten Büschen. Dann ging sie – als wäre weiter nichts gewesen – zum Eingang und verschwand hinter dem Tor.

Ich wollte gerade den Rückweg antreten, als Caro an mir vorbeispazierte, geradewegs auf die Klinik zu.

»Was hast du vor?«, rief ich mit noch immer gedämpfter Stimme.

»Wirst du gleich sehen!«

Sie schlich an der Hecke vorbei und suchte mit den Augen zentimetergenau alles ab. »Ha!«, platzte sie dann heraus, drückte einen Busch ein wenig auf Seite und griff hinein. Es raschelte und dann klang etwas Metallisches durch die kleinen grünen Blätter. »Das hat sie hier deponiert, um es sich später abzuholen, ganz schön clever.«

Ich kam näher und sah verblüfft, dass sich inmitten der Kirschlorbeerhecke ein kleiner Briefkasten befand, und aus eben jenem fischte Caro das Plastikpäckchen.

»Schmeiß das wieder weg«, verlangte ich erschrocken.

»Nö, das nehme ich mit. Ich will doch wissen, was das ist!«

»Du willst es aber nicht probieren, oder?«

»Nee, aber ich wüsste gern, was sie sich einschmeißt.«

»Ist das nicht völlig egal, Caro?«

»Vielleicht, aber ich bin neugierig.«

»Ich bin irgendwie einfach nur schockiert«, gab ich zu.

»Ja, bin ich natürlich auch«, antwortete Caro schnell. Aber ich war nicht überzeugt. Caro hatte Aufregung gewittert und der konnte sie einfach nicht widerstehen. »Wir fragen Mike. Der weiß das.«

»Dein Bruder kennt sich mit Drogen aus?«

Caro zuckte gleichgültig mit den Achseln.

»Oh Mann, Caro. Ich weiß echt nicht …«

»Ach du, überleg dir mal lieber, was wir Fitz sagen. Und lass den Rest meine Sorge sein.«

Das Magengrummeln kam zurück. Es war, als braute sich in meinem Innern etwas zusammen, das zu einem ausgewachsenen Gewitter werden konnte. Ich hatte kein gutes Gefühl.

Bereits am Abend, als wir wieder zu Hause waren und mit Mike vor der Scheune neben Vanessas Elternhaus standen, wo ihre Geburtstagsparty stieg, bestätigte sich dieses Gefühl zum ersten Mal.

»Wo habt ihr den Scheiß her?«, brüllte Mike. Er sah aus, als wäre er kurz davor, Caro den Kopf abzureißen.

»Was ist das für ein Zeug?«, fragte ich und deutete auf das Tütchen in Mikes Hand. »Sieht irgendwie aus wie kleine Eiswürfelchen.«

»Deswegen nennt man es ja auch Ice. Das hier ist die körperliche Totaldestruktion auf Raten«, rief Mike außer sich vor Wut. »Wisst ihr, was mit euch passiert, wenn ihr euch das reinzieht?«

»Beruhig dich mal, wir wollten uns das nicht reinziehen.« Caro bereute bereits sichtlich, ihrem Bruder das Zeug überlassen zu haben.

»Chrystal Meth gibt's nicht in der Apotheke, Caro. Also, wer hat dir den Dreck verkauft?«

»Hab ich gefunden.«

Selbst für mich, die ja dabei gewesen war, hörte sich das total bescheuert an. Die dämlichste Ausrede überhaupt. »Das stimmt«, bestätigte ich trotzdem.

Mike sah von Caro zu mir und dann wieder zurück. »Erzählt keinen Müll. Haltet ihr mich für dumm? Ich werde dieses Teufelszeug jetzt zerstören und ihr geht da rein, und wenn ich euch heute mit was anderem als einer Fanta oder einem alkoholfreien Radler sehe, dann vergesse ich mich!«

Mike drückte Caro zum Scheunentor hinein und schob mich gleich hinterher. Da standen wir nun und ich hatte schon wieder Bauchschmerzen. Fitz war sicher schon drinnen und ich wusste einfach nicht, wie ich mich verhalten sollte. Ich konnte ihm das nicht verheimlichen, aber wie sollte ich ihm sagen, dass ich seine Schwester heute dabei beobachtet hatte, wie sie Drogen kaufte?

In einer Woche würde ich mit Caro, Mike, Andy, Wolfi und Michaela nach Kroatien fahren. Irgendwann vorher musste ich es ihm sagen. Ich konnte doch nicht zulassen, dass er nicht wusste, was mit seiner Schwester los war. Auf der anderen Seite war sie in dieser Klinik, also musste ihre Familie wohl oder übel Bescheid wissen, dass sie ein Problem hatte. Hatte er mir deshalb nichts von ihr erzählt? War er deshalb so ausgerastet auf der Party am See? Auf einmal wurde aus meinem Magengrummeln eine dumpfe Wut, die sich von Gedanke zu Gedanke steigerte.

Im Keller war es angenehm kühl, schon fast kalt, und eine überschaubare Anzahl von Leuten stand an den vier Stehtischen unter warmweißen Lichterketten. Vom hintersten winkte mir Fitz. Ich atmete tief durch und ging auf ihn zu.

»Was hast du vor? Sagst du es ihm?«, flüsterte Caro.

»Ja, klar. Ich muss es ihm sagen.«

»Hey«, sagte Fitz und lächelte mich an.

»Hey. Können wir mal nach draußen gehen? Ich muss mit dir reden.«

»Klar«, sagte er, stellte sein Getränk ab und sah mich neugierig an. Eine braune Strähne hing ihm weit in die Stirn, er trug seine langen Haare offen, strich sich die Strähne hinter die Ohren und fragte: »Jetzt gleich?«

»Ja, ich glaub schon.«

»Muss ja wichtig sein.«

»Ja, ist wichtig.«

Ich nahm Fitz' Hand und zog ihn nach draußen. Dort setzte ich mich auf eine Bank. »Du solltest dich auch setzen«, erklärte ich.

»Na, du machst es ja spannend.« Fitz gehorchte und setzte sich lässig neben mich. Sein Fuß berührte den meinen. Ich war in Versuchung, meine Wange an seine Schulter zu legen, aber zuerst musste ich das hinter mich bringen.

»Ich war heute doch mit Caro in München«, fing ich an.

»Zum Waxing, ich weiß.« Er grinste noch breiter. Dann legte er seine Hand auf meinen Oberschenkel.

Das ging in die völlig falsche Richtung.

»Ich zeig dir meins, du …«

»Nein, Fitz, ich … darum geht es gerade nicht.«

»Schade.« Er zog eine fröhliche Grimasse.

»Ich habe deine Schwester gesehen«, platzte ich schnell heraus.

Er hob die Hand so abrupt von meinem Bein, dass ich erschrak. Sein Gesichtsausdruck veränderte sich von einer auf die andere Sekunde so rasant, dass ich auf einmal ganz sicher wusste, mich doch nicht getäuscht zu haben. Es gab etwas an ihm, das anders sein konnte. Düster und aggressiv.

Und genau das trat hervor, durch meinen absolut harmlosen Fünfwortesatz.

Er sagte nichts und ich schluckte schwer, um in der Lage zu sein, weiterzureden. »Caro und ich haben sie zufällig bei etwas beobachtet.«

Er sagte noch immer nichts. Starrte mich nur an oder, besser gesagt, er starrte durch mich hindurch.

»Sie hat Drogen gekauft. Chrystal Meth.« So, jetzt war es raus und meine Unsicherheit schwand mit der letzten ausgesprochenen Silbe. Warum hatte ich überhaupt so ein Problem damit, ihm das zu sagen? Es war schließlich die Wahrheit und ich war einfach nur ehrlich zu ihm. Er sollte mir dankbar sein.

Aber Fitz war nicht dankbar. Er war alles, aber nicht dankbar. Und vielleicht hatte ich insgeheim gewusst, dass er so reagieren könnte. Meine Angst war purer Instinkt gewesen.

Denn jetzt sprang er auf und schrie mich an: »Das geht dich einen Scheiß an! Was schnüffelst du denn meiner Schwester hinterher?«

Ich war zu fassungslos, um etwas zu sagen. Ich saß da, schaute ihn an und erkannte ihn nicht wieder. Sein Mund war hässlich verkniffen, seine Zähne so fest aufeinandergepresst, dass man die prägnanten Wangenknochen durch die Haut drücken sehen konnte, aber das Schlimmste waren seine Augen. Diese in den letzten sechs Wochen stets so fröhlichen, schelmischen und liebevollen Augen schauten mich beinahe hasserfüllt an. Was bitte hatte ich falsch gemacht?

»Ich habe ihr nicht hinterhergeschnüffelt, wir waren zufällig da ...«

Und jetzt ... ging er einfach. Er drehte sich doch tatsächlich um und ging weg.

»Fitz! Sag mal, spinnst du?«, rief ich ihm wütend hinterher. Ich hätte sitzen bleiben sollen, aber mein Gerechtigkeitssinn wollte Rechtfertigung, Klarstellung und vor allem eine Entschuldigung.

Er stürmte zurück in Richtung Gewölbekeller, riss sich dort seine Jeansjacke von der Garderobe und ging, ohne mich eines Blickes zu würdigen, wieder an mir vorbei ins Freie.

Ich lief ihm nach wie ein dummes Huhn, dem man gerade den Kopf abgeschlagen hatte und das nicht einsehen wollte, dass es tot war. »Warte!«, rief ich, doch es war, als hörte er mich gar nicht mehr.

Er verschwand in der Nacht und ließ mich stehen.

»Was ist denn mit dir los? Suchst du nach dem Ozonloch, oder was?« Caro stellte sich neben mich, bohrte mir ihren Finger in den Rücken. »Achtung, nicht umfallen. Schläfst du im Stehen oder bist du betrunken? Ich schaue dir seit zwei Minuten zu und du hast dich keinen Zentimeter weit bewegt. Wer weiß, wie lange du da schon stehst.« Sie ging um mich herum und baute sich vor mir auf. »Scheiße, du weinst ja!«

Schnell legte sie ihren Arm um meine Schultern, wozu sie sich etwas strecken musste, und drückte mich dann auf die Stufen von Vanessas Hauseingang.

»Er ist weg«, erklärte ich tonlos.

»Wer? Der Große Wagen, der Kleine Bär? Wer ist weg?«

»Fitz.«

»Wie weg?«

»Ich hab ihm das mit Johanna gesagt und da hat er mich angeschrien und ist einfach verschwunden.«

»Was? Gibt's ja nicht!«

»Doch, wenn ich es dir sage. Du hättest ihn sehen sollen …«

»Jetzt mach dir mal keinen Kopf. Das war vielleicht einfach ein Schock für ihn. Der kommt wieder.«

Aber Fitz kam nicht wieder. Nicht an diesem Abend und auch nicht am nächsten. Er reagierte nicht auf meine Wanderschuhe, die ich vor die Tür stellte, um ihm zu zeigen, dass wir gemeinsam bergsteigen gehen könnten. Und er tauchte auch am Samstag nicht auf, als bereits eine Woche vergangen war und ich mich verzweifelt neben Caro in den Bus setzte, mit dem Andy uns nach Kroatien chauffierte. Es war, als wäre er vom Erdboden verschluckt und als hätte er einen Teil von mir mitgenommen.

20

Wie lange ist zu lang, um eine Schuld zuzugeben und sich selbst verzeihen zu können? Wie viel Zeit darf verstreichen, in der man stumm bleibt und doch noch gehört wird? Wann ist es zu spät, zu tun, was zu tun ist, und sich nicht selbst zu verlieren? – Anna

Ich schrecke aus dem Bett hoch und merke, dass ich im Schlaf geweint habe. Das Kissen ist nass und meine Wangen sind feucht und in diesem ersten Moment nach dem Erwachen brauche ich ein paar Sekunden, um zu begreifen, dass es ein Traum gewesen ist und doch die blanke Realität. Johanna ist tot und ich habe irgendetwas damit zu tun. Sie hat mich ausgelacht in meinem Traum. Sie ist hysterisch gewesen, hat mich aus ihren riesengroßen Pupillen angestiert, die so schwarz gewesen sind wie die Körper fetter Käfer. Dann ist sie auf mich zugegangen, hat ihre Hände gegen meine Schultern gelegt und mich geschubst, weiter, immer weiter auf den Abgrund zu. Bis ich mich gewehrt habe, sie am Arm packte. Sie ist gefallen und vorwärts gestolpert, getaumelt von Stein zu Stein. Immer näher am Felsen entlang, bis sie den Halt verloren hat und hinabgestürzt ist. *Hilf mir, Anna.* Und ich? In meinem Traum bin ich einfach davongelaufen, ohne mich umzusehen.

So weit weg von der Realität scheint sie nicht zu sein, meine Nachtfantasie. Und doch. So ist es nicht gewesen. So kann es nicht gewesen sein. Ich wische mir mit der Hand die Tränenreste aus dem Gesicht und stehe auf. So geht es nicht weiter. Nicht mit den Träumen und nicht mit den täglichen Erinnerungen, die Johanna immer wieder auferstehen lassen. Ich werde von Tag zu Tag verwirrter, ich muss endlich Klarheit schaffen. Es ist, als hätte der Morgen mir Flügel verliehen, und ich muss sie nun ausspannen und es wagen, mich fallen zu lassen.

Ich schlurfe auf den Gang hinaus und halte mein Ohr kurz an die Tür zum Gästezimmer zwischen meinem Zimmer und dem Bad. Nichts zu hören. Rita schnarcht eigentlich wie ein übergewichtiger Herzpatient mit beidseitig verstopfter Schnupfnase. Aber vielleicht tut ihr die Bergluft gut und sie wacht einmal eine Nacht lang nicht von ihren eigenen Atemgeräuschen auf.

Die Holztreppe ins Erdgeschoss knarzt und knackst, sodass ich vorsichtig die Stellen meide, an denen es besonders laut ist. Unten steht meine Mutter mit einem Wäschekorb in der Hand und sieht zu mir hoch.

»Guten Morgen, Mama.«

»Guten Morgen, Schatz.«

»Ich hoffe, es ist okay, dass Rita hier übernachtet hat.«

»Natürlich. Fahrt ihr heute nach München zurück?«

Sauer steigt mir der Ärger sofort die Kehle hinauf. »Warum willst du ständig, dass ich nach Hause fahre, Mama? Störe ich dich hier?«

»Nein, natürlich nicht. Aber du musst doch arbeiten und wir kommen auch gern wieder nach München. Jederzeit.«

»Aber du willst nicht, dass ich hier bin, stimmt's? Du schleichst um mich herum, als hättest du Angst, du könntest mich zu lange aus den Augen lassen und ich etwas anstellen. Warum, Mama?«

165

»Ist doch gar nicht wahr«, wiegelt sie ab, stellt den Korb auf den Boden und wendet den Blick ab. »Komm, wir frühstücken zusammen.«

»Lenk nicht ab, sieh mich an, Mama! Wovor hast du Angst?«

»Ich habe doch keine Angst«, antwortet sie, nicht in der Lage, mir in die Augen zu sehen.

»Mama!«, sage ich warnend.

Sie drückt ihre Finger gegen die Schläfen und stöhnt dann: »Es ist doch alles so lange her, Anna. Kannst du es nicht einfach ruhen lassen?«

»Was ruhen lassen?«

Sie antwortet nicht direkt, stattdessen beugt sie sich zu ihrem Korb nach unten, zieht zwei Geschirrtücher heraus und faltet sie. Ich setze mich auf die unterste Treppenstufe, versuche, wieder Blickkontakt zu ihr aufzunehmen.

»Du bist doch deswegen gegangen damals. Und warum bist du jetzt wieder da? Das ist doch kein Zufall, fast auf den Tag zehn Jahre nach ihrem Tod?«

»Soll ich für immer wegbleiben, Mama? Ist es das, was du willst?«

Erst jetzt sieht sie hoch. »Natürlich nicht«, sagt sie mit Tränen in den Augen. »Du bist mein Kind. Ich habe Angst um *dich,* verstehst du, nicht um mich.«

»Warum solltest du Angst um mich haben?« Ich bekomme kaum Luft, so sehr verkrampft sich alles in meinem Innern. Die Flügel werden kleiner und kleiner. Ich will mir am liebsten die Ohren zuhalten, will nichts mehr wissen. Warum habe ich gefragt?

»Ich weiß doch, in welchem Zustand du warst, Anna. Als sie dich runtergebracht haben. Ihr wart alle verwirrt, es ist furchtbar, was Johanna geschehen ist. Aber als ich dich gesehen habe, wusste ich, dass du nicht nur betroffen über ihren Tod warst, ich wusste …«

»Was wusstest du?«, flüstere ich.

Sie schüttelt den Kopf, faltet gedankenverloren ein T-Shirt und erklärt dann leise: »Lass es gut sein, Anna. Lass die Vergangenheit ruhen, mach deinen Frieden damit.«

Wie soll ich Frieden mit einem Geist finden, der mich jagt? »Mama.« Die Frage auch nur im Kopf zu formulieren ist unendlich schwer, sie auszusprechen ist beinahe unerträglich. »Glaubst du, ich habe … Johanna umgebracht? Ist es das, was du denkst?« Natürlich habe ich geahnt, warum sie mich nicht hierhaben will, aber es laut auszusprechen macht es so real, dass ich mir wünsche, einfach verschwinden zu können. Mich in Luft aufzulösen. »Mama, sag, glaubst du, dass ich sie umgebracht habe?«

»Nein«, seufzt sie. »Ich glaube nicht, dass du ihr absichtlich etwas getan hast. Aber du warst da, Anna, du warst doch da. Hast du wirklich nichts gesehen?«

Meine Flügel sind aus Tau, sie schlagen nur am Morgen wild um sich, doch sobald das Wasser verdunstet, sind sie verschwunden, als wären sie nie da gewesen. Ich bin nicht mutig genug, loszufliegen. Ich fürchte den Absturz wie der Frühnebel die Sonnenstrahlen. Ich fürchte mich so sehr vor der Wahrheit, dass ich sie gar nicht zulasse. »Ich weiß es nicht«, sage ich. »Ich will ja gern, aber ich kann nicht.« Wie ein unentwirrbares Wollknäuel ballt sich die Verzweiflung in meinem Hals.

»Du hast mit ihr gestritten, Anna. Das hast du mir in der Nacht gesagt und wir haben beide, dein Vater und ich, wir haben dir beide geraten, das für dich zu behalten. Was, wenn herausgekommen wäre, dass du irgendwie daran beteiligt bist? Was wäre aus dir geworden? Aus deiner Zukunft? Aus unserer Zukunft? Ich hätte den Blumenladen schließen müssen …«

»Geht es dir darum? Um deinen Scheißblumenladen?« Die Wut übertönt alles, lässt mich die Worte laut herausschreien.

»Mein Scheißblumenladen ist unsere Existenz«, erwidert sie scharf. »Aber nein, in erster Linie ging es uns darum, dich zu schützen. Es ist doch alles gut, Anna. Wozu alte Wunden aufreißen? Du hast ein schönes Leben in München, eine gute Stelle, offenbar auch nette Freunde …« Sie bricht ab und sieht an mir vorbei.

Ich drehe mich langsam um und sehe Rita am oberen Treppenabsatz stehen. Sie trägt ein altes T-Shirt von mir und starrt mich an.

»Wie lange stehst du schon da?«

»Was ist denn das für eine Klischeefrage? Soll ich dir jetzt antworten: Lange genug?« Ihrer Tonlage ist nicht zu entnehmen, was sie denkt. Sie sieht übernächtigt aus. Von wegen gute Luft. Wer nicht schläft, schnarcht auch nicht.

»Ich weiß nicht. Rita, ich …«

Sie hält die Hand vor ihren Kopf. »Pass auf, ich lausche nicht, okay! Ich bin aus dem Zimmer gekommen und habe das Bad gesucht. Da habe ich euch gehört. Alles andere geht mich nichts an und offenbar willst du auch nicht, dass es mich etwas angeht, sonst hättest du nicht wie in einem Scheißfilm gefragt: Wie lange stehst du schon da? Ich ziehe mich jetzt an und dann fahre ich nach München. Alles klar?«

»Du bist sauer«, sage ich vorsichtig. Halb Feststellung, halb Frage.

»Sie frühstücken aber schon noch mit uns?«, erkundigt sich Mama überfreundlich.

»Ja, ich bin stinksauer. Ich dachte, wir sind Freundinnen, Anna.« Sie wirft meiner Mutter einen kurzen gequälten Blick zu und poltert dann weiter. »Gute Freundinnen. Offensichtlich gibt es irgendetwas in deinem Leben, was dir ordentlich Probleme bereitet, und du willst seit zehn Jahren nicht mit mir darüber reden. Warum nicht?«

Es ist seltsam, den Kopf in den Nacken legen zu müssen, um zu Rita hochzusehen. Sonst ist es umgekehrt, sie ist einen ganzen Kopf kleiner als ich.

»Da gestern waren auch eine Menge Leute, die mal deine Freunde waren, Anna. Und mit denen sprichst du offenbar auch nicht. Keine Ahnung, was du angerichtet hast, aber ich rate dir, bring es in Ordnung. Da draußen gibt es Leute, die lieben dich. Und weißt du, lieben bedeutet auch verzeihen!«

Mama trippelt nervös von einem Fuß auf den anderen.

»Es gibt aber auch Dinge, die sind unverzeihlich«, sage ich und senke den Blick.

»Vielleicht. Wirst du aber nicht herausfinden, wenn du nicht darum bittest.«

»Rita?«

Sie geht die Stufen langsam herunter, zwei Absätze vor mir bleibt sie stehen. Aus dem Augenwinkel heraus beobachte ich meine Mutter, die sich wieder verlegen an die Wäsche gemacht hat.

»Könntest du da bleiben?«

Sie schüttelt langsam den Kopf und sieht mich traurig an. »Nein, Anna, da musst du allein durch.«

Ich sehe ihr zu, wie sie wieder nach oben geht und ein paar Minuten später angezogen an mir vorbeiläuft. Sie bückt sich kurz, gibt mir einen Kuss auf den Kopf und sagt sanft: »Du schaffst das. Ruf mich an.«

»Rita? Was, wenn du es mir nicht verzeihen kannst?«

»Frag mich, dann findest du es heraus«, antwortet sie und dann ist sie weg.

Eine Weile starre ich ihr nach und hoffe, sie würde umdrehen und es sich noch einmal anders überlegen.

Mama ist es, die unerwartet die Stille unterbricht. »Ich mache dir einen heißen Kakao, ja? Den, den du früher immer so gern gehabt hast, mit echter Schokolade.«

Ich nicke lahm.

»Anna ...«, fängt sie an und bricht wieder ab.

Ich sehe hoch zu ihr.

»Ich hab dich lieb«, murmelt sie. »Das solltest du nicht vergessen. Okay? Es mag sich manchmal für Kinder nicht richtig anfühlen, was Eltern tun. Aber bitte verstehe, dass alles, was ich getan habe, aus Liebe zu dir geschehen ist.«

»Sag jetzt bitte nicht, dass ich das erst verstehen werde, wenn ich selbst Kinder habe«, brumme ich.

»Sag ich nicht. Ich mache jetzt heiße Schokolade.«

»Mmh.« Und dann, als sie das Zimmer bereits verlassen hat, sage ich leise: »Ich hab dich auch lieb.«

21

Ständig denke ich an Dinge, die wir beide erlebt haben. Dieser Tag im Dezember, an dem die Straßen so vereist waren, dass wir stundenlang mit glatten Sohlen durch die Gassen geschlittert sind. Du und ich. Dass man sich aus dem Nichts heraus an etwas so Banales erinnern kann. Und dabei ist noch gar nicht Winter. – Anna

Zwei Tage sind vergangen, seit Rita wieder in München ist. Weder sie noch Christoph haben mich seither angerufen. Wahrscheinlich habe ich jetzt auch noch meine besten Freunde vergrault. Ich bin beim Arzt gewesen und habe mich wegen angeblicher Migräneanfälle krankschreiben lassen. Aber irgendwann muss ich zurück. Und schon jetzt kann ich mir nicht vorstellen, wieder in München zu sein und so zu tun, als gäbe es Seelingen nicht. Und Caro. Und Fitz.

Die Vergangenheit ist ein festes Element, ein unsichtbares Körperteil, das uns immer stärker behindert, je älter wir werden. Man könnte es einfacher ausdrücken: Ich bin ein Feigling.

Ich traue mich nicht, das Einzige zu tun, was mir helfen könnte, die Erinnerung zurückzuerlangen. Ich mache einen Riesenbogen um diesen einen Berg. Und beschäftige mich stattdessen mit vielen anderen Dingen. Meine Mutter hat das Thema nicht wieder angesprochen, aber immerhin fragt sie auch nicht mehr, wann ich endlich nach München fahre. Es scheint langsam eher so, als würde sie es ein wenig genießen, dass ich da bin.

Zumindest gibt es, was Caro betrifft, Fortschritte. Sie schließt in diesem Moment hinter mir sorgfältig dreimal die Haustür ab, zieht den braunen Teppich auf dem Treppenabsatz glatt und zupft an ihrem Oberteil herum. Sie ist fahrig, lacht aufgekratzt und kann weder Hände noch Beine für länger als eine Sekunde stillhalten. Ihr Mann ist am Wochenende nicht da und Lena schläft im Hotel bei Caros Eltern. Und es ist Kirchweih. Caro zuliebe habe ich mich breitschlagen lassen. Ich weiß noch nicht einmal, warum sie mit mir dort hingehen will. Seit unserem Gespräch am Spielplatz sind wir uns nur zweimal über den Weg gelaufen und haben nicht mehr als ein, zwei Sätze gesprochen. Dabei kein Wort zu früher. Und heute Morgen hat sie angerufen und mich gebeten, sie zur Kirchweih zu begleiten. Meine Mutter ist mehr als alarmiert. Sie wird kein Auge zutun heute Nacht. Aus Angst vor einer Bombe, die unkontrolliert hochgehen könnte, weil ich den Zünder in der Hand halte. Dabei bin ich doch zu feige, den Auslöser zu betätigen.

Caro trägt eine weiße kurze Bluse und eine hochgeschnittene, schwarze Hose. Es steht ihr gut, auch wenn sie unheimlich dürr aussieht. Ich blicke automatisch auf ihren Oberschenkel und den unter dem Stoff verborgenen Fleck. »Du siehst hübsch aus!«, sage ich und lächele.

»Danke. Du auch. Wird Fitz gefallen.«

Mein Herz ist ein wildes Pony und springt übermütig über einen Flusslauf. Fitz. Natürlich ist mir klar, dass er da sein könnte. Und nun kommt auch der leise Verdacht auf, dass Caro sich als Kupplerin versuchen will.

»Ist ein schönes Kleid«, sagt sie, als ich nur brumme. »Die zarten Blüten passen gut zu deinen Haaren.«

Die wenigen Tage hier haben meine viel zu blasse Haut gebräunt und mein dunkelblondes Haar mit zahlreichen Sonnensträhnen aufgehellt. Ich habe vorhin einen vorsichtigen Blick in den Spiegel geworfen, fand mich seit Langem einmal wieder passabel und habe mich sofort dafür geschämt. Hätte ich Caro nicht versprochen, sie um neun Uhr abzuholen, hätte ich gekniffen. Ganz sicher.

»Danke. Ich will Fitz gar nicht gefallen.«

»Natürlich willst du das«, sagt sie schlicht. »Das ist es doch, was wir ständig wollen. Den Männern gefallen.«

Ich sehe sie fragend an, aber sie winkt ab und versucht zu lächeln.

Wenig später stehen wir vor der Festhalle und überqueren den mit roten Bändern abgesperrten Vorplatz.

Caro geht auf das Vorzelt zu und murmelt: »Ein bisschen wie früher.«

Ein bisschen sehr wie früher. Unwillkürlich fällt mein Blick auf die Stelle – oder zumindest ist es ungefähr die Stelle –, an der ich Fitz das erste Mal gesehen habe. Mit den Stiefeln unter der Zeltplane. Es ist ein ganzes Leben her und doch erst gestern gewesen.

Ein wenig Überwindung kostet es mich schon, hineinzugehen. Ich habe das Gefühl, dass sich sofort wieder alle Augen auf mich richten. Wie auf der Beerdigung. Caro scheint es ähnlich zu ergehen, denn sie wirkt fast nervöser als ich.

»Wann warst du das letzte Mal allein weg?«, raune ich ihr zu.

»Hab ich vergessen«, sagt sie leise.

»Na, dann wird es Zeit.«

»Und du?«

»Ich glaube, da gab es noch die Mark und Kassetten waren der neueste Schrei«, übertreibe ich.

Ich schaue mich um und suche vorsichtig nach Leuten, die ich kenne. Bei einem schmalen Gesicht, mit zartrosa geschminkten Lippen, einem kurzen blonden Bob und kleinen, wohlgeformten Ohren bleibe ich hängen.

»Ist das …?«

»Laura, ja«, antwortet Caro. »Sie wohnt immer noch hier, unsere sagenhafte Laura, und sie ist Steuerberaterin geworden. Ehrlich gesagt, ist sie inzwischen sogar sehr nett geworden.«

»Sie war nie so dumm, wie sie aussah«, gebe ich zurück und bringe Caro damit endlich zum Lachen.

»Komm, wir holen uns was zu trinken. Schwimmt sich so schlecht auf dem Trockenen.« Sie bläst die Wangen auf und deutet auf die Bar.

Das ist sie. Einen Moment lang ist sie zurück gewesen. Die Caro, wie sie früher einmal gewesen ist. Musste ihr Mann erst übers Wochenende wegfahren, damit sie wieder so sein kann, wie sie wirklich ist? Hat sie das Schneckenhaus abgelegt oder nur einfach kurz vergessen, sich darin zu verstecken?

»Warum hast du mich hierhergeschleppt? Sei ehrlich!«

»Fitz hat mich darum gebeten.«

»Fitz?«, rufe ich erstaunt.

Caro nickt. »Er kam gestern ins Hotel und hat nach dir gefragt. Irgendwie dämlich, wenn man bedenkt, dass du keine zehn Meter entfernt wohnst. Und dann meinte er: Nimm sie doch mit auf die Kirchweih.«

Das Pony in meinem Innern tritt mich in den Magen und lässt mich schwindeln. »Hast du ihn schon gesehen?«

»Nein, noch nicht.«

Caro und ich trinken zwei Gläser Sekt und führen weiter Gespräche, die um alle heißen Themen so geschickt herumtanzen, wie Burkhard aus dem *Gasthof zum Stein* seine Elke übers Parkett schwingt.

Ich kann es nicht lassen, mich unentwegt umzudrehen und nach Fitz zu schauen. Wir sind schon über eineinhalb Stunden hier, als ich ihn endlich bemerke.

Auf einmal stehen wir uns gegenüber. Er am einen Ende der Tanzfläche, ich am anderen. Ich muss sofort an dieses Lied von Joris denken. *Der Raum ist schon halb leer und du kommst immer näher.*

Dabei stehen so viele Menschen zwischen uns. Und immer, wenn es Zeit wäre, etwas zu sagen, verpasse ich den Moment und verstumme einfach.

Ich schaue wieder zu ihm hinüber. Er lächelt. Ganz leicht nur, aber es ist unverkennbar ein Lächeln. Ich sage »Hallo«, obwohl das natürlich Unsinn ist, da sind noch so viele Meter zwischen uns und die laute Musik macht ohnehin jede Unterhaltung unmöglich.

Er bewegt den Mund. »Hallo zurück« lese ich von seinen Lippen. Dann stellt er die Bierflasche in seiner Hand auf einem Stehtisch ab, ohne hinzusehen. Seinen Blick die ganze Zeit auf mich gerichtet, geht er langsam auf mich zu.

Ich vergesse, wo wir sind, vergesse, dass vermutlich hundert neugierige Augenpaare auf uns gerichtet sind, und setze mich ebenfalls in Bewegung. *Und du kommst immer näher …*

Nur noch wenige Schritte, dann steht er vor mir und ich weiß wieder einmal nicht, was ich sagen soll. All das, was zwischen uns steht, macht mich stumm.

»Willst du tanzen?«

»Ich kann nicht tanzen, das weißt du doch«, antworte ich mit belegter Stimme.

»Vielleicht hast du es in der Zwischenzeit gelernt?«

»Nein«, antworte ich schlicht.

»Warum bist du dann hier, wenn du nicht tanzen willst?«

»Caro zuliebe.«

»Caro also.« Er wirft Caro einen Blick zu. Sie steht am Rande der Tanzfläche und wiegt langsam ihre Hüften zur Musik. So anders als früher. So gehemmt und verschüchtert. Es gefällt mir nicht, ich muss wegsehen, weil es mich deprimiert. Es ist traurig, wie sich die unwichtigen Dinge nicht verändert haben, aber alles, was Bedeutung hat, plötzlich auf dem Kopf steht. Ich verstehe, was Fitz denkt, wenn er Caro ansieht. Was er vermutlich auch denkt, wenn er mich ansieht. Ich empfinde ja das Gleiche.

»Habt ihr eigentlich noch viel miteinander zu tun? Caro und du?«, frage ich.

»Nein, gar nichts. Sie hat sich verändert.«

»Das haben wir alle, oder?«

»Manche mehr, manche weniger.«

»Hast du dich verändert?«

»Bist du hier, um das herauszufinden?«

»Nein.«

Er nickt.

»Findest du, dass ich mich verändert habe?«, frage ich vorsichtig. Will ich die Antwort darauf überhaupt wissen?

»Ja und nein.«

»Wie meinst du das?«

»Du siehst noch aus wie die Anna von damals. Aber da drin«, zu meinem grenzenlosen Erstaunen tippt er mir mit dem Zeigefinger an die Brust, »da drin bist du anders. Da erkenne ich die Anna von früher nicht wieder. Du bist so … so ernst. Und traurig. Und …«

»Und?«

»Was und?«

»Ich meine … ist dir das egal, dass ich anders bin?«

Er seufzt laut. »Es sollte mir scheißegal sein. Aber irgendwie ist es das nicht. Keine Ahnung, warum.«

»Und jetzt?«

»Ich weiß nicht.«

»Ich auch nicht.« Ich warte kurz, aber er bleibt weiter vor mir stehen und schaut mich an. Es ist so seltsam. Erst jetzt wird mir wieder bewusst, dass das halbe Kaff um uns versammelt ist. Sie tanzen Discofox um uns herum und werfen uns neugierige Blicke zu. Doch wenn ich in Fitz' Augen sehe, dann sind da nur wir zwei. Dann ist der Raum nicht nur halb leer, sondern wir sind hier nur zu zweit.

»Seit ich dich da auf dem Friedhof gesehen habe, weiß ich nicht mehr, was ich will. Und unser Ausflug vor drei Tagen hat auch nicht dazu beigetragen, dass ich klarer denken kann«, sagt er.

Ich habe ein klares Ziel gehabt, als ich hierher gekommen bin: Ich habe mich endlich der Vergangenheit stellen wollen. Und jetzt, jetzt frage ich mich, ob ich das noch kann. Und sollte. Fitz geht es gut. Warum sollte ich die Harmonie zerstören, um mein Gewissen zu erleichtern?

»Und was machen wir jetzt?«, frage ich leise.

»Tanzen?«, schlägt er vor und lächelt ein wenig.

»Aber ich kann es immer noch nicht.«

»Ist doch egal. Die starren uns eh schon alle an.«

»Ich kann das nicht, Fitz.«

»Doch kannst du. Mit mir kannst du alles.«

»Das ist mein Satz«, sage ich kaum hörbar und denke an unsere erste gemeinsame Watzmannübersteigung. Die Kälte am Morgen, Fitz' warme Füße, sein Zögern an der ersten unbefestigten Stelle des Grats. Ich sehe ihn dort stehen, die jüngere Version von ihm. Er hat umdrehen wollen und ich habe ihn davon abgehalten. *Ich kann nicht. – Mit mir kannst du alles.*

»Ich hab ihn mir für heute geliehen«, sagt er ebenso leise und dann legt er seinen Arm um mich. »Stell dir vor, es ist Johnny Cash. Mit Johnny Cash und mir kann es doch nicht schiefgehen.«

177

Ich protestiere: »Das ist die Fischer und nicht Johnny Cash.«

»Wenn es der Silbereisen persönlich wäre, komm her und tanz mit mir.«

Und das mache ich. Auch wenn es komisch aussieht, es ist mir völlig egal. Nichts, nichts auf der Welt hat sich in den letzten zehn Jahren so gut angefühlt wie Fitz' rechte Hand an meinem Rücken, die Finger der Linken mit meinen verknotet.

Ich versuche verzweifelt, die Bewegungen seiner Füße zu imitieren, doch es gelingt mir nicht. Das Schlagergedudel hat einen einfachen Rhythmus, aber ich finde ihn trotzdem nicht. Es ist schlimmer, als wenn ich ihm auf die Füße treten würde – was ich tunlichst vermeide. Was wie eine Tanzkatastrophe aussehen muss, fühlt sich auch wie eine an. Fitz lässt nur leider nicht los, sodass ich flüchten könnte. Ich kann ihm noch nicht einmal in die Augen sehen, denn wenn ich den Blick von meinen Füßen nehme, dann trete ich ihn – da bin ich mir sicher. »Fitz, bitte«, stöhne ich.

Er tut so, als hätte er mich nicht gehört. Oder vielleicht hat er das wirklich nicht. Der grauenhafte DJ dreht Helene bis zum Anschlag hoch. Was macht er jetzt? Auf einmal wickelt er seine Arme um mich und wendet mir den Rücken zu. Was soll das werden? Eine Drehung? Das kann nicht sein Ernst sein. Trotz höchster Konzentration stolpere ich über seinen linken Fuß und kann mich nur mit einem sehr uneleganten Hüpfer nach vorn vor einem Sturz retten. Es reicht.

»Lass mich los, bitte!« Beschämt winde ich mich aus seinem Griff.

Fitz hält meine Hand noch ganz kurz fest und dann gluckst er leise: »Danke für den Tanz.«

Ich nutze den Moment, in dem er meine Hand loslässt, und flüchte von der Tanzfläche.

In meinem Rücken höre ich ihn lachen. Meine Wangen brennen vor Scham und ich komme mir wieder vor wie achtzehn.

Ohne mich umzuschauen, zwänge ich mich an den anderen Tanzenden vorbei, meide jeglichen Augenkontakt und stolpere zurück zu Caro.

Sie lacht leise. »Was war denn das?«

»Etwas, was ich am liebsten sofort aus meinem Gedächtnis löschen möchte.«

»Du kannst immer noch nicht tanzen«, stellt sie amüsiert fest.

»Was du nicht sagst.«

»Fitz scheint es nicht zu stören«, kommentiert sie, fasst mir kurzerhand an die linke Wange und dreht meinen roten Kopf in Richtung Tanzfläche.

Fitz steht wieder auf der anderen Seite. Die Tanzfläche hat sich nach dem Song etwas geleert. Er sieht mich an. Gar nicht mehr belustigt. Ernst.

»Siehst du eigentlich nicht, dass er dich immer noch liebt?«, raunt Caro mir zu.

»Quatsch.«

Ich versuche, mich auf Caro zu konzentrieren, auf die drei Frauen, die sich zu uns stellen und ein Gespräch anfangen müssen. Fitz nimmt ab und an einen Schluck aus einer Colaflasche. Er ist so erwachsen geworden, so in sich ruhend. Er hat sich ebenso verändert, aber zu seinem Vorteil. Fitz wirkt gelöst, nicht angespannt wie früher.

Ich sollte gehen. Gehen, bevor es zu spät ist. Worauf warte ich eigentlich? Darauf, dass wir uns wieder ineinander verlieben und alles noch viel komplizierter wird, als es ohnehin schon ist? Oder ist das vielleicht sogar schon passiert?

»Ihr macht es euch verdammt schwer!«, sagt Caro neben mir. Sie schaut mich ernst an und nickt in Fitz' Richtung.

»Findest du nicht, dass du es dir schwer machst?«, antworte ich vorsichtig.

»Das hatten wir doch schon, oder nicht?« Sie presst die Lippen zusammen, sodass sie nur noch ein dünner, kleiner Strich sind und vor Anspannung ganz weiß werden. »Ich gehe nach Hause.«

»Jetzt schon?«, frage ich und sehe sie stirnrunzelnd an.

»Ja. Ich bin müde. War eine dumme Idee, hierherzukommen. Was soll ich auch hier?«

»Dich amüsieren!«

»Das ist nicht mehr meine Welt. Ich bin lieber zu Hause. Ich kann das alles nicht mehr. Ich habe mich verändert.«

»Dein Mann …« Hat dich verändert, will ich sagen, aber sie schneidet mir scharf die Worte ab.

»Hat damit nichts zu tun!«

»Ich komme mit«, sage ich schnell.

»Unsinn. Ich wohne keine zweihundert Meter weit weg, Anna. Bleib bitte noch ein wenig.«

»Aber …«

Sie dreht sich um und stapft steif an den Festbänken vorbei in Richtung Zeltausgang.

Ich will sie einholen, ihr hinterherlaufen, aber Fitz' Blick schneidet mir den Weg ab, bevor ich loslaufen kann.

Du kannst sie nicht dazu zwingen, wieder so zu sein wie früher, sagen seine Augen.

Ich bestelle mir schnell an der Theke eine Apfelschorle und antworte der Dame hinter dem Tresen einsilbig auf ihre Fragen nach meinem Leben. »Ja, ich bin Lehrerin«. – »Nein, ich bin nur zu Besuch, nicht für immer.« – »Ja.« – »Nein.« – »Vielleicht.« Und dabei schaue ich immer wieder zu Fitz und er zu mir.

Und du kommst immer näher.

Ich beschließe, dass es keinen Sinn mehr hat, hier zu stehen und zu versuchen, den Schweißgeruch der Betrunkenen im Zelt auszublenden, weil im Gegensatz zu früher der Zigarettenqualm den Gestank nicht mehr neutralisiert. Ich sollte nach Hause gehen, verschwinden, mich vergraben und mir überlegen, wie ich Fitz bei unserem nächsten Zusammentreffen endlich die Wahrheit sage oder vielmehr, welche Erinnerungsbruchstücke ich in mir trage und welche mit Schuldgefühlen verbundenen Zweifel. Noch kann ich nicht sagen, was die Wahrheit ist, was wirklich an diesem entsetzlichen Tag geschehen ist. Erst wenn ich es weiß, kann ich nach München zurückfahren oder auch nicht, mich vom Watzmann stürzen oder auch nicht. Mich erleichtert fühlen. Oder auch nicht.

»Willst du gehen?«

Auf einmal steht er wieder neben mir.

»Ja, ist, glaube ich, besser.«

Er nickt langsam. »Du fühlst dich nicht wohl.«

»Nein«, antworte ich wahrheitsgemäß.

»Ich bringe dich nach Hause, Anna.«

»Das musst du nicht.«

»Ich möchte es trotzdem.«

»Ich weiß nicht …«

»Ich zwinge dich auch nicht mehr zum Tanzen.«

»Gut, in Ordnung.«

Wir halten eine Art Sicherheitsabstand ein, automatisch. Dabei glaube ich, dass es Fitz herzlich egal ist, was die anderen von uns denken. Vielleicht hält er nur einfach zu viel auf sich selbst, um hier und jetzt nach meiner Hand zu greifen. Unglaublich, dass ich mir das mit Ende zwanzig so sehr wünsche wie mit siebzehn.

Schweigend treten wir aus der Festhalle und dem angrenzenden Vorzelt.

Es ist eigentlich ziemlich unsinnig, mich nach Hause zu bringen. Der Weg ist zu kurz für große Geständnisse. Er nimmt nicht meine Hand und keiner von uns verringert den Abstand.

Noch eine Straße, dann wird es zu spät sein, etwas zu sagen. Nur noch sechs, fünf, vier Häuser. Ich fasse mir ein Herz und sage, so leise, dass es als Flüstern durchgehen würde: »Kannst du das auch fühlen, das da zwischen uns?«

Er bleibt stehen, ich gehe noch einen Schritt, noch zwei, dann verharre ich und sehe ihn vorsichtig an.

»Ich habe nie aufgehört, das zu spüren, Anna. Aber es ändert nichts an der Tatsache, dass zwischen uns so viel steht.«

Nimm mich in den Arm, schreit alles in mir. »Hast du jemand anderen, Fitz?«

»Nein, nicht mehr. Aber das meinte ich auch nicht.«

Ich nicke. »Ich hab dir wehgetan, damals. Das wollte ich nicht. Ich wollte nie, dass das mit uns aufhört.«

»Hat es aber.«

»Ja, hat es. Aber meinst du ... meinst du, es kann vielleicht wieder anfangen?« Warum sage ich das? Warum? Nichts kann einfach wieder anfangen. Nicht auf Basis einer Lüge. Und Verschweigen, was man weiß oder nicht weiß, ist schließlich nicht viel besser als lügen. Ich muss es ihm sagen. Jetzt. Sofort.

Aber er lässt mich gar nicht zu Wort kommen, er beugt sich nach vorn und seine Hand legt sich zum zweiten Mal an diesem Tag auf meine Taille, zieht mich zu ihm. Und dann küsst er mich. Ich erschrecke und zucke einen winzigen Augenblick. Die Wärme seiner Lippen, der feste Druck seiner Haut, der Geruch – alles ist so erschreckend vertraut. Ich spüre nicht nur ihn, ich spüre auch mich. So verrückt sich das anhört. Ich zögere den winzigen Bruchteil einer Sekunde lang, dann erwidere ich seinen Kuss. Erlebe, wie sich seine Zunge langsam und vorsichtig zwischen meine Lippen schlängelt, fühle, wie alles in mir weich wird. Zum ersten Mal seit zehn Jahren löst sich jedes Unwohlsein auf und verschwindet in einer einzigen Berührung. Unsere Lippen tanzen miteinander. Und diesmal fühle ich mich nicht fehl am Platz. Diesen Tanz hier kenne ich. Hier harmonieren wir. Sind eins.

Viel zu schnell löst er sich von mir. Auch wenn sein Mund den Kontakt nur langsam abbricht, so sehne ich mich sofort danach zurück. Ich blinzele und sehe im dumpfen Licht der Straßenlaterne in seine Augen.

»Gute Nacht, Anna«, sagt er und tippt mir noch einmal ganz leicht mit dem Zeigefinger auf die Brust.

»Vielleicht muss ich dich noch ein wenig suchen. Da drin.«

»Willst du das?« Meine Stimme klingt kehlig, heiser. Gar nicht, wie meine Stimme sich von innen heraus eigentlich anhört.

»Gute Nacht«, sagt er und geht. Er dreht sich nicht um und ich versuche, nicht zu enttäuscht darüber zu sein. Es ist besser so. Es sollte nichts mehr zwischen uns sein. Ich habe kein Recht darauf.

Statt zu schlafen, starre ich in dieser Nacht an die mondbeleuchtete Wand, die mein kleines Kinderzimmer vom Treppenhaus trennt. Die Wand, die Caro und ich mit dicker schwarzer Magnetfarbe gestrichen haben. Von dem verblichenen Schwarz ist kaum etwas zu sehen, der größte Teil der Fläche ist mit Fotos zugepflastert, die ein halbes Leben erzählen, das eigentlich nur ein Jahr umfasst. Es kommt mir vor wie aus einer anderen Welt und ist gleichzeitig so nah wie schon lange nicht mehr. Es gibt nur wenige Fotos von mir und Fitz. Und keines von uns beiden vom Berg. Obwohl wir fast ununterbrochen zusammen bergsteigen gewesen sind. Wir sind nie auf die Idee gekommen, einen Fotoapparat mitzunehmen und unser Glück auf Glanzpapier zu pressen. Wozu auch? Wir haben ja nicht damit gerechnet, dass es endet. Und ich habe nicht damit gerechnet, daran schuld zu sein.

Weil ich auch eine halbe Stunde später nicht in den Schlaf finde, stehe ich auf, gehe zur Fotowand und nehme ein Bild nach dem anderen ab. Das gelbe Licht der Nachttischlampe ist gnädig zu den Flecken, die die Fotos hinterlassen haben. Die grau-schwarze Masse sieht aus wie eine etwas misslungene Schwammtechnik. Das ist es, mein Leben ohne dieses eine Jahr. Leer irgendwie. Ein einziges Foto hängt bis zum Schluss. Es ist eine Aufnahme von Caro, Mike, Fitz und Johanna. Ich habe das Bild gemacht. Im Hintergrund blitzen ein wolkenloser Himmel und endlose Weiten mit schneebedeckten Gipfeln. Das ist im Spätjahr gewesen. In Johannas letztem Herbst, und es ist das einzige Foto, das ich von ihr habe. Ich weiß, dass ich Trauer fühlen sollte, Bedauern, Hilflosigkeit. Aber irgendwie macht mich dieses Bild unglaublich wütend.

22

DAMALS

Wir waren in Kroatien angekommen, aber meine Laune hatte sich deswegen nicht verbessert. Ich konnte nicht schlafen, die Sonne nicht genießen, wollte nichts essen und verdarb so langsam auch den anderen die Laune. Mike, Andy und Michaela hatten es aufgegeben, mich zu irgendwelchen Aktivitäten zu ermuntern. Einzig Wolfi und Caro starteten hin und wieder einen halbherzigen Versuch. Ich war ebenfalls nicht mit ganzem Herzen bei der Sache – nicht einmal mit halbem; mein wichtigstes Organ schien zu Hause bei Fitz geblieben zu sein.

Caro ließ die Brille wieder auf ihre Nase plumpsen, streckte ihre Arme träge zur Seite und paddelte mit ihrer Luftmatratze so nahe an meine heran, dass das Gummi der aneinanderreibenden Matratzen ein quietschendes Geräusch von sich gab.

»Du siehst so aus, als hätten sie dich ohne Prozess nach Alcatraz gesteckt.«

»Alcatraz ist ein Museum.«

»Deine gute Laune hast du anscheinend auch im Museum abgegeben.«

»Nein, die hat Fitz mir geklaut.«

»Boah, hör doch mal auf jetzt. Es ist ja nett, dass du das andere Geschlecht für dich entdeckt hast, aber glaub mir – ich spreche aus Erfahrung – da gibt es mehrere von. Sieh dich doch mal um. Hier gibt's ne Menge netter Jungs.«

»Wolfi und dein Bruder vielleicht oder was?« Ich ruckte ein wenig auf der Matratze und sah über den überschaubar großen Pool hinüber zu den weißen Plastikliegen, auf denen unsere Freunde faul in der Sonne brieten.

»Na, hier nicht, aber unten am Strand.«

»Keine Lust.«

»Gib dir einen Ruck! Wir sind schon fünf Tage hier und du tust den ganzen Tag nichts anderes, als auf deiner Luftmatratze zwei Meter hoch und zwei Meter runter zu treiben. Nicht so ein wahnsinnig großer Erlebnisradius, wenn du mich fragst.«

»Tut mir leid. Ich weiß, ich bin eine mega Stimmungsbremse, aber, Caro, ich kann nicht anders.«

»Heute Abend gehst du mit runter an den Strand, wir trinken einen und schauen uns die heißen braun gebrannten Surferboys an.«

»Mmmpf.«

»Tu es für mich, Schätzchen.« Sie zog eine Schmolllippe und ich musste lachen. »Liebeskummer lohnt sich nicht, my darling«, fing sie zu allem Überfluss an zu singen.

Von hinter dem Pool stimmten Andy und Mike ein. »Schade um die Tränen in der Naaaacht.«

Michaela rollte mit den Augen und meinte: »Kann mal jemand an die Tür? Es hat geklingelt!«

»Mach du doch, ich war vorgestern«, antwortete Andy und fing wieder an zu kreischen. »Träääänen in der Naaaacht.«

»Aufhören, sofort!«, schrie ich, ließ mich von der Luftmatratze fallen und tauchte unter Wasser. Ich hielt so lange die Luft an, wie ich konnte.

Als ich wieder auftauchte, sah ich direkt in Caros grinsendes Gesicht. Ihre Sonnenbrille sank neben mir auf den Boden des Pools. »Was ist denn?«

»Tauch noch mal kurz unter«, befahl sie.

»Was? Wieso denn?«

»Mach einfach.«

Also gehorchte ich, ich hatte ja nichts Besseres zu tun, tauchte nach unten, hob ihre Brille auf und kam wieder hoch.

»Da ist jemand für dich«, sagte Caro, immer noch mit einem fetten Grinsen. Dann ließ sie sich ebenfalls ins Wasser plumpsen, schwamm neben mich und drehte meinen Kopf in Richtung der Veranda des Ferienhauses.

Ich verstand nicht. Wer sollte da für mich sein?

Und dann sah ich ihn. An der Schiebetür zur Veranda, neben dem Blumenkübel mit den ausgedorrten Pflanzen und der speckigen Hängematte, stand Fitz.

Höchstpersönlich Fitz. Ein breiter Armyrucksack hing ihm von der rechten Schulter, er trug ein weites, ärmelloses blaues Shirt über grauen, kurzen Jeans und seine Füße steckten unpassend zu den heißen Temperaturen in seinen üblichen Stiefeln. Ich schluckte schwer, strich mir irgendwie verlegen die nassen Haare aus der Stirn und schaute dann hoch in sein Gesicht. Schuldbewusst sah er nicht gerade aus. Freudig auch nicht. Eher müde. Die Haare hatte er zu einem losen Knoten im Nacken gebunden, einzelne feine Härchen kringelten sich um seine Stirn und seine Ohren. Er lächelte schief.

Caro rief laut: »Alle Mann an den Strand. Anna und Fitz können ja nachkommen.« So schnell wie ich sie die letzten Tage kein einziges Mal gesehen hatte, kletterte sie aus dem Pool, lief mit patschenden Füßen auf Fitz zu, klopfte ihm auf die Schulter und ging an ihm vorbei ins Haus. Die Jungs und Michaela rafften hastig ihre Handtücher zusammen und folgten ihr.

Ich dagegen starrte Fitz immer noch an. Und er mich. Dann ließ ich mich langsam wieder ins Wasser gleiten und tauchte erneut unter.

»Wollte nur sehen, ob du auch wirklich da bist«, erklärte ich, als mein Kopf wieder über Wasser war.

»Bin ich«, meinte er und kam endlich näher. Er warf seinen Rucksack auf den Boden, streifte seine Stiefel und die Socken ab und setzte sich dann direkt vor mich an den Poolrand. Seine Beine baumelten nun seitlich von meinem Kopf im Wasser, sodass ich unwillkürlich die Arme streckte und mich ein wenig vom Rand abstieß. Das war gerade ein wenig zu nah. Zu nah für all die Enttäuschung, die in mir brodelte.

»Es tut mir leid, Anna«, sagte er und suchte Augenkontakt.

»Delfine bekommen schnell einen Sonnenbrand«, antwortete ich trotzig.

»Hä?«

»Du kannst nicht einfach nach fast zwei Wochen hier auftauchen und sagen, dass es dir leidtut.«

»Was hat das mit Delfinen und Sonnenbrand zu tun?«

»Das ist ungefähr eine so sinnvolle Mitteilung wie deine Entschuldigung.«

»Aha. Anna, bitte, ich …«

»Nachts ist es dunkler als draußen.«

»Könntest du bitte mit dem Unsinn aufhören?«

»Nein, kann ich nicht. Ich fühle mich verarscht.«

»Könntest du dann wenigstens rauskommen, damit ich dir ein paar Sachen erklären kann?«

»Ich hab keine Lösung, aber ich bewundere das Problem.«

»Anna«, seufzte er verzweifelt.

»Fitz«, antwortete ich und äffte seinen Tonfall nach. »Vielleicht will ich nichts mehr erklärt haben.«

Er beugte sich zu mir herunter, und als ich weiter zurückwich, hüpfte er einfach ganz in den Pool.

»Gut, dann komme ich eben zu dir.«

Ich wollte davonschwimmen, aber das kam mir dann doch zu albern vor. Bei aller Wut auf ihn war da dieses vermaledeite Herzklopfen, nein, Herz*rasen*. Ich war froh, dass er da war. Trotz allem. Aber ich wusste nicht, was mit uns war. Und ob ich ihm verzeihen wollte, wie er sich mir gegenüber verhalten hatte.

»Es tut mir leid!«

»Hast du schon mal gesagt«, knirschte ich.

»Kommst du jetzt raus oder sollen wir das hier drin besprechen?«

»Genauso gut wie anderswo. Ich bleibe«, bockte ich.

»Gut, dann eben hier. Anna, ich bin seit drei Tagen unterwegs. Die Scheißkarre hat nach dreihundert Kilometern die Grätsche gemacht und dann kurz nach der Grenze hatte ich noch einen Platten.«

»Selbst schuld.«

»Hör doch mal zu, ich hab eure Abfahrt verpasst und dann …«

»Wo warst du, Fitz? Die ganze Woche *vor* unserer Abreise?«

Es sah einen Moment lang aus, als wollte er mir nicht antworten. Als würde er einfach wieder aus dem Wasser steigen, seine Stiefel anziehen, den Rucksack nehmen und die Flucht ergreifen. So gut war das in seinem Gesicht zu lesen. Ich hörte in mich hinein, horchte, ob ich das wollte. Nein, wollte ich definitiv nicht.

»Wo warst du, Fitz? Warum hast du dich nicht gemeldet?«, fragte ich jetzt sanfter.

Da gab er sich einen Ruck, sah an mir vorbei und erklärte mit Verbitterung in der Stimme: »Ich war in München. Hab meine Schwester gesucht, sie schließlich gefunden, von der Straße gesammelt und sie in die Klinik gebracht. Ein Wunder, dass sie sie überhaupt noch mal genommen haben.« Beim letzten Satz wurde er leiser, sprach ihn mehr für sich als für mich.

»Hast du dir mal überlegt, dass so eine Therapie nur Sinn macht, wenn sie es auch will?«

»Sie will es ja«, sagte er trotzig und sah mich an.

»Sagt sie das?«, fragte ich vorsichtig.

»Ja.«

»Vielleicht sagt sie das nur, damit ihr sie in Ruhe lasst.«

Fitz streckte den Arm aus, zog sich an den Poolrand und kletterte dann heraus, setzte sich mit seinen nassen Klamotten wieder ans Becken und blitzte mich finster an. »Ach, ist das die Alternative, oder was? Soll ich zusehen, wie meine Schwester entweder an dem Zeug verreckt, sie irgendein Freier zu Tode vögelt oder sie sich irgendwann vor Verzweiflung das Leben nimmt? So wie meine Mutter es Anfang des Jahres versucht hat?«

Jetzt war ich still und sprachlos. Das war so ziemlich das Ehrlichste, was Fitz mir gegenüber bisher geäußert hatte. Und das Schockierendste. Ich schwamm zum Rand, zog mich nach draußen und setzte mich neben ihn. »Erzähl«, sagte ich knapp. »Alles, bitte.«

Und das tat er. Endlich sprach er mit mir. »Johanna hat mit dreizehn angefangen zu kiffen. Sie war wegen ihrer Asthmaanfälle bei einem Facharzt, der ihr Blut abgenommen hat und dabei verbotene Substanzen in der Probe fand. So ging es los. Zunächst ganz harmlos. Natürlich wollte sie nicht verraten, wer ihr das Zeug gegeben hat. Spielte alles herunter. Einmal ausprobieren, nichts weiter. Meine Mutter war außer sich, mein Vater hat sich als der Obermoralapostel aufgespielt, dabei fällt der Apfel doch nicht weit vom Stamm. Er säuft, seit ich denken kann, und sie hat eben mal gekifft. So what? – dachten wir da alle noch. Na ja, eine Woche nach ihren Beteuerungen, daraus gelernt zu haben, kam sie nicht nach Hause. Sie war stockbetrunken und hatte wieder Hasch geraucht. Hat die ganze Nacht gekotzt und ich saß mit ihr und einem Eimer auf dem Balkon unserer Stadtwohnung. Ich habe ihr ordentlich ins Gewissen geredet in dieser Nacht. Meine Güte, sie war dreizehn, verstehst du?«

Fitz fasste sich mit der rechten Hand in den Nacken, bewegte den Kopf einmal nach links, einmal nach rechts, bis es laut knackste. Das Wasser tropfte an ihm herab und bildete zwischen uns einen kleinen See auf den schiefen, alten Fliesen.

»Danach schien es eine Weile, als wäre sie vernünftig geworden. Sie kam in die siebte Klasse, mit neuen Mitschülern zusammen. Sie hatte dann diese neuen Freundinnen, aufgetakelte Gören aus reichen Familien. Da dachte meine Mutter, sie hätten einen guten Einfluss. Das Gegenteil war der Fall. Johanna war schon immer schwierig gewesen, aufmüpfig, eitel und fordernd. Aber seit sie mit diesen drei Mädchen befreundet war, wurde es immer schlimmer. Sie wollte unbedingt mithalten, die gleichen teuren Klamotten, mehr Taschengeld, abends länger wegbleiben und so weiter. Nachts schlich sie sich aus der Wohnung, wenn meine Mutter nicht da war, stellte sich unter die Abzugshaube in der Küche und rauchte ihre Marlboros. Ich hatte ein ungutes Gefühl, sie war auf einmal so unberechenbar. Meiner Mutter fehlte immer wieder Geld, die Nachbarin, bei der Johanna gelegentlich babysittete, wollte Johanna nicht mehr sehen und behauptete, sie hätte ihr einen größeren Betrag aus der Schublade gestohlen. Und zwei Wochen vor ihrem vierzehnten Geburtstag stand die Polizei vor der Tür – sie hatten Johanna dabei erwischt, wie sie am Bahnhof versuchte, Drogen zu kaufen. Wieder Beteuerungen, sie hätte das Zeug für ihre Freundinnen gekauft, nicht für sich. Meine Mutter ging mit ihr zu einer Beratungsstelle, sie spielte die brave Tochter und so weiter.«

Es tat mir so leid, das alles zu hören, dass ich Fitz am liebsten meine Hand auf den Arm gelegt hätte. Aber er wirkte so unnahbar, gar nicht als erzählte er das Ganze mir, sondern mehr so, als müsste er es sich endlich von der Seele reden.

»Das Jugendamt klopfte an, die Schule kümmerte sich und irgendwie schien es wieder, als wäre sie auf dem richtigen Weg. Dabei hatten wir nur keine Ahnung, was für eine gute Schauspielerin sie geworden war. Irgendwann sprach mich in der Schule eine Klassenkameradin an und sagte mir, dass Johanna und ihre Freundinnen in der Schule mit Chrystal Meth dealten und das Zeug auch selbst konsumierten. Wir schleppten Johanna gegen ihren Willen in eine Entzugsklinik, hielten sie von ihren Freundinnen fern und hofften das Beste. Meine Mutter war am Ende, mein Vater trank noch mehr als sonst. Irgendwie musste er seinen Kummer ja hinunterspülen. Nach vier Wochen haute sie aus der Klinik ab und wir suchten sie das erste Mal. Die Polizei griff sie im Rotlichtviertel von Frankfurt auf – angeblich hatte sie dort nur jemanden besucht. Sie kam zurück nach München. Wir fanden eine zweite Klinik. Wieder eine Weile Ruhe.«

»Warum hat sie das getan? Ich meine ...«

»Du meinst, das tun Mädchen aus guten Familien nicht, oder was?«

Er fühlte sich sofort angegriffen, er sprach nicht mehr, er fauchte.

Automatisch ging ich in Verteidigungshaltung. »Nein, so habe ich das nicht gemeint, aber es muss doch einen Grund geben, dass sie ...«

Er zuckte mit den Schultern und wirkte ärgerlich dabei. »Einen Grund?«

»Ja, einen Auslöser, vielleicht ist irgendetwas vorgefallen oder ...«

»Du bist so naiv, Anna. Glaubst du, die Welt ist nur schwarz und weiß? Sie hat zu früh Kontakt mit Drogen gehabt – sie ist süchtig. Du gehst auf deinen Berg und fühlst dich von der harmlosen Natur berauscht, andere brauchen eben mehr.«

»Was soll das, Fitz?«

»Ist doch wahr! Denkst du, du bist etwas Besseres, mit deiner ...«

Weiter ließ ich ihn nicht reden. Ich sprang auf und rannte zur Veranda. Dorthin, wo sein Rucksack stand. Ich hob ihn hoch und warf ihn ein Stück in seine Richtung. »Hau ab!«

Er stand ebenfalls auf, das T-Shirt nass an seiner Brust geklebt. Ich versuchte, nicht hinzusehen, mich nicht von Körperlichkeiten täuschen zu lassen.

»Anna.«

»Hau ab! Du lässt mich einfach stehen auf der Party, obwohl ich dir nur helfen wollte. Was meinst du, wie blöd es war, dir das mit deiner Schwester zu sagen, wo du nie mit mir darüber geredet hast? Ich ...« Mitten im Satz brach ich ab, ich wollte nicht heulen. Nicht vor ihm. Fitz stellte sich vor mich, hielt mich am Arm fest und redete einfach weiter. Sah mir stur in die Augen dabei.

»Etwa ein halbes Jahr bevor wir nach Seelingen gezogen sind, habe ich sie erwischt. Mit einem Freier, im Auto. Keine zweihundert Meter von unserem Haus entfernt. Der Typ war über sechzig, fett und ekelhaft, und sie hat ihm einen geblasen. Ich habe sie aus dem Auto gezerrt – sie war komplett auf Droge, völlig durchgeknallt –, und dann habe ich ihr das erste Mal eine runtergehauen. Am nächsten Morgen ist sie freiwillig in die Klinik gegangen. Nur um eine Woche später durchs Fenster abzuhauen und sich an den nächsten Straßenstrich zu stellen, um ihre Sucht zu finanzieren. Ein Bekannter meiner Eltern brachte sie nach Hause und in dieser Nacht hat meine Mutter zwei Packungen Paracetamol gefressen, kam gerade noch rechtzeitig in die Klinik und wäre beinahe an Leberversagen gestorben. Wir haben Johanna in eine geschlossene Suchtklinik einweisen lassen und dann habe ich nach einem Ausweg gesucht. Es war klar, wenn sie in der Stadt bleibt, dann wird sie immer wieder rückfällig werden. Meine Tante wollte ohnehin raus aus München und dann haben wir die Tanke gefunden. Eine Möglichkeit, Johanna zu beschäftigen, sie auf eine ländliche Schule gehen zu lassen und vor allem im Blick zu haben. Meine Eltern waren zunächst dagegen, aber es fiel ihnen auch nichts Besseres ein. So, jetzt weißt du alles. Ich habe das noch nie jemandem erzählt. Und wenn du willst, dann fahre ich wieder.«

Ich sagte nichts, stand nur da und ließ all die Informationen sacken. Diesen Einblick in Fitz' Vergangenheit, die er mir so sorgfältig verschwiegen hatte.

»Aber eins sollst du noch wissen, Anna. Ich sage es dir auch nur dieses eine Mal: Ich liebe dich. Du bist so ziemlich das einzig Gute, was mir in den letzten Jahren widerfahren ist, und ich möchte dich nicht verlieren. Ich will mit dir auf Berge wandern und am Gipfel neben dir stehen, ich will dich spüren, ich will, dass all das Gute in dir sich ein wenig auf mich überträgt. Ich will bei dir sein.«

Ich biss mir auf die Lippe und sah ihn an. Meine Wut verdampfte und verdunstete und war auf einmal völlig verschwunden. Ohne Spur, und selbst wenn ich gewollt hätte, ich bekam sie nicht zurück. »Mach das nie wieder«, flüsterte ich. »Lass mich nie wieder einfach stehen«, sagte ich. »Okay?«

»Okay«, antwortete er. »Okay.«

Er ließ meinen Arm los. Seine Hand baumelte knapp neben meiner. So, als könnte sie sich nicht entscheiden, statt meines Arms jetzt meine Hand zu nehmen. Dann trat er zwei Schritte zurück.

»Ich hab so viel Wut in mir manchmal, dass ich nicht weiß, wohin damit. Auf meinen Vater, wenn er säuft. Auf Johanna und dieses ewige Auf und Ab, auf meine Mutter, die immer noch denkt, es wird irgendwann alles gut.«

»Man sollte auch nicht aufhören, zu glauben, dass es wieder gut wird«, sagte ich sanft.

»Du rettest mich, das weißt du, oder? Dass du mein Rettungsseil bist. Ich baumele an dir, und wenn du loslässt, dann stürze ich ab.«

»Ich weiß nicht, ob ich so viel Verantwortung tragen kann«, gab ich offen zurück. »Ich kann dich lieben, Fitz, ehrlich und aufrichtig lieben, aber ich kann nicht alles in deiner Welt geradebiegen.«

»Es reicht, wenn du mich liebst und nicht damit aufhörst.«

Ich nickte langsam und dann gingen wir aufeinander zu, so als hätten wir erst jetzt bemerkt, wie viel Sehnsucht in unseren Körpern steckte. Ich schlang meine Arme um seinen Oberkörper und er presste mich an sich. Unsere Lippen fanden sich und die Küsse waren eilig, hektisch, heiß und begierig. All die Verzweiflung, die Angst, ihn zu verlieren, der Kummer der letzten beiden Wochen musste sich entladen. Wir brauchten einander. Ein jeder den anderen auf seine Art und Weise.

23

Manchmal träume ich, sie kommen, um mich zu holen. Dann stürze ich mich in einen Brunnen, falle und falle und lande niemals. Der Brunnen ist ein einziges Loch. Ohne Boden. – Anna

Ich träume, dass Johanna in mein Klassenzimmer tritt und sich als neue Schülerin vorstellt. Im Schlaf ist es völlig normal, dass sie lebt und jünger ist, als ich sie je gekannt habe. Ich versuche ihr verzweifelt, das »th« beizubringen, dabei unterrichte ich gar nicht Englisch, sondern Deutsch und Erdkunde. Bei jedem falschen Ton schlage ich ihr mit einem Plastikröhrchen, in dem sich Glitzersteine und kleine Schmetterlinge in geleeartiger Flüssigkeit behäbig hoch und runter bewegen, auf die Finger. Es klingelt und ich halte das Geräusch für den Pausengong, hebe meinen Arm und will Johanna verbieten, vorzeitig aufzustehen. Es läutet wieder laut und auf einmal ist Johanna verschwunden. Dann auch das Klassenzimmer und zuletzt halte ich zwar den Arm noch ausgestreckt, aber umfasse keinen Stock mehr, sondern mein Handy. Ich muss instinktiv danach gegriffen haben. Schlaftrunken drücke ich mir das Teil mit der äußeren Kante gegen die Schläfe und erschrecke, weil es Caro ist, die mir auf mein heiseres »Ja?« antwortet. Ich hatte bereits Johannas

Stimme im Ohr. So real, als bestünde durchaus die Möglichkeit, dass sie mich anrufen könnte.

»Anna, kannst du kommen, bitte?«

»Wo bist du?«

Es gelingt meinen umnachteten Gehirnwindungen tatsächlich, diese rationale Frage zu stellen. Wo bin *ich*?, so mein nächster Gedankengang. Ich taste nach dem Lichtschalter. Es ist noch immer stockdunkel. Und erst einige Sekunden später realisiere ich, dass ich in meinem alten Kinderzimmer liege. Johanna ist tot. Natürlich ist sie tot.

»Ich habe mich ausgesperrt«, flüstert Caro ins Telefon.

»Hä?«

Ich knipse die Lampe an und schiele auf den Wecker. Es ist 3.15 Uhr. Caro ist vor über zwei Stunden nach Hause gegangen. Kurz vor mir.

»Kannst du bitte kommen?« Ihre Stimme zittert und ich bin mir fast sicher, dass sie weint.

»Was ist passiert?«

»Bitte komm schnell. Ich stehe hinter dem Trafokasten am Ende unserer Straße. Ich traue mich nicht allein.«

»Äh ja, ist gut. Ich komme. Bin in zehn Minuten bei dir.«

»Sei leise, bitte«, sagt sie kaum vernehmlich.

»Willst du mir nicht sagen, was los ist?«

Erst kommt nichts, dann wispert sie: »Du hattest recht. Am Spielplatz.«

Dann legt sie auf. Mein Hirn ist nicht wach genug, um sogleich zu verstehen, womit genau ich recht gehabt haben soll. Mir wird schwer in der Brust. Ein Druck baut sich auf, der sich stetig gegen meine Rippen drückt und sie nach außen biegt. Es fühlt sich genau so an, wie wenn die Schuld wieder einmal einen Kanal sucht. Dabei habe ich mir das vor so langer Zeit abtrainiert. Kein Alkohol mehr, keine Selbstverstümmelungen, keine seelischen Prügel. Ich habe Caro schließlich nichts getan, oder? Es ist nicht meine Schuld, dass sie unglücklich ist. Oder? Zum ersten Mal, seit ich München verlassen habe, wünsche ich mir, ich wäre geblieben und hätte auf Rita gehört. Ich wünsche mir ihre beruhigende Stimme. Ich könnte sie anrufen, aber was sollte das bringen? Caro hat sich ausgesperrt. Ich werde sie abholen und fertig. Was daran soll meine Schuld sein?

Als ich aufstehe, spielt mein Kreislauf mir einen Streich und ich muss mich kurz an dem Alu-Kleiderständer neben dem Bett festhalten. Mit siebzehn bin ich zu cool für einen Kleiderschrank gewesen und heute bin ich offenbar zu alt, um ohne Stütze aufzustehen.

Ich kann nicht das Auto nehmen. Nicht jetzt. Unmöglich, Auto zu fahren, wenn ich von Johanna geträumt habe. Laufen würde zu lange dauern, ich entscheide mich für das Tandem, das Caros Eltern ebenfalls im Keller stehen haben. Zu meinem Glück ist die Tür geöffnet und die Reifen des blauen Doppelgespanns sind frisch aufgepumpt – was es leichter macht, das wuchtige Ding nach oben zu befördern.

Ich fahre die Straße entlang, an der Apotheke vorbei, bis ich an die Unterführung komme. Der Dynamo des Rades brummt wie ein Schwarm Hornissen und hallt unangenehm laut durch die Stille der Nacht. Kein einziges Auto ist zu sehen oder zu hören. Es ist geradezu gespenstisch und passt exakt zu Caros Anblick wenige Minuten später. Sie kauert hinter dem Trafohäuschen und jagt mir einen gehörigen Schrecken ein, als sie ihren Kopf vorsichtig über das Kunststoffgehäuse streckt.

»Anna?«, flüstert sie.

»Caro, was machst du da?« Es gelingt mir in meiner Aufregung nicht, genauso leise zu sein wie sie. »Versteckst du dich?« Es ist grotesk, wie sie dort hockt. Wie ein Kind, das beim Versteckenspielen vergessen worden ist. Aber das Lächeln darüber vergeht mir schnell, als ich sehe, wie verheult sie ist.

»Was ist denn passiert?«

Langsam krabbelt sie um den Kasten herum, sieht sich hektisch um dabei.

»Hier ist niemand«, versichere ich ihr.

»Kann ich heute bei dir schlafen?«, fragt sie.

»Ja, klar … aber Caro, was ist denn überhaupt los?«

»Lorenz ist heimgekommen«, erklärt sie stockend.

»Und?«

»Ich … er … es hat ihm nicht gefallen, dass ich nicht da war.«

»Hä? Und da hat er dich rausgeschmissen, oder was?«

»Nein, nein«, sagt sie schnell. »Wir haben uns gestritten. Es war meine Schuld.«

Wie entsetzlich kann ein Streit sein, wenn man sich danach hinter einem Stromkasten versteckt? Ich wage nicht zu fragen, der gehetzte Ausdruck in Caros Augen lässt mich verstummen.

»Komm schon, steig auf«, ich klopfe auf den zweiten Sitz des Tandems. »Lass uns von hier verschwinden.«

Caro steigt auf und dann radeln wir schweigend durch die Nacht zurück. Gemeinsam bringen wir das Tandem wieder in den Keller.

»Ich könnte auch hier im Hotel schlafen«, weicht Caro meiner fragenden Miene aus.

»Nein, du kommst jetzt mit mir«, bestimme ich. Sie widerspricht nicht, sondern folgt mir ins Haus und in mein Zimmer. Ich hole ein zweites Kissen und eine Decke aus der großen Truhe im Flur und lege beides auf das Bett. »Leg dich hin und erzähl.«

Caro lässt sich auf den Rücken fallen und starrt an die Decke. Ohne sie zu berühren, lege ich mich neben sie und warte.

Es dauert eine Weile, bis sie die Worte findet. »Ich schaffe es nicht, irgendetwas richtig zu machen. Ständig mache ich Fehler, ich verstehe, dass Lorenz sich darüber aufregt. Neulich hat er meine Klamotten aus dem Schrank geworfen, alle, einfach auf

199

den Boden. Er hat es gern, wenn alles farblich sortiert ist. Und in der Küche … Du weißt ja, ich war nie sonderlich ordentlich.«

Die Betonung liegt auf *war*. Ich denke an ihr makellos sauberes, kühles Haus. Möbelhausatmosphäre.

»Er leert regelmäßig den Mülleimer aus. Auf die Küchenfliesen und lässt mich alles neu sortieren. Aber es stimmt ja, ich bin …«

Ihre Stimme zittert, wird so brüchig wie ihr Äußeres. Die früher so dickhäutige Caro hat Schicht für Schicht abgelegt und sich dünn und klein machen lassen. Ich wage nicht, sie zu unterbrechen, denn ich spüre, dass sie dann den Mut verlieren wird, mir all diese schrecklichen Dinge zu erzählen.

»Er kontrolliert mich, weißt du? Immerzu. Diese Kameras im Haus, die dienen nur oberflächlich unserer Sicherheit, ich glaube, er beobachtet mich heimlich damit. Er liest meine Post, hat Zugriff auf meine E-Mails. Er will nicht, dass ich mich mit anderen treffe. Nach und nach haben all meine Freunde ihr Interesse an mir verloren. Weil er das so wollte, auch wenn es nach außen ganz anders wirkt.«

Endlich nehmen ihre Worte den anklagenden Ton an, der angemessen ist für ihr Martyrium.

»Vor allen anderen wirkt er immer so freundlich, charismatisch. Ich meine, das war er bei mir am Anfang auch. Jetzt beschimpft er mich ständig, wenn wir allein sind. Er erzählt mir, wie dumm und nichtsnutzig, was für eine Enttäuschung ich bin. Wahrscheinlich hat er auch recht damit. Was habe ich schon aus meinem Leben gemacht? Manchmal ist er aber auch wirklich ungerecht, er wirft mir Dinge vor, die ich niemals getan habe. Ständig unterstellt er mir Affären und macht mit seiner krankhaften Eifersucht alles kaputt. Es kommt vor, dass er mir während dem Essen den Teller wegzieht und verkündet, dass ich jetzt satt bin. Ich möchte gar nicht mehr essen. Ich habe die Lust daran verloren. Wie an so vielen anderen Dingen auch.

Ich habe kein eigenes Konto, ich darf keinen eigenen Willen haben, ich habe nichts, was mir allein gehört. Ich habe kein eigenes Leben mehr, Anna. Aber am schlimmsten ist es, wenn er aufhört, mit mir zu reden. Manchmal spricht er tagelang kein Wort mit mir, ignoriert mich, behandelt mich wie Luft. Und an solchen Tagen frage ich mich, ob ich überhaupt noch da bin. Was würde es für einen Unterschied machen, wenn ich einfach verschwände?«

Meine Augen brennen, so traurig bin ich für Caro. Ich habe mir so fest auf die Lippe gebissen, um sie nicht zu unterbrechen, dass ich Blut schmecke. Es ist genug, ich kann nicht mehr hören, wie sie ihr Leid schildert und dabei zu allem Überfluss so tut, als wäre sie selbst schuld daran.

»Für mich würde es einen Unterschied machen, Caro. Ich will nicht, dass du verschwindest. Lena braucht dich, dein Sohn braucht dich. Du darfst dir das nicht mehr gefallen lassen! Das ist Terror!«

»Was soll ich denn dagegen tun? Er macht ja nichts Verbotenes!«

Ich denke an ihre blauen Flecken, die Zeugnisse körperlicher Misshandlung, und widerspreche laut: »Caro, er schlägt dich!«

Sie antwortet nicht sofort. »Ja, er schlägt mich. Es ist, wie du es gesagt hast, er schubst mich und manchmal schlägt er nach mir und er hat mich auch schon getreten.« Ein Ruck schüttelt ihren Körper, dann versteift sie sich, ballt die Hände zu Fäusten.

»Heute Nacht auch?«

»Ja, ich meine nein. Heute nicht. Er war nur so sauer, weil ich auf der Kirchweih war, dabei habe ich es so aussehen lassen, als läge ich im Bett, und den Flur sieht er nicht mit der Kamera und ich habe doch …«

Jetzt schluchzt sie, reibt sich hektisch über die Augen. »Ich lebe in einem goldenen Käfig und er hat den Schlüssel«, stellt sie fest und dreht ihren Kopf zu mir.

»Ich kann dir da raushelfen, ich kann Schlösser knacken.« Ich lächele schief.

»Er hat mich doch in der Hand, Anna. Wenn ich ihn verlasse, dann nimmt er mir Lena ab. Immer wieder sagt er mir das und ich weiß, dass ihm das gelingen würde.«

Ich atme tief ein. »Schlägt er Lena auch?«

»Nein«, protestiert sie heftig und schüttelt vehement den Kopf. »Nie, niemals. Er liebt sie. Und er liebt auch mich.«

»Da sagst du es ja selbst ...«

»Nein, ich würde die Hand ins Feuer legen dafür, dass er nie handgreiflich werden würde. Das ist nicht seine Art. Also Lena gegenüber. Nie.«

Ob sie selbst merkt, wie verdreht das klingt? »Du musst zur Polizei gehen, Caro. Du musst das anzeigen, dann kann er dir Lena nicht wegnehmen.«

»Wer sollte mir denn glauben?«

»Wer sollte dir nicht glauben?«, entgegne ich. »Ich komme mit, Caro. Ich mache es wieder gut, dass ich dich damals alleingelassen habe. Bitte, lass dir helfen.«

»Niemand wird mir glauben, Anna. Die haben das doch gespeichert, die wissen doch alles von mir.«

»Was?« Ich richte mich auf und versuche in ihre Augen zu sehen. Aber es ist zu dunkel.

»Nach Simons Geburt war ich ein paar Wochen in der Klinik. Ich hatte Depressionen und ich wollte ... ich wollte nicht mehr.«

»Caro ...«

Ich hätte nicht für möglich gehalten, dass dieses schwere Gefühl in mir sich noch steigern könnte. Aber es ist, als würde mein gesamtes Inneres zerquetscht von Schuld. Quälend

202

langsam, wie eine Hand, die sich Millimeter um Millimeter immer fester um meinen Hals legt und zudrückt. Überladen mit der Verantwortung für meine Fehler, die Brust voll mit Bedauern und Traurigkeit. Ich bin nicht für sie da gewesen. Vielleicht wäre sie jetzt glücklicher, wenn ich damals nicht gegangen wäre.

Ich reiße mich zusammen und sage: »Aber das ist doch Jahre her.«

Caro schüttelt traurig den Kopf. »Sicher, aber ich war noch einmal dort, wegen schwerer Depressionen. Als Simon drei war. Sie hätten ihn mir fast abgenommen damals. Nur weil meine Eltern da waren und dann später Lorenz … Erst dann hat das Jugendamt mich in Ruhe gelassen. Lorenz Hofstätter als Ehemann war wohl eine Garantie für geordnete Verhältnisse. Niemand wird mir glauben, Anna. Niemand.«

»Aber ich glaube dir und ich könnte …«

»Nein«, sagt sie abrupt und dann dreht sie sich auf die Seite. »Ich will deine Hilfe nicht. Lass mich einfach schlafen.«

Ich liege lange neben ihr, spüre ihren zarten Körper an meinem und streiche ihr über die Haare. Sie atmet ruhig und gleichmäßig, aber ich könnte trotzdem nicht sagen, ob sie tatsächlich vor mir eingeschlafen ist. Die ganze restliche Nacht rührt sie sich keinen Zentimeter, sondern liegt starr wie ein Brett neben mir. Früher haben wir häufiger in einem Zelt gemeinsam übernachtet und Caro ist stets diejenige gewesen, die am Morgen mit dem Kopf am Fußende aufgewacht ist oder deren Beine irgendwann auf meinem Bauch gelegen haben. Ob sie sich diese neue Regungslosigkeit im Unterbewusstsein antrainiert hat? Für Lorenz?

Als ich wenige Stunden später nass geschwitzt aufwache, zeigt ein schneller Blick auf den Wecker, dass es kurz vor halb zehn ist. Das Bett neben mir ist leer und Caro geht auf Zehenspitzen in Richtung Tür.

»Warte! Wo willst du hin?«

»Zu meinen Eltern, Lena holen, und dann nach Hause«, sagt sie und schaut auf den Boden.

»Du kannst jetzt nicht nach Hause.«

»Warum denn nicht?«

»Caro, er schlägt dich und er hat dich aus dem Haus geschmissen. Du bist in Gefahr.«

Sie sieht mich mit ausdrucksloser Miene an. »Ach was. Ich habe übertrieben letzte Nacht, so schlimm ist es nicht. Ich meine, ich habe ihm nicht gesagt, dass ich auf die Kirchweih gehe, und das hat ihn aufgeregt. Das ist doch normal …«

»Normal? Du hast dich vor ihm versteckt, du hattest Angst!«, schreie ich.

»Hör mal, Anna, es tut mir leid, dass ich mich da so reingesteigert habe. Vergiss es einfach wieder, ja?«

»Vergessen? Wie soll ich das denn vergessen?«

Da huscht ein eisiger Schatten über Caros Gesicht und mit vor Kälte triefender Stimme sagt sie: »Du hast mich doch schon einmal vergessen. Dann sollte es dir jetzt auch nicht allzu schwerfallen.«

Ich sitze auf meinem Bett und schaue untätig zu, wie sie geht. Und weiß, dass sie verdammt recht hat. Aber diesmal kann ich nicht wieder so tun, als ginge mich alles nichts an. Ich kann nicht ohne Weiteres nach München fahren. Es ist meine Pflicht, etwas zu tun. Endlich etwas gutzumachen. Die entscheidende Frage ist nur, wie.

24

Vielleicht ist alles ganz anders als die Wirklichkeit, wenn ich an dich denke. Weil meine Vorstellung von dir eine aus der Vergangenheit ist. – Anna

Alles, was ich tun kann, wäre richtig und für Caro doch das Falsche. Die Polizei rufen. Ihre Eltern ins Vertrauen ziehen. Lorenz von einem Schlägertrupp vermöbeln lassen. Ihm selbst in die Eier treten und ihn aus seinem Haus schmeißen.

Das einzig halbwegs Vernünftige, das mir einfällt, ist, Fitz anzurufen. Es fühlt sich so logisch an, ihn um Rat fragen zu wollen. Wie früher. Anna und Fitz. Unzertrennlich und doch getrennt.

Ich habe keine Nummer von ihm, also bleibt mir nichts anderes übrig, als zu seinem Haus zu fahren. Ich ziehe mir Leggins und ein weites, weißes Shirt an und widerstehe der Versuchung, mir innerhalb weniger Tage zum dritten Mal ein Fahrrad aus Helmas Keller heimlich zu leihen.

Zehn Minuten später stehe ich wieder vor Fitz' Haus. Diesmal fallen mir weitere Details auf, die mir beim letzten Mal entgangen sind. Unter seinem Namen auf der Klingel ist eindeutig einmal ein beschrifteter Klebestreifen angebracht gewesen, vermutlich mit weiblichem Namen darauf. Das Dach ist neuer als der Rest des Hauses und an dem schmalen Streifen, der sich links zwischen seinem und dem Nachbarhaus erstreckt, wuchern die Brennnesseln. Wie eine Warnung, nicht ungefragt einzutreten. Die Geranien an den Fenstern dagegen sehen saftig und gepflegt aus, wie der Rest des Hauses. Hier könnten wir zusammen wohnen und Kinder haben. Ich darf jetzt nicht daran denken, dass ich mir all das selbst verbaut habe. Es geht jetzt um Caro. Nicht um mich. Und insgeheim weiß ich, dass trotz all der echten Sorge um meine Freundin der kleine feige Teil meines Herzens froh ist um die Gnadenfrist. Um den Aufschub für die Aussprache. Nur noch ein bisschen hinauszögern, was unweigerlich endlich ans Licht kommen muss. Nicht heute. Ich kann mich nicht heute vor ihn stellen und ihm sagen, dass ich dabei gewesen bin.

»Hallo? Anna, bist du das?«

Ich schaue von links nach rechts und dann nach oben, wo sich knarrend einer der Fensterläden öffnet und Fitz herausschaut.

»Ich muss mit dir reden. Es ist wichtig.«

»Was ist?« Er reibt sich die Augen.

»Kann ich reinkommen?«

Ich weiß nicht, ob es schlau ist, ihm so nahe zu kommen, aber ich möchte auf keinen Fall Caros Problem auf offener Straße besprechen. Wenn die Nachbarn hier so sensationslustig sind wie meine Mutter und Helma, dann kann ich es genauso gut gleich ans Schwarze Brett schreiben lassen: Caro wird von ihrem Mann misshandelt.

»Klar«, antwortet er und lächelt schief.

Wenig später steht er vor mir, nur mit einer Hose und Schuhen bekleidet. Das Oberteil in der Hand. Angesichts der ernsten Lage sollte mich das kaltlassen. Tut es aber nicht. Seine Brust ist muskulöser, als ich sie in Erinnerung habe, und ein dünner Streifen dunkles Haar zieht sich vom Bauchnabel hinunter und verliert sich in seiner Hose. Der Rest seines Oberkörpers ist glatt, gebräunt und makellos.

»Bringe ich dich durcheinander?«, fragt er und grinst.

»Nein, ich …« Ich schlucke und habe das Gefühl, dass man das auch hören kann.

»Komm rein«, sagt er, tritt zur Seite und gibt den Blick auf einen hellen, langen Flur frei.

Aus dem Nichts heraus rennt plötzlich etwas Weißes auf mich zu und knurrt mich böse an. Der Husky hat stechend blaue Augen und er fletscht die Zähne.

Fitz zieht ihn lachend am Halsband zurück. »Ruhig, Grimm, ruhig. Das ist nur Anna.«

Nur Anna. Den Hund scheint es nicht zu besänftigen, er reißt und zerrt am Halsband und will auf mich losgehen.

Fitz öffnet schnell eine Tür zur linken des Flurs, zieht den Hund hinein und schließt die Tür. Protestierend kratzt das Tier am Holz.

»Komisch, eigentlich ist er nicht so angriffslustig. Für gewöhnlich findet er Fremde aufregend und interessant. Ich habe noch nie erlebt, dass er jemanden so angegangen ist. Tut mir leid. Komm rein.«

Das Tier hat Charakter, denke ich und setze zögerlich einen Fuß in sein Zuhause. Dass er hier ein eigenes Haus hat, fühlt sich so an, als spielten wir Erwachsene, und sind dabei doch noch Kinder. Haare am Bauch hin oder her. Plötzlich kann ich nicht weitergehen. Keinen Schritt weit. Das ist Fitz' Zuhause, ich habe kein Recht, hier zu sein. Er hat einen Hund, der mich hasst, und überhaupt, was will ich hier?

Als er merkt, dass ich mich in Schockstarre befinde, geht er mir voraus und führt mich in einen riesigen Wintergarten, der den Blick auf einen kleinen, grünen Garten mit Schwimmteich freigibt. Von hier drinnen ist das Haus alles andere als gebückt und dunkel. Es sieht so aus, als hätte er das halbe Gebäude abgerissen und durch Glas ersetzt. Überall stehen Pflanzen und gemütliche Loungemöbel. Einen Fernseher sehe ich nirgends, dafür am Boden gestapelte Bücher, ein Klavier mit Glanzlack und deutlichen Staubspuren darauf und ein Bild. Von Johanna. Schnell sehe ich weg.

»Wow! Das ist wirklich hübsch hier«, entfährt es mir dann doch, als ich es endlich schaffe, mich neben ihn zu stellen.

»Danke. Willst du was trinken?«

»Nein, danke.«

»Setz dich.« Er deutet auf eine breite Sitzlounge, sammelt eilig etwas beschämt seine Klamotten vom Glastisch davor und verkündet kleinlaut: »Habe nicht so schnell mit deinem Besuch gerechnet.«

»Heißt das, du hast damit gerechnet?« Langsam lasse ich mich auf das dunkelgraue Kissen fallen, die Blätter einer zimmerhohen Bananenstaude kitzeln mich dabei im Gesicht.

»Ja, schon.«

»Und, ist das gut?«

»Sag du es mir!« Er mustert mich intensiv, zieht sich dann eines der verknitterten Shirts über den Kopf und bückt sich nach einer halb vollen Wasserflasche am Boden.

»Ich bin nicht wegen uns hier.«

»Ach, nein?«

»Nein.«

Er setzt sich mir gegenüber auf einen Hocker und schaut mir in die Augen. »Und ich dachte, du bist hier, um zu beichten.«

Mein Herz poltert los, als wäre es auf der Flucht, und mein ganzer Körper wird steif. »Beichten?«, keuche ich.

»Dass du meinetwegen die ganze Nacht nicht schlafen konntest.«

Erleichtert atme ich aus und merke erst jetzt, dass ich die Luft angehalten habe. »Ehrlich gesagt habe ich wegen Caro die ganze Nacht kaum geschlafen.«

Er zieht die Augenbraue hoch. Im gleichen Augenblick piepst es aus der Küche. »Mein Handy. Wir haben Übung.«

»Übung?«

»Ja, am Berg. Gemeinsam mit Bergwacht und den Notärzten. Ich muss in spätestens zehn Minuten los, aber du könntest mitkommen und mir auf dem Weg alles erzählen.«

»Ja, gut, wenn dich das nicht stört.«

»Nein, ich hab dich gern dabei.«

Jetzt poltert mein Herz wieder laut wie ein dröhnender Hubschrauber, der über dem Tal kreist. *Christoph 14* und *17* zusammen könnten nicht lauter sein.

»Schön«, bringe ich hervor.

Christoph 14, so der Name des Rettungshubschraubers, der für die Region im Einsatz ist, steht auf einem Dachhangar auf dem Klinikum Traunstein. Dorthin fahren wir mit Fitz' Geländewagen. Diesmal fährt er erstaunlich ruhig. Kein unnötiges Gasgeben, kein hastiges Schalten.

»Erzähl, was ist mit Caro los?«

»Ihr Mann misshandelt sie. Er quält sie psychisch und er schlägt sie.«

Fitz richtet den Blick kurz auf mich, bevor er wieder auf die Straße sieht. Die linke Augenbraue zuckt.

Ich hatte Entsetzen erwartet, einen entrüsteten Aufschrei, verblüffte Verwunderung, irgendeine Reaktion, die auf Ahnungslosigkeit hindeutet. »Wieso siehst du so aus, als würde dich das nicht überraschen?«, frage ich.

»Weil es mich nicht überrascht.«

»Was?« Ich schreie ihm das Fragewort geradezu entgegen.

»Im Gegensatz zu dir beobachte ich Caro seit nahezu zehn Jahren und ich habe in meinem ganzen Leben noch keinen Menschen gesehen …« Er korrigiert sich und in diesem Augenblick denken wir beide nicht an Caro, sondern an Johanna: »Ich habe in meinem Leben *kaum* einen Menschen gesehen, der sich so radikal verändert hat wie Caro. Und das geht auf das Konto von diesem überheblichen Machtmenschen. Es wundert mich nicht, Anna. Dass er sie schikaniert, dass er sie klein macht, dass er sie psychisch misshandelt und ihr nicht nur ihre Würde und ihre Lebensfreude genommen hat, sondern es auch geschafft hat, den kleinen Simon ins Internat zu schicken – all das wundert mich nicht. Im Gegenteil, genau so etwas habe ich, haben alle aus unserer früheren Clique schon vermutet. Ich hätte nur nicht gedacht, dass er sie schlägt, ganz ehrlich. Manipuliert, unterdrückt ja – aber ich hatte ihn nicht für einen Schläger gehalten. Das musst du mir glauben. Aber wer weiß schon, was in einem Menschen so schlummert?«

Wie in mir, denke ich. Wie in mir. »Und warum habt ihr nichts unternommen? Wieso habt ihr alle zugesehen, wie sie immer unglücklicher wurde?« Ich habe kein Recht, so wütend zu sein, aber ich kann mir nicht helfen, ich werde zunehmend lauter und zorniger.

Fitz' Hände verkrampfen sich um das Lenkrad. »Weil es mich nichts angeht.«

»Wie kannst du das sagen? Dass es dich nichts angeht. Und sag jetzt nicht, dass ich nicht da war. Ich weiß das, Fitz, ich weiß es, okay, und es tut mir leid. Alles tut mir leid, Johanna …« Der Tumult in meinem Innern gleicht einer tosenden Welle, die sich nicht mehr aufhalten lässt. Sie bricht über mir zusammen und ich ertrinke in der Wahrheit, die so intensiv an die Oberfläche drängt wie nie zuvor. Wasser sucht sich stets einen Weg und Worte sind manchmal ebenso unbeugsam.

»Nein!« Fitz' Stimme tönt so laut, dass ich erschrocken zusammenzucke.

»Fitz, ich …«

Er nimmt die linke Hand vom Lenkrad und hält sie hoch. »Nicht, nicht … Nein.«

Und sein Nein ist wie ein Wellenbrecher. Seine Hand hält meine Worte im Zaum und ich verstumme, bevor ich nur einen einzigen Tropfen meiner Schuld gelassen habe. Es dauert eine gefühlte Ewigkeit, bis er wieder etwas sagt. Währenddessen kämpfe ich mit mir und in mir liefern sich der Wunsch, die Wahrheit zu gestehen, mit meiner Angst vor seinem Hass einen erbitterten Kampf. Wie immer behält die Feigheit das letzte Wort.

»Man kann niemandem helfen, der keine Hilfe will. Caro hat sich dafür entschieden, mit Lorenz zusammenzuleben, und sie hat alle Möglichkeiten, diese Ehe zu beenden, wenn sie es nicht mehr erträgt. Sie ist erwachsen. Wir alle sind inzwischen erwachsen, Anna.«

Ich fühle mich nicht erwachsen, ich komme mir immer noch vor wie ein Kind, das zwar weiß, was richtig und falsch ist, aber nicht in der Lage ist, über seinen Schatten zu springen.

»Aber das bedeutet doch nicht, dass wir Caro im Stich lassen können?«

»Was willst du tun? Du hast ihr doch deine Hilfe angeboten, nicht wahr?«

»Ja, aber …«

»Dann kannst du nichts weiter tun, als darauf warten, dass sie deine Hand annimmt. Wenn sie sie ausschlägt, musst du das akzeptieren.«

»Ist das nicht ein wenig sehr einfach?«

»Nein, das ist hart, aber wenn du dich gegen ihren Willen einmischst, machst du es vielleicht nur schlimmer. Du kannst für sie da sein, es ihr immer wieder anbieten, ihr eine Freundin sein, aber mehr nicht. Es ist ihr Leben. Und du hast doch auch entschieden, was du mit deinem anfängst. Darf ich das anzweifeln?«

»Ja«, antworte ich leise.

»Ja?«

Ich nicke. Aber Fitz bohrt nicht weiter nach. Das ist nicht seine Art.

»Fliegst du mit mir, Kleines?«, sagt er, als er das Auto auf dem Krankenhausparkplatz abstellt.

Kleines. Niemand hat mich seit zehn Jahren mehr so genannt. Alles in mir vibriert und die Sehnsucht nach Fitz, nach dem, was wir früher einmal gewesen sind, ist kaum auszuhalten. Sie verdrängt das Schuldgefühl, schiebt mein überfälliges Geständnis wieder weg und lässt mich atemlos nicken. »Ich fliege gern mit dir.«

Eine halbe Stunde später stehe ich etwas verschüchtert vor dem knallorangefarbenen Hubschrauber mit der Aufschrift »Luftrettung«. Neben der Schrift prangt der Bundesadler auf gelbem Hintergrund.

Hier auf einem schmalen Podest über dem grauen Beton des Daches ist der Hangar von *Christoph 14,* Fitz' Arbeitsplatz.

»Darf ich das denn überhaupt? Da mitfliegen?«, frage ich skeptisch.

Fitz trägt mittlerweile seine Dienstkleidung – den schlichten blauen Overall der Bundespolizei.

»Eigentlich nicht. Aber es ist nur eine Übung, da kann ich dich mal mitschmuggeln. Warte kurz hier, ich bin gleich wieder da.«

Ich schiele auf den Heli, sehe zu, wie Fitz auf einen großen, blonden Mann mit weißen Hosen und blauem Shirt einredet – offenbar Krankenhauspersonal. Er klopft dem Mann auf die Schulter und kommt dann grinsend wieder zurück. Wenig später tritt ein kleinerer Mann aus dem großen Tor des Krankenhausgebäudes. Er trägt eine orangefarbene Uniform und grüßt bereits von Weitem winkend.

»Das ist der Luftrettungsassistent. Miroslav. Er ist eine Art Co-Pilot und Rettungssanitäter in einem«, sagt Fitz und stellt mir seinen lächelnden Kollegen vor.

Miroslav reicht mir die Hand. »Servus. Und du bist?«

»Die Anna«, antworte ich. »Gast an Bord.«

»Soso, ein blinder Passagier also.« Er zwinkert Fitz zu. »Bist du so weit? Alles gecheckt?«

»Ja, kann losgehen.« Miroslav steigt ein und Fitz erklärt mir, dass ich hinter ihm auf dem Sitz, der dem Notarzt vorbehalten ist, Platz nehmen soll. »Ist eine Übung, Martin wartet am Treffpunkt auf uns.«

»Kührointalm? Oder wo starten wir heute?«, erkundigt sich Miroslav.

Fitz nickt.

»Was macht ihr dort?«, will ich wissen.

»Wir trainieren das Abseilen mit der Winde am Berg und haben noch eine kleine Übung an der Watzmannostwand mit einer fingierten Rettung aus der Schlucht.«

»Wow«, sage ich, weil mir nichts Besseres einfällt.

Fitz in Uniform ist seltsam einschüchternd, fremd und so erwachsen. Ich spüre, wie sehr er in seinem Element ist hier. Das ist genau das, was er immer gewollt hat, und er hat es geschafft. Der Stolz auf ihn brandet in mir auf und wärmt mich von innen.

Es bleibt nicht viel Zeit, darüber nachzugrübeln, ob ich wirklich wage, diesen Flug anzutreten, denn ohne Vorwarnung ertönt ein ohrenbetäubend lautes Geräusch. Die Rotorblätter des Hubschraubers bewegen sich über mir wie ein aus der Fassung geratener Ventilator. Es rauscht in meinen Ohren.

Fitz reicht mir schnell einen weißen Helm mit eingebautem Gehörschutz und zeigt mir, wie ich ihn korrekt befestige. Ein paar letzte Anweisungen zum Gurt und unserem Flug und dann schlägt die Tür neben mir zu und wir heben ab. Es fühlt sich an, als würden sich all meine Organe um ein paar Zentimeter nach unten bewegen, mein Körper wird in den Sitz gedrückt und das Gewicht des Helms auf meinem Kopf, mein eingeschränktes Gehör durch die Mickymaus sind ungewohnt. Es ist ein seltsames Gefühl, das sich jetzt in mir breitmacht. Eine Mischung aus Angst, Aufregung und der Verwirrung darüber, die Bodenhaftung zu verlieren. Ich bin noch nie in meinem Leben geflogen. Nicht mit einem Passagierflugzeug und schon gar nicht mit einem Heli. All die Ausstattung im Innern des Hubschraubers, die Gerätschaften und technischen Details fesseln mich nicht lange. Für die ersten Sekunden unseres Fluges bleibt mein Blick am Exit-Schild kleben und ich wünschte für einen Augenblick, es gäbe eine Notbremse, wie im Zug.

Fitz bewegt den Heli leicht gekippt nach links, unter uns bauschen sich die Büsche wie bei einem heftigen Sturm und die Fenster des Krankenhausgebäudes ziehen an uns vorüber. Für einen Moment lang begleitet uns der Schatten des Fliegers über dem grauen Beton, bis wir höher steigen und in den Himmel über Traunstein schweben. Brummend und drohend wie ein riesiges Insekt. Fitz ist jetzt einzig auf das Fliegen konzentriert und ich entspanne mich langsam. Unter uns sind zunächst nur die Häuser der Stadt zu sehen, aber es dauert nicht lange, bis wir auf die Berge zufliegen. Meine Berge. Mein Inbegriff von Glück.

Ich starre hinunter auf die Felsformationen, auf Seen und Wasserläufe. Ich habe verlernt, mich selbst zu spüren in den letzten Jahren, weil ich es mir verboten habe. Vergessen habe ich, wer ich bin, und doch weiß ich noch immer, was Heimat ist. Jeden einzelnen Fels kann ich mühelos einem Berg zuordnen. Ostwände, Stiege, grüne Hänge und schneebedeckte Kuhlen, grasende Kühe und Klettersteige hinauf auf die schönsten Gipfel der Welt. Hier lebt mein Herz, hier schlägt es endlich wieder. Und auf einmal verstehe ich, was Fitz hier gefunden hat. Hier oben über all dem, was längst vor dem Menschen bestanden hat und uns überdauern wird.

Freiheit.

Hier ist sein Kopf frei von allem, was ihn am Boden in die Tiefe zieht. »Gut, dass ich Fliegen gelernt habe«, hat er vor wenigen Tagen gesagt. Wie wahr das ist, wird mir erst jetzt klar. Ich wünschte, ich hätte etwas Ähnliches gefunden, was mir Leichtigkeit gibt. Ich bräuchte Flügel, einen Antrieb so kräftig wie der des Hubschraubers. Aber wahrscheinlich fehlt es mir nur an Mut. Schuld ist das, was du aus einer Situation machst. Entweder du hältst dich daran fest und siehst das Vergangene als eine ewige Bürde an, die dich nach unten zieht, oder du schulterst deine Schuld, lädst sie ab und befreist dich. Tilgst sie, vergibst dir selbst.

Nie bin ich so nahe daran gewesen, wieder glücklich zu sein, wie jetzt. Obwohl Fitz und ich uns hier oben nicht unterhalten können, spüre ich eine unbändige Vertrautheit. Er und ich und die Berge. Freiheit. Ich fühle seine Konzentration, die Freude am Fliegen, und bin plötzlich wieder ein Teil seines Lebens. In diesem einen Moment möchte ich nicht darüber nachdenken, dass ich all das nicht verdient habe und, vor allem, dass ich es bald zum zweiten Mal zerstören werde.

Viel zu schnell ist der Flug zu Ende und wir setzen sanft auf einer Wiese unweit der Alm auf. Die Landung ist so präzise, dass ich das Gefühl habe, Fitz landete direkt auf einem winzig kleinen Handtuch. Leuchtend weiß hebt sich die Bergsteigerkapelle vom satten Grün der Wiesen ab und wenige Meter entfernt sehe ich einen ganzen Pulk Menschen, die auf uns warten. Es sind hauptsächlich Männer in Bergwachtausrüstung, mit Rettungsseilen, Haken und Ösen ausgestattet. Ich bin selbst einmal kurz davor gewesen, Mitglied der Bergwacht zu werden, habe geplant, nach dem Abitur die erforderlichen Lehrgänge zu absolvieren. Daher weiß ich, dass all die Menschen, die jeden Tag ausrücken, um anderen zu helfen, freiwillig und unentgeltlich hier sind. Bergwacht ist Ehrenamt. Ein paar Kinder deuten aufgeregt auf den Heli und einer der Jungen hält freudig eine Miniaturausgabe des orangefarbenen Hubschraubers in die Luft. Die Rotorblätter werden langsamer und verstummen schließlich vollständig.

Fitz dreht sich zu mir um, ein kleines Lächeln auf den Lippen. Er bemerkt offensichtlich meinen Ausdruck, die glückliche Miene.

»Ohne die Berge, das war für dich immer …«, beginnt er.

»… das Gegenteil von Glück«, vervollständige ich seinen Satz.

»Das hast du also nicht vergessen«, sagt er und ein trauriger Zug spielt um seinen Mund, wischt das Lächeln abrupt beiseite.

»Ich habe nichts vergessen«, entgegne ich. Nichts, was uns beide betrifft, füge ich im Stillen hinzu. Hier oben mit ihm, das ist alles, was wir liebten.

25

Gestern Nacht bin ich aufgewacht und habe gedacht, es gibt niemanden auf der Welt, von dem ich mir mehr wünschen würde, dass er mich in- und auswendig kennt, als dich. Ich weiß ja selbst nicht mehr, wer ich bin. – Anna

Ich bleibe eine Weile und sehe der Übung zu. Wie Menschen Spielzeugen gleich an der Winde nach oben gezogen werden und wie die Bergwacht sich für den präparierten Einsatz rüstet. Erst als der Heli hinterm Berg verschwindet, beschließe ich, nach Hause zu laufen. Der Abstieg von der Kührointalm aus ist lächerlich, verglichen mit unserer Tour von damals. Ich brauche dennoch mehr als vier Stunden, bis ich zu Hause bin. Es ist, als würden die Erinnerungen wie ein zu schwer beladener Rucksack auf meinem Rücken mich nach unten ziehen.

Zu Hause nehme ich eine Dusche, gehe meiner Mutter aus dem Weg und beschließe, doch bei Caro vorbeizuschauen. Ich kann nicht so tun, als wäre all das, was sie mir gestern gesagt hat, ihre eigene Sache. Jetzt weiß ich davon, jetzt ist es auch mein Ding.

Als ich aus dem Haus trete, sitzt Fitz dort auf der Holzbank und schaut auf sein Handy.

»Du könntest mir mal deine Nummer geben, dann müssen wir einander nicht ständig auflauern.«

»Ehrlich gesagt, beginne ich, mich daran zu gewöhnen«, sage ich und streiche mir überrascht eine Haarsträhne aus dem Gesicht. »Ist die Übung schon zu Ende?«

»Schon? Wie lange hast du gebraucht, um runterzusteigen? Du warst auf einmal weg, ich hätte dich auch wieder mit zurückgenommen.«

»Hat gut getan, mein Kopf war auf einmal viel zu voll mit alten Geschichten.«

Er nickt. »Verstehe ich. Was hast du vor?«

»Ich wollte zu Caro.«

»Anna …«

»Ich kann nicht so tun, als wäre da nichts gewesen. Ich muss doch zumindest nach ihr sehen.«

»Ich komme mit.«

»Musst du nicht.«

»Will ich aber. Ich hatte dir ja gesagt, dass ich nicht wusste, dass er sie auch schlägt. Und ich habe darüber nachgedacht, was du gesagt hast. Du hast recht, wir waren Freunde, wir sollten sie nicht allein lassen. Wir sollten ihr beistehen.«

Eine Sekunde zu lang sieht er mir fest in die Augen, als ob er sagen wollte: Nicht so wie du, Anna. Die einfach nach Johannas Tod abgehauen ist. »Ich weiß, was du denkst«, erkläre ich leise.

»Nein, das glaube ich nicht. Komm, lass uns fahren.«

Er dreht sich um und ich wage nicht, das Thema erneut anzusprechen. Wir drehen uns im Kreis. Ich wirbele um ihn herum in einem endlosen Zirkel, und wenn der Zeitpunkt stimmt, über früher zu sprechen, dann weicht einer von uns immer aus. Es ist ein Tanz ums Feuer, wenn man weiß, dass man doch irgendwann darüberspringen muss. Unmöglich, ohne sich zu verbrennen.

Kurze Zeit später klingeln wir an Caros Tür. Keine Reaktion. Es sieht so aus, als wäre das Haus völlig leblos. Es macht mir Angst und spätestens jetzt bin ich erleichtert, dass Fitz dabei ist.

Ich klingele ein zweites Mal und wenige Sekunden später öffnet mir Caros Mann die Tür. Nur einen Spaltbreit.

»Hallo«, bringe ich hervor.

Lorenz lächelt mich freundlich an. Freundlich, aber auf eine seltsame Art und Weise leer und aufgesetzt.

»Hallo. Anna, nicht wahr?«

»Ja.«

»Fritz«, grüßt er Fitz hinter mir.

»Lorenz.« Fitz nickt und verzieht keine Miene, als ich mich zu ihm umdrehe.

»Ist Caro da?«, frage ich mit belegter Stimme.

»Sie nimmt ein Bad.«

»Ich würde gern mit ihr sprechen.«

»Ich richte es ihr aus, sie kann sich ja bei dir melden.« Kaum merklich tritt er einen Schritt zurück und vergrößert den Abstand zwischen uns.

Es würde mich nicht überraschen, wenn er uns die Tür vor der Nase zuschlagen würde. Sein Anblick bringt mein Blut zum Kochen. »Hast du sie wieder verprügelt und versteckst sie deshalb? Ich will Caro sehen!«, poltere ich los. All die aufgestaute Wut auf dieses Arschloch entlädt sich ungehindert und ungeniert.

»Wie bitte?« Lorenz öffnet die Tür bis zum Anschlag und tritt in den Rahmen.

Er sieht ehrlich überrascht aus. Da ist nichts, was ihn enttarnt. Kein Zucken, kein nervöses Flattern im Blick. Er fühlt sich offenbar nicht einmal ertappt, vielmehr wirkt er, als könnte er nicht glauben, was ich da sage.

»Ich verstehe nicht …«

»Du schlägst sie, ich weiß das und ich möchte sie sehen!«

Er zieht die linke Augenbraue spöttisch nach oben, fährt sich mit der rechten Hand lässig durchs Haar. »Also, da musst du etwas völlig falsch verstanden haben. Ich schlage meine Frau nicht. Um Gottes willen!«

Seine Stimme verrät nichts. Er wirkt erstaunt, aber nicht einmal gereizt. Absolut gelassen. Er muss ein ausgezeichneter Lügner sein, um so authentisch überrascht ob meiner Anschuldigungen zu wirken.

»Hör mal, Lorenz, wir machen uns Sorgen um Caro und wir würden sie gern sehen!«, sage ich.

»Bitte, ihr könnt gern reinkommen. Ich hole sie aus dem Bad – aber ganz ehrlich, macht euch auf schlechte Laune gefasst, sie hasst es, im Bad gestört zu werden.« Er lächelt nonchalant.

Fitz sieht mich an, als wollte er mir sagen: »Ich habe dich gewarnt.« Aber jetzt gibt es kein Zurück mehr.

Lorenz bemerkt unser Zögern. »Ihr glaubt doch nicht wirklich, dass ich sie schlage?« Er schüttelt den Kopf und lächelt weiter freundlich.

Lorenz macht die Tür frei und wir treten ein. Vom Flur aus sehen wir ins Wohnzimmer, dort sitzt Lena seelenruhig auf dem Boden und malt.

Ein Junge lungert hinter ihr auf der Couch, einen Joystick in der Hand. Er hat lange Beine und helles Haar. Simon. Caros Sohn.

Lorenz ruft nach oben: »Caroline, Schatz, kommst du bitte? Du hast Besuch, der sich nicht abwimmeln lässt. Deine Freunde machen sich Sorgen um dich. Ich denke, wir müssen da etwas klarstellen.«

Er klingt völlig unaufgeregt, ein feiner Hauch Zynismus in der Stimme. Er hört sich an wie jemand, der sich tatsächlich nichts vorzuwerfen hat und lediglich ein wenig in seiner Ehre gekränkt ist.

Wortlos deutet er auf die Stühle im Esszimmer. Fitz und ich bleiben stehen.

Als Caro die Treppe herunterkommt, im dunkelblauen Bademantel, die Haare in ein Handtuch gewickelt, weiß ich plötzlich instinktiv, dass das hier ein riesengroßer Fehler ist. Wir hätten nicht herkommen sollen.

»Hi, Caro. Ich wollte mal nach dir sehen …«

»Warum?«, zischt sie.

»Ich … ich wollte sehen, ob es dir gut geht. Nach gestern …«

»Würdest du bitte gehen, Anna? Ich habe es dir bereits gestern gesagt. Du hast dich jahrelang nicht für mich interessiert, also lass bitte mich und meine Familie in Ruhe. Es gibt überhaupt keinen Grund für deine haltlosen Beschuldigungen. Lorenz und ich lieben uns und ich weiß nicht, wie du auf solchen Unsinn kommst.«

Sie muss alles von oben mit angehört haben. Sie hat Angst. Deshalb streitet sie es ab. Sie hat panische Angst vor ihm.

Lorenz, der sich mit den Ellbogen auf einen Stuhl gestützt hat, entspannt sich und sagt dann überaus freundlich: »Ich finde es wirklich reizend, dass ihr euch solche Sorgen macht, und es ist immer gut – auch bei so haltlosen Vorwürfen – nach dem Rechten zu sehen. Das wissen wir sehr zu schätzen. Nicht wahr, Caro?«

Caro nickt langsam.

Ich werfe Fitz einen unsicheren Blick zu. Er hat diesen Ausdruck im Gesicht, den ich noch so gut von früher kenne. Kurz vor einer unkontrollierten Explosion. Aber Fitz ist erwachsen geworden und er hat sich im Griff.

»Du kannst jederzeit zu mir kommen, Caro!«, sage ich mit Nachdruck. Suche den Augenkontakt, den sie mir nicht gestattet.

»Und warum sollte ich das tun, Anna?«, entgegnet Caro eisig. Sie steht noch immer auf der Treppe. Die Hände aufs Geländer gelegt.

»Weil es vielleicht das Beste wäre, Caro!«, mischt sich Fitz ein. »Was wir dir sagen wollen: Wir sind für dich da.« Dann dreht er sich zu Lorenz und sagt mit vor Verachtung triefender Stimme. »Wir haben dich im Blick.«

»Du liebe Zeit!«, sagt Lorenz und hebt gespielt empört die Hände. »Schatz, ich glaube, wir sollten deine Freunde mal zum Abendessen einladen und sie davon überzeugen, dass zwischen uns mehr als nur alles in Ordnung ist.«

Lena starrt uns aus dem Wohnzimmer an und hat ihre Stifte fallen lassen. Simon hämmert unbeeindruckt auf die Playstation ein. Ich weiß nicht, was davon mir mehr Sorgen macht.

»Lass uns gehen«, erkläre ich an Fitz gewandt.

Lorenz schüttelt mitleidig den Kopf. Dann geht er auf die Treppe zu und einen kleinen Augenblick lang habe ich Angst, dass er Caro hinabstoßen könnte, als er hinter sie tritt. Er legt aber nur seinen Arm auf ihre Schultern, drückt sie scheinbar liebevoll an sich und sagt: »Sie müssen dich wirklich gern haben, dass sie den Mut haben, mich so haltlos zu beschuldigen.«

Caro nickt mechanisch. Ihr Blick aber verändert sich, er sagt mir das Gleiche wie an dem Nachmittag meines ersten Besuches hier: Hau ab.

Lorenz lächelt und sagt: »Keine Angst, ich nehme euch das nicht übel! Wer auch immer solche dummen Gerüchte in die Welt setzt, nun wisst ihr ja, dass alles in Ordnung ist. Wie gesagt, ihr seid jederzeit herzlich willkommen, auch wenn ihr euch davon überzeugen müsst, dass es Caro und den Kindern gut geht!«

»Komm.« Fitz nimmt mich an der Hand und führt mich nach draußen.

Im Auto sitzen wir ratlos nebeneinander.

»Was jetzt?«, frage ich ihn.

Er schüttelt den Kopf. »Ich weiß es nicht, Anna. Ich könnte die anderen aus unserer alten Clique anrufen. Wir sollten alle anfangen, uns um Caro zu kümmern. Ihr das Gefühl geben, dass sie nicht allein ist.«

»Aber sie lässt doch niemanden an sich heran.«

»Dann müssen wir es eben so lange versuchen, bis sie es tut. Lorenz muss merken, dass sie nicht allein ist. Dass es immer noch Leute gibt, die hinter ihr stehen.«

Ich lege den Kopf in die Hände, in mir wird alles so schwer. Eine unerträgliche Last, die mich niederdrückt. »Das ist alles meine Schuld.«

»Wieso das denn?« Fitz sieht mich irritiert an.

»Ich hab sie im Stich gelassen. Und dich auch.«

»Du bist nicht für sie verantwortlich. Und für mich auch nicht. Wir waren so jung, Anna.«

»Ja, jung und dumm.«

Er lächelt traurig. »Ja, so ist das. Meistens sind es die Entscheidungen, von denen wir am meisten überzeugt sind, die wir hinterher am stärksten bedauern.«

»Ja?«

»Ich wollte dir noch etwas sagen. Vorhin schon, als wir geflogen sind. Ich verdanke es dir, dass ich das mache, was ich liebe.«

»Nein.« Ich schüttele heftig den Kopf. »Du verdankst mir gar nichts, Fitz. Das hast du alles selbst erreicht.«

»Du hast mir die Liebe gebracht.«

»Zu den Bergen?«, frage ich vorsichtig.

»Die Liebe im Allgemeinen«, antwortet er. »Das habe ich dir nie vergessen, Anna. Nie.«

»Ich weiß nicht, was ich dazu sagen soll.«

»Nichts. Du sollst gar nichts dazu sagen, ich wollte nur, dass du es weißt.«

»Okay«, antworte ich vorsichtig. Ich hole tief Luft: »Du musst auch etwas wissen, Fitz, wegen damals. Ich will es dir die ganze Zeit schon sagen, aber ich bringe es irgendwie nicht über die Lippen.«

Er sieht mich nicht erwartungsvoll an, sondern neigt leicht den Kopf, legt seine Hand auf meinen Oberschenkel. »Ich habe dir gerade schon gesagt, wir waren verdammt jung. Als ich dich dort auf der Beerdigung gesehen habe, war das ein Schock, und am Berg – ach, Anna, da war ich ein Arschloch. Wir sind beide erwachsen, meine Güte, zwischen uns liegen zehn Jahre. Das ist eine ganze Welt.« Er lacht leise. »Vergessen wir es. Wir sind zu alt dafür.«

Zu alt für was? Für einander? Ist eine Jugendliebe automatisch vorbei, wenn sie in die Jahre kommt, oder kann sie mit uns erwachsen werden? Hat er es sich doch anders überlegt und möchte nicht weiter reinschauen, ob er mich da drinnen findet? Unbewusst lege ich meine Hand auf Herzhöhe, es poltert und kracht, wimmert und stampft gleichzeitig.

26

DAMALS

Nach dem Herbst wirkte Johanna stabil. Sie kam regelmäßig am Wochenende zu Fitz, half ihm ein wenig in der Tankstelle, so wie er es sich vorgestellt hatte, und es schien, als würde sie Fuß fassen auf dem Land. Wir sprachen wenig miteinander, wir waren keine Freundinnen. Aber es gab eine stumme Übereinkunft zwischen uns, die für Frieden sorgte. Wenn sie da war, hielt ich mich im Hintergrund, auf keinen Fall wollte ich ihr das Gefühl geben, ihr den Bruder wegzunehmen. Ich sprach sie nicht auf ihre Probleme an und sie erzählte nicht davon. So gab es kaum Reibungspunkte zwischen uns und wir kamen miteinander aus. Fitz reichte das nicht, er versuchte alles, um uns einander näherzubringen, und merkte dabei nicht, dass er damit den Frieden zerstörte. Johanna wollte gar nicht meine Freundin sein, sie traute mir nicht.

Ich spürte deutlich, dass es besser war, Abstand zu wahren, aber, um Fitz eine Freude zu machen, beschloss ich, mir mehr Mühe mit ihr zu geben. Wir kauften ihr Wanderschuhe und schenkten sie ihr zu Weihnachten. Das war das Dümmste, was wir tun konnten.

Johanna riss das Paket auf, zog die Schuhe heraus und knallte sie mir direkt vor die Füße. »Was soll ich damit?«

Schockiert und verletzt rang ich nach einer Antwort, die nicht zeigte, wie sehr mich ihre Ablehnung traf. Nicht meinetwegen, Fitz' wegen. »Ich dachte … wir könnten mal gemeinsam bergsteigen. Du, Fitz und ich.«

Sie lachte höhnisch. »Das hast du dir gedacht, ja? Du kleines Dummchen vom Lande.«

Fitz, der uns bis dahin nur mit grimmiger Miene beobachtet hatte, tickte völlig aus. Er packte Johanna grob am Arm und zerrte sie aus dem Wohnzimmer hinaus auf die Veranda an der Hinterseite der Tankstelle.

Ich wusste nicht, was er zu ihr gesagt hatte, aber es war klar, dass er die Seiten gewechselt hatte. Zum ersten Mal stand Fitz für jemanden gegen seine Schwester ein. Für mich. Es ist kein Wunder, dass damit das vorzeitige Ende des stillen Friedens zwischen Johanna und mir markiert wurde. In den Wochen nach dem Jahreswechsel war sie zunehmend seltener in Seelingen, und wenn sie kam, ging ich ihr aus dem Weg.

Der Januar und Februar des neuen Jahres waren schneereiche Monate. So viel Zeit wie möglich verbrachten wir im Freien. Wir füllten uns Rum in alte Schnapsflaschen mit Lederhülle, marschierten in Bigfoots oder mit Schneeschuhen bevorzugt auf den Geigelstein und zur Priener Hütte. Wir saßen auf Schaffellen über harten Holzbänken am Kaminfeuer und erzählten uns Geschichten, teilten unsere Träume und wunderten uns über unser Glück. An den Wochentagen, an denen die Skilifte nicht so überfüllt waren, bretterten wir mit Mike, Wolfi, Andy und Michaela die Pisten hinunter. Manchmal war sogar Laura dabei. Caro schloss sich meist erst zum Après-Ski an und lachte über unsere roten, glücklichen Gesichter. Es war die schönste Zeit meines Lebens und ich hatte das Gefühl, sie würde nie enden. Ich blickte sorgenfrei in die Zukunft und hatte keine große Lust, mir Gedanken um die Zeit bis zum Studium zu machen. Fitz und ich wollten zusammen reisen, zum Kilimandscharo, ins Himalajagebirge, nach Peru auf den Machu Picchu. Wenn das Winterwetter es uns nicht erlaubte, auf Berge zu klettern, oder es zu viel schneite, um angenehm Skifahren zu können, dann saßen wir in meinem Dachgeschosszimmer und schrieben Reisepläne, sahen uns Bergkarten an und recherchierten die Kosten für Flüge und Billigunterkünfte. Wir wollten frei und zusammen sein. Wir hatten es so eilig damit, als ob wir ahnten, dass unsere Zeit beschränkt sein würde. Unsere Pläne hielten wir geheim und nur, weil meine Eltern zunehmend darauf drängten, dass ich mich endlich auch für ein anderes Studium einschreiben sollte, meldete ich mich lustlos an der Uni München für einen Studienplatz in Deutsch und Erdkunde auf Lehramt an. Ich würde nie dort erscheinen, dachte ich bei mir, aber meine Mutter hörte auf zu nörgeln. Ich wollte nicht Lehrerin werden. Ich wollte nicht einmal mehr unbedingt Ärztin werden. Vielmehr begann ich, davon zu träumen, mit Fitz eine eigene Berghütte für Wanderer zu eröffnen, als Bergführerin zu arbeiten oder Rettungssanitäterin zu werden.

Dann kam der Frühling und es war Zeit, mein Versprechen Fitz gegenüber einzulösen.

»Du bist so weit«, sagte ich Anfang Mai. Wir waren an den Chiemsee gefahren und hatten uns ein Tretboot ausgeliehen. Der Plan war gewesen, es bis zu einer der Inseln zu schaffen, aber wir waren beide schnell zu träge, um das schwere Plastikungetüm vorwärtszubewegen, und so dümpelten wir nur auf dem Wasser herum, während ich Fitz nach den Namen der umliegenden Berge abfragte.

»Wofür?«, meinte er und grinste breit.

Ich lächelte und zeigte Richtung Osten. »Bei gutem Wetter kann man von der Kampenwand aus bis nach München sehen«, neckte ich.

»Was will ich mit der Kampenwand? Da waren wir doch schon!«, nörgelte er.

»Watzmann?«, fragte ich.

»Er ruft mich, ich kann ihn hören.«

»Das Wetter soll am kommenden Mittwoch bis Freitag gut und vor allem beständig sein. Wir könnten eine Übersteigung wagen.«

Fitz sprang so ruckartig auf, dass das Boot gefährlich wackelte. »Ja!«, schrie er, wie ein kleiner Junge, dem man erlaubt hatte, zum ersten Mal das Lenkrad eines Autos zu halten.

Ich spürte, wie sich ein Lächeln in mein Gesicht stahl, das glücklicher nicht hätte sein können. Und erfüllter. Meine Berge. Mein Fitz. Er und ich dort oben, das bedeutete mir mehr, als es jeder Liebesschwur der Welt vermochte.

Selig betrachtete ich sein aufgeregtes Gesicht, lachte, als er sich auf mich stürzte und mir verkündete: »Du wirst sehen, ich packe das ohne Probleme. Kleines, wir werden da oben stehen und winzig sein und um uns herum ist nur Stein und Schönheit und Freiheit.«

»Du freust dich wirklich!«

»Klar freu ich mich wirklich! Ich werde der ultimativ beste Bergsteiger, mit dem du je unterwegs warst.«

»Das bezweifle ich. Für den Anfang könnten wir einfach versuchen, beide wieder lebendig unten anzukommen.«

»Auch gut!« Fitz griff mit beiden Händen um mein Gesicht und küsste mich überschwänglich. Das Boot hatte bedenkliche Seitenlage, aber wir zwei waren im Gleichgewicht. Und das war das Einzige, was zählte.

Am Mittwoch darauf war es so weit. Fitz überredete mich zu dem steileren, etwa sechs Stunden dauernden Aufstieg über das Wimbachtal, weil er einen Abstecher in die Klamm machen wollte, in der wir uns das erste Mal geliebt hatten. Dort zu sein war, als hätte die Zeit Extrarunden um uns gedreht, sich selbst beschleunigt und aus einem knappen Jahr ein halbes Leben gemacht. Es war unvorstellbar geworden, all diese Wege ohne Fitz zu beschreiten. Er gab mir das, was ich immer vermisst hatte. Liebe, die durch nichts erzwungen oder vorausgesetzt wurde. Denn er war der erste Mensch, der mich liebte, ohne mit mir verwandt zu sein. Der *mir* mehr bedeutete, als Familie, Freunde und sogar mehr als mein eigenes Leben.

Der Aufstieg auf diesem Weg war anstrengend, da er sich über endlose Höhenmeter größtenteils steil nach oben zog. Es gab – vor allem zum Ende hin – ausgesetzte Stellen, an denen man achtsam sein musste. Fitz bestand auf dem schweren Weg, damit ihm am Ende keiner nachsagen konnte, er hätte es sich leichtgemacht.

Wir sangen lauthals Lieder, bis wir vor Anstrengung zu sehr keuchten, um noch einen Ton hervorzubringen. Wir machten uns einen Spaß daraus, entgegenkommende Wanderer mit erfundenen Sprachen anzuquatschen, und kicherten über die Naivität mancher Leute, die ohne festes Schuhwerk und die nötige Kondition erschöpft am Wegesrand saßen und bei fünfhundert erreichten Höhenmetern ausgebrannt aufgaben.

Es war ein trüber Tag, die Wolken bedeckten den Himmel und warfen ein fahles, düsteres Licht auf den Wald. Alles erschien wie mit einem Grauschleier belegt, doch Fitz und ich steckten in unserer eigenen regenbogenfarbenen Blase und ließen uns von den Äußerlichkeiten nicht die Laune verderben.

Von der Südseite aus erreichten wir am späten Nachmittag das Watzmannhaus mit seinen roten Fensterläden und der rustikalen Fassade. Es thronte imposant auf dem Berg und trotzte seit über hundert Jahren der wilden Natur. Der Betrieb hielt sich in Grenzen, außer uns waren nur vereinzelt Wanderer da und in den großen Schlaflagern hatten sich zwei Gospelchöre aus England eingemietet. Während der Wirt am Wochenende von *Terror* sprach und regelmäßig Notlager für die Vielzahl an Gästen errichten musste, war es jetzt zu Beginn der Saison an einem Wochentag ruhig. Wir teilten uns Bratkartoffeln und Leberkäse und beschlossen, früh schlafen zu gehen. Der Wirt wies uns ein Zweibettzimmer zu und so quetschten wir uns nebeneinander in das untere Bett des Etagengestells. Fitz hatte das Fenster geöffnet und von draußen klangen die dunklen Stimmen der Sänger herauf, die mehrstimmig »Halleluja« schmetterten. Die Töne legten sich wie eine zweite Haut um uns und wärmten besser als die helle Wolldecke, in die wir uns schmiegten.

»Danke«, flüsterte Fitz in mein Ohr.

»Wofür?«

»Für all das, für diese Welt jenseits der Welt, die ich ohne dich gar nicht kennengelernt hätte.«

»Ich teile sie gern mit dir. Weißt du, das macht sie noch größer.«

Eine einzelne Frauenstimme erhob sich über die anderen und sang die letzte Zeile der letzten Strophe: *It's a cold and it's a broken Halleluja,* und ich lächelte über diese Textzeile, bevor ich einschlief. Für mich war alles warm und ganz, vollständig und heil.

»Guten Morgen, Kleines!«, Fitz setzte sich mit glänzenden Augen auf. Die Sonne ging gerade erst auf. »Bereit?«

»Bereit!«, antwortete ich. »Lass uns noch frühstücken und Proviant einpacken.«

Wenig später standen wir vor dem Haus und blickten auf den Weg, den wir hinaufgehen würden. Der Morgen am Berg hatte eine Kraft, die einen unweigerlich mitzog. Er entwickelte einen Sog, dem man sich nicht entziehen konnte. Alles hatte ein neues Licht, so als würde der Berg an einem jeden Morgen wiedergeboren, vom Sonnenschein belebt.

Fast unwirklich gelb schimmerte das Massiv und wirkte so viel freundlicher als noch am Vorabend. Man sagte, diese Welt, dieser ganze eigene Bergkosmos wirke auf jeden, der es wolle. Der es zuließ. Fitz konnte das, er war so weit. Er saugte den Berg in sich auf, ließ die Freiheit in sein Herz.

Ein leichter Auftritt führte direkt die Bergkante hinauf. Wie immer stellte ich mir hier am Beginn der Tour vor, dass der König des Watzmann uns die Tore öffnete, uns eintreten ließ, um die Tür hinter uns wieder zufallen zu lassen. Hier begann die wahre Freiheit. Das Kalkriff schloss fast an den Königssee an, sah aber hier oben unwirtlich aus. Es war grau, hart und an manchen Stellen fanden sich noch immer kleine Reste des winterlichen Schnees, der sich vehement den Sonnenstrahlen und dem beginnenden Sommer verweigerte.

Nach beiden Seiten ragte die Landschaft um zweitausend Meter weit hinunter oder hinauf, je nachdem, von wo man es betrachtete. Alles war steinig, felsig und karg.

»Johnny Cash?«, schlug Fitz vor und summte eine Melodie.

»Spar dir deine Kräfte«, sagte ich schmunzelnd.

Wir ließen das Watzmannhaus in unserem Rücken hinter uns, ohne uns umzudrehen, schritten voran in den Berg und damit gleichzeitig in den Tag hinein. Immer wieder musste man bereits hier beherzt mit den Händen zugreifen und sich mehr auf allen vieren als auf zwei Beinen voran bewegen. Das Grün der Wiesen verblasste hinter uns, eine Weile begleitete uns nur das scheinbar eintönige Grau, zwischendurch spitzten lediglich kleine Flecken Moos, winzige Büschel Gras und hier und da ein paar Alpenrosen heraus. Wie Farbtupfer auf einem leeren Blatt. Im schroffen Gelände hinter uns plagten sich ein Dutzend weiterer Bergsteiger mit dem Aufstieg. Fitz schien kurz irritiert, drehte sich immer wieder um und schüttelte mit dem Kopf.

»Da dachte ich, wir sind hier oben allein«, murmelte er, »und dann ist halb Bayern unterwegs.«

»Nur Geduld, die meisten haben wir bald abgeschüttelt«, erklärte ich.

Nach einiger Zeit waren unter unseren Füßen, wie eingebrannt und für alle Ewigkeiten konserviert, die Abdrücke von Muschelschalen. Einst war der Boden hier Meeresgrund gewesen und das machte die Höhe für mich jedes Mal noch imposanter.

Nach etwa zwei Stunden und achthundert Metern erreichten wir das Hocheck und hielten kurz an dem kleinen goldenen Kreuz mit der Jesusfigur inne. Ab hier begann die Sache ernster zu werden. Nun hatten wir nur noch eine Handvoll Menschen vor und hinter uns. Hier, wo der Grat seinen Anfang nahm. Das berüchtigte Stück Berg, das bei Fitz so eine unglaubliche Sehnsucht hervorgerufen hatte. Ich war mir sicher, dass er die gut vier Kilometer bewältigen konnte. Dennoch stellte ich mich kurz neben ihn und drückte fest seine Hand. »Alpinist oder Wanderer?«, fragte ich.

»Alpinist!«, erklärte er überzeugt. Wir kämpften uns weiter voran, der Gefahr, die vom Berg ausging, stets bewusst und mit Respekt vor all den heiklen Stellen, an denen schon unzählige Menschen in den Tod gestürzt waren.

An der Mittelspitze, mit 2713 Metern dem höchsten Gipfel, machten wir eine kurze Rast. Aufgeregtes Geplapper umgab uns von den Bergsteigern, die den Weg schon vor uns beschritten hatten. Alte Männer und junge Frauen, sogar ein Mädchen, das kaum älter als zwölf sein konnte. Wie ich damals, mit meinem Vater. Ich lächelte ihr zu. Fitz sah hinaus in die Weite, die uns hinter dem Kreuz erwartungsvoll anschaute, beobachtete die wenigen Wolken und sein Gesicht wurde ernst. Aber glücklich. All das Sorgenvolle, das seine Gesichtszüge so häufig ganz unvermittelt streifte und daran kleben blieb wie Pech, war verschwunden. Hinter dem Gipfel klaffte die Ostwand wie ein Versprechen und eine Drohung zugleich.

Nach dem Gipfel trennte sich die Spreu vom Weizen. Der Weg wurde anspruchsvoller und war nicht mehr durchgängig gesichert. Es folgte das schwierigste Stück. Nur an manchen Stellen ragten die Drahtseile aus dem Felsen, führten an ihm entlang und reichten einem wie selbstverständlich die Hand. Am Mittag kamen wir am Südgipfel an. Fitz keuchte leicht und ließ sich erschöpft neben dem eisernen Kreuz auf den Boden sinken.

»Da unten, schau da hinunter, wie es leuchtet. Das Grün – und da, Fitz, da ist der Königssee.«

Er sagte erst nichts, starrte nur hinab, dann drehte er sich zu mir um und sah mir in die Augen.

»Das da mit dir ist so was, wie Heimat finden«, erklärte er feierlich. »Hier will ich bleiben. Und Heli fliegen und Berge besteigen.«

»Du bist aber doch kein Alpenkind«, erwiderte ich spröde, um meine Rührung zu verbergen.

»Ich kann ja eines werden«, entgegnete er trotzig. »Am liebsten würde ich nie mehr runter.«

Nie mehr sehen, wie seine Schwester sich selbst zerstörte, ergänzte ich in Gedanken. Ich wusste so gut, was er meinte. Hier oben war alles klein, weil einem die Natur zeigte, wie mächtig sie war. Man wurde bescheiden, man wurde ein wenig demütig und man vergaß all das, was das Leben unterhalb dieses Bergmassivs so kompliziert machte. Ich setzte mich neben ihn und legte meinen Kopf an seine Schulter.

»Ich habe eine Antwort auf deine Frage von gestern. Du weißt schon, das Gegenteil von Glück. Die Berge für immer zu verlassen wäre die größte Strafe, die ich mir selbst auferlegen könnte. Ein Leben ohne die Berge wäre das Gegenteil von Glück.«

»Das kann ich jetzt sehr gut verstehen«, sagte Fitz und strich mir übers Haar. Er lächelte. »Mich könntest du also leichter verlassen?«

»Nein, auch nicht. Du gehörst inzwischen zu den Bergen dazu.«

Nie zuvor in meinem Leben hatte ich mich jemanden so verbunden gefühlt wie an diesem Mittag. Hoch droben über dem See, inmitten von Geröll und ewigem Stein lag mein Inbegriff von Glück. Hier musste ich mich nicht anstrengen, es festzuhalten, hier war es so beständig wie die Kalkschichten, so unnachgiebig wie die Schrofen der Wände. Es fiel uns beiden schwer, uns zu trennen und wieder hinabzusteigen.

Der Abstieg von der Südspitze erschien wie immer endlos. Zweitausend Meter nach unten und die Konzentration durfte nicht nachlassen. Wir sahen ein Steinbockjunges und Fitz seufzte laut. So, als beneidete er das Tier um seine scheinbar mühelose Wendigkeit. Hier wirkte alles noch wilder und un-wahrscheinlicher. Es erschien mir, als hätte man uns in einer Steinwüste ausgesetzt, nur stellenweise ragte eine früh blühende Akelei hervor; hier und da entdeckten wir die lila Primeln, die man auch Jägerblut nannte.

Karge Bäume säumten die Pfade durchs Geröll, dazwischen das blitzende Grün der Grünerlenbüsche. Es war das erste Mal, dass ich den Abstieg genießen konnte. Ich stellte mir vor, wie Fitz und ich noch viele Male hier gehen würden. Hier und auf viele andere Berge. Gemeinsam. Ich bildete mir ein, dass es erst der Anfang war von meinem eigenen Felsbrocken Glück. Wer immer sich uns entgegenstellen sollte, würde die Kraft der Berge zu spüren bekommen.

27

*Du hast mich mal gefragt, was ich ändern würde, wenn ich es
könnte. Ich habe dir leichtfertig geantwortet: Nichts. Jetzt ist meine
Antwort so anders. Ich würde alles ändern. Einfach alles. – Anna*

»Glaubst du, das ist eine gute Idee, sie alle ins Vertrauen zu
ziehen?«

Fitz hat vorgeschlagen, Andy, Wolfi, Michaela und Laura
zu einer Krisensitzung zusammenzutrommeln. Wir, die einmal
Freunde gewesen sind, sollen Caro beistehen, ihr helfen, einen
Ausweg aus ihrer Lage zu finden. Ich bin mir nicht sicher, ob es
funktionieren kann, und fühle mich ein wenig so, als würde ich
Caro dabei verraten. Auch wenn es zu ihrem Besten ist.

»Ja, ich glaube, es geht nicht mehr anders. Willst du warten, bis etwas passiert?«

»Nein, will ich nicht«, gebe ich zurück und versuche, ihm
nicht in die Augen zu sehen. Ich weiß auch so, dass ich Hals über
Kopf im tiefsten Gefühlsschlamassel seit Menschengedenken
stecke und niemand Anstalten macht, mich an den Füßen
herauszuziehen.

Fitz führt ein paar Telefonate, aber ich höre nur mit halbem Ohr hin. Zu sehr bin ich mit dem Kampf in meinem
Innern beschäftigt. Ich versuche, mich auf Caros Haus zu

konzentrieren, so als könnte ich durch die Wände sehen und spüren, wie es ihr geht.

»Wir treffen uns bei Andy. In zwanzig Minuten, sie kommen alle.«

Ich bin nicht überzeugt, wage aber nicht, zu widersprechen, schließlich war ich es, die Fitz um Hilfe gebeten hat.

Eine halbe Stunde später fühle ich mich wieder einmal zurückversetzt in die Vergangenheit. Eine zehn Jahre ältere Ausgabe unserer Clique sitzt um den breiten Stammtisch des komplett renovierten Landgasthofes, den Andy von seinen Eltern übernommen hat.

Auch wenn es bereits unser zweites Aufeinandertreffen ist, fühle ich mich wie ein Eindringling. Die Fremde, die es jahrelang nicht für nötig gehalten hat, sich nach ihren Freunden zu erkundigen. Die Frage nach dem Grund meiner Rückkehr hängt schwer und bedrohlich in der Luft.

Glücklicherweise bringt Fitz schnell auf den Punkt, was vorgefallen ist. In kurzen Worten schildert er, was wir über Caros Situation wissen.

»Ich habe das Gefühl, dass er sie isoliert. Sie hat die letzten Jahre keinen Kontakt mehr zu irgendeinem von euch gehabt, oder? Sein Ziel ist es, dass er die einzige Person ist, an die sie sich wenden kann. Es ist vielleicht ungewöhnlich, dass wir euch da mit einbeziehen, und möglicherweise ist es sogar ein gewisser Vertrauensbruch. Aber ich möchte nicht, dass sich die Geschichte meiner Schwester wiederholt.«

»Fitz, ich weiß nicht. Johanna ist …«, unterbricht ihn Laura sanft.

»Im Drogenrausch verunglückt«, vervollständigt er ihren Satz ohne Zorn.

Er stützt die Ellbogen auf den Tisch, wirft einen Blick in die Runde und ich halte die Luft an. Mein Herz ist ein einziger Tornado, der in mir wütet, stürmt, tobt.

Ich schnappe nach Luft. Man kann mir sicher alles an der Nasenspitze ablesen. Unmöglich, zu übersehen, wie mein Innerstes in Aufruhr ist.

Aber Fitz konzentriert sich auf Laura: »Ja, bei Johanna war es Meth, Koks, der ganze Mist, den sie sich reingezogen hat. Aber Caro ist in gewisser Hinsicht auch abhängig. Von ihrem Mann. Und wir müssen ihr zeigen, dass es da einen Weg raus gibt …«

»Das kann man nicht vergleichen«, gibt jetzt auch Andy zu bedenken.

»Doch, ich finde, das kann man sehr gut vergleichen. Caro braucht unsere Hilfe und wir werden verdammt noch mal nicht weiter zusehen, wie dieses Arschloch ihr Leben zerstört.« Michaela klingt energisch.

»Wie können wir ihr helfen?«, fragt Laura.

»Wir können das Netz sein, das sie auffängt, wenn sie fällt. Wir sind die, die sie erwarten, wenn sie allem anderen den Rücken kehrt. Wir müssen einfach wieder ihre Freunde sein. Kontakt zu ihr suchen, nicht aufgeben«, erkläre ich leise.

Keiner wirft mir vor, dass ich diejenige gewesen bin, die damals ohne ein Wort gegangen ist. Seltsamerweise habe ich sogar das Gefühl, mit offenen Armen empfangen zu werden. Es ist ein Abtasten, ein vorsichtiges Heranpirschen, aber niemand verliert ein böses Wort. In den folgenden Stunden legen wir uns einen Schlachtplan zurecht. Vielleicht sind wir naiv, aber wir wollen zumindest nicht tatenlos sein. Wir werden ein Auge auf Lorenz haben, versuchen, Caros Schutzwall zu durchbrechen, und uns um sie bemühen, ihr Vertrauen gewinnen.

28

Man kann vielleicht nicht erwarten, dass die erste Liebe ein Leben lang hält. Aber man kann auch nicht erwarten, dass man sie vergisst. – Anna

»Ich glaube, das war eine gute Idee. Danke für alles«, sage ich, als die anderen sich verabschiedet haben und nur noch Fitz und ich auf dem Parkplatz stehen. Es ist bereits dunkel geworden und im Schein der Straßenlaterne sieht sein kurzes Haar heller aus als sonst.

»Ja, wer weiß, ob wir ihr helfen können. Das hängt auch davon ab, ob sie es will. Aber wie gesagt, wir müssen es versuchen.«

»Würdest du mich nach Hause fahren?«, bitte ich. Ein paar Minuten noch mit ihm allein …

»Nein.«

»Oh, gut … ich …«

»Ich fahre dich. Aber nicht nach Hause.«

»Wohin dann?«

»Lass dich überraschen, steig ein.«

Wir fahren durch die Unterführung und raus aus dem Dorf. In Richtung Alpinbad. Nicht nur in Richtung … er hält tatsächlich auf dem Parkplatz des Schwimmbads.

»Das ist nicht dein Ernst!«

»Doch.«

Ich kann das Grinsen in der Dunkelheit zwar nicht sehen, aber es ist deutlich zu hören.

»Steig aus. Wir brechen da jetzt ein. Ich wollte das schon immer mal machen. Du nicht?«

Ich gehorche und dann stehen wir beide vor dem hohen Zaun, der das Gelände umgibt.

»Ehrlich gesagt, doch. Aber früher als Teenager.«

Fitz nimmt mich an meiner rechten Hand, deren Neuronen beinahe neurotisch sofort wieder Erregungsübertragung im Akkord begehen. »Es ist noch nicht zu spät«, sagt er und das kann alles bedeuten oder nichts.

»Und wie soll ich da rüberkommen?« Ich deute auf den Zaun.

»Alt geworden, hä?«, neckt er mich.

»Ich? Keine Spur.« Ich hole tief Luft, streife meine Schuhe ab und steige barfuß in das Metallgitter. »Alpinist oder Wanderer?«, stichele ich und bedeute ihm, mir zu folgen.

Fitz beobachtet mich, ohne etwas zu sagen. Sein Grinsen aber kann ich jetzt sogar im Rücken spüren, es stachelt mich an. Als ich oben bin, fürchte ich mich kurz vor dem Moment, drüberzusteigen und mich so auszubalancieren, dass ich Halt finde und keinen dramatischen Absturz hinlege. Aber meine Größe kommt mir zugute und ich stehe direkt vor Fitz – auf der anderen Seite des Zaunes. Eine Sekunde lang scheinen wir das Gleiche zu denken. Dieser Zaun steht für einen kurzen Augenblick für Trennung und für Überwindbarkeit, für Barrieren und die Möglichkeit, sie einzureißen, für Grenzen und deren Ende, er steht zwischen uns und trennt uns dennoch nicht mehr. Ich strecke meine Hände hindurch und fasse seine, dann bücke ich mich und küsse seine Fingerspitzen, alle zehn, nacheinander.

So behände wie ein Affe überwindet Fitz den Zaun und stellt sich vor mich.

»Ich darf doch«, sagt er leise und nimmt sanft den Saum meines Shirts in die Hand und zieht es mir vorsichtig über den Kopf. Er sieht mir in die Augen und beißt sich auf die Oberlippe, aber sein Blick wandert nicht, sondern verharrt auf mir, als ich die restlichen Fetzen Stoff selbst ausziehe. Entschlossener und mit einem Kopf, der nicht mehr in der Vergangenheit hängt, den er zurückgeholt hat ins Jetzt – mit einer einzigen streichelnden Bewegung über meine Wange und mein Haar. Wir haben Dutzende Male so voreinander gestanden und dennoch nie zuvor. Nie so erwachsen, nie mit so viel Begehren und so vielen Hindernissen, die sich zwischen Verlangen und Vernunft aufbauen. Nie mit so wenig Hemmungen und im Gegensatz dazu so hemmenden Argumenten.

Seine rechte Hand legt er auf meine linke Schulter und streicht langsam über mein Schlüsselbein, dann fährt er an meiner Brust vorbei, die Seite hinunter.

Ich schlucke schwer und will die Augen schließen, als er mir einen unerwarteten Klaps auf den Hintern gibt und ruft: »Was ist denn jetzt? Gehen wir ins Wasser oder nicht?«

Er rennt los, Mondlicht auf nackter Haut, und ich hinterher. Ich frage mich, ob er so mit sich kämpft wie ich, und wenn, warum. Der Zauber des Moments ist vorbei und ich weiß nicht, ob ich es bereue oder froh darum bin, mich der Entscheidung, die ich nicht mehr zu treffen in der Lage gewesen bin, damit entledigt zu haben. Ich hätte ihn nicht aufhalten können und hätte es auch nicht gewollt, wenige Sekunden zuvor. Aber jetzt? Jetzt bin ich mir wieder bewusst, nackt zu sein. Alles, was mit ihm zu tun hat, ist so widersprüchlich, so gegensätzlich und dennoch so einfach auf wenige Worte zu reduzieren. Ich renne schneller und überhole ihn nach ein paar Metern. Sprinte, ohne ihn anzusehen, an ihm vorbei zum Schwimmerbecken und springe mit den Beinen vorweg hinein. Ich gebe dem kalten Wasser keine Möglichkeit, mir den Atem zu nehmen, indem ich abtauche. Verstecke mich unter Wasser vor meinen Gefühlen und versuche, sie zu betäuben. Als ich wieder auftauche, ist Fitz nicht wie zu erwarten ebenfalls im Becken, sondern sitzt am Rand und sieht mir zu. Es ist zu dunkel, um seine Augen zu sehen und zu erahnen, was er denkt.

»Anna«, sagt er, fast zu leise, so, dass ich es gerade so hören kann.

Ich schwimme zur Treppe, neben der er sitzt, und ziehe ihn mit einem Ruck ebenfalls ins Becken. Er lacht, streckt die Hände in die Höhe und ich drücke ihn unter Wasser. Als er wieder auftaucht, stellt er die Füße auf den Absatz am Boden der Wand. Ich schwebe vor ihm im Becken und schlinge auf einmal, ohne weiter nachzudenken, meine langen Beine um seinen Körper und drücke ihn an die Außenwand des Beckens. Diesmal sind es meine Hände, die überall auf seiner Haut sind. Irgendwann küsst er mich und drückt mich fester an sich. Ich könnte stundenlang so weitermachen. Alle zögerlichen Gedanken sind betäubt, überhaupt wird Denken überbewertet. Wozu denken, wenn man so fühlen kann? In meinem ganzen Leben habe ich nie jemanden so begehrt und mich dabei selbst so begehrenswert gefühlt. Keiner von uns hat es eilig, es ist genug, sich aneinanderzuklammern. Es reicht, ihn zu küssen. Es ist ausreichend, alles an ihm zu erahnen, ohne es im Dunkeln zu sehen.

Deshalb bin ich enttäuscht, als er nach wenigen Minuten meine Gänsehaut bemerkt und spürt, dass ich zittere. Vermutlich hält er es fälschlicherweise für Frösteln. Er schiebt mich sanft von sich, geht in Richtung der Umkleidekabinen und kommt mit einem Handtuch mit dem Logo des Alpinbades zurück. Ich beobachte ihn vom Wasserrand aus und verschränke meine Arme vor der Brust. Dann steige ich aus dem Wasser und lasse mich von ihm einwickeln wie ein zum Versand bereites Paket. Es ist eine intimere und zärtlichere Geste, als sich im Wasser nackt aneinanderzuklammern. Ich spüre, wie mir das Blut in die Wangen steigt, und bin froh, dass der Mondschein nicht ausreicht, um Farben zu unterscheiden. Er nimmt mich hoch und trägt mich diesmal auf seinen Händen zur Wiese zurück. Behütet, beschützt wie ein Baby und gleichzeitig in dem sehr erwachsenen Bewusstsein, dass er noch immer nichts anhat. Er schlüpft wieder in seine Hose, legt sich neben mich. Ich blicke nach oben in den sternenleeren Himmel und kann es fast zurückholen, das nervöse Empfinden von damals. Diese neue Sensation in meinem Bauch und das überschwängliche Gefühl, das mir aus jeder Pore zu entweichen schien, das Glück und die fassungslose Neuigkeit, jemanden zu haben, der einen liebt. Einen Jungen, einen Mann. Wenn ich nach oben blicke, kann ich die Zeiten nicht unterscheiden. Dann könnte dies auch ein Sommertag vor zehn Jahren sein, ein Abend, an dem wir zusammen auf einer Wiese gelegen haben und noch nichts zwischen uns gestanden hat. Keine Jahre, keine Schuld. Doch dann habe ich urplötzlich Johannas Gesicht vor Augen und das macht es mit einem Schlag einfach, diese beiden Nächte zu unterscheiden. Die Unschuld ist nur gespielt. Zwischen uns lagern Jahre wie staubige Kartons gefüllt mit schwerem Inhalt.

»Weißt du, was schon immer meine Lieblingsstelle an dir war?«, fragt Fitz in die Dunkelheit und Stille hinein.

Vielleicht hätte er versuchen sollen, fortzusetzen, was im Wasser zwischen uns gewesen ist, damit sich nicht schon wieder negative Gedanken bei mir festsetzen. So aber ist es, als hätte an Land kommen auch bedeutet, jegliche Leichtigkeit im Wasser zurückzulassen.

»Nein«, sage ich und neige den Kopf, der auf meinen nach hinten gestreckten Armen ruht, leicht zu ihm hinüber. Seine Augen sehen ebenfalls in den schwarzen Himmel, dann dreht er sich und fährt mit der Fingerspitze des linken Zeigefingers über den Muskel meines rechten Armes, der Stelle, an der sich Arm und Achsel mit dem Rumpf verbinden.

»Das ist nicht dein Ernst?«, sage ich ehrlich überrascht. Was ist das denn für eine Stelle?

»Doch, ich finde, das ist eine unglaublich heiße Stelle. Wollte ich dir schon immer sagen und habe mich nie getraut.«

»Du hast dich etwas nicht getraut?« Ich runzele zweifelnd die Stirn.

»Glaubst du nicht, was?«

»Nee.« Ich muss lachen.

Auf einmal ist Fitz' Gesicht hell beleuchtet. Aber nicht, weil seine Aussagen so erleuchtend für mich gewesen sind, sondern weil Scheinwerferlicht darüber fährt.

Am hinteren Ende des Schwimmbads, dort wo Zaun und Wald ineinander wachsen, steht ein Flutlicht, das mir bisher entgangen ist und an das ich mich absolut nicht erinnern kann.

»Scheiße«, rufen wir beide wie aus einem Mund. Dann rappeln wir uns in blinder Hektik auf, sammeln unsere Klamotten zusammen und ziehen uns die T-Shirts über den Kopf – ich für meinen Teil linksherum, bevor ich Fitz hinterherrenne. Ich weiß, was er vorhat. Es gibt eine Stelle im Zaun, die hatte einmal ein Loch. In der Hoffnung, dass die Gemeinde keine Gelder dafür übrig gehabt hat, den Zaun in den letzten Jahren zu erneuern, rennt Fitz geradewegs darauf zu. Ich hinterher, mehr stolpernd als rennend. Das Loch ist noch da, aber die Wiese dahinter ist inzwischen ein eingezäunter Schrebergarten mit dorniger Hecke. Noch während wir uns hintereinander durch den Zaun quetschen und ich mir mein Oberteil und die Arme aufreiße, kommt der Kegel einer Taschenlampe dem Zaunloch gefährlich nahe.

»Ich bin doch zu alt für so was«, keuche ich.

Fitz zieht mich die restlichen Zentimeter durchs Gebüsch und ich muss die Zähne zusammenbeißen, um nicht laut aufzuschreien, als ein Dorn sich in meine Wade bohrt. Dann sitzen wir hinter einem rot gestrichenen Gartenhäuschen und halten die Luft an. Fünf Minuten später ist niemand mehr zu hören, auch der Taschenlampenkegel ist erloschen. Ebenso wie das grelle Flutlicht, das den Platz ausgeleuchtet hat, als wäre es ein Fußballfeld und keine Liegewiese. Ich fange an, hemmungslos zu lachen, und wenig später fällt Fitz mit ein.

»Wie die Teenager … stell dir vor, sie hätten uns erwischt …«

Mit unserem albernen Gekicher fällt nicht nur die Anspannung unserer kleinen Flucht von mir ab, sondern auch die zwischen uns. Fitz und ich haben nicht immer harmoniert, aber wir konnten stets miteinander lachen. Über die gleichen Dinge, übereinander, miteinander, nebeneinander und im gleichen Takt.

»Werden deine Hände immer noch weich und zittrig, wenn du lachst?«, fragt er unter leiser gewordenem Lachen.

»Ja, schau mal.«

Es ist dunkel hinter der Laube, ich taste mich mit meinen Händen durch sein Gesicht und erwische ihn erst unsanft an der Nase, bis ich seinen Haaransatz finde und ihn zu mir hinziehe. Mit zittrigen Händen. Wenn ich lache, kann ich keinen Kugelschreiber mehr halten, geschweige denn schreiben. Meine Hände und insbesondere mein Daumen werden weich wie ein Schwamm, dem alles entgleitet. Es ist ein ähnlicher Effekt wie der, den Fitz auf mich hat.

»Es gibt Dinge, die werden sich nie ändern«, sage ich und weiß selbst nicht genau, was ich damit alles meine.

Minuten später, als sich mein Mund so anfühlt, als hätte er endgültig Besitz von seinem Mund genommen, als wäre jeder Millimeter neu erobert und jeder Nerv, jedes Gefühl wieder am richtigen Ort, stehen wir auf. Wir verlassen den Schrebergarten über einen wesentlich niedrigeren Zaun als den, über den wir gekommen sind. Nicht nur im wörtlichen Sinn, sondern sinnbildlicher, als ich es für möglich gehalten hätte.

»Kommst du mit mir nach Hause?«, will Fitz wissen, als wir vor seinem Wagen am Parkplatz stehen. Er öffnet langsam die Beifahrertür. Eine Einladung.

»Dein Hund hasst mich«, antworte ich.

»Das wird sich ändern.«

»Ich weiß nicht, ob das so eine gute Idee ist.«

»Grimm kann auch im Garten schlafen«, erwidert er.

»Das habe ich nicht gemeint.«

»Ich weiß. Also, kommst du mit?«

»Nein.« Es kostet mich all meine Willenskraft, beim Nein zu bleiben. »Du wolltest doch erst noch ein wenig nach mir suchen.«

»Mein Herz weiß schon längst Bescheid«, entgegnet er leise.

Und meines kann sich nicht entscheiden, ob es glücklich sein soll oder völlig verzweifelt. Wie konnte ich auch ahnen, dass das mit uns beiden wieder wie eine Bombe einschlägt? Dass er mein ganzes Leben erneut in Einzelteile zerlegt? Wie habe ich so tun können, als hätte ich nicht immer gewusst, dass genau das jederzeit passieren kann …? Es ist eine dumme Idee gewesen, zurückzukommen.

»Was wird jetzt aus uns, Anna?« Fitz ruckt von einem auf das andere Bein.

Herrgott, er ist nervös! Er ist tatsächlich nervös. »Aus uns?«, wiederhole ich stumpf.

»Ja, aus dir und mir.« Da, da ist es. Dieser Ausdruck in seinen Augen. Ich habe ihn verletzt. Mehr, als ich es für möglich gehalten habe.

»Ich will nicht, dass sich alles wiederholt.« Ich schließe die Augen und atme tief durch.

Fitz runzelt die Stirn. »Das liegt wohl an dir, oder?«

Ja, das liegt an mir. »Ich muss zurück nach München«, antworte ich und vervollständige stumm: Und vorher muss ich dir sagen, dass ich mit deiner Schwester gestritten habe. Und danach war sie tot.

»Jetzt? Sofort? Habe ich dich so durcheinander gebracht?«

Ich muss weg, schreit alles in mir. Ja, jetzt und sofort. Ich kann nicht bleiben, ich kann dir nicht sagen, was da auf dem Berg passiert ist. »Ja, nein. Fitz, ich weiß nicht. Wir müssen über so viele Sachen reden.«

»Dann lass uns reden, ich habe die ganze Nacht Zeit!« Er lächelt. Seine Mundwinkel zucken dabei.

»Ja, nein … nicht heute, okay?«, stottere ich.

Fitz schaut auf den Boden, dann wieder hoch zu mir. Jetzt lächelt er nicht mehr. »Du hast jemanden in München?«

»Nein! Nein, wirklich nicht. Nur einen Job, Fitz. Es sind noch keine Ferien und ich muss wieder arbeiten, ich kann nicht länger …« Ich bin so feige.

»Wovor hast du Angst, Anna?«

»Ich habe keine Angst«, lüge ich schlecht. Angriff, Verteidigung, Flucht. »Du hättest damals doch auch zu mir kommen können? Wenn wir dir so wichtig gewesen wären, dann hättest du zu mir nach München kommen können und …«

»Was und?«, wird er plötzlich lauter. »Und darum betteln sollen, dass du zu mir zurückkommst? Du bist unfair!«

Ja, bin ich. »Aber ein bisschen Wahrheit liegt schon darin, oder?«

Fitz schlägt die Tür hinter sich zu. »Woher willst du wissen, dass ich nicht da war?«

»Wann?« Ich atme hastig aus.

»Ich war an der Uni. Ich habe dich gesehen. Und da wusste ich, ich habe dich verloren.«

Er ist da gewesen? Meine Gedanken drehen sich im Kreis und überholen sich selbst. Warum? Und wieso ist er wieder gefahren?

»Ich bin nach München, nachdem ich dich nicht erreichen konnte. Tagelang, wochenlang. Herrgott, wir hatten gestritten, dann war meine Schwester tot und du weg. Ich wusste nicht mehr, wo vorn und hinten ist. Auf einmal war alles auf links gedreht, durcheinander. Ich bin dann zu deinen Eltern, die wollten mir nichts sagen. Caro war genauso ahnungs- und ratlos wie ich und hatte andere Probleme, wie du ja jetzt weißt. Dann bin ich drei Tage durch München geirrt und habe mich schließlich erkundigt, wo man die Lehramtsstudenten findet. Ich wollte es eigentlich gar nicht glauben, dass du dieses olle Studium wirklich angetreten hast. Ehrlich gesagt, kann ich immer noch nicht glauben, dass du freiwillig dein Leben an einer Schule verbringst. Ich habe andere Studenten nach dir gefragt. Und es gab nur eine Anna Albrecht. Es *gibt* nur eine Anna Albrecht.«

Er lächelt traurig.

Jedes Wort ist ein tiefer Stich ins Herz. Eine Erinnerung blitzt auf. »Was ist der größte Schmerz?« – die Frage ist von mir gekommen. Bei einem regnerischen Abstieg. Fitz hat einen ganzen Tag lang überlegt und dann geantwortet: »Der größte Schmerz ist nicht dein eigener, sondern der, den du anderen zufügst und dich dabei selbst am tiefsten verletzt.« Genau das fühle ich jetzt. Mehr denn je. »Und dann hast du mich gesehen?«, flüstere ich.

Er räuspert sich und nickt. »Ja, du standest dort am Getränkeautomaten und hast dich mit einem Mann unterhalten. So ein großer, schlaksiger, und du hast gelacht. Da wusste ich, ich habe dich verloren.«

Der Mann ist Christoph gewesen. Ich kann mich nicht einmal mehr daran erinnern, gelacht zu haben. In diesem ersten halben Jahr danach. Es ist ein giftiges Gefühl, zu wissen, dass er so nahe gewesen ist. Und ich es nicht einmal gespürt habe. »Aber Fitz, du hast mich nie verloren!«

»Es fühlt sich so an, als hätte ich genau das gerade zum zweiten Mal«, sagt er traurig und das Lächeln dazu wirkt geborgt.

»Nein, das hast du nicht. Ich muss mir einfach über ein paar Dinge klar werden, weißt du?« Darüber, ob ich deine Schwester von diesem Felsen gestoßen habe, ob es ein Unfall gewesen ist, ob ich schuld bin oder nicht. Die Erinnerungsfragmente zur einzigen Wahrheit zusammensetzen.

Er nickt langsam. »Gut. Nimm dir Zeit. Aber – Anna?«

»Ja?«

»Vergiss nicht, was wir hatten. Und was wir hätten sein können, was wir immer noch sein können.«

Ich schlucke schwer und sage leise: »Ja«. Ich habe es nicht verdient, dieses Versprechen auf Glück. Ich habe es wirklich nicht verdient. So viel Schmerz und es macht es nicht besser, dass ich zu meinem eigenen nun auch seinen spüren kann.

Mein Herz weiß auch Bescheid, sollte ich ihm sagen, aber ich bringe nichts weiter über die Lippen. Wenn ich schuld wäre und das all die Jahre nur verdrängt habe, dann ist es ganz egal, was mein Herz sagt oder was es weiß.

Wie anders alles hätte sein können damals. Wie unperfekt perfekt.

29

DAMALS

Wir steuerten auf ein Unglück zu, ohne es zu wissen. Es lag in der Luft, wie die Vorboten eines schweren Gebirgsgewitters. Eine Wolke, die sich vor die andere schob und die Welt fast unbemerkt Stück für Stück dunkler machte. Einzeln waren sie so harmlos, die Wolken, aber in Kombination mit der sich stauenden Hitze ungeheuer explosiv.

Fitz hatte Johanna zu ihrem sechzehnten Geburtstag einen Roller gekauft. Das Ding war nicht schnell genug, um damit bequem nach München zu fahren, aber er wollte ihr zeigen, dass er ihr vertraute. Sie kam danach wieder häufiger, drehte kleine Runden mit dem Roller und stand fast an jedem Wochenende in der Tankstelle und kassierte die Kundschaft ab. Die Stimmung zwischen uns beiden hatte sich ein wenig entspannt, sie lächelte wieder mehr und ich schwankte zwischen der Hoffnung, sie könnte tatsächlich den Absprung geschafft haben, und der etwas stärkeren Befürchtung, sie könnte die Tankstelle vielmehr dafür nutzen, einfacher an ihre Drogen zu kommen. Das Geld war in der Kasse und die Autofahrer kamen von überall her. Ein paar Wochen lang schien alles gut zu gehen. Dann – von einem auf den anderen Tag – war Johanna nicht mehr allein im

Shop. Angela stand sofort von ihren Buchhaltungsunterlagen auf, sobald die Türklingel surrte. Fitz sprach nie darüber, dass Geld fehlte, er machte ihr nie Vorwürfe, aber er begann, die Kasse zweimal täglich zu leeren. Meine Befürchtungen hatten meine Hoffnungen gnadenlos überholt und wieder einmal den fragilen Frieden zunichtegemacht.

Der Tag, an dem das Wetter endgültig umschlug, war der Tag im Mai, in den Pfingstferien, an dem Robbie auftauchte. Vermutlich hieß er nicht einmal Robbie. Er sah mehr aus wie Iwan, der Schreckliche, mit seiner mehrfach gebrochenen Nase, dem breiten Kreuz und diesem Haardutt am Hinterkopf über den darunter rasierten, blondroten Stoppeln. Eines Tages stand er mit einem schwarzen Hummer vor dem JUZ und spähte aus dem Fenster. Eine Woche darauf tauchte er am Supermarkt auf und von da ab auch immer wieder an der Tankstelle. Natürlich wussten wir, nach wem er Ausschau hielt. Aber Fitz wollte es nicht wahrhaben. Dafür wurde er zunehmend reizbarer. Er schloss Johanna in ihr Zimmer ein; er folgte ihr auf Schritt und Tritt und weigerte sich, mit mir auf den Berg zu gehen.

Es war ein Dienstag, als der Hummer beim Bäcker gesichtet wurde und Johanna aus dem Fenster abhaute. Im Gegensatz zu Fitz, der kategorisch ablehnte, auch nur darüber nachzudenken, war mir klar, was sie vorhatte. In München, Ulm oder Passau. Ich hätte gern etwas gefühlt dabei. Mitleid, Ekel, Sorge. Aber da war nichts außer Wut. Über ihre Dummheit. Ich konnte sie nicht als Opfer ihrer Sucht verstehen. Sie war schlicht der Grund dafür, dass Fitz sich veränderte. Sie war der Grund dafür, dass wir immer häufiger stritten. Mir tat es leid, wie sehr er sich für seine Schwester aufopferte und dabei immer wieder enttäuscht wurde. Ihre Eltern waren völlig hilflos und sahen sich nicht in der Lage, mit der Situation umzugehen. Fitz dagegen warf mir vor, als Einzelkind überhaupt nicht verstehen zu können, wie es war, eine Schwester zu haben. Er wurde schroff, immer gereizter und warf ständig für Johanna unsere Pläne über den Haufen.

Fitz suchte sie eine ganze Woche lang und schleifte sie wieder nach Hause zurück. Sie sträubte sich gegen eine erneute Aufnahme in der Klinik und drohte damit, sich umzubringen, sollte Fitz sie wider ihren Willen dort abliefern. Also versuchte er alles, sie unter Leute zu bringen, sie dazu zu überreden, in Seelingen zur Schule zu gehen. Er wollte ihr unbedingt Alternativen aufzeigen und ihr deutlich machen, dass es ein normales Leben für sie geben konnte.

Er überredete sie, mit ins JUZ zu kommen, doch dort saß sie nur gelangweilt herum, kaute Kaugummi und spuckte ihn provokativ auf den Boden. Mehrmals versuchte er, sie zu überzeugen, die Wanderschuhe anzuziehen und mit ihm auf den Berg zu steigen. Das Einzige, wozu sie sich bewegen ließ, war eine Sesselbahnfahrt auf den Unternberg, die beinahe in einer Katastrophe endete. Während der Fahrt stand sie mehrmals auf, beugte sich über den Sicherheitsbügel und gab vor, sich in die Tiefe stürzen zu wollen. So lange, bis andere Mitfahrer das Personal der Bahn darauf aufmerksam machten und die Seilbahn angehalten werden musste. Johanna wurde ermahnt – was sie mit schadenfrohem Gelächter quittierte, und Fitz schämte sich in Grund und Boden.

Er war bald mit seinen Nerven am Ende und ich ebenfalls. Unsere Reisepläne lagen auf Eis, wann immer ich darauf zu sprechen kam, wich er aus. Ich wusste, dass sich an seinen Gefühlen für mich nichts geändert hatte, aber dennoch fühlte ich mich vernachlässigt und wenngleich ich versuchte, ihm beizustehen, so machte er es mir unglaublich schwer. Die meiste Zeit war er schlecht gelaunt, einsilbig und ruppig.

Das Leben unserer Freunde dagegen ging unbeschwert weiter, Caros Abreise stand kurz bevor, sie hatte ihren Flug nach Bangkok gebucht und uns blieben lächerliche zwei Wochen bis zu unserer Trennung auf Zeit. Ich dagegen fühlte mich mehr im Leerlauf als je zuvor. Ich hatte für das Sommersemester wieder keinen Studienplatz für Medizin erhalten und musste meine Hoffnungen auf das Wintersemester konzentrieren. Caro hatte – auch um mich und Fitz aufzuheitern – eine Art Abschiedsparty geplant. Statt wie üblich am See zu feiern, hatten wir entschieden, auf die kleine Berghütte von Michaelas Eltern zu wandern, am Lagerfeuer zusammenzusitzen und später dort oben zu übernachten.

Wir trafen uns am späten Vormittag zum Aufstieg, aber Fitz kam nicht zum Treffpunkt. Caro zuliebe versuchte ich, mir meine maßlose Enttäuschung nicht anmerken zu lassen, versuchte mir immer wieder zu sagen, dass er eben bei seiner Schwester bleiben musste, dass es nicht anders ging. Aber es blieb ein Rest feuriger Wut. Ein Glimmen, das sich langsam zu einem Flächenbrand des Zorns ausbreitete.

Wir saßen schon am Feuer, es war später Nachmittag, als Fitz mit Johanna im Schlepptau auftauchte. Sie blieb etwas abseits stehen, Fitz dagegen kam auf mich zu und legte seinen Arm von hinten um mich. Ich versteifte mich, drehte meinen Kopf zu ihm und sah ihn ernst an.

»Wo warst du?«

»Jetzt bin ich doch da«, war seine Antwort. »Es tut mir leid … Johanna …«

»Ja, es geht immer um Johanna, Fitz«, sagte ich und gab mir diesmal nicht die Mühe, meine Stimme zu senken. Sollte sie es doch hören!

»Sie wird sich ab jetzt bemühen! Sie ist mitgekommen und sie hat die Wanderschuhe an!«

»Aha«, war alles, was ich hervorbrachte. Johanna trat näher ans Feuer, grüßte kurz mit einem beiläufigen Winken in die Runde und setzte sich dann wortlos auf die einzige leere Bank. Fitz strich mir übers Haar und setzte sich dann neben mich. Er schien höchst zufrieden, so als hätten sich Johannas Probleme damit aufgelöst, dass sie in Wanderschuhen zur Berghütte gelaufen war. Es machte mich wahnsinnig, zu sehen, wie er immer wieder auf das Beste hoffte und dann von Neuem enttäuscht wurde. Warum sollte es diesmal anders sein? Johannas Leben war ein einziger, endloser Kreislauf aus Abhängigkeit und Entzug. Im Gegensatz zu Fitz konnte ich mir nicht mehr einreden, dass jetzt der Tag war, an dem sich alles ändern würde. Dafür hatte es schon zu viele solcher Tage gegeben. Fitz vertraute Johanna immer wieder, ich dagegen misstraute ihr zutiefst. Ihr und dem Teufel der Sucht, der sie heimsuchte.

Die Gespräche am Feuer waren nach Johannas Ankunft schlagartig verstummt. Michaela erkundigte sich nach einem Moment des peinlichen Schweigens höflich, ob Johanna etwas trinken wolle, und suchte irritiert Fitz' Blick, als Johanna nach Wodka fragte. Fitz nickte nur gut gelaunt und ich dachte zynisch, dass ein Wodka dem Cocktail in Johannas Blutbahn wohl zwischen all den anderen giftigen Substanzen kaum schaden konnte. Caro versuchte, die Stimmung aufzulockern, indem sie von ihren Reiseplänen berichtete. Wolfi scherzte, ihr würde spätestens am Münchner Flughafen das Geld ausgehen, und allmählich normalisierte sich die Atmosphäre wieder. Fitz bemühte sich unermüdlich, Johanna mit einzubeziehen, und das ging mir so gegen den Strich, dass ich mehr als nur einen Becher Asbach-Cola zu hastig hinunterstürzte. Ich saß zwar neben ihm, aber ich vermied jede Berührung. Sicher, ich hätte vielleicht mehr Verständnis zeigen sollen, aber ich war neunzehn Jahre alt und verliebt. Ich wollte Fitz nicht teilen. Auch nicht mit seiner drogensüchtigen Schwester.

Johanna reagierte kaum auf Fitz' Versuche, sie nickte hin und wieder, lachte an völlig unpassenden Stellen und hielt sich ansonsten an der Wodkaflasche fest, aus der sie immer wieder tiefe Schlucke nahm.

»Anna, wann kommt ihr nach? Wir sehen uns spätestens am Machu Picchu, oder? Was peilen wir an, August? Dann ist klar, ob du den Studienplatz fürs Wintersemester hast oder nicht. Was meinst du, Fitz, wo werden sich unsere Wege wieder kreuzen?«, fragte Caro und strahlte dabei.

»Ich fahre nicht«, erwiderte Fitz knapp mit fester Stimme. »Wenn, dann musst du Anna allein treffen.«

Es dauerte einen kurzen Augenblick, bis diese drei vernichtenden Worte zu mir durchdrangen, bis ich ihren Sinn verstand. »Was?« Ruckartig drehte ich mich zu ihm. Das musste ein Scherz sein! Sicher, er hatte in den letzten Wochen wenig Enthusiasmus für die Reise gezeigt, aber ich hatte das für vorübergehend gehalten.

»Es geht nicht, Anna. Das siehst du doch.« Mit einem kaum merklichen Nicken reckte er den Kopf in Johannas Richtung.

Caro blieb stumm und starrte erst ihn an, dann mich. Süße, da mische ich mich nicht ein – sagte ihr Blick.

»Das kannst du nicht machen!«, zischte ich. »Fitz, das kannst du nicht machen!«

»Es geht nicht anders.«

Er meinte das ernst! Die Gewissheit dessen war wie Hagel mitten im Sommer, ein unangenehmes Prickeln bitterer Wahrheit. Mit einem Mal war mir, als stünde ich im Eisregen. Eine schaurige Gänsehaut verteilte sich überall auf meinem Körper und ich zitterte.

Caro reagierte umgehend, verwickelte Wolfi und Mike betont laut in ein Gespräch über Sinn und Sinnlosigkeit von Travellerschecks.

Mich hielt es nicht mehr auf der Bank, ich sprang auf und bedeutete Fitz mitzukommen. Aus dem Augenwinkel heraus sah ich, wie Johanna in ihrer Tasche kramte und kurz darauf wieder die Wodkaflasche an die Lippen setzte. Schnell sah ich weg, ich *wollte* gar nicht mehr sehen, was sie tat.

»Komm mit!« Ich zog Fitz vom Feuer weg, er folgte mir missmutig ein Stück den Hang hinauf, zur Hinterseite der Berghütte. Außer Hörweite, strich Fitz sich die Haare aus der Stirn und lehnte sich mit dem Rücken an die Holzwand. »Wieso geht es nicht anders? Es war doch alles klar! Du wolltest mit mir verreisen, Angela und Johanna kümmern sich um die Tankstelle … und … Wir haben das alles doch so lang geplant.«

Fitz sah zur Seite.

Ich trat leicht schwankend auf ihn zu, nicht bereit, ihn sich der Situation entziehen zu lassen.

»Johanna kann sich nicht einmal um sich selbst kümmern, Anna. Es geht einfach nicht. Machen wir uns nichts vor, ich kann sie nicht allein lassen.«

Tränen der Wut brannten in meinen Augen, der ungewohnte, übermäßige Alkoholkonsum ließ mich weinerlich werden. »Und mich? Mich kannst du allein reisen lassen?« Ich hasste mich selbst dafür, wie hysterisch meine Stimme klang, aber die Enttäuschung war einfach zu groß.

»Du kannst ja auch hierbleiben.«

»Es dreht sich ständig alles um deine Schwester!« Mein Kopf drehte sich ebenfalls, ich musste mich an der Hauswand abstützen.

»Sie ist krank, Anna!« Fitz gelang es nicht mehr, ruhig zu bleiben, die Worte kamen schnell und abgehackt und er sah mich an, als wäre ich ein dummes Kleinkind, das den Ernst der Lage nicht verstand. Da war keine Wärme mehr zwischen uns, nur noch Fitz' kalte Entschlossenheit, seine Schwester mir vorzuziehen.

»Warum immer du? Du bist ihr Bruder, Fitz, nicht ihr Vater.«

»Ihr Vater säuft, wie du weißt. Unsere Mutter ist nicht in der Lage. Willst du es nicht kapieren? Ich bin der Einzige, der sich um sie kümmert. Ich muss hierbleiben und ihr helfen.«

»Ich glaube, *du* kapierst es nicht, Fitz! Sie macht dich kaputt. Es wird sich nie etwas ändern. Nie.« In mir stürmte, raste und jagte die Empörung. Ich fühlte nichts als aufgestauten, unterdrückten Groll, der nicht mehr zurückzuhalten war. »Ich hab die Schnauze voll! Wirklich voll! Ich kann mir das nicht mehr mit ansehen, Fitz. Du tanzt nach ihrer Pfeife, merkst du das nicht?«

»Und nach wessen Pfeife soll ich tanzen? Nach deiner, Anna?«

»Nein, aber es ist doch auch dein Leben. Du kannst dich doch nicht immer nach ihr richten. Sie macht sich so oder so kaputt!«

»Meinst du etwa, ich soll tatenlos dabei zusehen?«

»Fitz, ich … ich will doch nur, dass du auch mal wieder glücklich bist.«

»Ich bin aber nicht glücklich, wenn ich meine Schwester blindlings in ihr Unglück rennen lasse.«

»Und was machen wir jetzt?«

»Ich bleibe, Anna. Ich fahre nicht in der Weltgeschichte herum und überlasse meine Schwester ihrem Schicksal, irgendwelchen Dealern oder dem totalen Absturz. Sie braucht mich!«

»Ich brauche dich auch«, murmelte ich.

»Ja«, sagte er nachdenklich und stierte dabei in die Ferne. »Kann sein, Anna. Aber nicht so sehr wie sie.«

Darauf hatte ich keine Antwort. Ich starrte genau wie er an einen Punkt jenseits der Berge, hinter dem Haus und all diesen Problemen. Aber diesmal gelang es dem Berg nicht, mir ein Gefühl der Freiheit und Unabhängigkeit zu vermitteln. Vielmehr fühlte ich mich eingekesselt zwischen Schrofen aus unlösbaren Problemen.

»Das heißt, du entscheidest dich für deine Schwester!«

»Ich wusste nicht, dass ich mich entscheiden musste! Du bist meine Anna und sie ist meine Schwester. Ich habe genug

Platz in meinem Herzen für euch beide. Aber offenbar reicht dir das nicht!« Er drehte sich zu mir, die Augen hart, jeder Muskel angespannt.

Ich wollte etwas entgegnen, aber die Worte fehlten mir.

Es vergingen Minuten, in denen wir uns ansahen und keiner ein Wort sagte. Ich fühlte mich so unendlich müde, eine bleierne Weste aus Traurigkeit, Verzweiflung und Erschöpfung legte sich um meine Schultern und drückte jeden vernünftigen Gedanken nieder. Der Alkohol in meinem Blut tat seinen Anteil dazu.

»Anna, sag was«, flüsterte Fitz.

Es tat mir leid, ihn stehen zu lassen, aber ich konnte den Gedanken, mich wieder ans Feuer zu setzen und Johanna zuschauen zu müssen, nicht ertragen. »Ich gehe schlafen«, erklärte ich endlich. »Ich kann mir das«, ich deutete vage in Richtung des Feuers, »nicht mehr mit anschauen.«

Er nickte langsam und dann ging ich. Um die Hinterseite des Hauses herum zum Eingang. Fitz folgte mir nicht. Da war ja schließlich noch Johanna am Feuer, Johanna, auf die er aufpassen musste.

Ich stand vor der schweren Holztür und wollte sie öffnen. Dann aber sah ich, wie sich die Sonnenstrahlen ihren Weg hinter den Gipfeln hervor bahnten, und das Schauspiel zog mich so in seinen Bann, dass ich den Griff der Tür wieder losließ und wegtrat. Ich musste mir klar werden, wie es weitergehen sollte. Ich wollte Fitz nicht verlassen, aber ich wusste auch nicht, ob ich mir vorstellen konnte, immer wieder alle Höhen und Tiefen im Leben seiner Schwester mitzutragen. Vielleicht würde der Berg dafür sorgen, dass ich nüchterner wurde, wenn er schon keine Lösungen parat hatte.

Also ging ich von der Hütte weg und stapfte den schmalen Stieg nach oben, der auf einen kleinen Aussichtspunkt führte. Erst als ich oben angekommen war, spürte ich, wie wackelig mein Gang war, wie benebelt sich mein Kopf anfühlte und wie der Alkohol und die Aufregung meine Sinne betäubten. Hinter der Kuppe fiel der Berg steiler ab, als der Aufstieg vermuten ließ. Die Stelle war gefährlich, der Fels bröckelte jenseits des kleinen Gipfels in zerklüftetes Gestein, das meterweit ohne sichtbaren Halt splitterte. Früher hatte einmal ein Warnschild dort gestanden, aber es kamen nur wenige Touristen an diesen entlegenen Winkel und so war das hölzerne Schild ein Opfer des rauen Wetters geworden. Nur der Pfahl erinnerte an die Warnung, sich nicht zu nahe an den Abgrund zu wagen. Ein mannshohes steinernes Kreuz dagegen trotzte der Natur, zwischen den dicken Balken leuchtete die untergehende Sonne wie ein Versprechen auf Antworten. Und hinterließ ein einziges Loch. Ein riesiges, klaffendes Loch wie eine offene Wunde.

30

Du wolltest einmal von mir wissen, welche Blumen mir im Laden meiner Mutter die liebsten wären. Ich glaube, du hattest an irgendeine exotische Sorte gedacht. Etwas Elegantes wie eine Calla oder vielleicht auch den Duft von Rosen. Aber weißt du, welches mir von allen die liebsten Blumen sind? Es sind Vergissmeinnicht. – Anna

»Hier bist du«, höre ich meine Mutter rufen.

Ich liege auf dem Rücken und sehe in den Himmel hinauf. Sie bewegen sich so langsam heute, die Wolken, und meine Augen sind so schwer und müde, dass es geradezu einschläfernd ist, diesem gemächlichen Schieben und Ziehen der weißen Formen zuzusehen. Es ist ein langsamer Tanz behäbiger Gebilde.

»Kann ich mit dir reden?«

Ich blinzele und sehe eine Strähne von Mamas buschigem Haar über mir baumeln. Sie riecht nach Erde und dem etwas aufdringlichen Geruch von Margeriten. Nach Kindheit.

Bevor ich ihr antworten kann, setzt sie sich neben mich ins Gras. Lässt sich rücklings fallen und legt ihren Kopf in die Arme. »Was machst du hier? Du hättest dich in den Garten legen können.«

Es hat sich richtig angefühlt, die Wiese hinterm Haus zu wählen. Um nachzudenken. Zur Tarnung habe ich ein Buch dabei. Das Letzte, das ich gelesen habe, bevor ich nach München gezogen bin. Ich habe keinen einzigen Buchstaben entziffert. Nur nach oben gestarrt und nach Lösungen gesucht.

»Das hast du schon als Kind gern gemacht!«, stellt meine Mutter fest, ich höre das Lächeln in ihrer Stimme.

»In den Himmel gestarrt?«

»Ja, und Bilder in den Wolken gesucht.«

Im Moment suche ich mehr nach Antworten. »Und habe ich immer was gefunden?«

»Nein. Ist das so wichtig? Immer etwas zu finden?«

»Ich weiß nicht«, murmele ich. Eine der Wolken sieht aus wie die Spitze eines eisbedeckten Gipfels, ein kleinerer daneben wie der zarte Bruder. Ich versuche, ihn mit einem unserer Berge zu vergleichen. Wie konnte ich nur jemals weggehen? Wie sehr mir das hier gefehlt hat. Von innen und von außen.

»Ich glaube, es war ein Fehler, damals abzuhauen, Mama. Ich hab mich einfach nur versteckt und irgendwann muss man ja wieder rauskrabbeln und dann ist die Welt doch auch nicht besser geworden.«

»Ja. Das stimmt vermutlich. Und wir haben dich darin bestärkt. Es tut mir leid, Anna. Ich, dein Vater und ich, wir dachten immer, dass es besser für dich wäre, wenn du alles hinter dir lässt. Wir hatten Angst um dich.«

»Um euch doch auch, oder nicht?« Ich lege den Kopf zur Seite, sodass ich sie ansehen kann. Die Jahre haben sich in ihrem Gesicht abgezeichnet, sich in tieferen Linien manifestiert.

»Ja, um uns auch. Das war falsch.«

»Ich weiß nicht, was genau damals passiert ist. Ich habe nicht gelogen, als ich sagte, ich erinnere mich nicht.«

»Willst du dich denn erinnern?« Sie legt ihren Arm auf meinen Kopf, und jetzt fühle ich mich wirklich wie ein Kind.

»Ja und nein.«

Sie nickt leicht.

»Mama, warum hast du mir nie gesagt, dass Caro hier ist?«

Sie überlegt einen Moment, dann seufzt sie: »Ich weiß nicht, ich weiß wirklich nicht. Ich dachte, du würdest alles abbrechen in München, wenn du wüsstest, dass sie hier ist und schwanger ist. Wir wollten nicht, dass du dein Studium sausen lässt … es war dumm. Wirklich dumm und egoistisch und es tut mir leid, Anna.«

»Ich hab versucht, wütend auf dich zu sein, Mama. Aber es geht nicht. Ich bin viel zu wütend auf mich selbst, um noch Zorn übrig zu haben.«

Sie lächelt. »Ach, du. Es hat noch niemandem geholfen, wütend zu sein. Weder auf sich, noch auf seine dumme, alte Mutter.«

»Du bist nicht alt, vielleicht ein wenig in die Jahre gekommen.« Lächelnd zupfe ich an einem ihrer störrischen Haare. »Und dumm bist du auch nicht.«

»Vielleicht verstehst du es, wenn du selbst einmal Kinder hast«, sagt sie.

»Vielleicht.«

»Ganz bestimmt. Ich habe Entscheidungen über deinen Kopf hinweg getroffen, aber du musst wissen, dass jede meiner Entscheidungen aus Liebe zu dir gefällt wurde. Wir hätten dich ermutigen sollen, dich dem Ganzen zu stellen. Aber wir wollten, dass du glücklich sein kannst, und haben gedacht, dazu reicht es, zu vergessen.«

»Ich glaube, ich muss mich endlich erinnern. Die Wahrheit zulassen, egal wie schmerzhaft sie ist.«

Langsam streicht sie über mein Haar. »Gut. Wir sind für dich da, Anna. Egal, was du tust. In Ordnung? Wir lieben dich.«

»Ich liebe euch auch.« Ich streiche ihr noch einmal zärtlich über den Kopf.

»Soll ich dich noch ein wenig mit den Wolken allein lassen?«, fragt sie.

Ich nicke.

Langsam richtet sie sich auf und streckt den Rücken durch. »Der da«, erklärt sie und deutet auf eine Wolke mit einer spitzen Haube, »der sieht aus wie das Sonntagshorn.«

Ich lache und schüttele den Kopf. »Niemals. Das ist das Fellhorn.«

»Du hast doch keine Ahnung, warst schon viel zu lange nicht mehr hier«, sagt sie im Gehen.

»Da hast du recht«, murmele ich.

Als meine Mutter fort ist, nehme ich das Buch wieder in die Hand. Gerade als ich den Klappentext erneut lesen will und das Softcover anhebe, fällt ein Bild heraus. Es ist ein verwackelter Schnappschuss, ich erinnere mich sofort an das Foto. Fitz und ich lachen in die Kamera. Eine lange Haarsträhne hängt ihm quer über das linke Auge. Mein Kopf ist leicht zu ihm gedreht. Ich lächele ihn nicht nur an, ich himmele ihn an. Mein Herz ist noch ganz auf diesem Bild, noch kein Scherbenhaufen. Caro hat das Foto gemacht. Mit der Kamera, die sie sich für ihre Weltreise gekauft hat und für die sie ihr Handy und ihren halben Kleiderschrank verscherbelt hat.

Ich drehe das Fotopapier, die Ecken sind fusselig, geknickt, und an den Rändern ist die Farbe verblasst. Aber das Foto strahlt. Von unserer Unschuld.

Da weiß ich, dass ich genau das wieder will. Ich brauche es. Und es gibt nur einen Weg dahin.

31

Manchmal sehe ich in den Rückspiegel und ein Auto, das eben hinter mir war, ist verschwunden. Dafür gibt es sicher eine simple Erklärung. Doch meistens fühle ich mich, als wäre ich verantwortlich. Und frage mich, ob Menschen einfach so von der Bildfläche verschwinden können. Wie Serienfiguren, die man aus einer Soap herausgeschrieben hat, weil sie nicht mehr ins Konzept passen. Wie du und ich als Paar. – Anna

Unschlüssig stehe ich vor dem gelben Schild, auf dem drei verschiedene Wanderwege mit unterschiedlichen Schwierigkeitsgraden ausgewiesen sind. Ich könnte einen davon nehmen oder den, der nicht angezeichnet ist. Einen Weg, den ich seit jenem Abend nicht mehr gegangen bin.

Ich ziehe mein Handy aus der Hosentasche und checke zum hundertsten Mal, ob ich eine Nachricht von Fitz bekommen habe. Nichts. Ich stecke das Smartphone wieder in die Tasche, starre auf den Wegweiser. Eineinhalb Stunden bis zur Kaiserhütte, knappe drei bis zur Wiesenalm und eine Dreiviertelstunde bis zur Mittelstation. Rechts gelangt man zu dem Gipfel, von dem Johanna in den Tod gestürzt ist. Dort wartet die Wahrheit, ich kann es spüren. Sie ruft nach mir, verlockend und beängstigend zugleich.

Meine Erinnerung schwebt zu einem Moment, der Wochen vor dem schicksalhaften Abend im Mai liegt. »Da oben wächst blauer Enzian«, habe ich zu Fitz gesagt und zum Fenster des Dachbodens der Hütte gedeutet, in der wir gelegen haben. Das alte und trocken-staubige Heu hat schrecklich in der Nase gekitzelt. Wir hatten eine Decke unter uns, eine über unseren nackten, verschwitzten Körpern und haben durch die Dachluke hinaus direkt in den Himmel gesehen. »Enzian? Der ist doch total selten, oder?«, hat Fitz gemurmelt und einzelne Halme aus meinem Haar gezogen. Ich habe gelacht. »Nein, der ist so gewöhnlich wie ich.«

»Du bist nicht gewöhnlich. Für mich bist du ... komm hilf mir, du bist die Botanikerin!«

»Edelweiß?«, habe ich vorgeschlagen. »Schwer, da ranzukommen, sehr schwer.« Er hat seinen linken Arm um meine Schultern geschlungen und mit dem anderen meine Taille hinabgestrichen. »Man muss nur wissen, wo man es findet, oder?«

»Richtig.«

Das Bild verblasst. Warum kann das nicht die letzte Erinnerung an diese Hütte sein? Noch einmal ziehe ich das Handy aus der Tasche. Keine Nachricht von Fitz. Dafür eine von Rita.

Was ist ein Leprakranker nach einem heftigen Sturm?, schreibt sie. Ich muss wider Willen grinsen.

Vom Winde verweht, tippe ich.

Zu einfach, antwortet sie, dazu ein Emoji, das die Hände vor die Augen schlägt.

Wann kommst du wieder?, lautet die nächste Nachricht. Gleich darauf noch eine: Du schaffst das, was immer es ist, du schaffst das. Ich warte zu Hause auf dich. Wenn es sein muss, auch im Flur.

Ich nicke mir selbst zu, stecke das Handy in die Tasche zurück und schaffe es endlich, den kleinen, dicht bewachsenen Weg zu nehmen, der auf keinem der Wegweiser angezeigt wird.

32

Du hast mich mal gefragt, warum der Himmel blau ist. Ich habe furchtbar alberne Antworten darauf gegeben. Aber ich habe jetzt die einzig richtige. Der Himmel ist nur so lange blau, bis wir begreifen, dass Farben eine optische Täuschung sind. – Anna

Ich drehe mich nicht um. Wenn ich mich umdrehe, dann schaffe ich das nicht. Erinnerungen sind manchmal das, was wir aus ihnen machen. Sie können zu Konstrukten unserer Fantasie werden, zu Einbildungen, Abbildungen unserer Ängste. Irgendwann kommt der Punkt, an dem man nicht mehr unterscheiden kann zwischen realen Erinnerungen und dem, was unser Kopf uns vorgaukelt. Aber was bin ich ohne sie? Ohne Erinnerungen bleibt eine leere Hülle, eine Haut ohne Kern. Ich muss genau dorthin, wo der Schmerz geboren wurde. Auf einem kleinen einsamen Gipfel meiner geliebten Berge.

Bis zur Hütte fällt der Weg mir leichter als gedacht, erst als die dicke Holztür zu sehen ist, ballt sich etwas in meinem Innern zusammen, das mich davon abhalten will, weiterzugehen. Ich zwinge mich, überwinde mich, hinzusehen zu dieser Tür. Hätte ich den Griff damals nach unten gedrückt, wäre dann alles anders gekommen? Wenn ich mich schlafen gelegt hätte, wäre Johanna dann noch da?

Hier unten gibt es keine Antworten darauf, das weiß ich. *Dorthin, wo der Schmerz geboren wurde.* Schritt für Schritt kämpfe ich mich weiter voran. Einen Fuß vor den anderen, bis der Sog mich irgendwann packt und ich mehr renne als gehe. Ein innerer Impuls, stark und erschütternd wie ein Stromschlag aus tausend Volt, zieht mich an das Steinkreuz. Es steht dort unverändert, als wäre nichts geschehen, als gingen Menschenjahre ohne Wirkung und Bedeutung ins Land. Langsam setze ich mich vor das wuchtige Kreuz auf den Boden und fühle mich dabei fast ebenso wackelig wie damals vor zehn Jahren. Der Stein ist kalt und ein Kontrast zu der warmen Luft, die mir fast unwirklich sommerlich um die Nase weht.

Vorsichtig schließe ich die Augen. Die Eindrücke kommen beinahe gleichzeitig. Der Geruch von aufgeheiztem Stein, vermischt mit dem rauchigen Dunst des Lagerfeuers. Durchdringend ist der Ruf der Steinkrähen aus der Ferne, untermalt vom Rauschen des warmen Windes in den Wipfeln der Bäume. Einzig der fade Beigeschmack des Alkohols, das Knirschen von Zuckerresten der Cola in den Zähnen fehlt. Wenn ich geglaubt habe, mich konzentrieren zu müssen, um die Erinnerungen heraufzubeschwören, so habe ich mich getäuscht. Sie sind da, als hätten sie nur auf mich gewartet. Ich schließe die Augen für einen Moment und es wird dämmrig am Berg.

33

DAMALS

In den letzten Sonnenstrahlen leuchtete Johannas kastanien-braunes Haar wie das glänzende Fell eines Eichhörnchens im Sommerkleid. Sie stellte sich vor mich, wirkte so zerbrechlich neben dem massiven Kreuz.

»Was willst du hier?«, fuhr ich sie an und schoss in die Höhe. Ich drückte die linke Hand gegen den Stein und sah in ihr feines Gesicht mit den Kulleraugen. Die Pupillen waren riesig. Was immer sie sich eingeworfen hatte – sie hatte keine Kopfschmerztabletten mit dem Wodka hinuntergespült.

»Ich habe etwas verloren«, sagte sie und sah an mir vorbei, hinauf in den Himmel, wo sich die Sonnenstrahlen unvermit-telt verflüchtigten, so, als hätte Johanna sie höchstpersönlich hinter die Wolken verbannt.

Ich schaute an ihr hinab und das Erste, was mir auffiel, war, dass sie barfuß war. Ihre Wanderschuhe waren nicht zu sehen.

Sie lachte, als sie meinen Blick bemerkte. Dann streckte sie ihren Fuß nach vorn und berührte einen der spitzen Steine, die aus dem Boden ragten wie riesige Pilze. Ihre Zehen waren schwarz, am linken Fuß zog sich eine Blutspur vom Knöchel bis zur Sohle.

»Kann ich dir helfen?«, fragte ich.

Wieder lachte sie nur. »Denkst du, er gehört dir allein? Er ist mein Bruder. Ich bin immer viel mehr für ihn als du.«

»Ich will dir deinen Bruder nicht wegnehmen.« Sie hatte wirklich etwas verloren, dachte ich. Sich selbst.

»Das kannst du auch nicht. Du bist nur irgendein Mädchen.« Sie stellte sich vor mich und drehte sich um ihre eigene Achse, eine schwankende Pirouette.

»Ich bin *sein* Mädchen«, erwiderte ich.

»Für jetzt vielleicht.« Sie lachte. Dann nahm sie einen der Steine vom Boden auf, trat näher an den Abgrund und warf ihn hinunter. »Bumm.« Noch einen. »Bumm.« Und einen dritten. »Bumm.«

»Was willst du hier?«, fragte ich.

»Ich habe etwas verlooooren«, lallte sie.

»Komm, ich bringe dich zurück.« Ich bemühte mich nach Kräften, ruhig zu bleiben, konnte aber spüren, wie ihre Provokationen die Wut heraufbeschwor.

»Fass mich nicht an«, zischte sie. »Du weißt wohl alles besser, was? Tochter aus gutem Hause, das braaaave Mädchen vom Lande.« Ihre Stimme klirrte vor Hohn.

Der Ton erschütterte meine Nervenzellen. »Ich hasse dich«, platzte ich hervor. Ungewollt, aber ehrlich. In diesem Moment hasste ich sie wirklich. »Wenn du nicht wärst, wäre alles gut. Ständig machst du alles nur kaputt. Ich wünschte, es würde dich nicht geben.«

»Ach ja? Wünschst du dir das?« Sie schwankte und kam näher.

»Du zerstörst einfach alles!«, schrie ich ihr entgegen. Blind vor vom Alkohol angestachelter Wut.

»Vielleicht erfüllt sich dein Wunsch ja!« Ihre Stimme klang brüchig, wackelig wie ihr Gang.

Johanna trat weiter auf mich zu, ganz nahe heran. Ihr Atem berührte meine Nase. Sie war fast genauso groß wie ich. Es war viel zu nah. Sie machte mir Angst. Ihre Augen waren dicke schwarze Käfer. Skarabäen, die direkt unter die Haut krabbelten. Meine Wut verblasste plötzlich.

Johanna breitete ihre Arme aus wie Flügel. »Ich kann fliegen!«

»Du bist high«, sagte ich. Aber es lag kein Zorn mehr in meiner Stimme, aus meiner Wut wurde Sorge um sie. Egal wie sehr ich sie manchmal zum Teufel wünschte, jetzt in diesem Augenblick begriff ich, dass das nicht Johanna selbst war. Die Sucht beherrschte sie und hatte ihr Inneres eingenommen.

»Du wirst gleich sehen, wie ich fliegen kann.«

Im Geiste hörte ich Fitz fragen: »Wohin fliegen die Schwalben im Herbst?« Und hörte mich antworten: »In die Freiheit, immer hinaus in die unendliche Freiheit.«

Sie drehte sich noch einmal um, nahm die Hände aber nicht herunter. Der Wind wehte ihre rotbraunen Haare über ihr linkes Auge. Es war gespenstisch, wie sie mich mit dem verbliebenen Auge ansah.

Instinktiv streckte ich meine Hand nach ihr aus. Sie bog ihren Oberkörper nach hinten, stolperte ruckartig einen Schritt zurück, so schnell, dass ich ihr Handgelenk knapp verfehlte. Halb nach vorn gerichtet, stand sie nun direkt vor dem Abgrund.

»Nicht, Johanna, nicht!«

Da wurde ihr Blick ein wenig weicher, trauriger und gleichzeitig erschreckend klar. »Ich habe gefunden, was ich gesucht habe, Anna.«

Es war das erste und einzige Mal, dass sie meinen Namen aussprach.

»Schau, wie ich fliegen kann. Grüß meinen Bruder von mir, sag ihm: Ich will frei sein!«

Ich stand wie erstarrt und konnte mich nicht rühren, als sie ihre Arme ruckartig nach hinten riss, als müsste sie es den anderen Himmelsgeschöpfen gleichtun. Sie ruderte kurz, dann rutschten ihre Zehen auf dem Geröll und eine Blutspur zog sich über die Steine.

Jetzt erst erwachte ich aus meiner Starre und schrie. Ich kreischte laut und griff mit meinen Händen ins Leere. Ich sah sie fallen, ihr Gesicht weder überrascht noch erschrocken. Ein Hauch tiefer Zufriedenheit glitt über ihre Züge. Sie schlug stumpf auf einem Felsvorsprung auf, ohne einen Laut von sich zu geben, dann verlor ich sie aus dem Blick. Abwärts, sie fiel weiter abwärts, das konnte ich dem gedämpften Aufprall ihres Körpers auf dem Grund entnehmen, dem »Bumm, bumm, bumm« kleiner Steinschläge, dem Prasseln.

Ich tastete mich vorsichtig an die Stelle heran, von der sie sich gestürzt hatte, aber ich konnte sie nicht mehr sehen. Ich beschloss, ihr hinterherzuklettern, krallte mich mit den Fingern an einem der brüchigen Felsen fest und setzte vorsichtig einen Fuß nach unten. Ich konnte das. Ich war ein Kind der Berge, ich war in der Lage, sie zu retten. Ich musste es ganz einfach. »Klettere niemals mit Angst«, hörte ich meinen Vater sagen, irgendwo in den hinteren Winkeln meines Bewusstseins, das so angeschlagen war von der Angst, dem Schock und den Resten des Alkohols in meiner Blutbahn. Aber ich ignorierte die Warnung, die ich schon so oft in meinem Leben gehört hatte. Ich schlug sie in den Wind wie Johanna ihr Leben. Weiter, ich musste weiter. »Eigensicherung geht vor Fremdrettung«, eine weitere Weisheit meines Vaters. Nein, ich hatte eine Aufgabe. Ich konnte Johanna nicht allein dort unten lassen. Ich rief nach ihr, doch meine Stimme klang hohl, nicht einmal ein Echo bekam ich als Antwort. Dort in der Dunkelheit unter mir herrschte kalte Stille. Ich kam nicht weiter, mein linker Fuß baumelte in der Luft und fand keinen Halt, meine Arme schmerzten und ich bekam Panik. Der erste Impuls, unter allen Umständen hinter Johanna herzuklettern, machte Platz für Todesangst. Es war ein sinnloses Unterfangen, ich konnte unter mir kaum etwas erkennen, die Felsen waren zu steil und zu bröckelnd, um sicher hinabzusteigen.

Wieder rief ich: »Johanna, kannst du mich hören? Johanna, ich bin hier, ich helfe dir!« Nichts. Es kam mir vor, als würde die Nacht immer schwärzer und auch der kleine Vorsprung unter meinem rechten Fuß gab mir nicht mehr ausreichend Halt, es lösten sich Steinpartikel und ich wusste, ich musste wieder nach oben. Um wenigstens Hilfe zu holen, wenn ich schon selbst nicht in der Lage war, zu helfen. Ich griff mit den Armen nach oben, bekam den Rand des Felsens nach wenigen Sekunden, die sich viel länger anfühlten, zu fassen und zog mich hoch. Und dann preschte ich los. Ich stolperte und stand wieder auf, rannte und rannte, bis ich die Hütte sehen konnte. Ich raste weiter und rannte geradewegs in Fitz hinein.

»Anna? Was ist los?«

Ich konnte nicht antworten. Es ging nicht. Meine Kehle war zugeschnürt und es wollten sich keine Worte finden, ihm zu erklären, was sich gerade ereignet hatte. Alles in mir wurde auf einmal unwirklich. Ich fühlte mich fremd in meinem eigenen Körper, so als erlebte ich das alles nicht selbst, sondern wäre Zaungast in einer furchtbaren Tragödie. Einen Moment lang wollte ich ihm noch sagen, dass Johanna sich den Felsen hinuntergestürzt hatte, aber im nächsten war alles weg. Verschwunden, als wäre es nie geschehen.

Fitz fasste mich an den Schultern und schüttelte mich, aber ich gelangte gar nicht erst in meinen Körper zurück. Ich wollte ihm sagen, dass ich sie nicht hatte aufhalten können und mich deshalb schuldig fühlte, aber noch immer konnte ich nicht sprechen.

Da sah Fitz auf den Boden und stockte, er ließ meine Schultern los und bückte sich, hob etwas auf.

Direkt neben uns standen Johannas Wanderschuhe.

»Ist sie da rauf, Anna?«, brüllte er.

Er kannte die Stelle, wusste von den alten Geschichten über den Abhang am steinernen Kreuz, hatte von mir oft genug die Legende von den Brüdern gehört, die sich wegen ein paar Walnüssen so zerstritten hatten, dass der eine den anderen dort oben vom Berg geworfen hatte. Und vor allem wusste Fitz, wie unberechenbar seine Schwester war.

»Ist sie da rauf, Anna?«

Ich musste genickt haben, denn er stürmte an mir vorbei. Hinter mir hörte ich Wolfi, der am Handy die Bergwacht rief.

Caro kam und packte mich am Arm. »Anna, hast du was gesehen? Was ist denn passiert?«

Und da sagte ich es zum ersten Mal: »Ich habe nichts gesehen.«

Es war die Wahrheit. In diesem Moment konnte ich mich nicht erinnern. Doch anstelle der Erinnerung setzte sich augenblicklich ein Gefühl von Schuld, ohne sich genauer zu definieren, fraß sich in mein Herz und verätzte die Wahrheit des Geschehens, zersetzte sie und ersetzte sie durch falsche Träume.

34

Das, was ich über das Gegenteil von Glück gesagt habe, stimmt nicht. Das Gegenteil von Glück ist, zu wissen, was einen glücklich macht, und es nicht haben zu können. – Anna

Aber jetzt, jetzt erinnere ich mich. An alles. Entfernt höre ich den kreischenden Laut einer Steinkrähe. Du hast nach der Wahrheit gefragt, da hast du sie, scheint sie zu schreien.

Heute, aus der Ferne von zehn Jahren betrachtet, lässt das Gewicht meines Gefühls von Schuld etwas nach. Aus all meiner Erfahrung mit der Suchtberatung weiß ich, dass man jemandem wie Johanna nur schwer helfen kann. Nur, wenn sie es selbst will. Die Suizidraten sind hoch, die Todesraten noch höher. Johanna hat Menschen gehabt, die ihr geholfen haben, und dennoch … Fitz hat sie nicht retten können. Ich habe sie nicht retten können. Nicht vor sich selbst.

Hat es einen Unterschied gemacht, dass ich mit ihr dort oben gewesen bin oder hat sie von Anfang an vorgehabt, sich hinabzustürzen? Warum hat sie das Lagerfeuer überhaupt verlassen?

Ich kann mir auch jetzt nicht einreden, dass ich keinen Anteil an Johannas Tod habe. Aber ich bin erwachsen genug, um eines zu verstehen: Es gibt nicht die eine Wahrheit. Es gibt viele davon. Sie alle ergeben ein Muster, ein Bild, das erst vollständig ist, wenn sich das letzte Mosaik fügt. Das fehlende Kernstück des Puzzles ist mir gar nicht abhandengekommen, ich habe es nur versteckt.

Nicht zu meinem eigenen Schutz, sondern für Fitz.

Rita hat mir einmal gesagt, dass es nicht von ungefähr kommt, dass Menschen immer wieder in die gleichen Fallen treten, dass sich Dinge wiederholen, auch wenn man es nicht will. Und jetzt weiß ich, dass sie recht hat, denn genau wie damals habe ich das Gefühl, abhauen zu müssen.

Für Fitz.

Kann ich ihm zumuten, nach all den Jahren, in denen er vielleicht Trost darin gefunden hat, dass seine Schwester verunglückt ist, nun damit klarkommen zu müssen, dass sie freiwillig gegangen ist? In einen Tod, der ihr Freiheit versprach? Ich würde damit meine Schuldgefühle nur auf Fitz übertragen. Sie abwälzen, sie klein machen, indem ich sie ihm aufbürde. Ich bin es gewesen, die ihr gesagt hat, dass ich sie hasse, auch wenn ich weiß, dass das nicht der Auslöser gewesen ist. Der hat in ihrer Sucht gelegen. Ich habe Johanna nicht geliebt, Fitz dagegen schon. Niemandem tut es gut, wenn er nun erfährt, was ihre letzten Worte gewesen sind.

Was wird es mit Fitz machen, wenn er sich plötzlich für schuldig hält?

35

Du hast dich so oft darüber lustig gemacht, dass ich Steine sammle.
Aber anders als Sand, anders als Freundschaft und Liebe können sie
einem nicht ungehindert durch die Finger rinnen. – Anna

Ich stehe vor Fitz' Haus und höre Grimm drinnen laut bellen.
Er macht seinem Namen alle Ehre. Die Steinchen ploppen
ungehört gegen die Scheibe. Fitz ist nicht zu Hause. Diesmal
will ich nicht ohne ein Wort des Abschieds gehen. Wenn ich bei
Fitz gewesen bin, werde ich zu Caro fahren. Sie fragen, ob sie
mit mir nach München kommen möchte. Sie wird es ablehnen,
aber ich werde für sie da sein, weiterhin. Sie nicht noch einmal
alleinlassen.

Aber Fitz ist nicht da und das wirft all meine Pläne über
den Haufen. Und tritt meinen Mut mit Füßen.

»Ich muss zurück nach München«, könnte ich sagen und
dabei in seine Augen sehen. »Aber ich würde gern wiederkommen, wenn du das willst.«

»Ich weiß jetzt, was damals wirklich passiert ist«, wäre eine
andere Alternative. »Und du musst es erfahren.«

Oder: »Fitz, ich liebe dich, aber du und ich, das geht nicht.
Du würdest mir nicht verzeihen …«

Ich will spontan entscheiden, was das Beste ist, wenn er vor mir steht. Aber außer dem Kratzen von Hundepfoten und dem wütenden Gebell ist nichts zu hören oder zu sehen.

Unschlüssig starre ich auf das Handy in meiner Hand und hätte es fast fallen gelassen, als es laut zu surren und zu vibrieren beginnt. Ohne auf die Nummer zu achten, nehme ich ab.

»Anna?«

Es dauert einen Augenblick, bis ich die Stimme meiner Mutter erkenne. Sie klingt seltsam aufgeregt und piepsig.

»Ja?«

»Bitte komm schnell nach Hause.«

»Was ist denn los?« Grimm bellt nicht mehr, die Stille in der schattigen Gasse ist gespenstisch. »Ist was passiert? Ist was mit Papa?«

»Nein.«

Ich kann förmlich sehen, wie sie dazu bestätigend den Kopf schüttelt.

»Aber … ich hab ein komisches Gefühl. Ich war heute Mittag nicht da, und als ich wiederkam, lag da ein Umschlag vor der Tür. Mit deinem Namen drauf.«

»Aha«, antworte ich, erleichtert, dass es offenbar nichts Schlimmeres ist. Was bringt sie an einem Umschlag so aus dem Konzept?

»Ich hab ihn aufgemacht.«

Ich verkneife mir ein wütendes *Warum*. Ich spüre, dass für so etwas jetzt keine Zeit ist. »Was war drin?«

»Ein Vertrag.«

»Ein Vertrag?«, wiederhole ich ungläubig.

»So eine Art Vertrag. Es stand etwas mit Sorgerecht darauf und … Anna, der Umschlag ist von Caro.«

Ich lege auf und sprinte zu meinem Auto. Caro. Noch im Auto versuche ich, sie auf ihrem Handy und zu Hause zu erreichen. Das Handy ist aus, am Festnetz meldet sich der Anrufbeantworter.

»Hier sind Caro und Lorenz, mit Simon und Lena. Wir sind mal außer Haus geschwind, rufen zurück, wenn wir zurück sind« – auf die Melodie von Bibi und Tina. Die heile Familie von Band. Alles gelogen.

Zu Hause steht meine Mutter bereits im Türrahmen, einen braunen Umschlag in der linken Hand, in der rechten ein paar aneinandergetackerte Blätter. Gedruckte Schrift auf weißem Papier.

Ohne ein Wort des Grußes nehme ich ihr die Seiten aus der Hand. Auf den ersten Blick werde ich nicht schlau. Es macht auch nicht Klick. Erst als ich Caros Unterschrift auf dem hintersten Blatt erkenne, verstehe ich, was das bedeutet.

Diesmal darf ich nicht zu spät sein, so viel ist klar. Meine Hand muss reichen. In meinen sich überschlagenden Gedanken vermischt sich Johannas Gesicht mit dem von Caro.

»Weißt du, was das bedeutet, Kind?«, fragt meine Mutter besorgt.

»Nichts Gutes«, antworte ich und starre noch einmal auf das Papier mit der dicken Überschrift »Sorgerechtsvollmacht«.

»Geh zu Helma rüber ins Hotel, Mama, sag Bescheid, dass ich sie suchen gehe. Und ruf mich an, wenn ihre Eltern irgendetwas wissen, okay?« Wie zur Bestätigung deute ich auf mein Handy.

Meine Mutter nickt.

Ich springe zurück zum Wagen und fahre mit quietschenden Reifen los. Wohin eigentlich? Zunächst nehme ich den Weg durch die Unterführung, zum Wohngebiet, und parke mit laufendem Motor vor Caros Haus. Eigentlich ist mir klar, dass sie dort nicht ist, aber einen Versuch ist es wert. Es öffnet niemand und dann kommt mir der Gedanke, in die Garage zu schauen. Ihr Auto ist nicht da und Lorenz' Dienstwagen fehlt ebenfalls. Wie befürchtet.

Ich mache mir nicht die Mühe, durch die Scheiben ins Haus zu sehen. Sie ist nicht da. Ich hoffe, ich komme nicht zu spät.

Die Angst droht, mich zu betäuben, aber ich reiße mich zusammen. Diesmal muss ich meinen Verstand zusammenhalten. Es geht um Caro.

Blindlings fahre ich los, wieder die Unterführung zurück, raus auf die Bundesstraße. Dort biege ich instinktiv rechts ab, auf die kurvige Straße Richtung See. Außer mir scheint niemand unterwegs zu sein, die Straßen sind wie leer gefegt. Es ist ebenso gespenstisch, wie dort am Berg in den Abgrund zu sehen, in dem Johanna verschwunden ist.

Meine Hände krampfen sich um das Lenkrad, die Straße flirrt in der Hitze. Ich gebe Gas und verlangsame meine Fahrt erst, als ich zur Einfahrt an den See komme. Ich weiß nicht einmal, was ich hier soll. Auf dem Parkplatz steht ihr Wagen nicht. Ich fahre rückwärts heraus, setze zurück auf die Straße, als sich aus dem heiteren Himmel eine Erinnerungswolke löst.

Caro neben mir, die Beine auf das Armaturenbrett gelegt. Sie hat gegrinst und auf die Bäume der Allee gedeutet. »Das hab ich mal im Fernsehen gesehen – super Ort, um ungeliebte Menschen ins Jenseits zu befördern. Oder sich selbst. Man muss sich nur für einen Baum links oder einen rechts entscheiden.« Sie hat damals keine düsteren Absichten gehabt, sie hat gleich nach dieser etwas makaberen Ankündigung das Radio laut aufgedreht und mitgesungen. Die Zehen an meine Windschutzscheibe gedrückt. Es ist gewesen, kurz bevor Fitz in Seelingen aufgetaucht ist und mein Leben auf den Kopf gestellt hat.

Die Erinnerung kommt aus dem Nichts, ich weiß nicht, was sie ausgelöst hat, aber ich bin dankbar, wenigstens einen

Anhaltspunkt zu haben. Ich hoffe so sehr, dass sie dort nicht ist. Dass es eine harmlose Erklärung dafür gibt, dass Caro im Falle ihres und des Todes ihres Mannes das Sorgerecht ihrer Kinder auf mich übertragen will.

Ich trete das Gaspedal, als könnte allein die Geschwindigkeit Caro retten und dafür sorgen, dass ich mir nur einbilde, was eigentlich offensichtlich scheint.

Die Allee ist von Weitem zu sehen, wenn ich die nächste Kurve hinter mir habe, gibt es Gewissheit. Schreckliche Bilder zwängen sich in mein Bewusstsein und vermischen sich wieder einmal mit der frisch erlebten Erinnerung an Johanna. Ich sehe Caro im Wagen sitzen, den Kopf blutig an die Scheibe gelehnt. Ich kämpfe mit aller Macht und Kraft dagegen an.

Und dann sehe ich die mächtigen Eichen, die sich wie Baumriesen über die Straße erheben. Die Straße ist tückisch, das Licht wechselhaft, und an manchen Stellen haben sich die dicken Wurzeln durch den Asphalt gebohrt und ihn nach oben angehoben. Kleine Krater, die sich wie Minivulkane über den Teer erheben.

Ganz am Ende der Straße sehe ich ein Auto. Es hängt halb auf der Straße, halb am Straßenrand. Mein Herz setzt einen Takt aus, poltert daraufhin umso schneller weiter. Von hier aus sieht das Auto unbeschädigt aus. Nur noch wenige Meter bis zur Gewissheit. Mehr Details, die zu mir durchdringen. Die Fahrertür ist geöffnet. Der Baum wenige Zentimeter von der Motorhaube entfernt. Kein Rauch, kein Dampf, keine Beule. Und ein winziges Etwas in schwarzen Kleidern neben der alten Eiche.

»Caro«, schreie ich, auch wenn sie das aus der Entfernung noch nicht hören kann.

Ich bremse ab und halte etwa fünf Meter hinter Caros schickem Cabrio. Das Verdeck ist trotz des guten Wetters geschlossen.

Mit einem Ruck öffne ich die Tür und springe nach draußen. Ich weiß nicht, was ich zuerst fühlen soll. Erleichterung darüber, dass Caro offenbar unverletzt ist, oder Sorge, weil sie mich noch nicht einmal wahrzunehmen scheint. Sie hat die Arme um die Beine geschlungen und den Kopf in ihrem Schoß vergraben. Neben dem mächtigen Baum wirkt sie furchtbar klein und zerbrechlich.

»Caro«, sage ich vorsichtig und setze mich dann neben sie. Sie sieht nicht auf. Einzig das Beben ihrer Schultern zeigt mir, dass sie am Leben ist. Ich berühre sie am Arm und streiche ihr dann übers Haar. »Ich bin da, okay?«

Eng an sie gedrückt sitze ich da und warte. Langsam hebt sie ihren Kopf und sieht mich aus tränenverschleierten Augen an.

»Ich konnte es nicht«, stammelt sie. »Ich wollte, ich wollte wirklich. Aber ich konnte nicht.«

Von der Straße höre ich das laute Brummen eines Lkw. Er hupt genervt, als er um unsere beiden Autos herumfahren muss.

»Ich bin so froh, dass dir nichts passiert ist. Caro, ich dachte … ich dachte, du …«

»Er hat alles gefunden und er hat es vor meinen Augen verbrannt. Er will mir die Kinder wegnehmen.«

»Was? Caro, was ist denn passiert?«

»Lorenz ist passiert.«

Ich nicke langsam.

»Wenn er mich nur einmal wirklich geschlagen hätte, Anna. Wenn er mich doch nur geschlagen hätte … dann hätte ich schon längst gehen können.«

Ich verstehe gar nichts mehr. »Was sagst du da?«

»Er ist ein Psychopath und ich bin eine dumme Kuh. Immer wieder habe ich geglaubt, es wird besser. Immer wieder. Und vielleicht hätte ich auch so tun können, als wäre ich so eine Frau, Anna. So eine, die sich von ihrem Mann unterbuttern lässt. Wenn du nicht aufgetaucht wärst. Aber da standest du plötzlich auf dem Friedhof und ich wusste, ich bin doch eigentlich anders. Ich hab da nicht nur dich gesehen. Ich habe uns gesehen.«

»Und deswegen wolltest du dich umbringen?«, platze ich heraus.

Sie schüttelt langsam den Kopf. »Nein. Eigentlich wollte ich *ihn* umbringen.«

Unwillkürlich drehe ich mich um, so als hätte sich Lorenz nur hinter einem der anderen Bäume versteckt, könnte hervorspringen und »Buuuh« rufen.

»Sein Wagen ist in der Werkstatt und ich habe ihn auf die Arbeit gefahren. Gestern schon. Und gestern Abend … er hat meine Aufzeichnungen gefunden. Alle. Und hat sie verbrannt.«

»Ich verstehe dich nicht, Caro. Welche Aufzeichnungen?«

Caro schnaubt und beißt sich auf die Zunge. Ihre Nase und ihre Wangen sind mit kleinen roten Flecken übersät.

»Ich hab alles aufgeschrieben, Anna. Jede einzelne Verletzung. Die kleinen Verbrennungen vom Bügeleisen, den blauen Fleck am Oberschenkel, den Schlag mit dem Meterstab auf den Oberarm. Ich habe Fotos gemacht und alles dokumentiert.«

»Aber …«

»Ich war das selbst. Er hat mich nie angerührt. Mich fertiggemacht, mich erniedrigt, mich zu einem Schatten meiner selbst gemacht. Das war er. Aber er hat mich nie geschlagen. Die Aufzeichnungen waren meine Lebensversicherung, eine Art Sorgerechtsgarantie, meine Eintrittskarte in ein normales Leben. Wenn ich nur jemals den Mut gehabt hätte …«

»Du hast dich selbst verletzt und wolltest es auf ihn schieben? Ihn anzeigen?«, frage ich. Ich versuche, mir das entsetzte Erstaunen nicht anmerken zu lassen. Ich will nicht, dass sie denkt, ich würde sie dafür verurteilen, wenn ich eigentlich nur furchtbares Mitleid empfinde.

»Erbärmlich, nicht wahr?«, schluchzt Caro.

»Nein«, antworte ich. »Nicht erbärmlich. Verzweifelt, würde ich sagen.«

Sie nickt. »Wie bin ich nur so geworden, Anna? Warum habe ich das so lange mitgemacht?«

»Du wolltest eben deine Familie schützen. Wir schützen das, was wir lieben. Manchmal ist der Preis zu hoch.« Spreche ich von mir oder von ihr? Ich lehne mich an den Baum zurück und lege Caro meine Hand auf den Rücken.

»Aber Anna, ich hätte schon vor Jahren gehen sollen.«

»Ja, wahrscheinlich.« Genauso wie ich schon Jahre früher hätte zurückkommen sollen. Und es auch nicht getan habe.

»Gestern hat er Lena zu seinen Eltern gebracht und mir gedroht, ich würde sie nie wiedersehen. Da wusste ich, was ich zu tun habe. Auf einmal hatte ich Kraft und dann sollte ich ihn zur Arbeit fahren. Hier die Allee entlang. Einmal rechts, habe ich gedacht. Gegen den Baum. Weißt du noch, wie wir hier mal langgefahren sind und ich dir erzählt habe, dass es eine perfekte Möglichkeit für einen Mord oder Selbstmord ist?«

»Ja, deswegen habe ich dich überhaupt erst gefunden.«

Sie lächelt traurig. »Ich hätte in Kauf genommen, dass ich dabei auch draufgehen konnte.«

»Deshalb die Sorgerechtsvollmacht«, flüstere ich. Ich schlinge die Arme um meinen Körper wie Caro, so weh tut es, zu hören, was sie vorhatte.

»Ja.«

Sie beugt sich wieder nach vorn und vergräbt den Kopf in ihren Armen. »Aber ich konnte es nicht. Und dann bin ich zurückgefahren und dachte, jetzt, jetzt … dann eben nur ich. Aber dann habe ich an Simon gedacht und an Lena und es ging nicht. Ich bin zu feige, um zu sterben, Anna.«

Der Gedanke, dass ich sie hier hätte tot vorfinden können, ist unerträglich. »Es ist gut, dass du es nicht konntest! Deine Kinder brauchen dich, sie lieben dich und ich liebe dich auch.«

Caro zuckt kurz, dann sieht sie mich mit großen leeren Augen an. »Und jetzt?«

»Jetzt finden wir eine Lösung. Wir finden eine. Irgendwie.«

»Damals hattest du auch keine. Du bist einfach abgehauen.« Sie sagt es nicht vorwurfsvoll, mehr monoton, so als wäre inzwischen alles gleichgültig. Liebe, Verrat, Angst. Ein Brei aus Gefühlen, der ungenießbar geworden ist.

»Ich weiß«, gebe ich zu. »Weil ich auch Fehler mache. Ich war heute dort oben, Caro. Am steinernen Kreuz. Ich war bei ihr, als sie gestürzt ist.«

»Was?« Caro richtet sich auf.

»Ich war da und die Erinnerung kam wieder. Auf einmal war alles wieder da. Ich habe sie nicht geschubst, Caro.«

»Hast du das ernsthaft geglaubt?« Jetzt hebt sich ihre Stimme wieder leicht.

»Ja. Nein. Ich weiß es nicht. Ich habe nur all die Jahre geglaubt, dass ich schuldig bin.«

»Bist du nicht!«

»Doch, ein wenig schon.«

»Willst du es mir erzählen?«, fragt sie und wischt sich mit dem Handrücken über die Augen.

»Es geht gerade um dich, Caro, nicht um mich.«

»Ich will es hören, Anna. Es geht um uns beide, oder? Und ich war damals auch dabei. Erzähl es mir, bitte.«

Und dann erzähle ich ihr alles. All das, was ich in mir vergraben gehabt habe wie einen Schatz, der seinem Finder nur Unglück bringen wird.

Fitz hat mich einmal gefragt: »Wie lautet die Antwort auf alle Fragen?« Ich habe lange darüber nachgedacht und ihm dann geantwortet: Die Antwort auf alle Fragen ist, dass es keine richtige Antwort gibt. Nur falsches Schweigen.

Und genau das begreife ich jetzt erst wirklich. Mein Schweigen war und ist das Problem, nicht das Problem, das scheinbar hinter meiner selbst verordneten Stille steckt.

»Jetzt kennst du die ganze Geschichte«, sage ich und sehe sie an. »Aber was viel wichtiger ist: Was machen wir jetzt und wie kann ich dir helfen?«

»Jetzt machen wir, dass wieder alles gut wird, Anna. Irgendwie. Wir beide.«

»Wir beide«, wiederhole ich langsam.

»Was, wenn ich das nicht schaffe? Was, wenn er mir die Kinder abnimmt, Anna? Was mache ich dann. Ich bin doch schuld daran, dass es so weit kommen konnte.«

»Nein, bist du nicht. Es war ein Fehler, so lange bei ihm zu bleiben, aber es ist nicht deine Schuld, es ist seine. Wir haben nur dieses eine Leben, Caro. Wir können unsere Fehler nicht ungeschehen machen. Wir können nur versuchen, sie nicht zu wiederholen und aus ihnen zu lernen.«

»Und was hast du gelernt?«

»Ich habe gelernt, dass es manchmal besser ist, eine Lüge aufrechtzuerhalten, wenn man zu lange geschwiegen hat.«

»Du willst Fitz nichts sagen?« Sie beißt sich auf die Lippen, bis sie weiß schimmern, und sieht mich an.

»Ich weiß nicht«, erwidere ich kleinlaut. »Können wir uns erst mal um dich kümmern? Willst du zu deinen Eltern? Ich könnte mitkommen und du redest mit ihnen.«

»Nein, auf keinen Fall. Das packe ich nicht. Ich … nein.«

»Du kannst aber nicht zurück zu ihm, Caro.«

»Das will ich auch gar nicht.« Auf einmal klingt sie einen Hauch kämpferisch, ein wenig so wie die echte Caro.

»Du kannst mit zu mir kommen. Wir holen Lena. Simon ist doch sowieso in München im Internat, oder nicht?«

»Ja.«

»Wir holen Lena und dann kommst du mit nach München. Und dann sehen wir weiter. Du kriegst das hin. Wir kriegen das hin. So wie früher.«

»Das ist kein Bikiniwaxing«, sagt sie und ein leichtes Lächeln huscht über ihr Gesicht.

»Nein, ist es nicht«, sage ich und grinse. »Aber es tut auch weh.«

»Stimmt, sehr sogar«, gibt sie zu. »Ich habe Angst, Anna. Davor, allein zu sein, und davor, dass ich es nicht schaffe, allein sein zu können und zu wollen.«

Vorsichtig greife ich nach ihrer Hand. »Du bist nicht allein. Niemals mehr bist du allein.«

36

Erinnerst du dich, wie ich so oft zu dir gesagt habe: »Erzähl mir was, Fitz«? Dann hast du gefragt: »Was möchtest du denn hören?« Und ich habe geantwortet: »Irgendetwas, etwas Schönes.« Genau das wünsche ich mir jetzt. Nur ein Wort von dir. Irgendetwas. Es wäre das Schönste auf Erden. – Anna

Auf dem Weg nach München komme ich mir wie eine Verräterin vor. Ich fahre schon wieder vor Fitz davon, ohne ein Wort des Abschieds. Und auch, wenn ich nicht vorhabe, bis zu unserem nächsten Zusammentreffen zehn Jahre vergehen zu lassen, so fühlt es sich doch falsch an zu gehen.

Caro neben mir auf dem Beifahrersitz ist ein einziges Nervenbündel. Ihre Hände zittern, sie dreht sich alle paar Hundert Meter zu Lena um, als müsste sie sich vergewissern, dass das Mädchen wirklich mit uns im Wagen sitzt. Ich habe ihr das Handy abgenommen und es abgeschaltet. Sie soll gar nicht erst in Versuchung kommen, Lorenz anzurufen.

Der Anruf bei Caros Mutter, kurz bevor wir Lena den überrumpelten Eltern von Lorenz mehr oder weniger aus den Händen gerissen haben, ist ernüchternd gewesen. »Er ist doch so ein guter Ehemann, was hast du denn nur? Was gibst du da auf? Was denkst du denn, was jetzt kommt? Stell dich nicht so an.« Das sind noch die harmlosesten Sätze gewesen. Das Handy auf Lautsprecher gestellt bin ich Zeuge davon geworden, wie Helma die Ängste ihrer Tochter heruntergespielt hat und es ihr – ähnlich wie meiner Mutter damals – offenbar vorrangig um das äußere Bild gegangen ist, nicht um die innere Last, die Caro zu tragen hat.

Alle paar Kilometer, wenn es der Verkehr erlaubt, greife ich nach ihrer Hand, drücke sie kurz und versuche, ihr ein bisschen Kraft zu übertragen. Und doch checke auch ich ständig den Rückspiegel und mein Puls beschleunigt sich jedes Mal, wenn hinter uns ein Auto näher herankommt. Ich kann sehen, wie Caro bei jedem dunklen Mercedes, der uns auf der Autobahn überholt, zusammenzuckt. Sie versucht, sich vor Lena nichts anmerken zu lassen, aber selbst das Mädchen spürt, dass etwas anders ist als sonst.

»Wir machen einen ganz tollen Ausflug, Lena«, beteuert Caro. »Freust du dich?«

»Kommt Papa auch?«

Ich werfe einen seitlichen Blick auf Caro, die sich nervös die Haare hinter die Ohren streift und dann viel zu hoch und piepsig antwortet: »Nein, Papa kommt nicht.«

»Gut«, erwidert die Kleine.

Caro zieht hörbar die Luft ein und fragt mit einem Zittern in der Stimme: »Willst du nicht, dass der Papa mit uns kommt?«

»Nein.«

»Warum nicht?«

»So halt.«

Durch den Spiegel kann ich sehen, dass Lena den Kopf senkt, und bekomme das untrügliche Gefühl, dass sie viel mehr versteht, als wir ahnen und fürchten.

»Weißt du, Lena, ihr kommt einfach eine Weile mit mir nach München und macht Urlaub da.«

»Kriege ich da ein Zimmer? Und was ist mit meinen Spielsachen?«

»Du kriegst ein Zimmer. Und deine Spielsachen … ja, die holen wir nach.«

Lena ist für den Moment überzeugt.

Aber Caros Hände in ihrem Schoß zittern noch heftiger als zuvor. »Was, wenn er kommt und sie mir abnimmt?«, hat sie mich mehrmals an diesem Nachmittag gefragt.

»Wir lassen das nicht zu.«

Aber ein Patentrezept habe ich auch nicht. Vielleicht ist es dumm, Lena und Caro nach München mitzunehmen, aber es wäre noch dümmer, es nicht zu tun.

Fünf Kilometer weiter muss Lena Pipi und so halten wir an einer Raststätte. Gelegenheit für einen erneuten Versuch, Christoph zu erreichen. Beim vierten Klingeln geht er ran.

»Hey, bist du mir böse, wenn ich dich gleich um etwas bitten muss?«

»Ja.«

»Echt jetzt?«

Er seufzt hörbar. »Natürlich nicht. Was ist los?«

»Wie läuft es mit Victoria?«

»Gut. Wieso?«

»Freut mich. Dann bist du in nächster Zeit nicht so oft in deiner Zweitwohnung, oder?«

Christoph hat nach dem Tod seiner Großmutter gemeinsam mit seinem Bruder das Haus geerbt, in dem auch ich wohne. Die kleine Dachgeschosswohnung über mir hält er sich frei, wenn er von einer seiner Freundinnen – die er dummerweise immer gleich bei sich einziehen lässt – so genervt ist, dass er Abstand braucht.

»Hast du bei deiner plötzlichen Abreise in dein Bergdorf vergessen, das Wasser abzustellen, und brauchst jetzt eine trockene Bude, oder was?«

»Nein, aber ich habe da jemanden, der ein Dach über dem Kopf braucht. Und du hast doch so ein gutes Herz, oder nicht?«

»Nein, ich bin ein Eisklotz.«

»Christoph!«

»Wer ist es denn?«

»Caro, meine Freundin von früher. Und ihre kleine Tochter.«

»Hat sie einen Hund?«

»Nein!«

»Gut, dann kann sie einziehen!«

»Was hast du neuerdings gegen Hunde?«

»Victoria will einen.«

»Aha.« Ich muss ein wenig grinsen. »Du bist ein Schatz, Christoph. Ich zahle dir die Miete.«

»Ach was, sag lieber noch mal *Schatz* zu mir, das höre ich so gern.«

»Du bist ein Schatz. Bis später!«

»Der Schlüssel liegt unter der Türmatte.«

»Weiß ich doch, danke!«

»Gern. Und, Anna?«

»Ja?«

»Wie ist es gelaufen?«

»Das weiß ich noch nicht. Aber … ich weiß jetzt wenigstens, was passiert ist.«

Einen Moment lang Schweigen.

»Ist das gut?«

»Das weiß ich auch noch nicht.«

»Mmh, also wenn du irgendwann mal wieder irgendwas weißt, dann weißt du, wo du mich findest.«

»Ja. Danke.«

Dann legt er auf und ich sehe Caro über den Parkplatz laufen. Ein Schatten ihrer selbst, Lena auf dem Arm und fest an sich gepresst.

Ich gehe auf sie zu und schlinge meine Arme um beide. »Du schaffst das, Caro.« So wie Rita damals: »Du schaffst das, Anna.«

Wir sind gerade erst seit fünf Minuten wieder auf der Autobahn, als ich aufhorche.

Caro schießt in ihrem Sitz hoch. »Was war das?«

»War das ein Schuss, Mami?«

Ich gehe ruckartig auf die Bremse. Das Adrenalin schießt pfeilartig durch meinen Körper und versetzt alle meine Sinne in höchste Alarmbereitschaft. Hinter mir das dröhnende Hupen des Lkw. Dann beginnt der Wagen, leicht zu schlingern, und Caro schnallt sich einfach ab, klettert, bevor ich sie davon abhalten kann, auf die Rückbank und wirft ihren kleinen, schmalen Körper über ihre Tochter.

»Caro! Bleib sitzen.«

»Er schießt auf uns«, schreit sie völlig panisch und ich muss zugeben, dass ich das einen kleinen, verrückten Moment lang auch denke.

Als ich aber spüre, wie mein Auto beinahe unlenkbar wird, wird mir klar, was passiert sein muss. Der erste Schreck lässt etwas nach und es gelingt mir, mich zu beruhigen. »Das war kein Schuss«, sage ich nach hinten gewandt. »Wir haben einen Platten.«

»Einen Platten?« Caro klingt, als wäre das deutlich abwegiger als die Möglichkeit, dass jemand auf uns schießt.

»Ja, ich muss rüber auf die Standspur.« So vorsichtig wie möglich bremse ich weiter ab, setze den Warnblinker und manövriere das Auto nach rechts. Ich muss fest zupacken, um Caros Arm von Lena zu lösen, damit ich den Gurt öffnen kann.

»Haben wir jetzt einen Unfall?«, will die Kleine wissen.

»Nein, nur einen kaputten Reifen. Aber wir müssen schnell hinter die Leitplanke, es ist gefährlich, hier zu stehen.«

Caro lässt sich zwar von Lena herunterplumpsen, sackt aber gleich darauf auf dem Boden des Wagens zusammen.

»Caro, wir müssen hier raus!«

Als sie nicht reagiert, hebe ich Lena hoch und trage sie rasch ums Auto herum, ziehe ihr eine Warnweste über, die an ihr aussieht wie ein bodenlanges, zu grell geratenes Kleid, und bugsiere sie hinter die Leitplanke. »Du bleibst da stehen, hörst du, ich hole die Mama.«

Lena nickt verständig und ich eile zurück zum Wagen. Er steht leicht quer auf dem Standstreifen und die Autos rauschen im Sekundentakt mit bedrohlichem Tempo an uns vorbei.

Wieder beuge ich mich in den Hinterraum, wo Caro unverändert kauert und vor sich hin starrt.

»Caro, es ist alles gut, wir haben nur eine Panne. Komm raus.«

Ich packe sie ums Handgelenk, aber sie entzieht es mir rasch wieder. »Lass mich hier sitzen.«

»Nein, ich lasse dich nicht hier sitzen. Du kommst jetzt mit! Du musst!« Langsam werde ich hektisch. Ich kann nicht Caro hier sitzen, Lena aber auch nicht zu lange unbeaufsichtigt lassen. »Beweg deinen Arsch hoch, Caro. Für Lena!«

Da sieht sie kurz hoch. Für einen Moment sieht sie wieder aus, als würde sie begreifen, was ich sage. Das nutze ich und ziehe erneut an ihren Armen. Tatsächlich stößt sie sich jetzt mit den Beinen ein wenig ab und so schaffe ich es mit einiger Mühe, sie aus dem Auto zu zerren.

Ich packe sie unter beiden Armen und ziehe sie mehr oder weniger mit mir hinter die Leitplanke. Lena hat sich einige Meter weiter hinten auf den Boden gesetzt und weint leise.

»Ich rufe jetzt Hilfe«, sage ich.

»Nein!«, schreit Caro. »Ruf Fitz an.«

»Fitz?«

»Wenn wir jetzt einen Abschleppdienst rufen, dann nimmt der uns mit nach Seelingen und dann bekommt Lorenz auf jeden Fall mit, dass ich mit dir nach München wollte. Ich kann jetzt nicht zurück.«

Das halte ich zwar für unwahrscheinlich, aber ich nicke, um sie nicht weiter aufzuregen. »Ist gut, ich rufe Fitz an.«

Es klingelt nur zweimal, dann geht er ran.

»Fitz, hier ist Anna.«

»Anna! Wo bist du?«

»Ich bin auf dem Weg nach München.«

Stille.

»Ich hab Caro dabei – das erkläre ich dir alles später, aber könntest du … könntest du kommen? Wir haben eine Panne.«

»Sag mir wo und ich bin gleich bei euch!«

Eine halbe Stunde später ist er tatsächlich da. Er trägt Jeans mit Ölflecken darauf und ein verwaschenes T-Shirt. Ich lächele unsicher, er lächelt zurück.

Ich bin dankbar dafür, dass er mir die Fragen, die ihm offensichtlich durch den Kopf schwirren, nicht laut ausspricht, sondern stattdessen die Initiative ergreift.

»Hier«, sagt er und reicht mir die Schlüssel seines Geländewagens. »Fahrt ihr schon mal weiter. Ich wechsele den Reifen und dann komme ich nach.« Er sieht mir fest in die Augen und fügt dann hinzu: »Wo finde ich dich in München?«

»Ist im Navi eingegeben.«

»Findest du den Weg nach Hause anders nicht mehr?«, fragt er.

Ich schlucke. »Nein. Ich hab mich schon viel zu oft verirrt.« Die Doppeldeutigkeit dieser Worte schwingt wie ein Pendel zwischen uns und stößt schmerzhaft und klirrend laut gegen die Wand. Die, die immer noch ein wenig zwischen uns steht. »Danke, Fitz.«

»Gern.«

Wovor hast du am meisten Angst? Das ist auch eine dieser Fragen des Lebens gewesen, die wir uns ständig gestellt haben. Ich habe sie Fitz nie beantwortet. Johannas Tod ist uns dazwischengekommen und dann hat es ohnehin keine Antworten mehr gegeben. Nur Fragen. Heute könnte ich ihm eine Antwort geben: *Ich habe am meisten Angst davor, dir wieder wehzutun.*

»Bis nachher«, sagt er. Als hätten wir ein Date.

»Bis nachher«, antworte ich schüchtern.

Dann schnappe ich mir die noch immer verstörte Caro und Lena und fahre mit ihnen nach München.

Christoph wartet auf dem Treppenabsatz, der vom Stockwerk, in dem meine Wohnung liegt, hinauf ins Dach führt. Neben ihm steht ein Korb mit Lebensmitteln.

Als er mich und Caro bemerkt, springt er auf und umarmt mich überschwänglich. »Geht es dir gut?«

»Wie könnte es mir nicht gut gehen mit einem Freund wie dir!«, sage ich gerührt.

»Das ist Caro«, stelle ich vor. »Und Lena, ihre Tochter.«

Lena schaut auf den Boden und Caro gibt Christoph verschämt die Hand. »Es ist nur für ein paar Tage. Bis wir etwas haben. Aber wenn es Ihnen zu viel ist …«

»Ich bin Christoph und mir ist nichts zu viel. Ich mir selbst manchmal, und die hier«, er deutet auf mich, »die kann auch ganz schön anstrengend sein. Mach dir keine Gedanken, ihr könnt so lange bleiben, wie ihr wollt.«

»Und wenn Christoph euch rausschmeißen sollte, dann kommt ihr zu mir, dann rücken wir eben ein bisschen zusammen.«

»Ich schmeiße euch nicht raus«, versichert Christoph.

Wir gehen nach oben und Caro nimmt dankbar die Wohnung in Augenschein. Lena ist so müde, dass sie wenige

Minuten später auf der Couch einschläft, und dann klingelt mein Handy.

»Ich stehe vor deiner Tür«, sagt Fitz. »In welchem Stock wohnst du?«

»Im fünften.«

»Das ist typisch für dich. Du wusstest wohl, dass ich da keine Steinchen hochwerfen kann.«

Eigentlich ist es genau das, was ich mir all die Jahre insgeheim gewünscht habe. »Du könntest klingeln. Das macht man heutzutage so.«

»Gut. A Punkt Albrecht.« Ich stelle mir vor, wie er mit den Fingern über meinen Namen auf dem Schild fährt, und fühle mich, als wäre ich soeben erst wiedergeboren worden.

»Ich bin gleich wieder da«, sage ich zu Caro gewandt.

Christoph räumt ihr gerade den Kühlschrank ein und sie steht sichtlich peinlich berührt daneben.

»Ich muss kurz runter, zu Fitz!«

Ich sehe zwar nur seinen Rücken, aber Christophs Augenbrauen sind gerade dabei, über seine Stirn hinaus seinen Körper zu verlassen. So viel ist klar.

Mit wackeligen Beinen gehe ich hinaus ins Treppenhaus. Die gleichen Butterbeine wie vor knapp zwei Wochen bei der Beerdigung.

Fitz steht unten an der Treppe. Ein schwarzer Streifen zieht sich über seine linke Wange. Es fällt mir schwer, nicht näher zu kommen und mit den Fingern die Linie nachzumalen.

»Hier bin ich.«

»Hier bist du.« Ich bleibe auf der letzten Stufe vor ihm stehen. Näher wage ich mich nicht.

»Und hier wohnst du also?«

»Ja, sieht so aus.« Nach nur zwei Wochen Seelingen kann ich selbst nicht glauben, dass ich tatsächlich in diesem Haus wohne.

»Passt nicht zu dir«, brummt Fitz und schaut sich um. »Passt gar nicht zu dir.«

»Ich weiß. Möchtest du trotzdem mit hoch kommen?«

»Ja, deswegen bin ich ja da.« Er grinst.

Mann, Junge, Mann, Junge. Gerade ist er mehr Junge als Mann. Ein Gefühl wie warmer Schokokuchen macht sich in meinem Bauch breit und will so gar nicht zu dem dicken, hässlichen Klumpen zitronensaurer Erinnerungspampe passen, die ich noch loswerden muss.

»Als du mich angerufen hast, dachte ich, du wolltest wieder einfach verschwinden. Einen Moment lang habe ich geglaubt: Sie tut es wieder, nur diesmal sagt sie es mir vorher.«

»Es ging um Caro.«

Er nickt. »Es ist besser so, dass sie hier ist. Dass sie ihn endlich verlassen hat.«

»Ja. Ich hoffe, sie hält das durch.«

»Wird sie. Jetzt hat sie ja dich wieder.«

»Und du?«, rutscht es mir heraus.

»Das kommt auf dich an.«

»Möchtest du hierbleiben heute?«, frage ich.

»Ja.«

Nebeneinander laufen wir die Treppe nach oben.

»Kann ich schnell bei dir duschen?«, will Fitz wissen und deutet auf seine pechschwarzen Hände.

»Klar, ja, natürlich«, antworte ich schnell. »Ich schau mal nach Caro. So lange.« Mit fahrigen Bewegungen zeige ich Fitz, wo die Handtücher liegen, und mache unnötig viele Erklärungen zum Wasserhahn, den Temperaturen, dem vertauschten Thermostat und dem Duschgel. Alles aus Verlegenheit.

Ich fühle mich auf einmal wieder wie frische achtzehn. Fitz ist nicht der erste Mann, der diese Wohnung betritt, aber er ist der erste, der mir etwas bedeutet. Der erste, von dem ich mir nicht wünsche, dass es bei diesem einmaligen Besuch bleibt.

Tapsig laufe ich auf den Flur hinaus, berauscht von dem Gefühl, ihn so nahe bei mir zu haben, und gleichzeitig ängstlich vor dem, was unweigerlich bevorsteht. Ich werde ihm sagen, was wirklich passiert ist damals, bevor mehr zwischen uns geschieht. Dieses Knistern in der Luft ist nicht zu leugnen, genauso wenig wie das tiefe Grummeln in mir, das deutlich macht, dass ich lügen würde, wenn ich schweige.

Oben höre ich es laut lachen. Ein leiseres Kichern mischt sich darunter. Und als ich durch die Tür trete, sehe ich Rita.

Sie sitzt neben Caro und bricht mitten im Satz ab, als sie mich sieht. »Und dann habe ich …« Ihre Haare haben mittlerweile blassrosa Strähnchen und in ihren Ohren stecken lange Ohrringe mit Kristallperlen am Ende. Sie klimpern, wenn sie den Kopf dreht, ganz leicht.

»Anna!«, ruft sie erfreut. »Christoph hat mich aus dem langweiligsten Onboardingmeeting meines Lebens gerettet!«

»Das hört sich auch so an, als müsste man davor gerettet werden«, kommentiere ich und lächele in Caros Richtung.

Ich muss daran denken, wie ich vor zwei Wochen mit Rita in meiner Wohnung gesessen habe und der Gedanke an sie und Caro mich furchtbar eifersüchtig werden ließ. Jetzt ist da nur eine tiefe Dankbarkeit und Zufriedenheit darüber, dass ich das Glück habe, Rita und Christoph zu Freunden zu haben. Ein Glück, das ich gern mit Caro teilen möchte.

37

Heute habe ich eine meiner Schülerinnen beobachtet und mich plötzlich daran erinnert, wie du ausgesehen hast, wenn du konzentriert etwas geschrieben hast. Deine Lippen zuckten dabei immer, als würdest du die Worte lautlos aussprechen. – Anna

In meiner Wohnung sitzt Fitz wie selbstverständlich auf dem braunen Ledersessel vom Flohmarkt, den mir Rita zum letzten Geburtstag geschenkt hat. Er trägt ein zu enges T-Shirt. Es ist mein Schlafshirt und ich erinnere mich dunkel daran, dass es im Bad auf dem Wäschekorb gelegen hat.

Seine breiten Schultern zeichnen sich darunter ab und er wirkt so männlich darin, dass mir die Luft zum Atmen auf einmal zu dünn erscheint. Die langen Beine hat er ausgestreckt, mehr als eine Boxershorts trägt er außerdem nicht, scheint sich aber nicht dafür zu schämen.

Hier an diesem Ort, an dem es keine gemeinsamen Erinnerungen gibt und an dem ich mich schon allein nicht heimisch fühle, komme ich mir mehr fehl am Platz vor als er. Ein wenig wie ein Dieb, der sich in Fitz' Herz schleicht und kein Recht dazu hat. Sag es ihm einfach. Danach wird es leichter werden. Doch dazu bräuchte ich Abstand, rein körperlich.

Wenn da nur nicht diese verdammte Elektrizität zwischen uns wäre, die es mir so schwer macht, mich zu entziehen. Ich gehe einen Schritt auf ihn zu. Noch einen.

»Hey.«

»Hey.«

»Wie geht es Caro?«, erkundigt er sich.

Er klopft auf die Lehne des Sessels, zögerlich setze ich mich.

»Sie ist total erschöpft, aber ich glaube, ganz gut. Rita und Christoph haben sie sehr liebevoll aufgenommen. Sie will jetzt schlafen und sich morgen auf einer Beratungsstelle melden.«

Er nickt nachdenklich, hebt seinen Arm und legt ihn auf die Rückenlehne.

Er berührt mich nicht, aber mir wird so heiß und kribbelig, als würde er mit seinen Fingern meinen Nacken entlangfahren. Ganz real und nicht nur in meiner Einbildung.

»Gut, dass du dich um sie kümmerst«, sagt er warm.

»Nein.« Eilig schüttele ich den Kopf. Seine Wertschätzung habe ich nun wirklich nicht verdient. »Ich fühle mich miserabel. Ich hätte viel früher Kontakt zu ihr aufnehmen sollen. Wie zu dir auch. Mein Vater sagt zwar, die Wahrheit wäre nie falsch und der Zeitpunkt ist gar nicht so entscheidend … aber …«

Es ist unmöglich weiterzusprechen, wenn er mich so ansieht und ich gleichzeitig nicht aufhören kann, ihn anzustarren. Es ist der völlig falsche Zeitpunkt für knisternde Erotik, aber ich kann nichts dagegen tun. Neben ihm zu sitzen, berauscht mich.

»Für welche Wahrheit?«

»Du trägst das T-Shirt verkehrt herum!«, platze ich heraus, nicht in der Lage, die Gedanken vernünftig zu sammeln.

»Komm her, so nahe du kannst.«

Und dann berührt er mich wirklich. Ich bekomme eine Gänsehaut vom ersten Kontakt seiner Finger mit meinem Unterarm. Nichts ist mehr fremd, alles ist wie früher. Vielleicht können Worte die Zeit nicht überspannen, vielleicht auch Erinnerungen kein Sicherheitsnetz spannen, aber Berührungen – da bin ich mir ganz sicher, sind zeitlos.

Langsam streicht er mit dem Daumen und dann mit all seinen Fingern von meinem linken Handgelenk bis in die Armbeuge. Verharrt dort einen Augenblick, bevor er weiter über meine Schulter, übers Schlüsselbein den Hals hinauf streichelt. Ich beiße mir fest auf die Unterlippe und sehe dann in seine Augen. Sie wirken dunkler als sonst und der neckende Ausdruck darin ist Ernsthaftigkeit gewichen. Er atmet hörbar aus, greift dann zärtlich nach meinem Kinn, zieht mich daran näher an sich heran. Wie Wolken bei Sturm ziehen zwischen uns die Jahre vorbei und verschwinden ganz einfach irgendwo am Horizont. Wenn nur das Jetzt zählt, ist das Gestern passé.

Seine Lippen sind so nahe, kein Blatt Papier würde mehr Platz finden zwischen uns. Aber wir zögern beide einen winzigen Moment, so als blickten wir dem letzten dunklen Nebelschleier hinterher. Unsicher, ob wir ihn loslassen können. Im selben Augenblick fällen wir unsere Entscheidung und so treffen unsere Lippen heftig und leidenschaftlich aufeinander. Warme Haut auf warmer Haut. Ein plötzlich loderndes Feuer, vielmehr eine Explosion. Meine Zurückhaltung schwindet und ich schlinge meine Arme um ihn, ziehe ihn näher heran. Komm her, so nahe du kannst.

All die Küsse, die wir bereits getauscht haben, vereinen sich in diesem einen hungrigen, wilden und leidenschaftlichsten Kuss der Geschichte. Unserer Geschichte. Und während ich glücklich seinen Duft einatme, seinen Geschmack genieße, weiß ich, dass es uns immer gegeben hat. Wir haben nie aufgehört, *wir* zu sein. Wir haben nur pausiert, uns unterbrochen, aber nicht beendet.

Allein der Gedanke, nicht nur zu wiederholen, was im Schwimmbad zwischen uns gewesen ist, sondern weiterzugehen, lässt mich schwindeln.

Fitz löst seine Lippen langsam von meinen, beißt mir kurz neckend auf die Unterlippe und fragt dann mit dunkler Stimme: »Hast du auch ein Schlafzimmer?«

Ich nicke, stelle mich auf meine wackeligen Beine, die er schon wieder in Butter verwandelt hat, und reiche ihm die Hand. Mein Schlafzimmer ist ein kleiner Raum, mit blanken, beigen Wänden, ohne Fotos. Dafür liegen noch meine Klamotten herum von dem Tag, an dem ich abrupt nach Hause gefahren bin und der mir jetzt so vorkommt, als läge er Monate zurück. Ansonsten steht in diesem Zimmer ein viel zu großes Bett mit weichen Decken.

Fitz lässt sich rückwärts darauf fallen und auf einmal ist es überhaupt nicht mehr zu groß und auch gar nicht mehr einsam.

»Ich will dich, Anna.«

Er setzt sich auf und fasst mich an den Hüften, vergräbt zunächst seinen Kopf an meinem Bauch und wandert dann mit den Fingern unter mein Shirt, hinauf zum Rand meines BHs und darunter.

Ich seufze laut und erschrecke selbst über diese wilde Begierde in mir, die keinen Halt kennt, keine Grenze. Das Stoppschild meiner Ängste werfe ich über Bord und gebe mich diesem quälend langsamen Betasten seinerseits völlig hin. Nach einer Weile drücke ich ihn behutsam kurz weg und schlüpfe dann eilig aus meinen Kleidern.

Fitz steht auf, ohne mich aus den Augen zu lassen, und streift sich die Boxershorts ab, stülpt sich mein T-Shirt über seinen Kopf.

Einen kurzen Moment lang schäme ich mich, denke darüber nach, wie er meinen zehn Jahre älteren Körper wohl finden mag, und habe Angst, er könnte mich nicht mehr attraktiv finden. Was, wenn ihm nicht gefällt, was er sieht? Ich bin dünner als damals, aber habe dafür auch meine sehnigen Muskeln und das Kräftige, was meinen breiten Körperbau athletisch erscheinen ließ, eingebüßt. Doch Fitz' Blick verrät nichts anderes als eben jene Emotionen, die auch ich empfinde: bedingungsloses Begehren und ungebrochene Anziehungskraft.

Er betrachtet mich noch einen Moment und es scheint mir, als würde er jeden Zentimeter meiner Nacktheit liebevoll mit den Augen streicheln. Dann zieht er mich auf sich und küsst meinen Hals. Zunächst ganz zaghaft, dann fester saugt er an meiner Haut und ich stöhne laut auf. Schon wieder verliere ich mich in ihm und alles vermischt sich miteinander. Vergangenheit und Gegenwart verschwimmen. Seine Berührungen machen mich willenlos, ich werde weich wie Wachs unter seinen großen Händen. Das sind die gleichen Hände wie damals, aber erwachsen. Die gleiche Brust, an die ich mich jetzt schmiege. Nur muskulöser, leicht behaart und männlicher dadurch.

Ich biege mich ihm entgegen und kann nicht genug bekommen davon, ihn an mir und in mir zu spüren. »Und ich will dich«, flüstere ich.

Ich habe keine Erwartungen, die enttäuscht werden können, nur Erinnerungen daran.

Und es gibt Unterschiede. Es gibt etwas, was deutlich anders ist als mit achtzehn. Ihn zu spüren, ist noch besser als damals. Vielleicht, weil die Zeit die Sehnsucht nährt, vielleicht auch, weil wir erwachsen geworden sind, und wahrscheinlich, weil sich nie etwas besser angefühlt hat, als Fitz zu lieben. Ich habe gewusst, was ich verloren hatte, aber ich habe keine Ahnung gehabt, wie leer alles in mir gewesen ist, bis Fitz mich wieder vollständig macht.

Als er später neben mir liegt und mich ansieht, lässt dieses Gefühl nach und macht wieder Platz für die Schwere, die nur unausgesprochene Worte an sich haben. Er sieht so friedlich aus, so zufrieden. Jedes Wort zwischen uns würde jetzt etwas zerstören. Er sieht friedlicher aus, als ich ihn je zuvor gesehen habe. Wir sprechen nicht, wir sehen uns nur an und lassen zu, dass die sanften Wolken guter Erinnerungen zwischen uns wabern und rücksichtsvoll Platz machen für neugeschaffene.

Und dann begehe ich den Fehler, in seinen Armen einzuschlafen.

38

DAMALS

Ich hielt mir die Hände auf die Ohren, damit ich das laute Summen und Brummen des Hubschraubers nur gedämpft hören musste. Der Heli hatte sich vom Tal aus erhoben, um nach Johanna zu suchen.

Sie kamen und stellten mir Fragen. Und ich antwortete: »Ich habe nichts gesehen.«

Fitz kam nicht wieder. Und so gab es zumindest von ihm keine Fragen. Ich hätte ohnehin keine Antworten für ihn gehabt. Das war das Schlimmste. Ich wusste, es war etwas Schreckliches geschehen, und ich spürte, ich trug Anteil daran. Aber das Ereignis selbst schien mit Johanna verschwunden zu sein. Mehr noch, gestorben zu sein. Denn dass sie nicht mehr lebte, war mir natürlich bewusst.

Unsere Eltern kamen und holten uns ab. Wir saßen im Jeep von Andys Eltern. Caro, Michaela, Andy, Wolfi und ich. Fitz hatte sich geweigert, mit hinabzufahren. Er wollte nach Johanna suchen. Caro stellte mir Fragen. Meine Eltern stellten mir Fragen. Ich hatte die immer gleiche Antwort. Und irgendwann fragte niemand mehr.

Die Suche wurde abgebrochen und am Morgen wieder aufgenommen. Um 9.45 Uhr hatten sie Johanna gefunden, um zwölf kam die Post und brachte meine Bestätigung für einen Nachrückplatz fürs Lehramtstudium. Und abends um sechs setzten meine Eltern mich in ihr Auto und fuhren mich nach München. Ich war überzeugt davon, dass sich in diesem schwarzen Loch der Erinnerung eine Schuld an Johannas Tod verbarg, wie auch immer diese aussehen sollte, und meine Eltern waren es offenbar auch. Ohne dass ich ein Wort gesprochen hätte. Und ohne ein Wort ging ich. Unfähig, irgendjemandem meiner Freunde in die Augen zu sehen, unfähig, die Erinnerung an den Abend zuzulassen, die sich langsam durch den Nebel meiner Gedanken kämpfen wollte. Aber ich ließ es nicht zu. Ich wollte diesen Blackout. Ich wünschte mir dieses schwarze Loch, um mich nicht damit auseinandersetzen zu müssen. Ich verdrängte das Wissen, dass ein Giftstachel immer so lange ein Giftstachel blieb, bis man ihn aus der Haut zog. Stattdessen hatte ich dafür gesorgt, dass er sich immer tiefer in mein Innerstes bohrte und Narben hinterließ.

Ich kam in München kurzzeitig bei einer Tante meiner Mutter unter, die eine kleine Pension führte, und bekam drei Wochen später – als ich Caro längst in Südostasien wähnte – einen Platz im Studentenwohnheim. An meinem ersten Abend dort gab es einen Polizeieinsatz in der Nachbarschaft. Die Sirenen schrillten laut durch die Nacht und ich hatte die ganze Zeit über das Gefühl, die kreisenden Rotorblätter eines Hubschraubers zu hören. Ich setzte mich auf den Flur und hielt mir die Ohren zu, wippte mit um die Knie geschlossenen Armen vor und zurück.

So lange, bis eine fremde junge Frau sich neben mich setzte und mich fragte: »Was sagt ein Leprakranker, wenn du ihm die Hand gibst?«

Ich sah hoch und blickte zum ersten Mal in Ritas Gesicht. Sie trug ihre Haare damals lang und blau gefärbt.

»Kannst du behalten.«

»Was?«, fragte ich verständnislos und wischte mir die Tränen aus dem Gesicht.

»Das sagt der Leprakranke, wenn er dir die Hand gibt. Leprawitze sind meine Spezialität! Und Linsensuppe! Ich habe noch einen Teller übrig!«

So wurden Rita und ich Freunde.

Die Zeitungen berichteten wochenlang über den mysteriösen Tod am Berg. Es gab wilde Spekulationen über das Ableben der schönen jungen Frau mit dem glänzenden langen Haar und den stechend blauen Augen. Sie hatten die schönsten Fotos von ihr herausgekramt, die, auf denen sie nicht wie eine Drogensüchtige aussah, sondern eher wie ein mysteriöses, atemberaubend hübsches Model. Ich las keinen dieser Artikel, denn ich hatte zu große Angst, darin zufällig auf die Wahrheit zu stoßen. Ich sperrte sie ein, die Wahrheit, verriegelte die Tür zu jeglichem Gefühl und strafte mich selbst für meine Feigheit, für die Dummheit, zu viel zu trinken und auf einen Berg zu steigen, für jegliches Schuldgefühl, das ich in meinem Innern eingesperrt hatte.

Ich verbot mir jeden Trost, verbot mir Fitz' Vergebung und lebte ein Leben, das für mich das Gegenteil von Glück war. Auch wenn es Rita gab. Und später Christoph. Auch wenn sich mit den Wochen, Monaten und schließlich Jahren doch eine gewisse Normalität einstellte. Ich wählte nicht den Beruf, den ich wollte, und fand dennoch Zufriedenheit darin. Ich zog in einen Stadtteil, in dem es wenig Grün gab, und fühlte mich nie heimisch dort. Ich nahm mehrere Ehrenämter an und versuchte, etwas wiedergutzumachen, von dem ich ja gar nicht wusste, welchen Anteil ich daran trug.

Und ich stieg nie wieder auf einen Berg.

39

Glaubst du, es geht ihr gut dort, wo sie jetzt ist? Das überlege ich oft. Ich hoffe sehr, dass sie ihren Frieden gefunden hat. Und ihre Freiheit. Das war ihr wichtig, oder? Ihre Freiheit. Ich weiß nicht, ob sie das mir gegenüber jemals erwähnt hat, aber es fühlt sich so an, wenn ich an Johanna denke. – Anna

Fitz ist weg. Das ist kein Zufall. Er ist weg. Mir wird heiß und kalt gleichzeitig vor Angst und unendlicher Scham.

Entweder wollte er es mir heimzahlen und es so machen, wie ich damals, oder aber … mir wird so schwindelig, dass ich mich setzen muss. Ich hätte es ihm gestern sagen müssen, das ist der letztmögliche anständige Zeitpunkt gewesen. Der jetzt vorüber ist.

Du weißt, was das bedeutet, Anna. Das hat gar nichts zu bedeuten, vielleicht hat er Dienst … Ein Notfall. Die Stimmen in meinem Kopf streiten sich und dabei spüre ich, wie der kalte Schweiß meine Stirn hinabrinnt, wie ich fröstele und gleichzeitig verbrenne. Man kann vor seiner Verantwortung davonrennen, aber sie ist schneller. Sie holt einen ja doch ein.

Ich sitze so lange da, dass mir erst bewusst wird, dass ich noch immer nackt bin, als ich zu frieren beginne. Ich muss zu ihm. Sofort. Jetzt. Auf der Stelle. Ihm erklären, ihm sagen, dass ich mich all die Jahre nicht habe erinnern wollen und dann von der Wahrheit überrascht worden bin. Ich will ihm nicht weh- tun, aber jetzt bin ich gezwungen dazu. Ich darf nicht zulassen, dass er ein zweites Mal die falschen Schlüsse zieht. Nicht nach letzter Nacht. Wie könnte ich diese Vollständigkeit aufgeben und fortan wieder nur ein halber Mensch sein?

Ich schlüpfe schnell in mein Shirt vom Vorabend und widerstehe der Versuchung, meine Nase sehnsüchtig in jenes zu vergraben, das Fitz gestern getragen hat und das er nun ordentlich zusammengefaltet auf den alten Stuhl, den ich zum Nachttisch umfunktioniert habe, gelegt hat.

Kalt sieht das aus, viel kälter, als wenn er es zerknüllt auf das Bett geworfen hätte. Im Wohnzimmer suche ich nach meinem Handy und finde es schließlich auf der Küchenablage.

Beim ersten Versuch, seine Nummer zu wählen, fällt es mir beinahe aus der Hand. Der Schreck, in dem leeren Bett aufzu- wachen, das plötzlich nichts mehr war als zu groß, hält noch an und hat sich wie eine kalte Hand um mein Herz gelegt.

Der zweite Versuch leitet mich ohne Umschweife an seine Mailbox weiter. Während ich sinnlos ein drittes Mal wähle, fällt mein Blick auf den Sessel. Dort liegt mein Autoschlüssel. Ebenso sorgsam abgelegt. Darunter ein weißes Blatt Papier. Mir stockt der Atem. Das war zu erwarten gewesen und ich bin dennoch so unvorsichtig gewesen. Auf dem Zettel steht in Fitz' Schrift: »Du redest im Schlaf.«

40

Es ist nie zu spät, sagt meine Freundin Rita immer. Ist das so? Ist es wirklich nie zu spät? – Anna

Für Rita ist das Leben ein endloser Strom, an dessen Anfang wir uns nur nicht erinnern können. Wie so oft wünsche ich mir, mir eine Scheibe von ihrem Optimismus abschneiden und einverleiben zu können.

Fitz weiß Bescheid. Ich habe im Schlaf preisgegeben, was ich wach verschweige, seit ich weiß, was damals geschehen ist. Statt dem Impuls, zu ihm zu fahren, sofort nachzugehen, gehe ich erst einmal zu Rita und schmeiße sie aus dem Bett. Rita ist der längste Langschläfer, den ich kenne, und es dauert eine Ewigkeit, sie richtig wach zu bekommen. Sie sitzt auch noch immer auf ihrem Bett. Aber hört aufmerksam zu und schafft es, genau die richtigen Worte zu finden.

»Du bist so schlau, du solltest deinen eigenen Ratgeber schreiben«, sage ich unter Tränen.

»Gute Idee! Und wie nenne ich den?«

»Ritas Rat?«, schluchze ich.

Rita streicht mir mit dem Handrücken zärtlich über die Wange. »Klingt nach Fleckenentfernungstipps und Hausmütterchenrezepten«, sagt sie und lächelt.

»Nicht übel, Nostalgie ist in«, erwidere ich, bevor ich mir ein Taschentuch aus der Box vor mir ziehe und kräftig schnäuze.

»Du bist mir nicht böse, Rita?«

»Hast du das erwartet?«, fragt sie, den Kopf schief gelegt.

»Irgendwie schon.«

»Weißt du, was dein Problem ist, Anna?«

»Ehrlich gesagt habe ich so viele Probleme, dass du besser fragen solltest, welches Problem ich nicht habe.«

»Dein größtes Problem ist, dass du dir ständig selbst Probleme machst, statt sie zu lösen.«

»Ich bin ein Feigling«, gebe ich zu.

»Ja, vielleicht. Sind wir alle meistens. Ist schließlich auch viel einfacher, als stark zu sein. Aber du bist kein schlechter Mensch. Und manchmal denkst du zu viel über Dinge nach! Dass ich nicht mehr deine Freundin sein will, weil du damals davongelaufen bist! Sich so etwas nur vorzustellen? Was denkst du denn von mir?«

»Ich weiß nicht. Vielleicht, dass du die beste Freundin bist, die ich mir vorstellen kann. Und die einzige, die über Leprawitze lacht. Ich hab dich gar nicht verdient.«

»Unsinn, mich hat keiner verdient.« Sie grinst und reibt sich die Augen. »Du liebst ihn doch, oder?«

»Ja, von ganzem Herzen«, flüstere ich.

»Dann musst du ihm das sagen!«

»Ich habe mir das gewünscht, weißt du? Dass Johanna uns nicht mehr stört, dass sie Fitz nicht mehr kaputt macht, und dann ist sie diesen Felsen hinuntergestürzt. Ich glaube nicht einmal, dass sie sterben wollte, sie dachte nur wirklich, sie könnte fliegen. Hätte ich mir nicht gewünscht, dass Fitz sich für mich entscheidet, dann ...«

»Dann wäre sie genauso gestorben. Es ist nicht deine Schuld. Das kann man dir offenbar nicht oft genug sagen! Du hast nicht wirklich einen Fehler gemacht. Aber selbst wenn, du hast das

Recht, etwas falsch zu machen. Wichtig ist doch nicht, wie viele Fehler wir machen, wichtig ist doch, warum wir sie machen und ob wir etwas aus ihnen lernen. Und dafür einstehen. Zugegeben, ein Fehler ist, dass du ziemlich lange damit gewartet hast, dich auf die Suche nach der Wahrheit zu begeben und sie dann erst einmal für dich zu behalten, aber das hat seine Gründe. Instinktiv hast du nicht nur dich geschützt, sondern auch Fitz.«

Ich schließe kurz die Augen und atme tief durch.

Als ich nicht reagiere, sagt Rita: »Weißt du, warum ich Sachbücher lektoriere und mit der Belletristik aufgehört habe?«

»Keine Ahnung«, erwidere ich leise. »Ich dachte wegen der vielen schlechten Bondage-SM-Milliardärsromane?«

»Auch«, sagt Rita lachend. »Aber am schlimmsten fand ich, dass man der Leser wegen so viele echte Charaktere herausschreiben musste. Weißt du, welche wie du und ich, mit Fehlern.«

»Du meinst, du hättest mich rausschreiben müssen?«

»Ja! Ganz sicher. Du bist vielleicht authentisch, aber für manchen Leser nicht sympathisch genug.«

»Aha, danke!«

»Ach, Süße, was ich dir damit eigentlich ganz unkryptisch sagen wollte, ist: Du bist ein Mensch aus Fleisch und Fehlern. Du machst nicht alles richtig, wer schon? Das ist eben so. Und ich liebe dich.«

»Weil ich Fehler mache.«

»Ja, und weil du an ihnen zu knabbern hast.«

»Weißt du, ich habe gar nicht mehr so große Angst davor, dass Fitz mich hassen könnte. Ich will ihm nur einfach nicht mehr wehtun. Er hat sich damit abgefunden, nicht zu wissen, was genau geschehen ist, und jetzt komme ich um die Ecke und …« Ich schüttele den Kopf.

»Du wirst es ihm trotzdem sagen«, sagt Rita und ich weiß nicht, ob das eine Frage ist oder eine Feststellung.

»Ja, werde ich.«

41

Die Vergangenheit ist manchmal so präsent, dass ich das Gefühl habe, in einen Strudel geraten zu sein, der mich immer wieder in der falschen Zeit ausspuckt. – Anna

»Wo ist Fitz?«, platze ich heraus.

Angela sieht erschrocken auf. Fitz' Tante hat ein dickes Messer mit schwarzem Griff in der Hand und kratzt damit die Moosansätze zwischen den Rabatten hervor. Wie ich mir wünschte, ich könnte das Gleiche mit all meinen Fehlern tun. Sie herausschneiden, noch einmal von vorn anfangen. Allerdings ist die Vergangenheit bekanntlich ähnlich hartnäckig wie Moos und Unkraut. Mit Dingen, die immer wieder nachwachsen, muss man wohl leben können.

»Entschuldigung, ich suche Fitz, hast du ihn heute schon gesehen?«

»Anna!«, ruft sie überrascht. »Ja, ganz früh heute Morgen war er hier. Hat mich aus dem Bett geklingelt und mich gebeten, ihm den Schlüssel für die Scheune zu geben.«

»Welche Scheune?«, frage ich verständnislos.

»Oben beim Wartnersbauer, die, die er damals als Reifenlager benutzen wollte. Bevor, na ja, bevor Johanna gestorben ist.«

Ich erinnere mich daran, dass er mir damals davon erzählt hat, die Scheune zum Einlagern von Winterreifen benutzen zu wollen. Ich bin nie dort gewesen, weiß aber, wo sich das alte Fachwerkgebäude mit dem niedrigen Dach befindet. Nur, was will er dort?

»Danke«, murmele ich Angela zu.

»Kann ich euch irgendwie helfen, Anna?«, ruft sie mir hinterher, als ich mich bereits umgedreht habe.

»Nein, danke. Ich habe es gerade zum zweiten Mal versaut. Ich bin so dumm!«

Sie brennen wie Nesseln in meinen Augen, die heißen Tränen, die ich seit München versuche zurückzuhalten.

»Das glaube ich nicht. Er liebt dich, Anna. Hat nie aufgehört damit.«

»Mag sein«, erwidere ich leise. »Mag sein, aber vor lauter Feigheit habe ich es jetzt endgültig zerstört.«

»Sein Vertrauen?«

»Ja«, antworte ich überrascht.

»Das kannst du zurückgewinnen, indem du ehrlich zu ihm bist, Mädchen.«

Ich nicke langsam. Gern würde ich ihren Worten glauben.

Der Weg zur alten Scheune schlängelt sich behäbig den Berg hinauf, mein Wagen ist nicht besonders geländetauglich und so jault der Motor immer wieder wie zum Protest und die kleinen Steinchen der Wegbefestigung klopfen anklagend gegen den Unterboden. Ich erinnere mich, dass die Straße schon vor zehn Jahren geteert werden sollte, aber offenbar haben sich diese Pläne genauso zerschlagen wie Fitz' Vorhaben mit dem Reifenlager.

Sein Geländewagen steht quer über die Zufahrt und so bleibt mir nichts anderes übrig, als auf dem Weg selbst zu parken. Auf einmal ist die Eile aus meinem Körper verschwunden, das Adrenalin verpufft und ich fühle mich gnadenlos unterzuckert und ernüchtert. Natürlich weiß ich nicht sicher, was ich im Schlaf erzählt habe, aber ich ahne es. Es hat viele Nächte gegeben, in denen ich von meinen eigenen Rufen hochgeschreckt bin. Es ist immer um Johanna gegangen, und die verschiedenen Bruchteile der Wahrheit, die sich in meinen Träumen drängten, haben zusammen ein Bild ergeben.

Ich schließe die Augen und dann gebe ich mir einen Ruck und laufe auf die Scheune zu. Das breite Tor könnte einen frischen Anstrich vertragen und überhaupt sieht es aus, als wäre Fitz nicht häufig hier. Das Gelände ist verwahrlost, neben Ginsterbüschen wachsen die Disteln meterhoch und die Fenster sind dick mit Spinnweben und Dreck übersät.

Vorsichtig schiebe ich das Tor einen Spaltweit auf. Nach der Helligkeit draußen sehe ich hier drinnen kurzzeitig gar nichts. Erst als sich meine Augen ein wenig an den krassen Unterschied gewöhnt haben, erkenne ich schemenhaft ein altes Auto, mit einer Plane abgedeckt, einen Turm aus Umzugskisten, ausgemusterte Büromöbel und … auf einer einzelnen Holzbox daneben Fitz. Den Kopf in die Hände vergraben. Er hält etwas in der linken Hand, das aussieht wie ein Stofffetzen.

»Fitz«, flüstere ich.

»Was willst du hier?«

Er sieht auf und da erkenne ich den Stofffetzen als jenen roten Pullover wieder, den Johanna so gern getragen hat.

»Mit dir reden.«

»Wozu? Willst du mir wieder sagen, du würdest dich an nichts erinnern?«

»Nein.«

Der verkniffene Zug um seinen Mund lässt ihn schlagartig um zehn Jahre altern.

Ich ziehe mir einen verstaubten Rollcontainer heran und setze mich darauf. Rolle nach vorn, in seine Nähe und strecke meine Hände nach ihm aus. Er reagiert nicht und so lege ich sie schnell wieder auf meinem Schoß ab. »Was habe ich gesagt, heute Nacht?«

»Ach, daran erinnerst du dich wohl nicht?« Er zischt mehr, als dass er spricht.

Es tut unendlich weh, diese Verachtung aus seinen Worten tropfen zu hören. »Nein.«

Er dreht den Pullover in den Händen. »Das hier sind ihre Sachen. Ich konnte es nicht ertragen, sie im Haus zu behalten, und ich konnte den Gedanken nicht ertragen, sie wegzuwerfen. Hast du sie geschubst, Anna? Hast du meine Schwester auf dem Gewissen?«

Mit jedem Wort steigern sich die Lautstärke und das Tempo. Erhöht sich mein Puls. »Nein. Nein, Fitz. Das habe ich lange gedacht, aber so war es nicht. Ich …« Er lässt mich nicht ausreden.

»Ich bin aufgewacht heute Nacht, als du ihren Namen gerufen hast. Du hast geweint im Schlaf, Anna. Und dann hast du ständig wiederholt: Fitz, ich muss es ihm sagen. Ich bin schuld. Es ist meine Schuld.«

»Ich habe mich all die Jahre nicht mehr daran erinnern können, was wirklich passiert ist.« Wieder reiche ich ihm meine Hände, wieder verharren die seinen steif um Johannas Pullover gekrallt.

»Und gestern, kurz bevor das mit Caro passiert ist, war ich dort. An der Stelle, an der sie gestürzt ist. Die Erinnerungen kamen zurück. Ich wollte es dir sagen, ich wollte es dir wirklich sagen, aber ich war so feige. Es war so schön mit dir und ich konnte es nicht. All die Jahre habe ich die Wahrheit verdrängt und immer gedacht, es wäre besser, nicht zu wissen, was genau geschehen ist. Doch jetzt kommt es mir vor, als hätte ich einen Teil von mir zurückerlangt. Ein Kreis, der sich schließt. Mein Leben ist eine lückenlose Folge von Erinnerungen und nicht mehr durchbrochen durch diese eine schlimme Nacht. Ich wollte keine Bilder, weil ich Angst vor ihnen hatte, aber jetzt sind sie da und es tut weh, aber nicht so sehr, wie mir Dinge vorzustellen, die nicht greifbar sind.«

»Ich habe nie gedacht, dass du bei ihr gewesen sein könntest, als es passiert ist. Es kam mir gar nicht in den Sinn, dass du mir das verheimlichen könntest. Oh Gott, ich habe mich so in dir getäuscht, Anna. Du warst weg und hattest doch immer diesen Platz in meinem Herzen. Den du nicht verdient hast.«

Jetzt sieht er mich an, aber es wäre mir lieber, er würde wieder wegsehen. In seinen Augen liegt blanker, purer Hass. Ich kann es ihm nicht verdenken.

»In so vielen Träumen habe ich sie von dem Felsen geschubst, Fitz. Mal mit Absicht, mal ohne. In anderen Nächten ist sie gestürzt und ich konnte sie nicht retten oder wollte sie nicht retten. Tausend Szenarien in zehn Jahren, die ein Teil der Wahrheit sind, aber nicht die ganze. Wir haben uns gestritten, da oben. Um dich, darum, dass ich ihr vorgeworfen habe, dein Leben mit ihrer Sucht zu zerstören.«

»Du hast sie gehasst«, wirft er wütend dazwischen.

»Nein, nicht wirklich.« Es erstaunt mich selbst, wie ruhig ich bleiben kann. »Ich habe nicht sie gehasst, sondern ihre Drogensucht. Die Art, wie sie dich und deine Familie zerstört hat.«

»Du hast dir gewünscht, dass sie verschwindet!«, schreit er, knüllt den Pullover zusammen und stützt sich mit der rechten Hand auf die Kiste. Alles an ihm ist pure Anspannung.

»Manchmal ja«, muss ich zugeben. »Aber nicht so. Ich wollte doch nicht, dass sie stirbt!«

»Und dann?«, fordert er mich kalt auf, weiterzureden.

Ich hole tief Luft, weil jetzt das Schwerste kommt. Fitz hat seine Schwester über die Maßen geliebt. Wie schwierig muss es sein, zu erfahren, dass sie nicht durch ein Unglück ums Leben gekommen ist, sondern den Tod frei gewählt hat.

»Sie muss sich wieder irgendetwas eingeworfen haben, Fitz. Schon am Lagerfeuer habe ich das beobachtet. Sie war voll auf Drogen und sie …. Es tut mir so leid, dir das sagen zu müssen, aber ich erinnere mich wieder. Sie dachte, sie könnte fliegen, und ist mehr oder weniger gesprungen. Ich glaube nicht, dass sie wirklich sterben wollte.«

Keine Regung in Fitz' Gesicht. Keine sichtbare Emotion.

»Warum sollte sie dann springen?«, erwidert er eisig.

Ich lege meine Hände über meinen Mund und schließe kurz die Augen. »Sie wollte frei sein und sie war auf irgendeinem Trip. Vielleicht hatte sie Wahnvorstellungen.«

»Das hat sie gesagt, dass sie frei sein will? Was hat sie genau gesagt?« Fitz springt ruckartig auf, wirft den Pullover achtlos zur Seite und baut sich so schnell und stürmisch vor mir auf, dass ich heftig zusammenzucke. »Was hat sie genau gesagt?«, wiederholt er, greift mich bei den Schultern und schüttelt mich. Packt fester zu, so als wollte er eine Antwort aus mir herauswringen, wie Wasser aus einem nassen Lappen.

Dabei ist das gar nicht nötig. Auf dem Weg hierher habe ich längst beschlossen, ihm die ganze Wahrheit zu sagen. Die ganze schmerzhafte Wahrheit. Ich schließe die Augen und wehre mich nicht gegen den Druck seiner breiten Hände. »Sie hat gesagt: Schau, wie ich fliegen kann. Grüß meinen Bruder von mir, sag ihm: Ich will frei sein!«

Fitz lässt los, sofort, als hätte er sich an mir verbrannt.

»Es tut mir leid«, sage ich leise.

Doch Fitz rast bereits durch die Scheune, auf das hintere Ende zu, an dem das Licht noch fahler ist, weil eine der Fensterscheiben durch eine dicke schwarze Plane ersetzt worden ist. Sie bauscht sich ein wenig im Windzug und auf einmal gibt es einen heftigen Knall.

Ich kann von meiner Position aus die Ursache nicht erkennen, aber unvermittelt schreie ich laut auf, springe von dem Rollcontainer und laufe in Fitz' Richtung.

Er steht vor etwas und drischt mit einer Schaufel darauf ein. Hinter ihm an der Wand hängen Gartengeräte. Harken, Besen, ein Spaten, zwei Rechen. Fitz hat die Schaufel in seinen Händen gedreht, sodass das blecherne Ende über seine Schulter ragt und mit dem Holzstiel trommelt er auf den Gegenstand vor ihm ein.

Als ich näher komme, erkenne ich, was seine Wut so angestachelt hat. Es ist Johannas Roller. Dieses Ding, mit dem sie ein paar Wochen in jenem Sommer um die Häuser gebrettert ist. Den roten Pullover um die Hüften gebunden, die Haare im Wind.

»Fitz, bitte.« Ich berühre ihn vorsichtig am Arm, doch er stößt mich weg.

Wieder holt er weit aus und zertrümmert einen der kleinen runden Spiegel.

»Sie war auf Drogen, Fitz. Es ist nicht deine Schuld.« Noch während ich spreche, spüre ich, dass ich nicht zu ihm durchdringen kann.

»Es ist nicht deine Schuld …. und meine ist es auch nicht«, füge ich hinzu. Es tut gut, das endlich auszusprechen. Nein, es ist nicht meine Schuld. Nicht, dass sie tot ist. Ich hätte anders handeln müssen. Hätte mein Wissen viel früher zulassen und es mit Fitz teilen müssen. Aber ich habe sie nicht getötet.

»Erzähl mir alles, ganz genau, vom Anfang bis zum Ende«, befiehlt er mit eiserner Stimme.

Und das mache ich. Ich lasse nichts aus, auch nicht die Stelle, an der ich zu Johanna gesagt habe, dass ich sie hasse. Ich will nichts auslassen, er soll alles wissen. Er muss es endlich wissen.

Während ich rede, stützt er die Hände auf die Schaufel. Aus dem Roller tropft langsam und leise Öl oder Benzin und ergießt sich hinter Fitz' Füßen in eine braune Brühe. In der Luft flirren die Staubpartikel. Ich konzentriere mich auf eine Stelle an der Wand, an der unter dem braunen Holz der vorherige, blutrote Anstrich zu sehen ist. Es wirkt, als bräche er trotz aller Deckschichten unweigerlich unter der neuen Farbe hindurch. Je länger ich darauf sehe, desto stärker wird das Rot, desto schwächer das Braun. Die Wahrheit kämpft sich durch, muss ich denken. Was für ein Sinnbild für mein ganz eigenes Lebensdrama.

»Keiner von uns konnte sie retten, Fitz!«

Da hebt er erneut die Schaufel und holt weit aus. Er schlägt zu und demoliert die gesamte Frontschürze des Rollers, erwischt auch noch den zweiten Spiegel dabei. Auf dem Boden verteilen sich die Glasscherben und mischen sich mit der Öllache. Fitz sieht mich an, der Schmerz sichtbar in seinen glänzenden Augen. Es ist ein furchtbar trauriger Anblick. Ich möchte mein Herz nehmen und es zu dem Schutthaufen legen, der einst Johannas Piaggio gewesen ist.

»*Du* hast es zumindest nicht versucht«, wirft er mir vor. »So viel weiß ich ja jetzt.«

»Das ist nicht fair«, widerspreche ich leise.

»Nein. Nichts ist fair! Sie war meine Schwester, Anna. Meine Schwester. Ich habe sie geliebt, aber von Liebe hast du ja keine Ahnung, denn dann wärst du nicht gegangen und hättest mich im Stich gelassen.«

»Du hast dasselbe getan, Fitz.«

Er starrt mich an, nimmt Schwung und wirft die Schaufel mit zorniger Wucht auf das einzig intakte Fenster an diesem Ende der Scheune. Krachend splittert das dünne Glas und die Schaufel fällt mit dumpfem Schlag im Freien auf den Boden. Wie unsere Liebe. Ein Scherbenhaufen.

»Du wolltest auf Teufel komm raus Johanna retten und hast uns dabei geopfert.«

»Dann sind wir ja jetzt quitt«, faucht er böse.

»Ich wollte das nicht. Das musst du mir glauben. Ich wollte nicht, dass Johanna stürzt, ich habe versucht, sie hochzuziehen, ich bin da runtergeklettert, aber ... Und dann konnte ich nicht anders, ich musste fliehen. Vor meiner eigenen Verantwortung, vor dir ... Ich wusste, du würdest mir nie verzeihen, dass ich sie nicht retten konnte. So wie du es dir selbst nie verziehen hast.«

»Da hast du wieder einmal recht.« Sein Ton ist härter als jeder Schlag.

Ich muss an Caro denken, daran, dass Worte einem schlimmer wehtun können als körperliche Schmerzen. Ich bin mir sicher, ein Schlag mit der Schaufel wäre weniger schlimm als diese absolute Verachtung, die mir entgegenweht.

Er streckt den Arm aus, auf meine Brusthöhe, und drückt die Handfläche kurz gegen meinen Oberkörper.

»Ich möchte, dass du gehst! Jetzt! Und, Anna? Ich möchte dich nie mehr wiedersehen.«

»Fitz ... bitte«, versuche ich es noch.

»Geh!«, ruft er und greift hinter sich, zieht den Spaten von den Nägeln, die an der Wand als Halterung für die Gerätschaften dienen, und schlägt dem Roller mit einem einzigen Hieb den Auspuff ab. »Verschwinde endlich.«

Langsam kehre ich ihm den Rücken zu und setze mit enormer Willenskraft ein Bein vor das andere.

Ich drehe mich um, noch ein einziges Mal, und da steht er. Alle Wut und aller Zorn sind urplötzlich gewichen. Der Spaten fällt auf den Boden und wackelt kurz, bevor er still liegt. Fitz wirkt unglaublich erschöpft.

»Willst du wirklich, dass ich gehe?«, frage ich. Sag Nein, sag Nein. Bitte mich, zu bleiben.

Eine Weile sagt er nichts und ich schöpfe Hoffnung. Dann aber dreht er sich weg und sagt leise, aber gut hörbar: »Ja.«

Ich nicke, auch wenn er das nicht sehen kann, weil er mich längst nicht mehr ansieht. Die Wahrheit ist raus und die Wahrheit hat ihren Preis. Das habe ich immer gewusst. Es ist Zahltag und ich zahle. Mit Zins und Zinseszins. Letzte Nacht habe ich mir einen Heißluftballon gestohlen und bin noch einmal mit Fitz geschwebt. Und jetzt muss ich die Luft herauslassen, den Ballon zurückgeben und feststellen, dass die Schwerkraft unerträglich sein kann. Unerträglich schwer eben.

»Ich liebe dich, Fitz. Ich hab nie aufgehört damit«, wispere ich. Es kommt nicht darauf an, dass er es auch wirklich hört. Dann stoße ich das Tor knarrend ein Stück weit auf und schlüpfe hinaus, trete in das gleißende Licht der frühen Mittagssonne hinaus und wünsche mir Regen. Ich lehne mich an mein Auto und warte, dass mein Herz sich beruhigt. Aber es will nicht. Es liegt da drinnen in Schutt und Asche und wartet darauf, dass Fitz es aufhebt.

Man sagt immer, für die Liebe sei es nie zu spät, aber was, wenn das auf die Vergangenheit nicht zutrifft? Jahrelang habe ich Briefe geschrieben und ihm und mir selbst versucht zu erklären, was ich fühle. Doch keinen habe ich abgeschickt. Er hat nie wissen können, was mich bewegt, und ich habe ihm nicht die Möglichkeit dazu gegeben, mir zu zeigen, wie er empfindet. Hätte ich nur einen davon abgeschickt, dann hätten wir vielleicht noch eine Chance. Wenn ich mutiger gewesen wäre und früher nach meinen verloren geglaubten Erinnerungen gesucht hätte, vielleicht auch. So aber bleibt nichts als Leere und ein Handschuhfach voller frankierter, adressierter und nicht versandter Briefe.

Ich überlege nicht lange, öffne mit der Fernbedienung am Schlüssel die Scheiben und greife von außen an das Handschuhfach. Sie kommen mir entgegen, all die Briefe, die ich dort gehortet habe, weil ich sie in meiner Wohnung nicht ertragen habe. Ein fahrender Briefkasten sehnsüchtiger Gefühle. Wenn ich die Tür aufmache, dann ist die Gefahr zu groß, dass ich mich hineinsetze und es mir anders überlege. Jetzt ist der Mut. Nicht morgen.

Ich raffe die Briefe zusammen und muss mich dafür ziemlich weit ins Auto hineinbeugen. Dann krame ich ein Haarband aus meiner Hosentasche und binde das Bündel damit fest. Auf den Umschlag des letzten Briefes, der leer ist, weil ich mich am Jahrestag dazu entschlossen habe, nach Hause zu fahren, schreibe ich mit dem Kuli aus dem Seitenfach ein paar Worte. Dann suche ich einen Stein und laufe zu Fitz' Wagen.

Das Fenster des Jeeps steht offen, die Sitze sind staubig. Ich lege die Briefe darauf und beschwere sie mit dem Stein.

Als ich nach München fahre, bin ich ruhig. Traurig, aber ruhig. Ich weiß, dass ich nicht mehr von Johanna halluziniere, aber nie aufhören werde, von Fitz zu träumen.

Manchmal ist eine Rückkehr kein Neuanfang, sondern ein sauberes Ende.

Kleine Tränen laufen über meine Wange, als ich auf die Autobahn auffahre und den Blick von den Bergen dennoch nicht abwende. Es ist diesmal kein Abschied für immer. Auch wenn es für Fitz und mich nie eine Zukunft geben wird, werde ich meiner Heimat nicht mehr den Rücken kehren. Ich muss lächeln und denke an die beiden Sätze, die Fitz zuerst lesen wird, wenn er die Briefe findet: »Wenn die Wolken weiterziehen und du die Gipfel der Berge dahinter sehen kannst und dann an mich denkst, dann hasse mich nicht. Dann denk daran, wie sehr wir uns geliebt haben.«

42

Ich denke oft daran, dich zu vergessen, und merke dann, dass das unmöglich ist. Wie könnte ich jemanden vergessen, der ein Teil von mir geworden ist? – Anna

Ich bin wieder in München. Und ich funktioniere. Irgendwie. Es ist gut, dass Caro über mir wohnt und mich braucht. Nachdem Caro sich eine Anwältin genommen hat, die sich wie ein Raubtier auf den Fall gestürzt hat, schläft sie ruhiger. Sie hat gute Aussichten auf das alleinige Sorgerecht, denn Lorenz hat zu viel Angst um seine Karriere, als dass er die Drohungen von Caros Rechtsbeistand nicht ernst nehmen würde. Es ist auch gut, dass es meine Schüler gibt und einen Wasserrohrbruch im Bad und die überfällige Steuererklärung. Dinge, um die ich mich kümmern muss, damit ich nicht rund um die Uhr an Fitz denken muss. Anders als früher lasse ich es dennoch hin und wieder zu. Weil Erinnerungen beides sind, ein Fluch und ein Segen. Weil sie letzten Endes das sind, woraus wir bestehen. Das Wasser, das unseren Charakter wie einen Stein formt. Ihn abschleift und rund macht. Irgendwann wird genug Schneetau die Berge hinabgeflossen sein, sodass ich Fitz zwar nicht vergessen, aber ohne stechenden Schmerz an ihn denken kann. Das weiß ich, aber das macht es im Moment nicht besser. Er hat nicht auf meine Briefe reagiert. Auch zwei Wochen nach unserem letzten Zusammentreffen nicht.

Übernächstes Wochenende werde ich nach Seelingen fahren. Zu meinen Eltern. Vielleicht werde ich auch bergsteigen, ein wenig wandern. Langsam zulassen, dass ich das darf und mir nicht alles verbieten muss. Ich denke oft an Johanna, fast genauso oft wie an Fitz. Ich überlege, was wir hätten tun können, und wünsche mir, mit meiner jetzigen Reife in der Zeit zurückreisen zu können. Ich wünschte, mit mehr Verständnis und weniger Groll auf sie reagiert zu haben. Ich verspüre eine tiefe Traurigkeit über die Sinnlosigkeit ihres frühen Todes, aber ich fühle mich nicht mehr schuldig. Die Vergangenheit ist unveränderlich und das tut manchmal unheimlich weh. Aber so ist das Leben.

Noch immer zittere ich bei jedem Anruf, den ich in der Suchtberatung annehme, in der Angst, dass es Fitz' Mutter sein könnte. Und doch habe ich mir fest vorgenommen, eines Tages den Mut zu finden, sie zu besuchen und mit ihr über ihre Tochter zu reden. Ich weiß, wo sie wohnt, Fitz und ich haben sie damals ein paar Mal in ihrer Wohnung in Unterschleißheim besucht. Die Illusion, sie könnte mit mehr Verständnis reagieren als Fitz, mache ich mir nicht, aber darauf kommt es gar nicht an. Denn ich habe begriffen, dass man seinen Frieden mit der Vergangenheit nur machen kann, wenn man sie zulässt.

Ich greife nach dem Schlüssel auf dem Küchentisch und werfe mir eine Jacke über. Ein kurzer Blick aus dem Fenster verrät mir, dass Caro und Lena bereits an meinem Auto auf mich warten. Und für einen Augenblick wünsche ich mir nichts mehr, als dass Fitz dort steht und versucht, Steine an mein viel zu hohes Fenster zu werfen. Seufzend verlasse ich die Küche, ziehe die Wohnungstür hinter mir zu und versuche, ein Lächeln zustande zu bringen, bevor ich Lena und Caro begrüße. Im Flur muss ich mich über einen Fahrradanhänger beugen, um noch schnell die Post aus dem Briefkasten zu ziehen. Ein Werbekatalog und ein weißer Umschlag, frankiert und mit Hand beschriftet. Die Schrift kommt mir bekannt vor. Mein Herz poltert laut, als ich vom düsteren Gang hinaus auf die Straße trete. Und mein Lächeln ist echt.

EPILOG

Anna,

ich habe deine Briefe bekommen. Diese
Entwürfe, die du nie abgeschickt hast. Wie sehr
ich mir wünsche, sie längst erhalten und gelesen
zu haben. Genau die durchgestrichenen Sätze
waren die wichtigsten. Deine Worte kommen
so viele Jahre zu spät. Wie hat dein Vater
gesagt? Manchmal ist der Zeitpunkt nicht so
entscheidend. Ich kann das nicht bestätigen. Aber
ich glaube, du hast den letztmöglichen Zeitpunkt
gewählt und das ist gut.

  Letzte Nacht hatte ich einen wirren Traum
von uns. Wir befanden uns mitten in einem
Sturm, du auf der einen Seite eines Ackers, ich auf
der anderen. Wir haben versucht, einander die
Hände zu reichen, aber der Wind hat uns immer
wieder kurz vor dem Ziel auseinandergebracht.
Es war furchtbar frustrierend. Du hattest langes
wehendes Haar in diesem Traum, aber dein
Gesicht war wie verschwommen, ich konnte
es nicht genau erkennen. Irgendwann bekam
ich deine Hand zu fassen und habe dich zu

mir gezogen und dabei gemerkt, dass ich mich getäuscht habe. Das warst nicht du, das war eine Fremde.

Da habe ich mich gefragt, was mir dieser Traum sagen soll. Ist es Zeit, dich endlich loszulassen, oder ist es Zeit, zuzulassen, dass ich das nicht kann?

Mir sind dann auf einmal all die Dinge wieder eingefallen, die ich verdrängt hatte. Ich wusste plötzlich wieder, wie sich dein nächtliches Flüstern anhörte, wenn wir heimlich die Telefonrechnung deiner Eltern in die Höhe getrieben haben. Gab es damals eigentlich noch keine Flatrates? Es war so verdammt sexy, dein Flüstern.

Ich konnte sehen, wie du gelacht hast, als du stolz mit deinem Reisepass um die Ecke kamst und damit gewedelt hast, als hättest du im Lotto gewonnen.

Das Grün der Wiese vor meinem Wintergarten hat mich an die grüne Bettwäsche auf der Matratze am Boden deines Zimmers erinnert, die sich mit dem Pink der Wand gebissen hat. Bis du die Wand dann schwarz gestrichen hast.

Die Stelle an deinem Oberschenkel kam mir wieder in den Sinn, die, an der du furchtbar kitzelig bist.

Und ich konnte dein Bauarbeiterschnäuzen hören, deine Unfähigkeit, leise zu niesen.

Und während mir diese Dinge eingefallen sind, wurde mir bewusst, wie wenig ich über die Anna von heute weiß.

Ich weiß von deinen Freunden nicht viel mehr als den Namen, habe keine Ahnung, ob du Discogänger, Couchpotato, Partyhummel oder eine Spaßbremse geworden bist, ob du viel lachst oder mehr weinst, ob du glücklich bist oder nicht.

Ich weiß nicht, was dich beschäftigt, wenn du morgens aufwachst, und mit welchen Gedanken du schlafen gehst.

Ich weiß nicht, ob du beim Autofahren fluchst, aber ich kann es mir mühelos vorstellen.

Ich weiß nicht, welche Bücher du liest, welche Filme du schaust, ob du immer noch nicht hinsehen kannst, wenn es gruselig wird, ob du ein Seriengucker bist, ob du Zeitung liest oder lieber eine Zeitschrift oder am Ende sogar die Bild.

Ich weiß nicht, ob deine Küche voll leckerer Essensdüfte ist oder kalt bleibt, ob neben deiner Zahnbürste im Bad häufig eine zweite stand.

Ich weiß nicht, ob du beliebt bist auf der Arbeit oder gefürchtet, ob man Respekt vor dir hat oder dich belächelt, ob die Schüler dich verehren.

Ich weiß nicht, wie viele Gläser du in diesen letzten zehn Jahren heruntergeschmissen hast, welche Narben zu den zahlreichen kleinen Macken an deinem Körper dazugekommen sind und wie oft du dir deinen kleinen Zeh gebrochen hast.

Ich weiß nicht, ob du dir inzwischen Witze merken kannst, ob du Geburtstage in deinen Kalender einträgst und ob du überlegst, ob es besser wäre, mich zu vergessen. Diesen durchgeknallten Typ, der vor deinen Augen einen Roller zertrümmert hat und dich gebeten hat, zu verschwinden.

Ich weiß das alles nicht, aber ich fange an, darüber nachzudenken. Und merke, dass ich es gern wüsste.

Ich habe so lange gegrübelt, ob ich dir verzeihen kann, und dann habe ich gemerkt, dass es darum gar nicht geht. DU musst DIR verzeihen.

Was ist der Plan für die Zukunft, Fitz? *Das würdest du fragen, nicht wahr?*

Ich glaube, der Plan ist, völlig planlos davon zu träumen, dass du eines Tages vor mir stehst und alles wieder ist wie früher. Alles. Verrückt und traurig. Und unmöglich.

Weißt du, mein dummes Herz liebt dich. Wieder. Noch immer. Es hat nie aufgehört damit. Trotz allem und wegen allem. So abwegig das auch klingt.

Es tut mir leid. Alles. Wie es zwischen uns gekommen ist. Dass wir uns damals verloren haben und nun schon wieder. Fast. Ich hoffe doch, fast.

Dein Fitz. Immer noch. Verflucht noch mal, immer noch.

PS: Komm bitte nach Hause, Anna.

Danksagung

In jeder Danksagung finden sich Namen von Menschen, die aktiv bei der Entstehung eines Buches mitgewirkt haben. Das sind in meinem Fall vor allem Tim Rohrer und Julie Hübner von der Leselupe Literaturagentur, ohne deren Glauben an meine Geschichten es wohl keine Geschichten mehr gäbe oder zumindest keine, die veröffentlicht würden. Herzlichen Dank an euch, ihr seid wunderbar!

Einen ganz besonderen Dank auch an Rochus Hahn, der sich die Zeit genommen hat, meinen Roman zu lesen – obwohl er eigentlich keine Zeit hatte – und mir mit seinem unermesslichen Erfahrungsschatz als Drehbuchautor und Schriftsteller wertvolle Tipps gegeben hat.

Tausend Dank an die liebe Julia Hanel, die mein Manuskript zum Wellness mitgeschleppt und die mir mit ihren kritischen Hinweisen und ihrem Lob so viel weitergeholfen hat. Ich bin so froh, dich kennengelernt zu haben.

Herzlichen Dank an Lena Woitkowiak und das Team von Amazon Publishing. Ihr macht einen fantastischen Job und ich bin euch wahnsinnig dankbar für euren Support.

Ganz am Ende eines scheinbar fertigen Buches kommt dann das Lektorat und stellt alles noch einmal ein wenig auf den Kopf (und das ist auch gut so). In diesem Fall hatte ich großes Glück mit Ute Köhler, meiner Lektorin, die genau die Stellen gefunden hat, an denen wir noch drehen mussten, und ohne die der letzte Schliff sicher nicht so rund geworden wäre. Ich danke dir!

Herzlichen Dank an das bürosüd in München für das perfekte Cover! Ich hätte es mir nicht schöner wünschen können. Vielen lieben Dank auch an Rainer Schöttle und Traudl Kupfer, die ein hervorragendes Korrektorat gemacht haben.

Dann gibt es aber auch noch die, die scheinbar gar nichts dazu getan haben, aber ohne die es trotzdem nicht ginge.

Das ist vor allem meine Familie. Insbesondere mein Mann. Ohne unsere Reise im April hätte es wahrscheinlich auch das Setting für dieses Buch nicht gegeben. Meine Kinder und meine Schwestern. Meine Freunde, die sich für meine Geschichten interessieren und mich ermutigen. Meine Testleserinnen, die mit Lob und Kritik dazu beitragen, dass ich auch bei kritischen Stellen nicht einfach alles in den virtuellen Papierkorb werfe.

Meine Leser, die schließlich der Hauptgrund sind, dass meine Geschichten das Licht der Welt erblicken, und denen ich ganz besonders herzlich für ihr Interesse, ihre Zuschriften und ihren Zuspruch danken möchte.

Schreiben ist manchmal eine verdammt einsame Sache, besonders dann, wenn man einmal stockt und die Figuren auf einmal nicht mehr mit einem sprechen wollen. Aber die Liebe zu Büchern verbindet auch ungemein. Das durfte ich insbesondere im letzten Jahr erfahren. Vielen Dank an die wunderbaren Kolleginnen und Kollegen, die ich wohl alle nicht kennen würde, wenn ich nicht schreiben würde. Danke an die »Würzburger« – Julia Hanel, Angela Kirchner und Mila Summers. Es ist so schön, dass es euch gibt. Danke an Barbara Leciejewski, Jessica Koch, Liv Eiken und alle anderen Autorinnen und Autoren aus der Feuerwerkefamilie. Vielen Dank für die gegenseitige Unterstützung, das Interesse und das »Mitfiebern«.

FSC
www.fsc.org
MIX
Papier | Fördert
gute Waldnutzung
FSC® C083411

Zeitfracht Medien GmbH
Ferdinand-Jühlke-Straße 7
99095 Erfurt, Deutschland
produktsicherheit@kolibri360.de

Druck:
CPI Druckdienstleistungen GmbH
im Auftrag der
Zeitfracht Medien GmbH
Ein Unternehmen der Zeitfracht - Gruppe
Ferdinand-Jühlke-Str. 7
99095 Erfurt